0

AUTHOR. wooden spoon
ILLUST. 阿蟬蟬

重生使用說明書

REGRESSOR INSTRUCTION MANUAL

目錄

CONTENTS

第077話　江原道戀愛博士

在這個世界生活一段時間後就會發現，有些東西就算不想看見，也還是會一點一點進入視野中。

那是過去受到帕蘭特別優待的我們所感受不到的。

所謂的人類本來就大部分都是如此，但是在被限制的封閉環境中，那些行為就更加明顯了。

除了攻掠組以外，這裡的學員們幾乎都站在同一個起跑點上。

他們接受同樣的訓練，聽同樣的課程。

雖然每個人對將來的規劃都不同，不過大家都知道「有能力的人才能得到好的待遇」這個事實，因此隨著訓練結束的時間越來越近，大部分的人都變得很拚命。

就連平常渾渾噩噩過日子的人也開始焦慮了起來。

這可能不是一個很貼切的例子，不過硬要說的話，我想用考生來比喻。雖然有點不太一樣，但這樣比喻也不會有什麼違和感。

首先，學員和考生一樣，隨著考試的日子接近，所有人就會像熱鍋上的螞蟻一樣急了起來。

「我應該進得了中型公會吧。像我這種程度的人，應該會有琳德重點公會來邀請我加入吧？」諸如此類虛無縹緲的想像都在這個時期開始逐漸破滅。

本來以為自己有能力賺錢填飽肚子，卻在現實突然逼近時，才發現自己無處可去。

與此同時，攻掠組或其他比較有潛力的人透過相當於甄選入學的管道被公會錄取後，成了眾人羨慕的對象。

剩下的人因此變得更加焦慮，雖然想做點什麼來減輕心中的那股焦慮，但沒有天賦的人壓根不可能在短時間內有什麼突出的表現。

到了這時候，學員們也漸漸看得出來誰是將來會成功的人，誰又是會被淘汰的人了。

他們開始發現，即使大家上的都是一樣的課，有些人的學習成果卻特別優異，或是在某方面特別有天分。

「那個人可以進入中型公會吧。」

「聽說他加入紅色傭兵了？好羨慕喔。」

「他的煉金術成績很好，這樣是不是很有機會？」

「他還在考慮要不要接受帕蘭的邀請，同時又收到了紅色傭兵的邀請？」

各種想法不斷在學員腦中迴盪。

有人已經註定要走上康莊大道，有的人則身處哪裡都去不了的窘境。

問題是這些人全都使用同樣的教室、同樣的餐廳、同樣的宿舍，於是看不見的階級就這樣自然而然形成了。

就像之前有一群對韓素拉阿諛奉承的丫鬟和僕人，而那類人開始如雨後春筍般湧現。

越來越多人在這個一無所有的社會中努力掙扎，想盡辦法攀關係。

已經被公會錄取的人因此得以短暫體會何謂上流人生，並且受到眾人的吹捧及禮遇。

當然，這些人的一舉一動都必須十分謹慎。

雖然有一些比較奇怪的傢伙會像金昌烈那樣散發出生人勿近的氛圍，不過大部分的人都只是默默同意，然後小心翼翼地接受丫鬟和僕人們帶來的優越感。

畢竟這也是一種人脈。

這樣也好，反正出社會後會見到各式各樣的人，能夠先和看起來比較有前途的人建立交情，對他們來說也不是一件壞事。

問題出在相反的情況上，也就是完全跌落谷底的人。

對這樣的人來說，別人對他們漠不關心反而才是好事。

有些人只要知道還有人活得比自己痛苦，內心就會得到安慰，這種人不管在哪裡都一定會存在。

他們沒有被公會錄取，也沒有天賦。這群不上不下的人會欺負看起來很弱小的人，來證明自己的處境比他們好，並每天靠著這股優越感自我安慰。

雖然我沒有整天都待在訓練所裡，所以無法得知全部的情況，但是包括變成廢物的韓素拉在內，肯定有一群人正在遭受欺凌。

其他人的情況還稍微好一點，但從金字塔頂端墜落的韓素拉則是完全成了被嘲弄的對象。

萬眾矚目的新人在一夕之間變成連魔力都沒辦法好好運用的殘廢，我覺得事情會發展成這樣是再自然不過的事。

如果說韓素拉是從頂端墜落的人，那劉雅英就是完全相反的例子。

當然，她並沒有特別努力。因為她是就算不努力，也能從最底層往上爬的類型。

我第一次去上課的時候，曾誇獎她很有潛力。

雖然她似乎因此隱約受到不少人討厭，但是當她真正的價值逐漸顯現後，之前討厭她的學員大部分都開始表現得像是甘願為她捨命的忠臣。

身為近戰職業的一員，劉雅英的評價和成績從谷底躍升至巔峰，再加上帕蘭邀請她入會的消息從傳聞變成現實後，就宛如瘟疫般擴散開來，使她成了到處吸引垃圾的吹笛人[1]。

看著此刻在我面前和朴德久交談的劉雅英，我忍不住在心中感嘆這個世界真的很不公平。

「咳……所以說，那個……我們帕蘭公會呢，呃……應該說提供的支援很完善嗎……總之就是這樣。我以前其實也沒什麼了不起的，進入帕蘭後就變得完全不一樣了。我想說的是……只要在我們力所能及的範圍內，我們都會為妳提供支援。」

「啊……是。」

「想改變人生的話，來帕蘭就對了！我可以掛保證！妳應該也聽說了吧？雖然還沒正式宣布，但帕蘭的會長老兄和我們大哥已經確定會成為帝國八強了，大姐的魔法又那麼厲害，『咻咻咻』的，妳親眼看到的話，一定會驚訝到下巴掉下來。」

「這樣啊。」

「有一個叫藝莉的小不點動作超敏捷，她一動起來，我連看都看不清楚。另一位叫曹惠珍的大姐是耍槍的，她用長槍的技術簡直出神入化，還有還有！魔導學者正妍小姐真的很聰明，大概和大哥一樣聰明，只要是看過一次的東西，就幾乎不會忘記，行政工作也做得很好，實在令人佩服！還有宣熙英大姐，她雖然有點可怕，但只要看過她使出神聖力的樣子，肯定都會驚艷不已。總而言之，只要我們一起進入副本……」

「嗯。」

「我們會一路往前推進，接著會長老兄一揮劍，怪物就會一下跑到這邊，一下跑到那邊，然後呼嚕嚕嚕嚕嚕！啪！呼嚕嚕嚕！就像秋風掃落葉一樣，把怪物全部擊倒，接下來

---

1 德國著名童話《吹笛人》中，吹笛人透過笛聲吸引老鼠落河，以此解決村莊的鼠患，結果卻拿不到報酬，於是又利用笛聲將小孩引到山洞內，以此要脅村民。

大姐、大哥和正妍小姐再使用魔法，啪！咚咚咚！所有人就定位之後，才正式開始戰鬥！小不點金藝莉還很會射箭，她會拿出弓箭準備應戰！這時候如果有怪物冒出來的話，曹惠珍大姐就會及時出現，然後用她的長槍這樣！那樣！像蛇一樣！」

「噗。」

「我連出手的機會都沒有，怪物就瞬間全部被解決了！又快又安全。在上一次的時候啊……」

「嗯。」

「啊，我再幫妳倒一杯。妳多吃點肉！學員的伙食是不是都不怎麼樣？」

「不會，沒有想像中那麼差，宿舍也很不錯。」

朴德久！做得好！

看到劉雅英露出淺淺的笑容後，我就知道事情有進展了。

劉雅英已經和金賢成進行過很多次面談，甚至連我都和她面談過，但她始終不肯加入帕蘭。

公會的宣傳手冊當然早就發給她了，也想過是不是錢不夠，所以我們一直提高年薪和簽約金。

我們還試過主動和她混熟，然而金賢成的社交技巧本來就沒有多好，不可能有辦法說服劉雅英。

我也為了討好劉雅英而付出很多努力，但總覺得她對我表現出了微妙的戒心，要再繼續接近她應該不容易。

後來我抱著孤注一擲的心態，前幾天開始讓朴德久也加入說服她的行列，終於看到了一點成果。

真搞不懂劉雅英在想什麼。

我敢保證，朴德久的親和力絕對覺得比我更強。雖然不一定每個人都喜歡，但他總是給人一種不矯飾、不虛偽的感覺。

回想起朴德久第一次和劉雅英吃飯，就馬上和她變熟的事，我忍不住又點了點頭。

「你們彼此之間好像真的都很熟，關係也很好的樣子呢。」

「哎呀！當然囉。我上次不是也說過嗎？雖然我們大家都很熟，但是大哥、我，還有賢成老兄，我們三個之間有著從新手教學時期延續下來的革命情感。就是那種男人之間特有的、難以言喻的熾熱友情！我現在閉上眼睛都能知道大哥和老兄在想什麼！」

這很明顯是他的錯覺。

「說到新手教學，就讓我想到那時候大哥用石頭『啪』地砸向怪物的腦袋，然後對我說：『德久，如果我能做到的話……你可以做得更好。』哇！就是因為那句話，我才有辦法在副本裡鼓起勇氣戰鬥。我本來還怕得發抖，當時突然就有了勇氣！」

那個故事他說幾次了啊？

把朴德久找來的唯一缺點就是我會覺得有點羞恥，但這部分我完全可以忍受。

「這個故事你上次說過了，德久哥。」

「是嗎？」

「嗯，不過每次聽完，都會覺得心情變好了。因為可以感覺到兩位的關係真的很親近。」

「哈哈哈，我們確實滿親近的。能夠在新手教學副本裡認識德久、白雪和賢成先生，這些緣分對我來說當然都很寶貴，不過我們帕蘭公會最重視的是如家人般的氛圍，我們和公會裡的其他成員也很親近。」

「原來如此。」

「我們就和家人一樣親密！而且大哥和大姐搞不好就快成為真正的家人了。」

「啊……兩位果然在交往嗎？我是有聽說過這件事，但不確定是不是真的，所以就只是聽聽而已……」

「……目前是在交往沒錯。」

「撮合他們兩個的就是江原道戀愛博士，朴德久！」

「咦？」

「是我扮演了關鍵的媒人角色，幫他們牽線。因為大姐比較膽小，所以我在後面推了她一把。」

「江原道戀愛博士？那兩位是在新手教學的時候認識，然後決定在一起的嗎？」

「對，算是吧。」

劉雅英一副津津有味的表情。

難道她對這種話題有興趣嗎？

這也是有可能的。儘管日子過得暈頭轉向，但她也才二十歲初頭，會對這種戀愛話題感興趣很正常。

我正想繼續說下去，朴德久卻率先開口。

「大姐雖然本來就是天才，但是，咳……其實她在新手教學副本裡的時候，有一段時間過得不太好。我不太清楚詳情，總之她好像有被其他人討厭……」

「嗯。」

「有一些壞人會欺負她、排擠她。當時在新手教學副本裡面，賢成老兄把生存者集中到一個地方保護……那些欺負大姐的人竟然在每次分配糧食的時候，都故意只給大姐一點點！可惡的傢伙們！」

「啊……」

「當時甚至有個傢伙想對大姐亂來……算了，這件事不太適合拿出來說。總之大姐雖然嘴上不說，但她一定過得很辛苦。」

「這樣啊。」

「當時，像彗星般登場的人就是我們的基英大哥。」

真的好丟臉，我的臉不由得紅了起來。

但是這個話題走向不差。

因為我看見劉雅英時不時地在打量著我，同時點了點頭。

「基英大哥就是從那個時候開始，在各方面都很照顧我們大姐。當然，那個時候大哥說他只是因為想起自己的妹妹，才會照顧她……但人心哪有那麼簡單？後來大姐實在太喜歡大哥了，我就給了她一些建議……」

「嗯。」

「在江原道，只要說到『戀愛博士朴德久』，就沒有人不認識我。咳，詳細內容說來話長。反正我給了大姐各種建議，還瞞著大哥教她一堆小技巧，結果兩個人就突然變親密了。果然不管是誰，只要經過江原道戀愛博士的提點，就沒有不可能！」

「原來如此。」

「不過他們兩人的愛情的確是在他們身上萌芽的。大姐鼓起了勇氣，而大哥最後也喜歡上了大姐。之所以能夠成就如此美好的愛情，最大的功臣其實不是我，而是他們自己。江原道戀愛博士只是稍微幫了他們一把而已。」

你這個豬頭……

朴德久悄悄看向我，對我豎起了大拇指。看到他那副模樣，我就覺得莫名不爽，但幸好劉雅英的反應還不錯。

她不只點了點頭，好像還對朴德久的最後一句話有很深刻的感觸。

就在這時，劉雅英開口了。

「那個……」

「嗯？」

「如果方便的話，可以請你給我一些建議嗎？我的問題也和加入公會的事有關……」

想當然耳，這個情況完全不在我的預料之中。

＊＊＊

「當然可以！戀愛諮詢找朴德久就對了！」

突如其來的狀況讓我有點不知所措，但朴德久和我不同，他兩眼發光，一副期待的樣子。

我是不清楚這小子是不是真的江原道戀愛博士，不過他看起來似乎因為久違地有人要找他諮詢而難掩喜色。

劉雅英的暗戀對象是誰？

我突然覺得整個人都提不起勁了，不過還是很好奇對方是誰。

是金賢成嗎？

並不是毫無可能。

畢竟我們親愛的重生者和我跟德久不同，他不只外貌是典型的美男，言行和品性也很端正。

我如果是女孩子，應該也會追著他跑吧。

只不過，他不僅在物理肉搏戰方面很有能力，就連內心都有著銅牆鐵壁般的防守，肯定會讓周圍的女生望而卻步。

還是說，她喜歡的是其他學員？

假如劉雅英喜歡的人是學員，那我也想不到這和她遲遲不答應我們公會的入會邀請有什麼關係。

雖然我有很多想知道的事，但既然她已經決定要開口了，耐心等待是人之常情。

她沒有特別要求我迴避，應該就代表我也可以一起聽吧。

「事情是這樣的。」

「嗯，妳可以放心地說出來。」

「我……」

「說什麼都可以，沒關係。」

只見她深呼吸了一下，才接著開口。

內容讓人有點意外。

「其實……我有一個交往對象。」

「欸？」

這又是什麼情況？

「和李基英教官跟鄭白雪教官一樣，我們在新手教學副本裡……」

「原來是這樣啊……」

我以為她只是有喜歡的人而已，沒想到他們已經在交往了，這讓我感到有點意外。

但我並不覺得奇怪。

因為……只要是男人，就不可能討厭這種女人。姑且不論個性，至少她在外型上有壓倒性的優勢。

在新手教學副本裡的時候，肯定會有人想對她毛手毛腳，現在大概也是如此。

「那你們不是已經在一起了嗎？這樣就不需要幫助了吧……」

而且，我沒想到劉雅英的男朋友也在訓練所裡。

我明明記得一開始她總是自己一個人。

我對其他阿貓阿狗沒興趣，不過之前一直有在注意她。

雖然有點像跟蹤狂，但這麼做是為了要了解她的為人，後來也因此對她的處境產生了共鳴。

雖然我確實有一陣子沒觀察她了……但我敢保證，我從來沒看過稱得上是她男朋友的人出現。

她既沒有可以聊天的朋友，又總是一個人待在角落。

在她取得一定的成就之前，會去向她搭話的人就只有長得像市井無賴的流氓而已。

然而不知為何，總覺得可以想像得到是怎麼回事。

「不是的，因為情況有點複雜。」

「咳，雖然我很遺憾沒辦法扮演愛神邱比特的角色，不過諮詢還是要繼續。妳有愛情方面的煩惱吧？那找朴德久就對了！」

「是的。就像我剛才說的，我和男友是在新手教學副本裡認識的。當時我差點被怪物攻擊，是他偶然救了我。我們之間沒有人先提出交往，畢竟在那種情況下，我們也沒時間做什麼情侶會做的事……」

「嗯嗯……原來如此。大哥和大姐之前也是這樣。」

「那個……你不是說帕蘭公會的金賢成會長救了其他生存者嗎？」

「對啊，他很了不起。」

「我男朋友雖然沒有那麼厲害，但他做的事情也差不多。他會在自己的能力範圍內盡力救出其他生存者，也會和其他人一起去危險的地方尋找糧食……他應該是因為我們的關係，才沒辦法參與攻掠吧。他雖然不是攻掠組的，但是在新手教學副本裡就已經完成第一次轉職了。」

「哦！」

「總而言之，重點是我喜歡他，他也喜歡我。」

「哇，聽起來很甜蜜耶。」

「我沒辦法把在副本裡發生的事全部說給你聽，不過……啊！還有一件事……」

雖然我也很想再多聽一點，但實在是不能再等了。

這兩個人的話都很多，我有預感他們就算聊一整晚也聊不完。為了阻止他們聊一些無關緊要的故事，我決定率先開口。

幸好馬上就得到了回應，沒有讓話題跑得太遠。

「劉雅英同學，有一件事讓我很好奇，我可以問一下嗎？」

「當然，請說。」

「這麼說可能有點失禮，但我好像沒有看過妳和男朋友在一起的樣子。雖然你們都是學員，也沒辦法做什麼，這我當然可以理解，可是……妳平常好像都是一個人……」

「這個啊……其實我們離開新手教學副本後，他在開始接受訓練前，有說過想和我保持一點距離。畢竟這個時期應該多花一點心思在訓練上，我可以理解。不過還是有點寂寞就是了……」

〔您正在確認玩家劉雅英的特有癖好。〕

〔富足的心〕

果然，她被當成工具人了啊……

感覺四散各處的拼圖終於一片一片拼起來了。

雖然沒有加入攻掠組，但完成了第一次轉職的男友，以及一無所有的女友。

不需要太多說明，直接舉例的話，這就和通過司法考試或考上公務員、醫學院，正在等待人生展開新篇章的男人把女友一腳踢開的情況非常類似。

只要知道這點，就能推測出他的個性。

那傢伙和我一樣，是個不折不扣垃圾啊……

他會在新手教學副本裡帶著劉雅英，一定也是有原因的。

說白了，可能是需要發洩性欲的對象，也可能是需要替死鬼，或是把她當作出事時替自己墊背的人。

「感覺不像遇到倦怠期。我男朋友的個性本來就比較冷漠……但他是個內心很溫暖的人。」

換句話說，劉雅英遲早都會被拋棄。

她之所以能夠在新手教學副本裡生存，純粹只是因為運氣好而已。假如遇到必須拋棄她的狀況，對方肯定會毫不留情地那麼做。

之後的故事也可想而知。對方完成第一次轉職，並離開新手教學副本後，意識到自己頗有天分……於是便開始嫌棄這個纏著自己的女人。

因為他無法看見別人的狀態欄，想必在這樣的傢伙眼中看來，這個女人沒有任何優點。但是過不了多久，他就會發現自己帶在身邊以防萬一的工具人是一顆極具潛力寶石。

而現在正好是劉雅英轉變態度的絕佳時機。

「現在訓練進入尾聲，我男友終於像以前一樣親近我了。雖然他目前還沒有收到任何邀請，但之後一定會有其他戰隊或公會想招募他。讓我煩惱的是……」

「妳男朋友想和妳加入同一家公會吧，不然就是他請妳來問問看能不能和妳一起加入帕蘭。」

「哦，您怎麼知道？」

不用想也知道。

「就只是直覺。」

「李基英教官說得沒錯。兩位可能會覺得這沒什麼，但是這個問題對我來說很重要……其實這是第一次有人對我抱有期待，是教官對我說的話給了我動力，我才有辦法努力到現在……我也不想辜負教官的期待，可是我一直放不下男朋友的事。」

「妳為什麼不要求我們讓妳男朋友也一起加入呢？」

「因為我知道那樣會給各位添麻煩。」

她還真善良。

如果她厚著臉皮要求我們同時錄取兩個人的話，我說不定真的會隨便給她男朋友一個職位。

畢竟她值得帕蘭這麼做。

她之所以沒有開口，大概真的是因為她知道那樣會造成我們的困擾。也許正因為她是這樣的人，才會被利用吧……

一定要錄取她男朋友嗎？

雖然感覺男方是個爛人，但要是真的讓他加入，那個傢伙之後還是有用處的。

就算不把他編進小隊裡，或許也能在其他地方派上用場。除非他敢要求提高年薪，不然能用一個垃圾換來一個人才，對我們來說也不虧。

多了一個能夠影響劉雅英的人或許會很令人煩躁，不過憑我現在的地位和權力，要掌控一個垃圾不是問題。

要是情況不合我意，再把他除掉就好……反正只要拿出一點錢，就能打發他了吧。

我們當然可以認真為劉雅英的戀情提供建議，但是坦白說，這才是最簡單的方法。

還是乾脆直接拆散他們好了？

任誰看了劉雅英那張臉都會覺得她是個濫好人，彷彿只要對方動動嘴皮子，她就願意付出一切。

看到她那副表情，我就覺得動點手腳好像也沒關係。

就在我一邊輕敲桌子，一邊整理思緒時——

「大哥，我必須說句話。」

朴德久用相當認真的表情開口。

「你說吧。」

「雖然這麼說對雅英小姐很抱歉……」

「咦？」

「但我覺得妳和那個人分手會比較好。」

劉雅英的表情顯得有些驚慌。

朴德久格外認真的表情令人有點陌生。

我下意識觀察劉雅英的反應，因為我擔心她會生氣並質疑朴德久憑什麼對自己和男朋友的關係指手畫腳。

「雖然我沒有看過那個人，也不認識他，但是老實說，我覺得他可能不是一個好人。」

他也太直接了吧……

我覺得再說得委婉一點可能會比較好，但不知為何，此刻那小子的聲音聽起來特別嚴肅。

不愧是江原道戀愛博士King[2]德久……

「啊……」

「雖然沒辦法扮演邱比特為兩位送上祝福，我也覺得很遺憾，但是那個人實在配不上雅英小姐。不是因為我是帕蘭公會的人才這麼說的。說實話，讓雅英小姐和那個人同時加入帕蘭對大哥來說根本不是問題，對吧？大哥？」

「嗯，是啊。」

「我們公會的編制當然還有空缺，但是！不為自己心愛的人加油，也不支持她的發展就算了，還想阻礙她、利用她，他這樣到底算什麼男人？而且一離開新手教學副本就說要保持距離，實在太卑鄙又小心眼了。誰能保證他不是因為妳現在有好的發展，才重新接近妳？」

「啊……」

這小子是怎樣，怎麼突然變這麼犀利？

「嗯……雖然有點突然，但我來說個以前的故事吧。以前我住的社區有一個名叫吳永熙的阿姨，聽說她老公和其他女人看對眼，就和人家私奔到首爾，還拋下了不到一歲的孩

2 韓國流行語當中，時常將킹(king)、갓(God)當作形容詞融入句子，表達非常、超級、至高無上的意思。

子。我剛上高中的時候，永熙阿姨經營的餐廳突然爆紅，甚至在其他地區開了二號店、三號店……沒想到她那個外遇的老公竟然還有臉跑回來求阿姨重新接納他。」

「啊……」

「阿姨因為還有孩子要照顧，最後不得已只好接受。後來阿姨因病過世，當年的那個狐狸精又跑來和她老公一起生活，兩個人過著奢侈浪費的生活。所以我想說的是，這個世界上有很多壞人，而雅英小姐一看就很善良，我才會跟妳說這些……」

「是……」

「當然，我的年紀也沒有大到能給妳這種忠告。我不是那種會倚老賣老的人，不會要求妳一定要聽我的……也不是以上位者的身分跟妳說這些，不過既然我們都一起喝過酒，那現在就是朋友了。我以朋友的身分跟妳說，這件事的選擇權在妳手上，請妳好好思考，那個人是不是真的和妳想的一樣。」

這個豬頭突然間是怎麼了？

「如果妳覺得他不是那種人，那戀愛博士朴德久會全力支持妳的愛情。」

簡潔有力，還不錯。

朴德久的聲音很沉穩，會讓人不自覺地專心聽他說話。連我都這樣了，劉雅英本人收到這個突如其來的建議後，會有什麼樣的反應可想而知。

想必她也很清楚朴德久不是在倚老賣老，也不是為了招攬她加入帕蘭才那麼說，因此會更慎重地聽取戀愛博士 King 德久的建議。

她現在可能正在思考那個人是否真的是自己心裡所想的那種人。

不知道她得出了什麼樣的結論，感覺她的臉色越來越差。

拋開「情人眼裡出西施」的濾鏡後，之前沒有注意到的細節都會自然浮現。

假如那位男朋友是真心想和劉雅英在一起，那他就不應該讓劉雅英感到不安，但我相信那傢伙百分之百是個垃圾。

「我……我不知道。」

說是這麼說，劉雅英臉上卻是一副快哭出來的樣子，看來她似乎有想起一些疑點。

「萬、萬一真的像德久哥說……說的那樣……那……那我該怎麼辦？我該怎麼做才好？」

朴德久悄悄看向我，接著開口。

「我們大哥會幫妳報仇的！」

事情變得有點麻煩了。

第078話　可愛的報仇

每個人都有不同的價值觀。

對我來說，生存是最重要的。

我之前把搭上金賢成的便車視為首要之務，並付出了各種努力讓沒有天賦的自己生存下去。

我曾經冒著生命危險去找車熙拉，賭她願意幫助我；也曾經一整天絞盡腦汁，想辦法一鼓作氣剷除和我不合的瘋老頭。

我一天到晚都在思考要怎麼做才能往上爬。

我知道不能貶低別人，也知道不能忽視每個人的價值觀存在差異，但坦白說，劉雅英的煩惱並沒有讓我產生很大的共鳴。

我當然不是不能理解。

劉雅英才二十歲初頭，在這個生死一線、充滿各種怪物的地方，勢必會需要心靈寄託，這也確實對她有好處。

「成為戀人」的這個約定本身就對維持彼此的精神穩定有很大的幫助。

雖然無法完全了解劉雅英的想法，但她之所以能在新手教學副本裡生存，大概就是因為她有了精神上的寄託。

以我的情況來說，大概就相當於金賢成在我心中的角色。我記得重生者溫暖的懷抱也為我帶來了心靈的安定。

我的情況或許和劉雅英不太一樣，但我也曾為了不被金賢成拋下而奮力掙扎。

這麼一想，我終於可以理解她的感受了……

我現在要和劉雅英一起執行的捉姦計畫，光是聽說明就讓人覺得非常有趣。假設除了我和金賢成以外，有第三個人發現了金賢成是重生者，而這個人試圖從我身邊搶走他，那我絕對會氣瘋。

我往旁邊一瞟，映入眼簾的是看起來很焦慮的劉雅英。

「這樣真的沒關係嗎？」

「嗯，沒關係。雖然對他有點抱歉……但是聽了德久哥的話之後，有幾件事讓我很在意，我想親眼確認看看。」

「可是從妳的立場來看，可能會有點震驚……」

「我承受得住的。話說回來，我們現在真的隱形了嗎？別人都聽不到我們說話嗎？」

「對，這我可以保證。雖然對魔力比較敏感或是感官很敏銳的人沒有用，但這裡畢竟是訓練所，能夠看到我們或聽到我們說話的人頂多只有教官們而已，就連攻掠組也看不到我們。」

「魔法這種東西好厲害，竟然還能讓身體變透明。不對，厲害的應該是鄭白雪教官才對。」

「其他人大概沒辦法如此完美地施展這種魔法。」

如果要說鄭白雪除了攻擊魔法以外，還擅長什麼種類的魔法，那當然就是這種跟蹤用的魔法。

鄭白雪是定位追蹤、隱形、睡眠類型魔法的專家，她在這個領域有著獨一無二的權威地位，甚至連魔道公會都有人主張必須創立鄭白雪學派。

她應該還開發了其他我不知道的魔法吧。雖然這只是我的猜測，不過她連我的心跳都在監測了，並非毫無可能。

「總之我們就慢慢等吧，等待的時候也可以聊聊天。」

「他、他會來嗎？」

「妳應該祈禱那個人不要來才對吧。」

光是在下課後到空教室來，就已經可以給他不及格了。

「說的也是……」

我看了一眼緩緩點頭的劉雅英，正想走去角落的時候——

教室的門突然被打開了。

我本來預期會出現女觀察對象或男觀察對象的其中一人，然而出現的卻是四個女生。

其中三人我好像在哪裡看過。等到看清楚被她們抓住的那個人後，我立刻認出了那群女生。

原來是韓素拉的丫鬟們啊。

不過當然，她們現在都成了帶頭欺負韓素拉的人。

而被她們抓住的女生顯然就是手腳纏著繃帶、臉上戴著眼罩，走路一瘸一拐的韓素拉。

哇……

雖然我不是為了看這種場面才隱身的，但這個突發事件不免讓人有點擔心。

要是被劉雅英知道實情就不好了……

我們對外宣稱韓素拉是在鄭白雪的魔法實驗室裡不小心發生意外，才會變成現在這副模樣。

要昭告天下韓素拉是因為想對我亂來而受到懲罰也不是不行，不過看到韓素拉的慘狀後，我當然不可能發表那種「因為她拿性騷擾之類的事來胡說八道，我就索性把她變成廢人了」的公告。

誰都看得出來前者比後者好。

當然，這樣一來，就變成無辜的鄭白雪在魔法實驗室的管理上出現疏漏，她因此被取消了教官的資格。

至於企圖盜取鄭白雪研究成果的小偷韓素拉，則是由帕蘭支付她一筆慰問金，並決定不追究她擅闖實驗室的責任，順便以此向學員們展現帕蘭的寬宏大量。

我們的時間還很充裕，所以她們有沒有進來都無所謂，不過那三個丫鬟要是提到性騷擾事件什麼的，被劉雅英聽到就麻煩了。

她們都各自收了一百金幣，應該會乖乖閉上嘴吧。

那些丫鬟看到韓素拉的慘狀後，想必也有察覺到不對勁，所以照理來講她們是不會說出去的。但凡事只怕萬一，因此我不是很樂見丫鬟們即將在這裡對韓素拉做出的事。

我還來不及整理好思緒，她們就開始動手了。

丫鬟們將韓素拉拖進教室，然後推了她一把，她便踉踉蹌蹌地被逼到教室後方的角落。耳邊理所當然地傳來了丫鬟們的譏笑。

「瞧瞧妳現在的樣子。之前還擺出一副女王的姿態，現在完全變成殘廢了呢，韓素拉小姐，噗。」

「她之前到處作威作福的時候，我就知道她會變成這樣。李基英教官說得沒錯，最囂張的人會最快完蛋。」

「……」

「妳看她的表情，看她的表情！」

「別板著臉嘛，獨眼女。」

「怎麼？看來妳很不爽吧。被之前阿諛奉承自己的丫鬟們鄙視，心情怎麼可能會好呢？妳覺得煩躁很正常啊，我知道妳現在一定在心裡咒罵我們。可是素拉小姐，妳現在也該搞清楚自己的立場了吧！」

「……」

看到她們把韓素拉抓起來後一陣猛打，讓我有點不知所措。

雖然我早就知道韓素拉受到她們欺凌，但這種程度有點太嚴重了。

「喂，不要打得太狠。」

「沒關係，不會被發現的，只要往纏著繃帶的地方揍就好了。」

「不行啦，總不能就這樣把她打死吧。她的身體本來就夠差了，光是走路都很吃力……」

「妳放心，像她這種個性很硬的女人，命肯定也很硬。」

這倒是個名言佳句。

「她連叫都沒叫，脾氣真的很倔耶。我說素拉姐啊，妳也說句話好嗎？妳難道沒想過妳這樣只會讓我們更火大嗎？」

「……」

「喂，去把那個拿來。」

「啊……知道了。」

不過，只要稍微仔細想想，就能知道她們為什麼會對韓素拉表現出那種態度了。

因為自卑感作祟。

在場的四個人恰巧都是有上煉金術課程的學生。

韓素拉是因為魔力迴路被破壞，因此別無選擇，其他三個學生則是只有煉金術課程可以選修。

有趣的是，在她們四個人當中，成績最優秀的是韓素拉。

她本來就很聰明，所以理解速度很快。看到她拚命又專注的模樣，我也覺得難怪她成績會那麼好。

她的個性是真的很倔強。雖然不能說有天分，但誰都看得出來她很拚命。

大概也就是這一點讓那些丫鬟看不順眼。

誰會想看到本來一蹶不振的女王又慢慢東山再起的樣子？

劉雅英似乎也覺得不能坐視不管，於是向我搭話，但我搖搖頭。

「我、我們不用阻止她們嗎？李基英教官？」

「不，先觀察一下再說。不過那三位學員當然會受到懲戒，至於韓素拉學員的部分，我之後會另外處理。要是我們用隱形魔法躲在這裡的事被發現的話，對我們沒有好處。」

「這樣啊……」

「而且我有想確認的事……」

「咦？您說什麼？」

「沒什麼。」

反正韓素拉和丫鬟們又聽不到我們的聲音，我不懂劉雅英為什麼要在我耳邊說悄悄話，但現在只能將注意力先放在眼前的狀況上。

因為其中一個丫鬟正嘻皮笑臉地拿著包包走了過來。

「猜猜這是什麼？」

「……」

「素拉姐，妳不覺得很眼熟嗎？」

「還……還給我。」

「我們的素拉姐終於肯開口了啊，噗呵呵。怎麼？明明不把我們放在眼裡，現在卻捨不得這個嗎？」

哇……真是一群惡魔耶……

其中一個丫鬟拿出來的包包，正是訓練所分配給學員練習用的廉價煉金術工具組。

「我說還給我！」

原本沒有反抗的韓素拉站了起來，一瘸一拐地衝過去，但她當然不可能從雙腿健全的人手中把東西搶走。

看到她被耍著玩的模樣，不免讓人覺得有點心酸。

「我說……還給我！」

「妳學她講話超好笑！噗哈哈哈！」

「我不是說還給我嗎！」

「『我不是說還給我嗎』——！但我不想耶？我偏不想還妳。喂，接著！」

「嘿！」

她們三個像在捉弄小孩子一樣，將裝著煉金術工具組的包包丟來丟去，那幅景象實在令人不忍直視。

直到其中一個人失手漏接，韓素拉便跛著腳走過去，緊緊抱住工具組。

丫鬟們見狀，便開始像貓捉老鼠般追捕她。

儘管如此，韓素拉仍緊抱工具組不放，態度看起來相當強硬。

「我們素拉姐的個性真的很硬。喂，我們把那個砸爛吧。」

「咦？真的要嗎？但那是發給大家練習用的教材耶？」

「那又怎樣？她會自己看著辦吧。誰管她要不要再去領新的，那都是她的問題，不關我們的事。反正不管怎麼樣，都是她自己不小心弄壞的。」

「住手……」

「住什麼手？素拉姐，妳想叫我們不要砸壞這個嗎？我偏要，怎麼樣？之前明明還瞧不起製造類職業的人，現在又把那個當成寶物抱著不放啊。喂，抓住她！」

「我不是說了住手嗎？對不起，是我錯了。」

「現在道歉已經太遲了，素拉姐，哈哈。」

我敢肯定，那三個人絕對有成為優秀反派的潛質。我本來以為自己做的事情已經夠垃圾了，但在看到她們的所作所為後，竟然還覺得她們很值得我效法。

我無言到笑了出來。

垃圾三姐妹想盡辦法用腳踹向包包，韓素拉則是拚命抱緊包包，保護裡面的東西。

我彷彿看見了拚命保護我的朴德久，不過，她擋不住的。

其中兩個人直接抓住韓素拉後，另一個人便興高采烈地踐踏著煉金術工具組。

因為是便宜貨，所以即便有包包的保護，還是傳出了工具碎裂的聲音。

「住手！我不是說了住手嗎！妳們！」

「我不要啊，我就是不要，噗……」

「我錯了，妳們快住手！」

「我偏不。喂，素拉姐要哭了。」

「嗚嗚嗚……住手……」

目睹垃圾三姐妹的垃圾之力，連我都忍不住咋舌。我很久沒有像這樣把別人評價為垃圾了。

看到韓素拉雙手緊抓著破破爛爛的包包啜泣，其他三個人似乎也沒了興致。最後，她們轉身離去。

「一開始就該這樣嘛，素拉。現在搞清楚自己的地位了嗎？沒事別太囂張，知道了嗎？裝出一副認真的樣子博取同情，真的很噁心……我們走吧。」

「啊，已經這個時間了啊。素拉姐，我們先走囉。」

「呸！滾回阿斯嘉特[3]吧！獨眼女奧丁[4]！」

「噗哈哈哈哈，笑死我了，她叫她奧丁耶！」

韓素拉當然沒有跟著她們離開。她確認過包包裡的東西後，將臉埋在地上痛哭。

她那副模樣莫名讓我放心不下。

「嗚嗚嗚嗚嗚……」

就在這時，教室的門再度被打開。

終於要換下一位選手上場了嗎？

原本面帶苦澀地看著韓素拉的劉雅英頓時瞪大了眼睛。

一號垃圾三姐妹離開後，換二號垃圾上場了。

＊＊＊

嘖嘖。

3 北歐神話中，阿斯嘉特為亞薩神族的地界，所有尊奉奧丁為主神的神明都居住在該地。

4 北歐神話中，奧丁為了獲得知識，以一隻眼睛換取喝一口智慧之泉的機會，從此便剩下獨眼。

二號垃圾打開教室的門進來了，是個身材偏高挑、外型俊俏的男生。

他當然不是一個人來的，旁邊還跟著一個頗具姿色的女生。

〔您正在確認玩家金基哲的狀態欄與潛在能力。〕

〔姓名：金基哲〕

〔稱號：無，仍需多多努力。〕

〔年齡：25〕

〔傾向：自私的樂觀主義者〕

〔職業：戰士〕

〔能力值〕

〔力量：18／成長上限值高於稀有級〕

〔敏捷：18／成長上限值高於稀有級〕

〔體力：18／成長上限值低於稀有級〕

〔智力：18／成長上限值低於稀有級〕

〔韌性：18／成長上限值高於稀有級〕

〔幸運：18／成長上限值高於稀有級〕

〔魔力：08／成長上限值高於稀有級〕

〔總評：能力值普普通通，是個沒什麼了不起的垃圾。〕

用心眼確認後，當然沒發現什麼特殊事項。

唯一的發現是那小子的傾向和劉雅英一樣是樂觀主義者。

儘管劉雅英的前綴是「謹慎的」，那小子則是「自私的」，但兩人還是有合得來的地方，這一點倒是引起了我的興趣。

總之，突如其來的兩位不速之客打開教室的門後，隨即面露詫異之色。

本來以為空無一人的地方竟然有人先來了，會感到意外也很正常。

兩人看到韓素拉之後，接著就傳來了他們的說話聲。

「咦？」

「怎麼辦？基哲哥？要下次再來嗎？」

「但是不知道下次什麼時候才有機會……我們沒時間了，教官不會巡視的教室也只有這間而已。」

「下次再做個過癮就好了嘛。」

「不要，我現在就想和妳在一起。我說，這位同學。」

「……」

「妳如果沒有要使用這間教室的話，可以讓我們用一下嗎？」

「……」

韓素拉當然不可能拒絕他們。她沒有回答，但已經準備要離開了。

她看到有人進來後，用手擦了擦從臉上滑落的斗大淚珠，立刻邁步朝教室外走去。那副模樣實在令人不忍直視。

看著她跛腳走向外頭，讓我聯想到被雨淋濕的小狗。

真可憐。

其實在琳德，比韓素拉更可憐的大有人在，不過目睹這樣的狀況在眼前發生，我不禁感到有點愧疚。

雖然先來找我麻煩的人是她，但我畢竟也是人，還是有同情心的。

「她搞什麼啊？一聲不吭的，而且那是什麼德性？基哲哥，你認識她嗎？」

「她不是韓素拉嗎？」

「韓素拉？」

「嗯，之前是攻掠組的。」

「真的嗎？你是說那個魔法師韓素拉嗎？基哲哥？」

「妳怎麼對外面的消息這麼不靈通啊？」

「我只是不知道這件事而已，就要罵我喔？我又沒興趣……」

「她不是去鄭白雪教官的研究室偷東西被抓到嗎？我是有聽說她很貪心……算她倒楣吧，偏偏碰到鄭白雪教官正在實驗中的東西，導致實驗品爆炸。」

「原來如此……」

「想偷天才魔法師的研究成果是人之常情，但她也真是有夠瘋狂，所以有很多魔法師都在抱怨她。雖然大家對鄭白雪教官的授課方式看法不一，而且她的課很難聽懂，不過還是有很多人覺得上她的課很有幫助。我也從她那裡學到了運用魔法的方法……既然對戰士都有幫助了，就不用我再多說了吧。」

「是這樣啊。」

「做錯事的人明明是韓素拉，結果卻是鄭白雪教官被取消教官資格，我也覺得很可惜。我應該再和鄭白雪教官混熟一點的……」

「為什麼？因為你可能會加入帕蘭？」

「目前還不確定，也有可能會去帕蘭以外的地方，不過光是和那樣的人建立人脈本身就是一件對我有幫助的事。這裡已經是一個社會了，與其傻傻地浪費時間，不如多去和每個教官親近親近。」

「那你對我好也是因為這樣嗎？」

「這個嘛……妳想知道嗎？」

「算了，反正託你的福，我有熱鬧可看，有便宜可撿。我也喜歡簡單一點。」

「我就喜歡妳這樣。」

我悄悄往旁邊看了一眼，劉雅英渾身顫抖的模樣頓時出現在眼前。

我不由得嚇了一跳。

然而在我旁邊的是劉雅英不是鄭白雪，看到她沒有掏出短劍，也沒有在念咒語，讓我稍微放心了一點。

雖然不知道她在意的是那個女生還是其他事，但我們今天的男觀察對象和女觀察對象正散發出濃情蜜意的氛圍。

我不清楚他們的關係，不過至少看得出來他們這樣不只一、兩次了。

任誰看了都會覺得兩人關係很好，甚至很親密。

嘖嘖，真糟糕。

〔您正在確認玩家金基哲的特有癖好。〕

〔好色的狐狸〕

我一確認他的特有癖好，便冒出了完全在預料範圍內的癖好。

看來他很沉迷於美色啊。

雖然在預料之中，但越是了解，就越難對這個人抱有好感。

他現在就開始管理人脈，還會在意和教官之間的關係，在自己目前所處的位置上看似做人很成功，然而卻是個虛有其表的人。

在我的記憶中，那樣的傢伙都不是什麼好人。

「話說回來，你都已經有女朋友了……這樣真的可以嗎？」

「妳每天都在問這個。」

「因為這樣反而讓我更興奮啊，你難道不覺得嗎？」

「確實有這樣的感覺。」

「你要對劉雅英好一點，才能加入帕蘭，不是嗎？」

「我基本上已經確定可以加入了，再不然也有其他公會可以去……誰會知道我之前用完就丟的女人竟然是一顆寶石？還好我在新手教學副本裡有帶著她。」

「不過換作是我的話，還是會再小心一點。雖然這樣和你幽會，我是覺得不錯，可是……你都不會感到不安嗎？你就定下來吧，反正她的身材也很好啊。」

「這和身材好不好沒有關係，她的缺點是太無聊了……就是那種可以結婚，但不能談戀愛的類型。妳懂我的意思吧？」

「那戀愛要和什麼樣的人談？」

「這還需要問嗎？當然是和妳談啊，臭丫頭。」

「好開心喔。」

看著那對開始發出嘖嘖水聲的蟑螂，我覺得有點想吐。

不過當然比不過在我身旁的劉雅英。

她剛才可能還抱有一絲期待，因此在兩人提到自己時還目不轉睛地盯著他們，但那兩人隨著對話的進行，距離越靠越近，劉雅英的身體也開始顫抖了起來。

她不自覺地緊緊抓住我的手，淚水不斷奪眶而出。

剛才的韓素拉也是這樣……光是今天我就目睹了兩次女孩子哭得很傷心的樣子，心裡莫名覺得不太好受。

「要出去嗎？」

「……」

「我覺得出去會比較好。」

「是……」

「繼續待在這裡沒有好處。」

雖然那兩個人看到教室的門自己打開大概會嚇一跳，但那不關我的事。

我悄悄帶著劉雅英離開，開門時，教室裡的人似乎受到了驚嚇，因此傳出一陣騷動，不過我無視他們，走出了教室。

劉雅英的狀況沒有比韓素拉好到哪裡去。

她剛才還只是默默流著眼淚，現在卻是一邊用手不停抹掉臉上的淚水，一邊大哭出聲。

我覺得這時候應該安慰她，所以拍了拍她的肩膀，她隨即緊緊抱住我。

……我就知道會這樣。

「嗚呃嗚呃嗚嗚……嗚嗚嗚……」

我不禁開始埋怨朴德久。

一想到惹出這種事的江原道戀愛博士此刻正在呼呼大睡，我心裡就很不爽。

「嗚嗚嗚嗚……嗚嗚嗚……」

劉雅英似乎比我想的還要信任那個人。

他們相處的時間不長，但考慮到新手教學副本這個時空背景的特殊性，可以想見她肯定很依賴對方，和對方的關係也很親密。

我沒有像那樣被別人狠狠背叛過，因此難以對她產生共鳴，不過我完全可以感受到她有多心痛。

劉雅英過了好一陣子才稍微冷靜下來。

「妳還好嗎？」

雖然還在抽泣，但她的情緒已經比剛才和緩多了。

她雙眼紅腫，把臉埋在我的胸口，似乎還沒完全恢復平靜，但我看到她靜靜地點了點頭。

她要是再繼續抱著我不放，在琳德休假的鄭白雪可能就要登場了，因此我不動聲色地將她推開，接著說道。

「我不知道該怎麼安慰妳，但我感到很遺憾。」

「請別這麼說……沒關係，我也預料到了……因為我仔細回想後，發現有很多疑點。」

「嗯。」

「我一直告訴自己『不會的』、『不會的』，但親眼看到之後……嗚嗚嗚……」

她的眼淚好像又要再次潰堤了。

我沒辦法體會她的悲傷，於是只能努力安慰她，因為我知道唯有這樣她才會答應加入帕蘭。

基本上，她已經算是確定會加入帕蘭了，但現在還剩下一件事要做。

——報仇。

雖然從劉雅英現在的狀況和她的傾向看來，她應該不會有很強烈的報復心，但可能會想要讓對方也嘗嘗遭到背叛的滋味。

她不會想殺了對方，或是把對方變成廢人。那種解決方式只適用在我周遭的鄭白雪、李智慧、車熙拉等人身上，不適合劉雅英這種性格溫和的女生或是其他小菜鳥。

我正好想到一個適合劉雅英的方法，不過執行起來很麻煩。

劉雅英未來就要和我們成為一家人了，把這當作送給她的一次特別服務也不虧……應該會滿有趣的。

反正我最近都很努力工作，能夠享受短暫的餘興節目也還不錯。正當我這麼想的時候

———

我看見原本輕咬著嘴唇的劉雅英開口對我說了一句話。

她的聲音相當堅定。

「我要加入帕蘭。」

很好。

「這麼想就對了，有句格言說『成功是最好的報復』。妳的前男友一定會很嫉妒妳，因為我們會用最高的年薪和簽約金跟妳簽約。」

「好……雖然我沒有那個意思就是了。」

「他要是知道自己曾經拋棄和玩弄過的女生是這麼有價值的人，一定會懊悔得捶胸頓足。」

「謝謝您……對我說這些好話。」

「我不是在拍馬屁，只是陳述事實而已。劉雅英小姐，妳是一位既有才華，又聰明美麗的女性。坦白說，那間教室裡的傻瓜才配不上妳。妳要是不介意的話，我想推薦妳一個有趣的整人方法……啊，這是歡迎妳加入帕蘭的入會禮物。」

「咦？不用了，沒必要做到那種地步……」

「妳和我交往一陣子吧。」

「什麼……？」

「啊，只是幾天而已，妳不用太擔心，只到訓練結束為止也沒關係。那種會把女人當成自己所有物的男人，當自己的女人被其他男人搶走的時候，他們就會眼紅。」

「……」

「尤其是被能力比自己好的人搶走的時候。這裡的『能力』適用於各方面，像是性能力、財力、權力……」

「啊……」

劉雅英應該知道我在說什麼。

她可能本來想獨自消化悲傷，但我不過稍微提了一下這個方法，她就露出被蠱惑般的表情，似乎是覺得我的提議聽起來煞有介事。

人心就是如此有趣。

她的心中的怒火正在沸騰。

剛才目擊的場面對她而言絕對很衝擊。那股悲傷想必還沒消退，但內心的一角卻悄悄湧上了類似報復心的負面情緒。

她之所以馬上就說要加入帕蘭，可能也是出於這個原因……

與其在加入帕蘭後，繼續沉浸在悲傷中哭哭啼啼，不如趁現在發洩個痛快。

一直悶在心裡，反而會變成一顆未爆彈。

現在解決的話，就不用擔心她會像鄭白雪或宣熙英那樣價值觀崩壞了吧。

這是一場可愛的報仇。

我看見劉雅英不由自主地點頭。

「那就……拜託您了，教官。」

既然要報仇，就要做得徹底一點。

看來要久違地去見見小機靈了，還要叫上白波爾……畢竟要對付流氓，用豪車刺激對方的自尊心是個好方法。

＊＊＊

在帕蘭與最後一名招募對象劉雅英交涉完畢後，紅色傭兵和帕蘭實際上等於完成了所有優先交涉權的行使。

雖然帕蘭還剩下一次機會，但我們沒有使用的必要。

我們也知道再繼續讓其他公會和戰隊等下去會造成眾人的困擾，於是只能盡快開放轉會市場。

已經等得心急如焚的其他公會和戰隊自然會瞬間湧入訓練所。

這批新人的潛力在我看來都普普通通，但因為訓練是由紅色傭兵親自上陣指導，有了這層加持後，市場反應相當熱烈。

大家的狀態其實也都還算不錯。

或許在帕蘭、紅色傭兵、黑天鵝或魔道公會這些主要公會看來不怎麼樣，但站在中小戰隊的立場來看，能夠帶走派得上用場的訓練兵是一件令人高興的事。

雖然毫無潛力的人得到的待遇一如往常，但至少會揮劍的人得到的待遇比之前好多了。

紅色傭兵管理的訓練所就這樣掀起了一波簽約熱潮。

紅色傭兵向其他戰隊和公會提供了訓練所和學員的資料，同時也和訓練所裡的學員共享了各家戰隊和公會的情報。

學員開始互相傳閱宣傳冊之類的公會介紹文件，時不時也能看見學員在休息時間聚在一起討論，或是拿著兩本宣傳冊猶豫不決的景象。

之前幾乎完全禁止流通的資訊開始大量釋出。

新人訓練尚未結束，訓練所內卻已經鼓譟了起來，讓人不禁擔心會不會影響到訓練，好在那樣的事情並沒有發生。

為了被一天來觀摩好幾次的獵頭看上，還沒收到入會邀請的新人只能咬緊牙根認真受訓，去處已定的新人也必須展現出全力以赴的樣子，藉此提高自己的身價。

其實結業式已經近在眼前，因此除了訓練時間以外，氣氛也變得輕鬆了一點，不過到處都還是瀰漫著微妙的競爭感。

互相競爭的當然也不只是學員。

各家戰隊和公會之間的搶人戰也正式開打，甚至讓人懷疑是不是有點太激烈了。

有人送禮給有意入會的新人，有人誹謗其他戰隊，每個人都想盡辦法擴大自己所屬的組織規模。

從一些小地方就能看得出他們之間的競爭。

比如公會會長或獵頭會刻意穿著比較高級的服裝出現，或帶著訓練有素的精銳同行，展現武力和財力，或是誇耀自家公會的餐廳等等。

他們也經常提起戰隊的福利、公會的預算，甚至是宿舍的品質和未來的發展，各各都說得天花亂墜。

雖然宣傳效果意外地好，但帕蘭並沒有加入競爭的行列。我們甚至連公會宣傳冊都沒發，其他宣傳手段就更不用說了。

的情報。

箇中原因不言而喻——因為我們沒必要宣傳。

帕蘭的人員招募其實在和金昌烈、劉雅英簽約完成的同時就結束了。

我們不認為有必要再招募其他新人，當然也就不需要大費周章地準備宣傳公會的演講。

反正就算不做那些麻煩事，自然也會出現傳聞。因為訓練所裡一直都在流傳關於帕蘭的情報。

轉會市場開放後，這裡就不再是一個封閉的環境了。

有收到入會邀請，也看過公會相關資料的新人在和各家公會的獵頭談話的過程中，便會慢慢知道帕蘭的金賢成和李基英占有什麼樣的地位，而這類消息當然會在訓練所裡迅速傳開。

光是我自己，就已經感覺到別人看我的目光產生了一百八十度的轉變，其他部分也無須多言。

我既是帕蘭的副會長，又被內定為帝國八強之一，甚至還是神聖帝國的榮譽主教。順帶一提，還有傭兵女王的情夫這個身分。

在這些令人引以為傲的頭銜中，我不清楚學員們究竟知道幾個，又有多了解每個頭銜的意義，但我也不打算深究。

反正他們就算沒有聽說過我的事，看到我最近的模樣也會有很多想法。

果不其然，四周開始傳來竊竊私語的聲音。

「那就是獅鷲吧……」

「那是李基英教官的專用坐騎嗎？」

「聽說琳德境內只有四隻……紅色傭兵會長有一隻，黑天鵝會長有一隻，另外兩隻分別是帕蘭的會長和副會長所有……」

「你是聽誰說的？」

「戰隊裡的姐姐……」

「原來如此……結果你還是決定加入了啊？」

「嗯，所以我聽說了很多事情，果然人不可貌相。」

「這真的不是開玩笑的耶。如果是車子的話還可以換算成金錢，聽說獅鷲的價值難以估計……」

「人家可是被提拔為神聖帝國榮譽主教的人耶，這對他來說很普通吧。」

「什麼?!」

「你以為只有這樣而已嗎？啊，這件事還沒有確定，不過……」

大概就是像這樣。

我展示出來的當然不是只有白波爾而已。

這個世界也有所謂的「名牌」。我之前穿的都是一般的煉金實驗服，但現在已經到了最後關頭，就代表我可以光明正大地穿上昂貴的衣服了。

雖然我不認為那些學員現在有辦法區分這些，但我只要散發出看起來很高貴的氛圍，就能享受被仰望的感覺。

反正訓練所的課程幾乎都結束了……

其實我今天也沒有課。畢竟是私下來到訓練所，所以這副打扮並沒有讓我覺得特別尷尬。

我在訓練所的正門前面找了一個位置坐下後，正好看見了一些正要進入宿舍或是準備外出的學員。

在耳邊凝聚了一點魔力後，就能聽見四周傳來的聲音。

「今天好像也一樣耶。」

「好羨慕喔……」

「我倒是不怎麼羨慕。」

「少騙人了。聽說在這個世界，一夫多妻很常見……」

「他們之間又沒有愛情。」

「只要有錢，就算是本來不愛的人也會愛上啦，臭丫頭。反正這個地方那麼危險，投入李基英教官的懷抱肯定比和尋找真愛的乞丐在一起幸福一千倍。妳想不想聽一個極端的例子？」

「什麼例子？」

「我是不清楚其他人怎麼想，但我個人是覺得比起選擇有能力又專情的人，我更想當曼蘇爾[5]的第三位妻子。」

「不知道為什麼，我也有同感……」

「不是什麼暴發戶的第三位妻子，而是『曼蘇爾』的第三位妻子……」

面對向我打招呼的學員，我只有簡單地抬手回應。

幾乎沒有學員會靠過來和我裝熟，因為我打從一開始就沒有塑造出那樣的氛圍。

一些偷偷打量著我的女學員都知道我在等誰，自然也不會來向我搭話。

短暫的等待過後，我便看見不知為何看起來很開心的劉雅英慢慢向我走來。

而正要走出宿舍正門的學員們瞬間讓出一條路給她。

這是什麼摩西分海的奇景？

劉雅英和剛來到訓練所時不同，她表情坦蕩，已經不像之前那樣對於來自四面八方的

5　曼蘇爾・本・扎耶德・阿勒納哈揚是阿拉伯聯合大公國副總統、副總理和阿布達比酋長國王室成員，目前有兩位妻子。

關心和嫉妒感到有壓力了。

看到她對自己成為眾所矚目的焦點相當樂在其中的模樣，讓我忍俊不禁。

雖然圍繞著劉雅英的外部環境也產生了很多變化，但是都沒有比她本人的變化來得更大。

光是她的外表就有了很大的改變。

劉雅英身上的衣服幾乎都是名牌，任誰看了都不會覺得她還是個正在受訓的學員。

我一邊留意他人的視線，一邊開口輕聲喚她，便馬上看見她對我做出了回應。

她現在真的像眾所矚目的公主一樣……

周圍的人都對她投以欣羨的眼光，我想就無須多加贅述了。

「我們走吧？」

「好的，李基英教官。」

她嫣然一笑的樣子不像是演技。

她身上的衣服大部分都是我送給她的，甚至連手上的戒指也是。我想起送她戒指時的情景，不禁噗哧一笑。

讓我覺得有趣的並不是劉雅英的反應，而是在她周圍其他人的反應。

就外界所知，劉雅英還在持續拒絕帕蘭的入會邀請。

我第一次送她那種禮物的時候，有人猜測那可能是帕蘭給她的賄賂，不過隨著時間流逝，便出現了另一種說法，有人開始懷疑那不是單純的禮物。

這也是理所當然的。

第一次也許有人會以為是賄賂，但是當同樣的情況發生兩、三次，甚至超過五、六次時，就算是傻瓜也會改變想法。

訓練所裡自然而然地開始傳出了奇怪的傳聞。

「李基英教官對劉雅英學員有興趣。」

起初是這樣的傳聞。

「李基英教官想招攬劉雅英學員加入公會，也是因為想讓她待在自己身邊。」

之後也出現了這樣的風聲。

然而，並不是所有人看待這件事的想法都是正面的。

就我個人的情況來說，反正本來就已經有傳聞說我愛好美色，所以我也無所謂，不過一夕之間變成公主的劉雅英就得面對很多不友善的視線了。

慶幸的是，那些不友善的視線過沒幾天就轉變為羨慕的眼神了。

因為劉雅英和他們已經不是同一個級別了，他們沒辦法基於單純的嫉妒對她肆意謾罵。要表達「嫉妒」這種低劣的情緒，在某種程度上也要和對方的水準相當才行。

站在學員們的立場來看，名為劉雅英的存在已經躍升到太高的層級，其他人連她的車尾燈都看不到，唯一能做的事就只有仰望她而已。

沒有奴隸會嫉妒大企業總裁。他們通常會嫉妒腳鐐比較寬的奴隸，而不是地位在自己之上的人。

我緩緩地朝劉雅英伸出手，她握住我的手騎上獅鷲的動作如今也已經駕輕就熟了。

看到她變得和以前不太一樣，讓我忍不住失笑，接著便聽見她問道：「我果然還是……很不適合這樣嗎？」

「沒那回事，我覺得非常自然。」

「聽到您這麼說，真令人害羞呢。」

她嘴巴上這麼說，眼睛卻悄悄看向腳下。

「妳覺得心情怎麼樣？」

「坦白說，我覺得心情很好。其實我直到付諸行動之前都還有點懷疑，但後來發現比我想像中還開心，讓我很驚訝。」

「那真是太好了。今天有什麼特殊狀況嗎？」

「有，今天有幾個人問我是不是在和李基英教官交往，還問了『那鄭白雪教官會怎麼樣』這種無聊的問題。我說我們還沒交往，他們全都大吃一驚。」

「這樣啊。」

「啊，還有那個人……」

「是。」

「他跟我說以後不要再和您見面了。」

「看來他開始感到不安了吧，哈哈。」

「對，他雖然沒有直接說出口，但現在一定很不安，原本少有的肢體接觸也增加了……我當然覺得很煩，跟他說我身體不舒服就離開了……噗，當初是他叫我跟您稍微拉近關係的，事到如今又害怕自己被拋棄了吧，所以最近老是想靠近我，真的很煩。」

我的腦海中大致勾勒出了現在的狀況。

那傢伙在我展開送禮攻勢之前，明明還說和李基英教官拉近關係沒有壞處，現在卻突然叫劉雅英不要和我見面，這毫無疑問是那傢伙感到不安的證據。

他要是還能平心靜氣才奇怪吧……

一個有錢又有能力的男人一直想搶走自己的救命繩，他會那麼急迫也是理所當然的。

換作是我也一樣。

如果有個頭腦很好的傢伙纏著金賢成不放，我肯定也會擔心得睡不著覺。

「您知道他還說了什麼嗎？他說我最近好像變了……還反過來逼問我真的是他認識的雅英嗎。老實說我當時實在覺得太荒謬，都想扯他頭髮了。」

「妳怎麼不直接揍他一拳？」

「真的可以嗎？會不會影響您的計畫……」

感覺她的話變得比之前多了一點。

看來她開始對這個計畫感興趣了啊。

我是有料到她現在正在興頭上，不過她似乎比我想的還要樂在其中。

「妳想做什麼都可以，反正當初提的計畫也只是先設想一個狀況而已……讓雅英小姐的心情好轉才是最重要的。」

「啊……是！」

回答我的聲音聽起來十分明亮。

＊＊＊

一夕之間全部都改變了。雖然這麼說可能有點老套，但我想不到還有什麼方式可以描述現在的情況了。

受到人們的關注的確讓我感到很不自在，但是過了一段時間就習慣了。

當然，這並不代表我很享受他們羨慕的眼神，反正我比任何人都清楚這全都是演出來的，也不覺得這種事情有太大的意義。

我在意的始終只有周遭人們的反應對金基哲帶來了什麼樣的影響。

金基哲那個混帳……

我努力不去回想，令人煩躁的記憶卻不斷浮現在腦海中。
親眼看見、親耳聽見的噁心畫面與聲音彷彿一再重演，令人難以忍受。
光是想像就令人忍不住哽咽，淚水彷彿要奪眶而出。
煩死了。
想到自己必須為了那種人感受到這種情緒就覺得不爽。
要是沒有這次的行動，這時的我一定還獨自躲在房間裡痛哭。
我一開始不懂和李基英教官一起計畫這種事有什麼好處，但事實證明這確實對我有幫助。
至少我鬱悶的心情可以暫時獲得緩解，感覺就像終於搔到了我內心一角的癢處似的，這讓我很高興。
儘管無法一吐為快，排遣鬱悶還是很重要的。
我正要回宿舍的時候，旁邊傳來一道聲音。
「雅英。」
「有事嗎？」
聲音的主人不言而喻。
「我能有什麼事？當然是想妳了啊。」
是金基哲。
乍看之下好像很從容，但他的表情和動作卻處處表現出焦躁的情緒。
有一瞬間，眼淚似乎要流下眼角。
雖然腦海中老是浮現負面的想法，但是不知為何，我現在好像多了一點餘裕。
大概是因為我看出了那個男人臉上的不安吧。

「這個時間不是不能外出嗎？據我所知，十二點以後學員就不能離開宿舍了……」

「那妳也……」

「你自己應該很清楚我們不能相提並論吧？我有得到外出許可，而你是擅自外出，不是嗎？」

「嚴格來說不算擅自外出，我也有事要辦。」

「什麼事？你被哪個公會錄取了嗎？」

「可、可以這麼說。」

「是哪個公會？」

「是主要公會之一，不在琳德，在凱斯拉克，名字叫作巨人公會，不知道妳有沒有聽過。」

我是有聽過。

巨人公會在凱斯拉克攻城戰中表現活躍，讓人留下深刻的印象，因此晉升為主要公會之一。

聽說凱斯拉克本來是由小石公會掌握實權，但是小石公會的會長宋正旭為凱斯拉克犧牲了自己的生命，巨人公會的地位就是在那之後提升的……應該是這樣吧？

我的記憶有點模糊，不過我確實有聽李基英教官說過這件事。

巨人公會雖然不在琳德，但可以說是大部分的學員都想加入的公會之一。

最近他們的入會標準變得很高，從客觀的角度來看，憑金基哲的成績是不可能加入巨人公會的。

好煩。一股煩躁感逐漸湧上心頭。

不知為何，我感覺非常鬱悶。

我很快就察覺到這股鬱悶的心情是因為看不慣眼前的這個男人有好的發展，進而產生的低劣情緒。

煩死了……

感受到這股情緒本身就是一件令人極為煩躁的事，於是我忍不住說了一句：「憑你的成績是進不了那家公會的吧？」

說出口的同時，我就在心中暗忖「糟了」。

我有一度想過這麼說是不是太過分了，然而在看到金基哲略顯扭曲的表情後，卻覺得內心的鬱悶被淡化了。

也許……

「以你的成績，應該去打聽戰隊，而不是公會吧？」

明知道不能說這種話，我卻像著了魔一般，嘴巴沒有要停下來的意思。

我自己也在想是不是說得太過分了，但還是不由自主地說下去，想藉此消除自己的鬱悶。

「如果是在沒有簽約金和薪水的條件下加入的話，你還是放棄比較好吧，基哲哥。我聽李基英教官說……用那種條件錄取的通常都不是正式的公會成員，很可能會需要去做搬運怪物屍體之類的工作。」

「妳……」

「我這麼說都是為你好。年薪和簽約金有多麼……」

「很高。」

「真的？」

「嗯，因為我說會和妳一起加入……」

「我可沒有同意，你怎麼能擅自作主？」

我一時氣結，連話都說不出來。我的確有覺得不太對勁，但沒想到他會這麼做。

「妳，真的要加入帕蘭嗎？」

「是又怎麼樣？帕蘭開給我的簽約金和年薪都是最高待遇，福利也比其他大型公會好。」

「那我們一起加入的事……」

「我沒有說過要和你一起加入，那從頭到尾都只是你一個人的想法而已。」

「妳不知道帕蘭的風評不太好嗎？尤其是那個名叫李基英的人。」

「教官怎麼了嗎？當初不是你說可以和李基英教官拉近關係的嗎？是你叫我那麼做的吧？你還說他看起來絕對不是壞人。那個人比你所知的還要厲害多了。」

「我也有耳聞……可是他的異性關係很複雜……有句話叫『見微知著』，妳覺得……李基英教官得到的權力會是用正當手段取得的嗎？就憑他一個煉金術師？」

「你的異性關係也很複雜啊」這句話到了嘴邊，被我硬是嚥了回去。

「這裡又不是地球，那有什麼不對？我反而覺得他光明磊落的很好啊。反正這件事眾所皆知，他又沒有做什麼偷雞摸狗的勾當……聽說有能力的人大部分都是那麼做的。」

「所以妳的意思是……那樣很好嗎？」

「沒什麼好不好的，因為我覺得教官他……很有能力，他完全有資格那麼做。」

「雅英，妳不要以為李基英教官對妳表現出的關心是真的。妳太善良了，可能不知道這個世界有多險惡。那都是……」

「他的關心是不是真的很重要嗎？你知道我身上這些衣服加起來值多少錢嗎？一定不知道吧。你就算工作一輩子，也買不起我身上任何一樣東西。我本來也以為這些東西沒什麼特別，但你看看這枚戒指，這可是價值兩萬金幣。」

每當眼前的男人表情扭曲，我都會覺得鬱結在心中的煩悶一點一點消散。

我很清楚是什麼樣的感情使他表情扭曲，那個男人現在表現出的分明是自卑感。

「妳……和那個人……睡……」

「俗話說『狗眼看人低』……你覺得我是會出賣身體的人嗎？」

「妳給我好好說話。劉雅英，妳……」

「如果我說睡過了，你又能怎麼樣？」

他的臉又再一次扭曲。

此刻彷彿有電流竄上我的背脊，不由得打了一個哆嗦。

感覺鬱結的情緒完全煙消雲散了。

「不能這樣」的念頭緩緩浮上心頭，我卻沒辦法踩煞車，就像酒精成癮者渴求著酒精一樣。

「妳！」

「那個人……之所以很厲害，不只是因為他擁有財富和權力而已。」

「那是什麼意思？」

「他各方面都是你這樣的人無法比擬的。你一定要我說出來才懂嗎？我第一次因為自己是女生而感到開心。」

「劉雅英！」

我看著眼前的人布滿血絲的雙眼與顫抖的臉龐。

原來是這個意思啊。

我突然想起了李基英教官說過的話。

——那種會把女人當成自己所有物的男人，當自己的女人被其他男人搶走的時候，他們就會眼紅。

我一開始聽到他這麼說的時候，不太明白他指的是什麼情況，但在親眼目睹後，好像可以理解他那番話背後的意思了。

背後不斷傳來酥麻的感覺，鬱結在我心中的煩悶似乎也一口氣紓解了。

感覺真棒。

光是看著那張充滿自卑又痛苦的臉，就覺得鬱悶感消失了。

正當我覺得好像可以再說得更過分一點，嘴巴蠢蠢欲動的時候，我突然產生一個念頭。

就這樣結束好嗎？

以前的我是不會這樣想的。但現在我想再多看一下這個男人痛苦的樣子，我想看很久很久。

我想讓他更加痛苦。

這樣的念頭開始不斷出現。

因為我也很痛苦，心臟就像要被撕裂般。

那個人也應該嘗嘗遭到背叛的滋味，並和我一樣痛苦才對。

我的耳邊再次響起了李基英教官的聲音。

他當時的語氣聽起來漫不經心，似乎要我別放在心上，但是不知為何，那番話一直縈繞在我的腦海中。

——最好的報仇，就是報仇到痛快為止。會覺得過意不去，或是覺得這麼做沒有意義的人，都是因為從來沒有好好報仇過。只要真的徹底報仇了，心情就會好到胸口像是快爆炸一樣。

我現在的確覺得好像快飛起來似的。我希望這種感覺再持續久一點，也還想細細地去感受這種心情。

最後我決定慢慢看向那個人，對他開口說道：「剛才那只是氣話，我沒有和他睡過。」

「妳……」

他的臉上瞬間閃過安心的神色。

「……」

「……」

「雅英。」

「幹嘛？」

「妳知道妳最近有點奇怪嗎？」

「……」

「是因為我最近冷落妳了嗎？因為我說想和妳暫時保持距離？」

「不知道啦……」

「我說那些話都是為了妳。因為我相信妳的潛力，又怕我會成為妳的絆腳石。但現在看到妳這個樣子，讓我意識到我最近真的太少關心妳了。」

聽你在放屁。

我當然知道他在說謊。

「雅英，對不起。」

「……」

但我的嘴角卻老是不由自主地上揚。

這當然不是因為我很高興他能真心向我道歉，而是因為想到可以再次感受到那股痛快的心情，就讓我心跳加速。

「我現在不想看到你。」

「對不起，真的……我希望妳至少知道我是愛妳的。」

「我先回去了。」

「雅英！劉雅英！」

「對了……」

「嗯？」

「我接受你的道歉，基哲哥。我們明天一起吃飯吧，好久沒有一起吃了。」

我輕輕回頭開口的剎那，看見金基哲默默地露出了微笑。

我的背脊再次竄上一股電流。

＊＊＊

我坐在車熙拉房間一角的沙發上查看資料，這時從旁邊傳來一道聲音。

「親愛的，你還沒選好後衛嗎？」

「嗯，我們要成立第二小隊……不過實在沒有可用的人選。本來想說乾脆從新人裡面挑，但現在看起來還是只能找有經驗的人了。」

「再過一陣子應該會有一些魔法師離開魔道公會，除非他們和魔道公會續約……我們打算招幾個人進來，你也可以去打聽看看。」

「我比較希望是一張白紙，從頭到尾都由我們來培養。」

「啊，我也喜歡那樣，這也是為什麼我們要招募新人……」

人來當。

雖然找有經驗的人也可以，但既然已經有兩個新人要一起成長了，我希望後衛也找新

我最近一直保持著發動心眼的狀態，卻始終沒有看到能讓我眼睛為之一亮的人，我想這次應該很難找到令人滿意的新人了。

所謂的魔法師，通常要兼具對於魔法的理解能力和天賦，還必須拚命努力，因此可用之才不多，這我可以理解。

所以哪怕能力只有鄭白雪的四分之一，我也願意接受。

「呼……」

「你那麼忙，還有空開那種玩笑，看起來滿有趣的嘛。」

「確實滿有意思的。」

「你要怎麼做是你的自由，不過……你有告訴把劉雅英的事告訴我們小老婆吧？」

「啊……嗯，我有大概和白雪說一下，畢竟她現在在琳德。我覺得應該不會有問題吧。熙拉姐妳呢？妳沒事嗎？」

「我本來就喜歡這種行為，不是有種痛快的感覺嗎？反正這裡也沒什麼好玩的事……我本人能力太強，沒辦法受到那種公主般的待遇，所以沒機會體會心靈被淨化的感覺，那就只好看別人被淨化來滿足自己囉。」

「怎麼？妳想得到公主般的待遇嗎？」

我笑嘻嘻地勾起嘴角，接著果不其然，馬上就受到了制裁。

「你最近說話常常沒大沒小喔，嗯？」

其實我被嚇到偷偷抖了一下。

儘管我們現在站在同等的立場上講話，車熙拉還是有可怕的一面。

畢竟她瞪著鮮紅的雙眼口水橫流，像瘋婆子一樣衝過來的模樣還歷歷在目，我自然會產生這樣的反應。

「你剛才想像了那個時候的畫面吧。」

「沒有啦……熙拉姐。」

「我看你的表情就知道了。我不是叫你忘掉嗎？」

「那又不是說忘掉就能忘掉的……」

就在我做著毫無意義的辯解時，公會職員打開房門，傳達了報告事項。

我前幾天就發了電報把人找來，看樣子現在才抵達。一想到能見到好久不見的小機靈，我的心情就好了起來。

「李基英大人，那個……您的客人到了。」

「請先帶他們去我房間，順便轉告他們我待會就過去。」

「那個……因為門太小的關係，我不確定客人進不進得去……」

「咦？」

「呃……不好意思，您可能要親自出去看看。」

「什麼？不用了，沒有那個必要……迪亞路奇不是也在嗎？我現在完全聽不懂你在說什麼……」

「嘰咿咿咿咿咿咿咿咿咿咿咿！」

那是不同於以往的宏亮叫聲。

我立刻往聲音傳來的方向走去，透過窗戶往下一看，一隻外型令人感到陌生的怪異生物出現在我的視野中。

小機靈？

那個生物的體型和大型犬，不對，是和猛獸差不多。
我不禁懷疑了一下自己的眼睛。
小機靈……怎麼長這麼大了？

第079話　暴風成長的小機靈

我揉揉眼睛，再次定睛一看，確定那就是小機靈。

呆愣地站在原地東張西望的迪亞路奇也在，但我的視線還是忍不住被小機靈吸引。

我記得最後一次見到牠的時候，牠才和小狗一樣大而已。

如今看到牠的體型和老虎一樣龐大，我不禁目瞪口呆。

這個程度已經不是可愛了，而是可怕。

覺得周圍的氣味很新奇的小機靈原本到處嗅聞，卻在一瞬間看向我。

我下意識開始擔心是不是應該穿上防具再出來，因為我在小機靈的眼神中看到了某種無法言喻的情感。

「嘰咿咿咿咿咿咿咿咿！」

牠發出大聲怪叫後，不僅猛點頭，還不斷流著口水。

我不知道牠為什麼會流口水，因此感到有點不安。

牠在幼年期當然也時不時會有這種情況，但我現在非常擔心牠把我當成了獵物。

總是如同螺旋槳般擺動的尾巴也莫名有威脅性。

牠露出一臉期待的表情，畢竟是許久不見的孩子，我自然也認為不能就這樣放著牠不管。

迪亞路奇看起來好像在鬧脾氣，不知道是不是在氣我這段時間沒有參與小機靈的成長。

眼下最好的應對方法就是熱烈歡迎他們。

「啊……小機靈……」

我小聲地開口，小機靈隨即朝我這裡衝了過來，那副模樣實在教人不敢直視。

「嘿嘿！嘿！」

這孩子是怎麼了？

用四隻腳跑來的速度比我想的更快，我只好立刻擺好姿勢。

「嘰咿咿咿咿咿！」

還來不及思考要怎麼接住牠，小機靈就撲了過來。驚人的重量與強烈的撞擊理所當然地將我撞倒在地。

「嘰咿！嘿嘿！嘰咿咿咿！嘿嘿！」

雖然很痛苦，但也只是暫時的。

看到牠大大的眼睛噙著淚水的模樣，我不由得對牠感到歉疚。

「嘰咿咿咿咿咿！嘿嘿！嘿嘿！」

斗大的淚珠撲簌簌落下的樣子令人看了於心不忍，與此同時，牠的尾巴依然像螺旋槳般甩個不停，看來牠確實是小機靈沒錯。

「哎唷！」

「嘰咿咿咿咿！」

「哎唷！我們小機靈這段時間過得好嗎？」

「嘿！嘿！」

牠伸出舌頭不管三七二十一地對我到處亂舔，還一直聞來聞去。

我現在已經沒辦法像以前一樣把牠抱起來了，但我還是緊緊將牠摟住，胡亂搓揉牠。

「好棒！好棒！好棒！」

「嘰咿！嘿！嘰咿！嘿！嘰咿！嘿！」

配合拍手的聲音蹦蹦跳跳的模樣還是和以前一樣，真可愛。

牠還用了一種「快點把我抱起來飛高高」的眼神看我，不過我已經抱不動牠了。

看著這一幕的迪亞路奇慢慢走向我們。

「牠突然長大了好多喔。」

「如果你一直和牠在一起的話，根本不會覺得牠是『突然』長大。這又讓我再一次感覺到你有多不關心我們迪亞路利了。」

「我最近有點忙。本來想回家一趟的……但工作不太順利。我總要為了我們的巢穴工作嘛。我不是都有寄零食給小機靈嗎？妳就別太苛責我了，不然我會難過的。」

「你那樣並不代表有盡到當父親的義務，陪伴在孩子身邊更重要。你想想看迪亞路利這段時間有多寂寞，牠都想你想到都哭了，不是嗎？迪亞路利？妳還好嗎？」

「嘰咿咿咿咿！」

「迪亞路利，我可愛的女兒。我不是在對爸爸發脾氣。我們只是在聊天而已，媽媽不是在罵爸爸，我們也沒有吵架。」

「嘰咿！」

「我不會要求你每天都和牠形影不離，但你至少每週，不對，每三天要陪牠一次。我從現在開始會慢慢教牠一些狩獵的方法……其他日子就算了，那天你一定要在場，因為這是迪亞路利第一次狩獵，父親在一旁看著會對牠更有幫助。」

「啊……好，我當然會在。如果有那樣的日子，妳可以早點告訴我……」

「我現在不就是在告訴你嗎？」

迪亞路奇會對我有不滿也是情有可原。看到淚眼汪汪的小機靈，我也覺得很心疼。

其實硬要說的話，我並沒有離開那麼久，但我和小機靈的感受想必是有差異的。

在牠依舊不停舔著我臉頰的同時，我只有一個想法，是攸關生存的問題。

「牠還會再長大嗎？」

「不會，這個體型大概會維持幾個月。雖然還是會慢慢成長，但要比現在更大的話，還要好長一段時間。」

「這樣啊……」

牠要是長得比現在更大，我搞不好真的會感受到生命威脅。

「感覺會有點難以承受呢。」

「牠之後會學習怎麼變身和說話。」

「啊！就像妳這樣嗎？」

「當然。雖然通常會花上一段時間……不過我們家迪亞路利很聰明。」

看來父母認為自己的孩子很聰明這一點，不管到哪裡都一樣。

我覺得不能繼續在地上打滾了，於是緩緩起身，卻看到小機靈還在蹦蹦跳跳，想爬到我身上。

要爬上來當然沒那麼簡單。

唔……好重。

我的力量值在這段時間提升了不少，力氣已經比一般成年男性大了，但是要支撐小機靈的重量還是不容易。

儘管如此，小機靈似乎還不想放棄。最後牠幾乎整個身體都掛在我身上，就像是我背著牠似的。

牠用後腳和尾巴纏住我的腰，前腳則是環繞著我的胸口和左肩，又不停將臉蹭向我的右肩，發出「嘰咿、嘰咿」的叫聲。

「小機靈，妳今天要和爸爸在一起嗎？」

「嘿！嘿！」

我差不多該使用魔力了。

用了魔力之後，這才覺得身上輕鬆了一點。

就在這時，我聽見了遠處傳來的聲音。

「牠就是迪亞路利嗎？不對，應該說小機靈嗎？親愛的？」

是車熙拉的聲音。

「嘰咿咿咿咿！」

不知道為什麼，小機靈對著一頭紅髮的車熙拉叫了起來。

牠的叫聲和平常不太一樣。那不是開心的叫聲，我甚至可以感覺到牠的聲音中充滿了敵意。

這孩子是怎麼了？

「嘰咿咿咿咿咿咿咿！咕喔！」

「好可愛喔！小機靈！親愛的，你真的是被龍選中的人啊。看到琳德的巢穴時就覺得難以置信了，看到本尊後覺得更不可思議耶？」

然而隨著車熙拉逐漸靠近，小機靈的視線也越垂越低。牠肯定是憑本能感知到眼前的女人很危險。

小機靈敏銳的觀察力確實和我很像。雖然我對小機靈的基因沒有貢獻，卻還是忍不住產生這樣的想法。

「牠真的好可愛喔，你看牠低下頭的樣子。小機靈變得垂頭喪氣的了，親愛的。」

小機靈會那樣也是情有可原，因為車熙拉就在眼前朝牠伸出手。

這時迪亞路奇擋下了車熙拉想摸小機靈的手。

「牠被嚇到了，請您退後。」

「啊……」

只見車熙拉上下打量著迪亞路奇，接著視線在龍角上停留了一下，開口說道：「啊，您是……迪亞路奇？」

「對，請問您是？」

「您可以叫我車熙拉，我不知道牠嚇到了……我不是故意的。對不起，小機靈。我也向您道歉，迪亞路奇。」

「沒、沒關係……我也有點反應過度……」

車熙拉的反應讓我有點意外。

她一直看向小機靈，好像很喜歡可愛的東西。

雖然現在的小機靈長大了很多，已經不是單純的可愛了，不過看到車熙拉親切的模樣，我還是不太習慣。

她喜歡小孩子嗎？

因為迪亞路奇的一句話就馬上向小機靈道歉的部分也是……這麼說可能有點失禮，但是我覺得就像看到大猩猩小心翼翼地對待孩子一樣。

車熙拉也立刻就向迪亞路奇道歉了，看來她內心深處果然還是保有女人的母性本能。

反而是剛才表現得很敏感的迪亞路奇現在看起來有些驚慌失措。

「我聽說了很多關於您的事……初次見面，您好。我說話可以輕鬆一點吧？」

「當然，我不介意……」

不知為何，總覺得她們兩個很合得來。

「親愛的，你差不多要去訓練所了吧？」

「啊？對。」

「迪亞路奇，我們去休息一下怎麼樣？」

「咦？可是……我要照顧孩子……」

「只是一下子，沒關係的。我們家親愛的會好好照顧牠，他工作地點離這裡也很近……要是發生什麼事，我們馬上就能趕過去。我覺得妳休息一下比較好。」

「可是……」

「我們去喝杯茶、聊聊天吧，我覺得妳現在看起來很需要休息。」

迪亞路奇看起來確實需要放鬆一下。

嘴巴上說著不行的迪亞路奇，內心似乎也很想休息。

不知道是不是我的錯覺，她的眼睛下面出現了黑眼圈，總是光滑細膩的皮膚變得浮腫，原本亮麗的頭髮現在看起來也很毛躁。

她頭上長長的龍角色澤似乎也有點黯淡。

她最近很累嗎？

不累才怪。即便她的體力值超過一百……育兒還是很不容易。

小機靈現在雖然乖乖趴在我背上，但只要牠一發狂，不用想也知道肯定很難攔住牠。

撫養人類的小孩都很辛苦了，養這個小傢伙恐怕也不輕鬆。

一股內疚感莫名地湧上心頭，我只好悄悄開口。

「迪亞路奇，妳休息一下吧。今天就由我來照顧小機靈。」

她這才露出放心的眼神。

迪亞路奇的視線雖然固定在迪亞路利身上好一陣子，最後還是緩緩點頭。

「那就拜託你了。」
「好，妳放心吧。」
「小機靈今天一整天都跟爸爸在一起吧，知道了嗎？」
「嘰咿！嘿嘿！」
「但妳如果不乖，我們就會把妳送回家。所以妳要保持安靜喔。」
「嘰咿咿咿！」
小機靈點頭如搗蒜，似乎真的聽懂了。
迪亞路奇的表情也明朗了不少。
「那我先走了。」
「好。」
應該不會有事吧。
反正大部分的學員都知道我被內定為帝國八強的事，也知道我是被龍選中的人。
儘管有人對此抱持著懷疑的態度，但我想今天集中在我身上的目光會比平常更多。
畢竟我們雖然會利用怪物進行實戰訓練，學員們卻從來沒有看過傳說級的怪物。
即使還是幼兒，小機靈的能力仍不容小覷。

〔您正在確認傳說級精英怪物黑龍迪亞路利的狀態欄。〕
〔姓名：迪亞路利〕
〔稱號：小機靈〕
〔年齡：1〕
〔傾向：？〕

〔分類：龍族〕

〔能力值〕

〔力量：32／成長上限值高於傳說級〕

〔敏捷：32／成長上限值高於傳說級〕

〔體力：33／成長上限值高於傳說級〕

〔智力：10／成長上限值高於傳說級〕

〔韌性：41／成長上限值高於傳說級〕

〔幸運：32／成長上限值低於傳說級〕

〔魔力：40／成長上限值高於傳說級〕

〔總評：現在處於極為興奮的狀態。能夠成為這種存在的父親，也稱得上是幸運。請多加小心。〕

牠還沒有傾向啊。

韌性值四十一，魔力值四十。

說白了，就算是攻掠組的所有人一起攻擊小機靈也不一定會贏。

當然，小機靈還不太會運用魔力和身體，所以沒辦法戰鬥，不過牠畢竟有所謂的本能，我相信小機靈還是會占優勢。

距離結業式只剩下三天了……

等到訓練所的事情都處理得差不多之後，我應該要再多花一點心思在小機靈身上。

劉雅英的事也差不多進入收尾階段了……她最近和金基哲在一起的時間又變長了，看來是想狠狠耍他一次。

雖然是我叫她想做什麼就做什麼，但我也沒想到她會設計出這種程度的陷阱。

原來在她樂天溫吞的個性背後還藏有這一面。

我一邊思考著各種事情，一邊走進訓練所，果不其然感受到了來自四面八方的視線。

當然也不斷聽見竊竊私語的聲音。

「那個……不是龍嗎？」

「是真的嗎？」

「哇……我本來還不確定，看來是真的……這裡的成功人士都是命中註定的吧，我就沒辦法成為天選之人嗎？」

「你只會被哥布林[6]選中吧。」

大部分都是這樣的聲音。

與此同時，讓我覺得有點奇怪的是掛在我背後的小機靈。

這孩子是怎麼了？

我們經過男學員的時候沒什麼問題。但經過女學員的時候，小機靈就會咬牙切齒地發出低吼。

「咕喔喔喔！」

牠甚至會露出牙齒，直接表明不讓人靠近，我不禁懷疑這孩子是不是出了什麼問題。

牠不停地環顧四周，似乎在確認有沒有人靠近。

雖然小機靈的行為讓我哭笑不得，但牠的眼神卻令人感到相當熟悉。

牠現在的樣子就好像平常的鄭白雪。

不會吧……

6 中世紀歐洲的民間傳說中，一種長相怪誕可怕的小型類人生物，性格貪婪狡詐，通常具有魔法能力。

我半信半疑地發動了心眼。

〔您正在確認傳說級精英怪物黑龍迪亞路利的特有癖好。〕
〔黑暗中扭曲且危險的愛〕
〔#擋不住的戀父情結〕
〔#媽媽也好煩〕

「咕喔喔喔喔喔喔喔喔喔喔喔喔喔！」
「靠……完了……」

我提早發現迪亞路奇育兒失敗了。

＊＊＊

我揉了揉眼睛，重新確認一次狀態欄，結果還是一樣。

〔您正在確認傳說級精英怪物黑龍迪亞路利的特有癖好。〕
〔黑暗中扭曲且危險的愛〕
〔#擋不住的戀父情結〕
〔#媽媽也好煩〕

這是什麼鬼？

心中的懷疑化作現實，令我感到不知所措。

我沒辦法理解這到底是什麼狀況。我確實有感覺到牠比較黏我，但完全沒想到會往這個方向發展。

我無言到只能一直乾笑。

恐怕我長時間不在牠身邊，正是造成這個結果的原因。

我自認為很疼愛牠，但因為我長時間不在，而牠缺乏我的陪伴才會覺得自己沒有被愛，進而發展出這種奇怪的癖好。

那些話題標籤又是怎樣？

「媽媽也好煩」這句話簡直就是在眼裡只有小機靈的迪亞路奇心裡狠狠刺進一根針。

唯一讓人鬆一口氣的是牠的傾向還沒確定……

可是癖好一旦產生，還有辦法改變嗎？

結果還是一樣令人不安。

我現在能做的就只有祈禱牠的傾向是正常的。雖然可能有點晚，但從今以後我得在小機靈的教育上投入十二萬分的努力。

癖好可以改變的話就盡可能改變……傾向則必須選擇安全路線。

這樣才能挽救這個極端的情況。

小機靈好像完全沒有察覺到我的心思，牠依然瞪著眼睛，對四周保持警戒，那副模樣真教人無言以對。

「我有沒有說過妳要乖乖的？」

「嘿！」

「不可以威脅別人。」

「嘰！」

「妳要記得，今天一整天都要保持安靜，才能和爸爸待在一起，不然我馬上就把妳送回去媽媽那裡，知道嗎？」

「嘰咿……」

牠露出了不滿的表情，不過還是用力地點了點頭，看來是真的很不想回到媽媽身邊。

我們時隔幾個月才見面，牠會有這個反應很正常，如果是平時，我肯定會覺得這樣的牠很可愛，但此刻卻有一股未知的不安在心頭蔓延。

坦白說，我現在就想立刻將小機靈送回迪亞路奇身邊。

然而一想到迪亞路奇疲憊不已的模樣，我就於心不忍。現在的首要之務是先用這種半威脅的方式管好小機靈。

但每當有女學員經過我們身邊，牠還是會渾身顫抖地發出警告。

牠大大的眼睛一眨一眨，鼻孔不斷噴氣。或許是因為那副模樣看起來很可愛，大部分的人都對牠很感興趣，但我相信只要有人不小心靠得太近，肯定會被咬。

我一邊這麼想，一邊走進教室，只見學員們臉上都帶有一絲緊張的神色。

我站定位後，他們便向我打招呼。

「教官好。」

「大家好，很高興見到你們。」

學員的態度和之前截然不同，不過他們有這樣的表現也在情理之中。

他們這陣子多少接觸到了關於我的情報，這可以說是其中一個原因，另一個原因則是因為他們大部分都是決定專攻煉金術的人。

只要鑽研得越深入，就越能明白我在這個領域獨一無二的地位。

比車熙拉更強的人，翻遍整座大陸總會找到；比鄭白雪更熟悉魔法的人也大有人在；然而據我所知，大陸上並沒有比我更優秀的煉金術師。

尤其在玩家當中，更不可能存在這樣的人。

我擁有傳說級的職業「龍之族煉金術師」。就算真的有比我更厲害的煉金術師，在有關龍族的領域裡，也沒有人能追得上我的腳步。

換句話說，他們對我的認知已經從「沒什麼了不起的製造類職業從事者」轉變為「只靠煉金術就站上顛峰的偉人」了。

我不僅改變了他們對煉金術的認知，還登上了帝國八強之位。

而且我甚至為這門課程付出了很多的心力，因此出現一兩個尊敬我的傢伙也不是什麼奇怪的事。

我自己想想都覺得滿厲害的……

放眼望去就會發現學員們和以前不同，如今我說的每句話他們都不想錯過。

在教室最後面的韓素拉也睜大眼睛看向我這裡，似乎是想盡可能多學一點。

可惜的是，我今天並不打算上課。

「其實今天沒有要上課。」

「啊……」

我一開口，便看見他們的眼神透露出了遺憾。

這堂課本來是大部分的學員都很喜歡的煉金術實驗課，可惜的是我能教他們的都已經教完了。

他們要是想更上一層樓，就必須靠自己。

「距離結業式只剩下三天……我能教你們的基礎也幾乎都教完了，有些人已經轉職為煉金術師了，那應該也知道我教給各位的知識遠遠多過轉職時自動灌輸的基礎知識。」

我教給他們的是《拉姆斯．托克的煉金學概論》的內容，那可是英雄級書籍中記載的高級知識。

只要學會四分之一，不對，十六分之一的課程內容，就不用擔心會餓肚子。

「坦白說，就算今天繼續進行煉金術實驗，也不會為你們帶來多大的改變，因為更進一步的學問要靠各位自己鑽研學習。如果說我這段時間提供了一個方向給各位，那今後要如何成長就取決於你們自己。」

就在這時，一個平常上課頗為認真的男同學對我拋出了問題。

「那請問今天的課程……」

「應該會比平常更有趣一點。嗯……我想用這堂課的時間來為各位解惑，這應該會對你們更有幫助。我接受大家發問，問什麼都可以。」

「原來是這樣！」

我這才看到一些人點了點頭。

雖然不知道他們會問我什麼，但我猜大部分應該都是學術方面的問題吧。

然而第一個問題就讓我感到相當意外。

現在回想起來，會有這樣的結果也是理所當然。

「那、那麼，如果這個問題不會太冒犯的話，我想請問李基英教官，我可以針對您背後的生物……提問嗎？」

瞪大眼睛看著學員們的小機靈想必讓他們很在意。

反正也不是不能回答的問題，我便緩緩開口說道：「牠是龍。」

「哇……」

臺下立刻傳來了交頭接耳的聲音。

「那個……我是確定要加入魔道公會的學員金敏榮。呃……我聽說李基英教官是被龍選中的人，請問那隻龍就是……」

「選擇我的不是這孩子，而是牠的母親。各位如果去一趟琳德就會看到她的巢穴了，地點位於城郊，巢穴的大小可能是這座訓練所的好幾倍。」

「哇……」

「雖然我很想再跟各位多說一點，但有關龍族的情報大部分都是機密。帝國已經在進行全面控管，也輪不到我們公會防止情報外洩，不過一些基本的情報都流傳到坊間了……總之這個話題就到此為止。還有人想問其他問題嗎？」

「那個……李基英教官？」

「請說。」

「如果這個問題不會冒犯到您的話，我想請問……您和傭兵女王……」

「對，我們的確在交往。」

沒想到連這種問題都有人問。

提出這個問題的是垃圾三姐妹的老大，她似乎沒有意識到現在的問答時間有多寶貴。

「請、請問您有打算再交新的女朋友嗎？」

下個問題更是令人無言以對。

看來她是把這段時間當成高中生對班導提問的八卦時間了。

我不知道垃圾三姐妹為什麼會想探聽我有沒有打算交新的女朋友，但是很遺憾，我對她們沒有興趣。

「咕喔喔喔喔！」

小機靈可能也對她們提出的問題感到不滿，忍不住叫了一聲，並開始瞪著她們。

雖然有點煩躁，但……是我先說要問什麼都可以的。

愚蠢到不懂這段時間有多麼寶貴也是一種罪過。她們等於自己放棄了得到訣竅的機會。

「有。」

我隨便敷衍了一下，接著等待下一個問題。

這時，韓素拉突然舉手。

「我是韓素拉。請問……您剛才說更進一步的學問要靠我們自己鑽研學習……我想知道具體而言是什麼意思。」

「好。」

這是最實際的問題。

「我可以理解為妳想知道自己應該以什麼樣的方式成長嗎？」

「說來慚愧……那就是我想問的。」

她一定覺得前途一片黑暗吧。

「嗯……簡單來說，妳可以想成是在修習某一門學問的進階課程。假設我們現在學習的是汽車好了。各位現在已經明白什麼是汽車了。你們知道汽車長什麼樣子，還有它扮演著什麼樣的角色。」

「是。」

「那接下來就再想想看要怎麼將知識專業化。沒錯，就是專業化。既然各位已經知道什麼是汽車了，那現在只要集中鑽研就可以了。至於要往哪個方向鑽研，當然是各位的自由。」

「啊……」

「有人會鑽研汽車的外觀，也有人會鑽研引擎或內部裝置。說不定還有人想換個方向，轉而研究機車。煉金術也是一樣的，只要專業化就可以了。」

「……」

「藥水、人造人、合成獸、催化劑等等……煉金術的領域很多樣。當然，一定也還有我不知道的領域。」

「我可以請問教官研究的是什麼領域嗎？」

「當然可以。我一開始專攻的是活體煉金術。其他領域當然也有涉獵，不過正式開始投入研究之後，是以藥水和活體研究為主。之後則是專門針對龍族進行研究。」

「啊……」

「成為某個領域的先驅有很多好處。覺得『區區煉金術能做什麼』的人，其實都沒資格當煉金術師。你們看好了。」

我慢慢將魔力匯聚在手上，接著魔力發出滋滋聲在我手上迸發。

我用手指輕輕一彈，在我身後的黑板兩側便開始生成一對龍的前肢。

學員們都很清楚那不僅僅是單純的模型。

雖然已經縮小成教室可以容納的大小，但當那對前肢動起來時，還是可以看見學員們嚇得臉色慘白的模樣。

「這……不可能……」

「咦？」

他們的表情中帶有一股敬畏。

「怎麼可能……這種事……這不可能。這是怎麼辦到的？」

靠努力、經驗、轉職、天才魔法師的支援、奉獻自我的龍、源源不絕的資源，以及與生俱來的好運。

其實最後三個是最重要的，但我當然不可能這麼說。

「這個問題好像有點難回答，剛才展現給各位看的可以說是我吃飯的工具也不為過。只要好好思考煉金術師為什麼不是單一職業，而是魔法師的進階職業，就能得到答案了。」

「啊……」

「各位腦海中天馬行空的想像說不定都有機會實現。可能有人會做出只要喝下去，就能變成超人的藥水……也可能有人真的能製造出人造人或賢者之石。當然也可能有人花了一輩子的時間，還是搞不懂我們至今為止一半的課程內容……總之最後一個問題問得很好，韓素拉同學。」

「謝、謝謝誇獎。」

「前面回答沒用的問題浪費掉太多時間了……我再說幾句話，就結束今天的課程吧。」

「啊……」

「大家這段時間都辛苦了。」

「……」

「大部分的人應該都已經被公會或戰隊錄取了吧？」

「是。」

「有些人加入中、大型的組織，有些人加入小型組織，那些都無所謂，最重要的是琳德需要各位。」

「……」

「我之所以會參與這門課程，也是因為受到城市，不對，受到帝國的委託，要我來分享我所擁有的一部分煉金術知識。從這個出發點來思考的話，就會得出一個結論——世界已經變了，帝國需要煉金術師，戰隊和公會也覺得可以對煉金術或其他製造類職業進行更多投資。」

「啊……」

「各位都是帝國正在執行的計畫中一員。我不會要求你們表現得多麼亮眼，但是離開這裡後，至少不要讓自己看起來很沒出息。如果沒辦法證明自己的價值，就會再一次被拋棄，最後流落街頭以乞討維生。」

不知道他們有沒有聽懂我說的話，不過教室內突然一片沉默。

他們的心裡大概出現了各種想法吧。

「我之所以盡全力教導各位，不是因為我喜歡你們，而是因為這是國家大業。我相信你們都明白我的意思。」

「……」

「各位，請不要讓我的名字蒙羞。還有……」

「……」

「有困難的時候來找我，我還是可以給你們一點建議的。大家這段時間都辛苦了。」

＊＊＊

既高興又不捨就是我此刻的心情寫照。

但若問我是否對這些學員日久生情，我肯定會否認。

當然，像垃圾三姐妹那樣的人，我並沒有什麼好感；不過，對於大部分認真的學員，我確實產生了一些感情。

這雖然不是什麼了不起的感情……不是那種為了學員赴湯蹈火、豁出性命的情誼，頂多是在學員們感到疲憊，前來尋求慰藉時，請他們吃頓飯，或說幾句無關緊要的建議罷了。

我認為，這才是教官與學員之間最適當的距離。

我沒有在一旁督促他們，或為他們緊張，因為坦白說，我並不怎麼擔心這些學員。

生命總會自己找到出路。

實際上，姑且不論包括韓素拉在內的幾個人，幾乎所有的學員都拿到了進入中型或大型公會的門票。

當初培訓的目的，就是為了培養出得力的煉金術師。而具備一定程度的煉金知識人才，沒有理由不被公會和戰隊接納。因此，會出現這樣的結果也是理所當然的事。

成績還算突出的學員，已經收到了大型公會的錄取通知，而魔力或智力值較高的學員，也因為四面八方湧入的邀約，歡欣鼓舞地放聲歡呼。

即便簽約金和年薪比不上站在最前線的戰鬥職業，但對於製造類職業來說，這相當於拿到高於一般行情的簽約金，站上了全新的起跑點……甚至比半吊子魔法師的待遇更優渥。

雖然這只是題外話，不過培訓第一天不聽我的勸告，決意選擇戰鬥職業的人，多半沒有好下場。

如今，缺乏魔力與理解力的魔法師早已失去了容身之處，我敢肯定，在不久的將來，那些一無所長的戰士不是淪為怪物的美味佳餚，就是到處乞討維生。

總歸一句，煉金術開始在琳德掀起一股熱潮。

在這樣的情況下，即使韓素拉的成績再怎麼名列前茅，也無法得到大多數公會的青睞，背後的原因不言而喻。

韓素拉偷偷潛入鄭白雪的研究室竊取研究成果的消息，想必已經在各公會之間傳開了。

「這種事在業界相當敏感……」

擁有這種傾向的人，通常會淪為眾人排擠的對象。

不過事情的真相是，她不知天高地厚地妄想與我作對。

儘管如此，比起讓這起毫無意義的性騷擾誣陷案曝光，對她來說，這件事最好就此畫下句點。

萬一真相敗露，所有不願意得罪帕蘭的公會和戰隊，鐵定會設法封殺韓素拉。

即便培訓期間拿不到招募邀請，但只要親自向各公會遞出申請、接受面試，她得到錄用的機率還是相當高。

因為有能力的人到哪裡都能派得上用場。

「韓素拉……」

我下意識嘟嚷著她的名字，緊接著耳邊立刻傳來小機靈的叫聲。

「嘰咿咿咿咿咿咿咿！」

我連忙大聲喝止。

「噓！安靜一點！」

「嘰！」

我必須在最短時間內制止這種行為。

看著鄭白雪時，我也有同樣的念頭，這樣的行為和傾向最好能在一開始就根絕。

寫成一本書好像還不賴……如此一來，這類人的行為模式就能被更多人了解。

我稍微板起臉來，只見小機靈果然小心翼翼地觀察著我的神色。

只不過對牠吼了一聲，牠的雙眼立刻便噙滿淚水，我的內心瞬間湧上一股罪惡感。

就在此時，我的內心深處傳出一道神祕的聲音。

「爸爸，你要果斷一點。」

「迪亞路利。」

「嘿……嘿……」

「和媽媽在一起，或是只有我們單獨相處的時候才能這樣。周圍有其他人的話，妳要安靜一點，否則爸爸就不會把迪亞路利帶在身邊了！」

「嘰！」

「妳很聰明，我相信妳能明白爸爸的話。聽清楚了嗎？」

「嘰咿咿咿咿咿咿！」

此時，有兩個人正好朝我們走來。

是劉雅英……還有金基哲。

原本還擔心迪亞路利會再次激動得咬牙切齒，但牠只是一副淚眼汪汪的模樣，沒有其他反應。看樣子採取強硬態度果然有效。

我朝著劉雅英微微點頭，眼下她彷彿成了絕佳的實驗對象。

劉雅英發現我的存在後，立刻走向我，開口打招呼。

「李基英教官！」

而她身旁的男子則是帶著嫌惡的表情走來。

嫌惡歸嫌惡，那傢伙的臉上還透著一股不知道哪裡來的自信。

「嘰……嘰咿咿！」

「嘖！」

我再次出聲警告，迪亞路利果然安靜了下來。

「你們好，劉雅英同學，還有……金基哲同學。」

兩人看起來感情很好的樣子。

她還真是殘忍耶。

一想到她舉手投足間都是演技，我不禁渾身起雞皮疙瘩。

被蒙在鼓裡的金基哲肯定以為自己的女友終於回心轉意，然而事實卻不是如此。

「教官，我……」

「考慮清楚了嗎？」

「不，還沒……」

「那太可惜了。」

「我能等到結業式再給您答覆嗎？」

她不是已經簽約了嗎？看來是想繼續耍金基哲吧。

她的演技真不是蓋的，感覺可以和安其暮一較高下。

「好，當然沒問題。不過……兩位怎麼走在一起……」

「李基英教官，您好！我叫金基哲，是劉雅英的男朋友。」

「哎呀，我聽過你的名字。」

「我才經常聽別人提起您呢……聽說這段時間雅英給您添了不少麻煩！多謝您的照顧。」

「別這麼說。像劉雅英學員這樣的人才並不多見，照顧她是理所當然的。哈哈哈……你們的感情看起來很好呢！」

「是，雖然我們先前有一些誤會……」

我不動聲色地開始冷嘲熱諷，此時一道微妙的目光投射在我身上。

是自卑感。

金基哲緊盯著掛在我背後不斷發出嚶嚶聲的小機靈，似乎相當羨慕我身上的行頭和氣場。

嘖嘖嘖，看到那傢伙的神情，就能徹底明白男人的嫉妒心為何會如此醜陋。

我悄悄望向劉雅英，只見她嘴角不停上揚，心情出奇地好。

她該不會也變得不正常了吧？

事到如今，即便內心隱約有些擔憂，但目前為止劉雅英的狀態還不算危險。

在我看來，這依然是一場可愛的復仇。

真正令我感到不安的是，眼神緊緊盯著劉雅英不放的人，不是只有我。

危險的不是外人，而是自己人。

「嘰咿咿咿……」

此時，絲毫不會看「龍」臉色的劉雅英，表現得更積極了。

「對了，牠就是您上次提到的迪亞路利嗎？」

「沒錯，劉雅英學員。牠就是迪亞路利。」

「真、真可愛呢！我可以摸摸看嗎？」

劉雅英的胸部悄悄地往我身上靠，說話的聲調也微微上揚，明眼人都能看出來她正不斷對我釋放異性之間的信號。

原本還擔心小機靈突然發狂，但見到牠安分守己的模樣，看來似乎還在牠的容忍範圍之內，即便渾身發抖也沒有出現任何攻擊行為。

反倒是金基哲，他的情緒反應明顯比小機靈更劇烈。

他緊咬著下唇，死命地盯著我不放，任誰都能讀出他眼中的敵意。

「牠不太喜歡被人類觸摸，但只要以後常常相處，妳們很快就能變得親近。」

「真的嗎？」

「沒錯。既然都說到這裡了，不如我們就約明天晚上吧？」

此時，金基哲立刻回覆。

「李基英教官，雅英明天沒有……」

「好的，教官！當然沒問題。」

劉雅英馬上打斷金基哲的話。

「雅英……」

「教官，我有空。我當然有空！」

「哈哈，那真是太好了。」

「那個……教官！既然都特地撥出時間了……那這次也……可以拜託您嗎？」

要拜託我什麼啊，這女人真是的！

不知怎麼地，劉雅英的雙頰浮上了一抹羞赧，激動不已。即便她沒有具體說明她的請求，但卻在說出這句話的當下，營造出微妙的氛圍。

劉雅英不停地朝我發送信號，她想表現出自己正因為腦中想入非非的畫面而緊張不已。然而對此感到不知所措的人反倒是我。

不是都說女人含恨，六月飛霜嗎？實在不能輕易招惹像她這樣的女人啊……

她還真是個演技天才。

劉雅英說得一副我倆之間有什麼不可告人的祕密似的，不管是誰看了都會認為她此刻的演技更勝安其暮一籌。

劉雅英是個人才，足以媲美擁有精湛演技的安其暮。她恐怕也沒有發現自己有這方面的天賦。

真慶幸帕蘭成功招募到她了。

我敢打包票，只要經過安其暮的一番指導，劉雅英就等同於拿下了琳德最佳女主角的寶座。

「那個……因為我實在太喜歡您上次告訴我的事了……」

喜歡什麼啊……我們明明什麼也沒做……

突如其來的劇情設定令我手足無措，但面對她精湛的演技，我也不得不配合。

「當然沒問題，雅英學員。反而是我要拜託妳才對……和雅英學員相處相當有趣。上一次還沒告訴妳的部分，我這次也會盡心竭力地教導妳。」

「真的嗎？」

「沒錯。不過，現在還有基哲先生在場……」

「噢，您不需要在意基哲哥。畢竟他懂的不多……還是基英教官您教得更好。那麼，到時候見囉！教官。我們先走了！」

「好。」

想當然耳，明天我頂多只會和劉雅英吃頓晚餐，再晚一點送她回家，但金基哲似乎不這麼認為。

「什、什麼事啊？明天一定得見面嗎？」

「哎唷，基哲哥你不需要知道啦。」

「什麼？妳怎麼能說這種話？」

「不是嘛，你為什麼要一直干涉我的事？這樣跟死纏爛打有什麼兩樣？當初你不是說要談一場瀟灑的戀愛嗎？那我的事你就不用管太多了。」

「雅英，可是……」

兩人逐漸遠去的身影不斷傳來爭吵的聲音。

真是個狠角色。

我原本以為劉雅英是個成天傻笑的呆子，沒想到她十分懂得如何讓對方吃悶虧，從對話內容就能聽出金基哲的緊張焦急和劉雅英的游刃有餘。

金基哲似乎連當面質問對方是否出軌的勇氣都沒有，《處容歌》[7]裡的處容，說的就是這種人。

金基哲徹底從甲方淪為乙方，他此時在想些什麼再明顯不過了。

他不僅擔心我和劉雅英之間有曖昧情愫，現在肯定也不斷在思考我們兩人的關係。

即便金基哲不承認，但不用想也知道，他的腦海中肯定上演了無數次令他厭惡至極的場景。

我唯一能預料到的是……

咦？等等。

這裡還有一個人，不對，是一隻龍，也正在想著同一件事。

「嗚嗚……嘰嚶嚶……」

此時，一陣悲淒的哭聲從小機靈的口中傳了出來。

一想到牠或許聽得懂剛才的對話內容，我頓時感覺背脊竄上一股寒意。

當然，我不認為小機靈能夠察覺那股奇妙的氛圍，不過牠比人類更聰明、更懂得看人臉色，想必牠一定也發現了哪裡不對勁。

小機靈斗大的淚珠不停落下，浸濕了我其中一側的肩膀。不光如此，牠死命地用腰和

7 根據韓國史書《三國遺事》紀載，東海龍王的兒子處容親眼目睹化成人形的瘟神與妻子暗通款曲，但處容為人寬宏大量，不僅不怪罪兩人，還唱著歌離開現場。當時處容所唱的歌曲，後來就成了驅趕瘟神的《處容歌》。

雙腿纏著我不放，不願讓我離開似的，頻頻發出哀淒的號哭聲。

我下意識說了一句：「爸……爸爸沒有外遇。真的沒有……」

在那個當下，我突然覺得自己像個人渣。

「小機靈，妳是爸爸的一切，爸爸沒有拋下媽媽和別人搞外遇。」

不，我早就是人渣了。可惡。

第080話　結業式

看似無關緊要的突發事件，對我來說卻極其重要。

小機靈的傾向尚未形成，我想在牠面前表現出良好的一面，也是人之常情。

眼下小機靈已經養成了乖張的怪癖，萬一再培養出工於心計或自私自利的傾向，日後肯定會更難管教。

唉……

畢竟鄭白雪之所以能夠在社會中正常生活，她溫順的傾向起到了很大的作用。

總之，最重要的是，我不能再對小機靈的教育放任不管。事到如今，把小機靈交給迪亞路奇獨自管教，已經行不通了。

也不曉得小機靈明不明白我的用意，牠此刻正躺在我的身旁呼呼大睡。看到牠這副模樣，我不禁認為或許是自己想多了。

不過，小機靈光是噴一口氣，在成長初期無論如何都得多加留意。

我悄悄將目光從小機靈身上移開往前看，只見兩個女人依然緊緊盯著牠不放。

「真的好可愛。」

「是呀，牠看起來好像累了！最近牠的情緒很激動，也不肯好好睡覺。」

眼前的兩個女人分別是車熙拉和迪亞路奇。

她們認識不過才三天的時間，關係便親近了許多，著實令我詫異。

車熙拉也和鄭白雪維持著相對友好的關係，我想她的社交能力還稱得上優秀。

不過，迪亞路奇的狀況有些特殊，說她根本不具備社交能力一點也不為過。但我大概也能猜到像她這樣的人為何能夠拉近與車熙拉之間的距離。

或許就是因為車熙拉能夠理解迪亞路奇身為人母的心情，兩個人才如此要好。車熙拉輕摸小機靈的模樣，就像在撫摸一隻寵物，看來她確實相當喜歡牠。

只見車熙拉和迪亞路奇交談得十分熱絡，一副樂在其中的模樣，讓我不得不插句話。

「熙拉姐，妳不去結業式嗎？」

「哎呀，時間這麼快就到了嗎？我應該會從頭待到尾吧！反正只要念幾句賀詞，我的任務就告一段落了……剩下的工作會全部交給幹部處理。親愛的，你呢？」

「我打算多待一會兒。今天本來就該去露個面，可惜還有些事得處理……不過剛才都解決了。」

「時間過得真快呢……培訓這麼快就結束了……對了！後衛的人選決定好了嗎？」

「……」

「結果還是沒找到人啊。」

「不，我準備直接在琳德裡找人。想挖掘有能力的魔法師恐怕不容易，所以我原本打算從弓箭手之類的職業下手，誰知道竟然沒有看得上眼的人選，全都低於標準。」

「你這句話是刻意說給招聘三流學員的公會和戰隊聽的嗎？」

「我只是隨便說說而已，你不用那麼緊張。」

「我不是那意思……」

「妳還真愛開玩笑。」

「不過，我能說句話嗎？」

「如果是好的建議，我當然歡迎。」

「當初帕蘭設定的錄取門檻太高了。」

「果真如此嗎？」

「不，帕蘭似乎從以前開始，就對那些和自己明顯不同的人，設下了特別嚴格的標準。」

「呃……確實有可能會這麼想。」

其實，在這之前我沒有思考過這個問題，聽了車熙拉說的這一番話，讓我不自覺地產生同樣的想法。

「親愛的，即便撇開金賢成和鄭白雪那兩個天才不談，打從一開始，帕蘭的成員就都不是普通人。那個小鬼頭叫作金藝莉嗎？她也是特例之一。至於宣熙英……那個祭司雖然不怎麼起眼，但她和神聖力之間，似乎有種與生俱來的匹配性。」

「嗯。」

「曹惠珍那個女人雖然也稱不上天才，但她確實是個人才。在我看來，努力也是才能的一部分。我敢打包票，金藝莉那個小鬼頭的能力再怎麼提升，也追不上曹惠珍那種人。」

「嗯……」

「一般來說，這些人多半已經成為稱霸一方的戰隊或公會首領才對。坦白說，能力如此卓越的五個人會湊在一起，也是一樁奇事。撇開這些怪物不談，你們公會裡不是也有普通人嗎？」

「是啊。」

「親愛的，你也是。」

「嗯。」

「身為魔導學者的黃正妍也一樣……還有你們公會裡那個大嗓門的壯漢。對了！他叫朴德久對吧？他應該也不例外吧？不過就我看來，他現在也是公會裡不可或缺的一員了！」

車熙拉說的沒錯。

「你和魔導學者一樣，同時跨足戰鬥職業和非戰鬥職業，但朴德久卻不是這樣。雖然這麼說對他有些抱歉，不過老實說，我之前還以為他會馬上被淘汰出局。」

事實上，我和車熙拉的看法一致。

「但他不光比想像中更耐打，還一步一步穩住自己的地位，雖然他有這樣的表現，多半得歸功於鼎力相助的隊員，但那個豬頭總有一天絕對能擠進前段班，成為聲名大噪的玩家。」

「確實如此。」

如果是以前，我肯定不會認同車熙拉說的這些話，但如今情況不一樣了。

當然，比起因為強大的個人實力被大眾知曉，朴德久頂多只能成為家喻戶曉的人肉坦克。不過，他現在確實具備能與金賢成小隊並肩前行的潛力。

「只要經過悉心指導，並得到適當的幫助，就算是平凡人也能變強。這就是為什麼紅色傭兵的招聘門檻比想像中還要低……實際上，就算是個完全不被看好的人，也可能突然做出亮眼的表現。」

「嗯……」

「當然，偶爾也會有怎麼努力也辦不到的案例，所以才能相當重要。不過除了才能之外，我看人還有另一項標準。」

「是什麼？」

「是否有意志力。」

「說得很好。」

「其實，我當初之所以會答應你的請求，也是因為這個原因。這麼說或許有些可笑，不過親愛的，你的眼光的確異於常人……通常像你們這種豁出一切死纏爛打的人，無論做什麼，至少會有一件事成功。」

車熙拉說的確實有道理。

即便我所擁有的心眼幾乎能夠洞悉一切，卻不是百分之百地符合真實情況。

實際上，我根本沒想過朴德久的實力能提升到這種程度；同樣地，我也沒料到李智慧能在黑天鵝占有一席之地。就連我自己也不例外……

「這件事你應該能夠自己看著辦，我話就說到這裡了。一起出去看最後一眼吧！反正結業式結束後，還得把你們公會的成員帶走。」

「對了……熙拉姐得獻上一段賀詞對吧？」

「嗯，雖然有點麻煩，但該做的事還是得做。迪亞路奇，妳呢？」

她大概不會一起去。

「車熙拉，和你們一起去恐怕有點困難，畢竟迪亞路利還在睡覺……」

「我明白了。那麼，結束後我們會一起回到這裡。」

「好。」

不得不承認，紅色傭兵果然名不虛傳。

管他是結業式還是什麼的，帕蘭幾乎沒有這種東西。

一切看起來相當體面。

話說回來，車熙拉身上的服裝，也和她日常的穿著有些不同。

平日裡，車熙拉偏好微微露出一些肌膚的服裝，第一次見面時的穿著，還有宴會上穿的洋裝都是如此。

她大概認為在這些乳臭未乾的小子面前發表賀詞，一定要顧及顏面。今天她穿著一身帥氣英挺的鎧甲，說她是紅色騎士而不是紅色傭兵，似乎一點也不為過。

我穿得也算乾淨整齊，卻有種當場被比下去的感覺。

車熙拉果然相當帥氣。

我們在團員的護送下，前往訓練所的演武場。一抵達現場，便看見所有學員們整齊劃一地列隊站好。

琳德的幾名重要幹部，正坐在講臺上方搭建的簡易布棚裡看著臺下的學員。

是金賢成！

我一眼就認出了我們親愛的重生者，他正在和一旁的黑天鵝公會會長朴延周交談。金賢成也發現了我，此時正笑臉盈盈地望向我。比起輕浮地揮手致意，金賢成只是微微點了點頭。

車熙拉逕自走上講臺，看也不看學員們一眼。

這時，一部分學員維持立正姿勢的同時，也滿臉好奇地盯著車熙拉的一頭紅髮，但大多數的學員臉上依舊寫滿了緊張。

話說回來，這是車熙拉和學員們的初次見面吧？

一手打造紅色傭兵，同時也是現今琳德的頭號人物——車熙拉，她此時身穿鎧甲，一頭紅髮隨風搖曳的模樣，宛如出征的女戰神。

通常那樣的人即使不刻意表現自己，也會散發出特有的氣場，彷彿從電視裡走出來的某個角色一樣。

當然，我也和車熙拉一起走上了講臺。

我站在自己的位置，專心地用心眼觀察臺下的學員，可惜沒有一個人入得了我的眼。

結業式一結束，金昌烈和劉雅英將會和我們一起前往公會，此時他們倆正偷偷地瞥向我。

金基哲的事順利解決了嗎？

見到劉雅英嘴角帶著一抹微笑，看樣子金基哲又挨了好幾記悶棍，說不定結業式結束後，她還打算繼續教訓他。

金昌烈一如往常戴著面罩，直挺挺地站在臺下，望向我的眼神裡充滿善意。

就在此時，車熙拉開口發表賀詞。

「很抱歉為了這點事，讓各位白白站在底下受累，想必各位一定想盡快前往琳德，展開新生活。不過在這樣的場合，一定會有無關緊要的活動和常規。其實，我沒有什麼特別的話想對各位說，雖然公會的幹部們寫了一些賀詞……」

她八成沒有看內容。

「但我不習慣做這樣的事，比起浪費時間念這些講稿來裝腔作勢，我想各位需要的是實際的建議。」

一同站在講臺上的紅色傭兵幹部們露出無奈的表情，似乎早就料到會發生這種事。

「坦白說……既然各位都來到了這裡，那就免不了舉起武器來作戰。不管是負責生產的製造職業，或是根本不願意打仗的人，各位總有一天都會拿起武器來對抗敵人。城市可能會受到怪物的攻擊，戰爭也可能會突然發生，原則上，身為一名玩家，就必須用這種方式存活下來。」

車熙拉的賀詞真有意思。

「這就是非戰鬥職業和缺乏意志力的人，也得接受毫無用處的基礎體能培訓的原因。對於還不懂人情世故的各位來說，這樣的表達方式應該很容易理解。各位作為一名戰士來到這裡，被培養成一名戰士，以地球人的觀點來看，這麼說或許有些可笑，但你們的確是貨真價實的戰士，是能夠打仗的人類，因此也必須做好上戰場的準備。」

車熙拉的一席話令人心生膽怯……卻又十分震撼人心。

「當然，每個人的作戰方式各有不同……不過，要是再繼續說下去，恐怕得耗費更多時間。我只想告訴你們，別在沒用的地方跌個狗吃屎。」

「……」

「……」

現場陷入一片寂靜。

「菜鳥們，未來在更大的戰場上相見吧！」

車熙拉舉起紅色傭兵的旗幟，彷彿與學員們許下了約定。

紅色傭兵的成員們朝車熙拉簡單敬禮致意，為結業式畫下句點。

如果當時沒有和金賢成一起加入帕蘭，或許成為紅色傭兵的一員也是個不錯的選擇。

我不禁產生這樣的念頭。

「親愛的，你想說句話嗎？」

見到我微微搖頭，車熙拉這才氣定神閒地走下講臺。

我真的會被她迷倒……

與其說被她迷倒，倒不如說車熙拉這個人本身就帥到沒天理。

車熙拉單刀直入地一口氣說完該說的話，想必不會只有我認為她魅力無窮。

簡直讓人看傻了眼。

多虧她的精彩表現，我本想再稍稍觀望一下，但完成簽約的學員已經開始一個接著一個被其他公會的成員帶離現場。

學員們紛紛坐上前往琳德的馬車，而帕蘭公會也前去迎接兩位預備團員。

劉雅英與金昌烈正在往插著帕蘭旗幟的馬車前進。

此時，在一群等待公會成員引導的學員裡，一道身影莫名地進入了我的眼中。
在沒被錄用的三流學員之中，有個女人吸引了我的目光——韓素拉。
我彷彿在她身上看到了李智慧的影子。
雖然想過將她納入麾下，但帕蘭眼下不需要再多聘用一位煉金術師。
儘管韓素拉對煉金術充滿熱情，把她留在身邊使喚也未嘗不可，但先前我們倆已經發生過一次衝突，所以……
——通常像你們這種豁出一切死纏爛打的人，無論做什麼，至少會有一件事成功。
來這裡之前，車熙拉說的話不斷在我腦海中迴盪。
我下意識地瀏覽了一下韓素拉的狀態欄，和之前幾乎沒有任何差異。
然而，最關鍵的部分竟然出現了變化。
看著那女人的狀態欄，我不禁啞然失笑。

〔職業：黑魔法師〕

我的嘴不自覺迸出一句話。
「喂！妳過來。」
韓素拉頓時一臉驚訝。
「不，我是說，麻煩妳過來這裡一下，韓素拉小姐。」
儘管改用敬語呼喚韓素拉，她臉上驚恐的神情依舊沒有一絲改變。

＊＊＊

不明的恐懼使韓素拉越來越不安，換作是我，大概也會有同樣的反應。

如果我是她，肯定再也不願與帕蘭有任何瓜葛，別說是走到帕蘭公會附近了，就連離開琳德到其他都市生活都有可能。

她要是夠聰明的話，肯定和我有同樣的想法，因為鄭白雪對她造成的陰影實在太大了。

不知道是幸還是不幸，此刻鄭白雪不在現場，不過韓素拉大概也對我避之唯恐不及。

然而，她的想法對我一點也不重要。

重要的是，她選擇黑魔法作為職業。至於為什麼，根本不需要多問。

〔黑魔法師（稀有級）〕

〔能夠使用黑魔法進行遠距離攻擊的職業。黑魔法是一種能夠徹底顛覆既有魔法知識的全新魔法。由於黑魔法的力量來自惡魔，一部分的宗教團體對於黑魔法相當反感，然而其破壞力可以說是遠勝於其他職業。附加效果：習得基礎黑魔法知識。魔力值上升4點。〕

因為黑魔法師是魔力迴路幾近全毀的韓素拉，最起碼還能選擇的職業。

一般來說，魔法師與魔力之間必須具備高度的適配性，黑魔法師則是受到魔力影響較小的職業類別之一。

還記得之前選擇職業時，我同樣在煉金術師和黑魔法師之間苦惱許久。

當時朴德久推薦我選擇黑魔法師，金賢成則建議我轉職為煉金術師。

雖然我認為選擇前者更理想，但當時受到英雄級裝備《拉姆斯．托克的煉金學概論》的誘惑，我最終選擇了煉金術師，就這樣一路走到現在。

不過，我的腦中時不時會浮現這樣的想法——

要是當時選了黑魔法師而不是煉金術師，結果會如何？

現在的生活當然也不錯，我得到了超乎預期的待遇，在個人成就上也闖出了一番成績；此外，我不光擁有特有傳說級的職業，就連少得可憐的戰鬥力也提升了不少。

但是……黑魔法師也是個不錯的選擇。

我的腦中老是出現這樣的念頭。

萬一選擇黑魔法師，在神聖帝國裡肯定會變得寸步難行。但對我來說，那畢竟是個完全未知的領域，難免會產生好奇心。

腦海充滿各種思緒的同時，韓素拉盯著我緩緩開口。

此時的她看起來無比驚慌。

「您……說的……是、是我嗎？」

「沒錯，韓素拉小姐。請妳先從馬車上下來。」

「噢……」

從韓素拉侷促不安的神情來看，她選擇黑魔法師的目的大概不是為了向我復仇。

想也知道。

即便她再怎麼有本事，想動鄭白雪一根寒毛簡直比登天還難，想必她內心再清楚不過了。

任憑韓素拉怎麼追趕，也改變不了兩人懸殊的實力。

我微微頷首，向準備出發的馬車夫吩咐了幾句。

渾身捆滿繃帶，像具木乃伊的韓素拉，一瘸一拐地走下馬車，焦慮不安地緊盯著我。

「你先出發吧！我會將她帶回琳德。」

「是，李基英大人，我明白了！」

「我想韓素拉學員還是坐我們的馬車一起前往琳德比較妥當。請跟我來。」

「……」

「而且在路上還能一起聊天。對了，我忘了妳的腿不方便，妳慢慢來就行了！」

「……」

氣氛有些尷尬。

載著一批批學員的馬車，逐漸消失在視野中，不發一語的韓素拉這才小心翼翼地對我開口。

「李基英教官。」

「什麼事？」

「請問，我做錯什麼了嗎？我……要是哪裡做錯的話，我、我向您道歉。所以……」

「哎呀……事情不是那樣的，妳大可放心。老實說，那件事我已經放下了，所以妳也不必在意。還有，妳不必稱呼我李基英教官，叫我基英先生就好……或是稱呼我為帕蘭副會長也可以。總之，什麼稱謂都行。」

「什麼？」

「因為我已經不是教官了。」

「不是，我不是那個意思……」

「噢……妳是指那件事啊！我說的就是字面上的意思。對妳來說那或許是個重大事件，但我並不沒有放在心上。看起來妳已經得到了教訓，而我也接受妳的道歉了。」

「那您為什麼……」

「是啊！我為什麼要叫住妳呢？偏偏又是在結業式結束後。」

「……」

「妳應該猜得到啊。」

「難道是要……殺了……」

「加入帕蘭吧。」

「什麼？」

「我說，加入帕蘭吧。待遇方面絕對不會讓妳失望，不僅年薪相當可觀，簽約金也能比照其他人辦理。雖然比不上劉雅英小姐和金昌烈先生，但絕對不會輸給其他公會的成員。」

「什麼？」

「福利和其他內容，請參考公會宣傳冊。合約的期限是……」

「呃……」

「合約採用終身制。雖然這並不常見，神聖帝國的法律也不允許這種情況發生，不過只要妳不說出去，沒有人會知道。」

「不是，我……」

「接下來有很多要做的事。妳已經具備基礎煉金知識，所以先安排妳擔任煉金實驗室副室長……對了！帕蘭新創立的第二小隊，將會由妳來擔任後衛，請妳也務必記住這一點。」

「可是我……魔力……還有大、大腿也……」

「腿倒是無所謂，反正後衛並不看重敏捷值，問題在於魔力……雖然得花上一段時間，但我會和妳一起想辦法修復毀損的魔力迴路。當然，產生後遺症在所難免，不過對妳而言，魔力迴路的存在與否並不重要吧。」

「我不太明白……您的意思……」

「韓素拉小姐，我們就實話實說吧！我用什麼樣的方式得知這些事，妳大可不必在意，只要點頭答應就行了。反正，比起像隻過街老鼠一樣到處亂竄……跟隨我這個擁有神聖帝國榮譽主教稱號的人還比較安全。」

「……」

「要是妳不想讓帝國的驕傲——異端審判官找上門的話，那就乖乖簽約吧！只要是人才，帕蘭都歡迎，妳的祕密和缺陷不是問題。」

韓素拉緊閉著雙唇不發一語，臉色慘白得不行。

她此刻的心境我當然無法得知，但她肯定已經察覺到事情變得越來越複雜。

她沒有任何拒絕的餘地。

她很聰明，既然我語帶威脅地說了那番話，想必她能充分理解我的意思。

「白雪她……」

「嗝。」

我一說出鄭白雪的名字，韓素拉立刻打了一聲響嗝。

比起我，想必鄭白雪才是阻礙她加入帕蘭的最大因素。

「妳不必擔心，只要妳不再挑起事端，她就不會主動招惹妳。對了，我這裡剛好有一張合約，妳先簽名吧。」

「對不起。我、我錯了！對不起。嗝。拜託……請您別這樣。」

「文件下方不是寫上年薪和簽約金了嗎？對妳來說，這也是件好事啊。」

「放過我吧！求求您……要做什麼都可以。什麼事都可以，拜託您……拜託……」

「哎呀……我不是說不會殺妳了嗎？」

「拜託，求求您！我真的不想去。拜託……」

「簽約金的部分，我會再加碼。」

「我不是那個意思……求求您……教官，過去是我太愚蠢了！所以……」

「我真的不打算折磨妳。總之，先簽約吧！」

韓素拉雙手緊抓褲管的模樣簡直可笑至極。

即便答應給她工作一輩子也賺不到的巨款，她還是一副嚇破膽的樣子。

我雖然大致理解背後的原因，但情況卻比我想的更嚴重。

她會堅決反對當然也在我的預料之中。

對她來說，加入帕蘭就跟羊入虎口沒有區別。但打從一開始，選擇權就不在她的手上。

韓素拉的確是個可造之材。

車熙拉說的果然沒錯，韓素拉的生存意志相當強烈，也有誓死如歸的一面。從某個角度來看，她或許是個比金昌烈或劉雅英更值得期待的人才。

我看著韓素拉顫抖著雙手簽下合約，一股莫名的滿足感頓時湧上心頭。

與此同時，準時在帕蘭旗幟下會合的劉雅英與金昌烈，也朝著我們緩緩走來。

原以為引導他們的人是金賢成，殊不知是一張久違的面孔。

金美英組長？

「金美英組長，好久不見了。」

「是，副會長。真的好久不見了呢！」

「賢成先生呢？」

「會長和黑天鵝公會的朴延周小姐還有公事要討論。他向我說了聲抱歉，請我幫忙帶領學員。」

「嗯……」

看樣子金賢成果然難以脫身，此時的他想必也是進退兩難。
畢竟朴延周可是不能怠慢的對象。
不過奇怪的是，宣熙英也不見人影。
擅長察言觀色的金美英組長，一察覺到我在環顧四周，連忙開口說道。
「熙英小姐也坐上了黑天鵝公會的馬車，等等會和會長一起回總部。」
「噢，原來是真的有公事要商量啊。」
「是的。不過，會長會在傍晚之前回到琳德。他請我轉達給您，到時候讓大家聚在一起吃頓飯，順便舉辦歡迎會。」
「好。」
「話說回來，這位是……」
「雖然有點突然，總之她加入帕蘭了。很抱歉造成行政組的困擾，但我認為她是第二小隊不可或缺的人才。」
「這樣啊……」
金美英組長偷偷瞥向韓素拉，視線停留在她受傷的那隻眼睛和大腿。
當然，最吸引她目光的是韓素拉那張極度不安的面孔，幸好她似乎不怎麼在意，反倒相當信任我的決定。
「是。抵達公會後，我會立刻協助她辦理入會程序，並向負責單位申報。至於合約書……」
「合約才剛簽完。請妳在確認過內容後，把合約上方的簽約金額提高一成。仔細想來，似乎是我們賺到了珍貴的人才呢。對了，素拉小姐和昌烈先生是新手教學時的戰友，對吧？」

「是的，副會長。不過……」

「我已經考慮過各種狀況了。妳大可放心跟在我身邊。即便身體狀態不佳，我也相信妳一定能勝任。」

「是，李基英大人。」

金昌烈蒙上紅色面罩，我難以判讀他此刻的神情，不過他貌似沒有一絲不悅。不管怎麼說，多一名熟識的人加入公會也不是件壞事。

想當然耳，此時劉雅英的神情顯然比金昌烈更雀躍。

原本還擔心所有人會將目光集中在韓素拉身上，但事情似乎比我原先預想的更順利。

「不過話說回來，雅英小姐……金基哲的事解決了嗎？仔細想想，我當初應該幫妳一把才對……抱歉。因為突然發生了一點事……」

「別這麼說，您沒有必要幫我。」

「真的嗎……」

「我已經覺得很滿足了！金美英組長也幫了我許多忙……雖然我還有一些想做的事還沒完成……這個可以之後再告訴您嗎？」

「當然沒問題。」

她也未免太食髓知味了吧……

雖然不明白金美英組長幫了劉雅英什麼，以及劉雅英接下來打算做些什麼，但只要一想到這女人直到現在還想著報仇，就著實令我毛骨悚然。

不過，這樣也沒什麼不好。

整體來說，雖然內心有些不安，但這次的小隊陣容還算令人滿意。

劉雅英、金昌烈、韓素拉，再加上經驗豐富的安其暮，想必再過不久就能打造出一支實力平衡的隊伍。

如今終於全員到齊，頓時有種上緊發條的感覺……

其實把他們交給安其暮不免讓我有些擔心。不過安其暮是個能勝任前鋒和後衛的神職人員，不僅實力堅強，日後的成長空間更是不可限量。

他們值得好好栽培……

為了讓他們融入公會，自然得解決一連串的麻煩事，正當腦海浮現出最令我困擾的問題時，一台馬車緩緩朝我駛來。

等到看清楚馬車上那道身影，我不禁心頭一驚。

「基英哥！」

鄭白雪臉上掛著燦笑，對我揮了揮手。她大概是為了迎接我才會來到這裡，但眼下顯然不是一個恰當的時機點。

果不其然，我的背後傳來一道奇怪的聲響。回頭一看，只見韓素拉盯著鄭白雪，渾身上下不停顫抖。

「啊……啊啊啊啊啊……啊！」

她不光四肢抽搐，甚至整個人開始搖搖晃晃，失去了重心。

更讓人難以忽視的，是她濕濡的下半身。黃色的水柱沿著褲管末端流出，滴滴答答落在地板上的樣子，令人莫名感到一陣心酸。

她還是這樣嗎？

本以為許久沒見，她的狀態會有所好轉，殊不知一切只是我的猜想。

韓素拉甚至失去了認知能力，表情痛苦地不停發出慘叫，那模樣簡直令人不忍直視。

事到如今，我也不得不承認情況比我預想的更嚴重。

見到鄭白雪依然燦笑著揮手，我不禁背脊發涼。

這女人……到底都幹了些什麼啊……

「我……錯了……」

竟然能讓一個人徹底變成帕夫洛夫[8]的狗？

8 俄羅斯著名的生理學家、心理學家與醫師帕夫洛夫，曾進行一項著名的實驗：每次餵狗之前都會先搖鈴，讓狗產生「用餐時間到了」的聯想。起初，狗只有在實際進食時才會分泌唾液，但重複多次後，即使沒有食物，只要聽到鈴聲，狗也會自動分泌唾液。此為古典制約的經典案例。

第081話　歡迎會

那時鄭白雪一臉愧疚地把韓素拉帶到我面前，我不得不感到驚慌。

儘管韓素拉早已事先接受了宣熙英的治療，但她當時的模樣簡直和一塊破布沒有區別。

她們之間究竟發生了什麼，我無從得知，不過從韓素拉的狀態看來，那一切肯定超乎我的想像。

即使經過宣熙英的治療，韓素拉依舊留下了後遺症，可想而知事態有多麼嚴重。

看來她的心理創傷也非同小可……

只是我萬萬沒想到，光是見到鄭白雪，她就嚇得屁滾尿流。

鄭白雪發現一切都是誤會之後，似乎就不太理會韓素拉了，但在坐上馬車前往琳德的途中，我卻無法不去在意她。

準確來說，從訓練所出發直到抵達琳德前，韓素拉的褲子已經換了三次，要是馬車內的空間不夠寬敞，她恐怕得多換七次。

幸虧她沒有和我跟鄭白雪待在一起，而是和正在呼呼大睡的小機靈共用同一個車廂。

但就算這樣也仍然令她感到不自在，而眼下我就算想為她做些什麼，也無能為力。

別說一聽見鄭白雪的名字就四肢抽搐，韓素拉光是看到鄭白雪的影子就開始打冷顫，我也愛莫能助。

總歸一句，我只能持續觀察，直到韓素拉能夠適應一切為止。

事到如今我不禁開始懷疑，選擇韓素拉或許是個錯誤的決定。

目前雖然將成員們分成第一小隊和第二小隊，但等到一切步上軌道，第二小隊也得一起攻掠副本、上場打仗。考慮到這些部分，必須讓韓素拉的精神狀態盡快穩定下來。

起碼現在比剛開始好多了。

或許是因為膀胱再也擠不出一滴尿液，最後，韓素拉終於不再失禁。

總之，這是個好的開始。

眼下第一步要做的是讓她體認到我為她設下了不少安全防護。

我手中的項圈，不僅緊緊地拴住這隻極度興奮的猛獸，平日裡帶著牠四處溜達時，也會替牠戴上嘴套。我想，光是在她面前展示這些，應該還是能帶來一些安撫效果。

當然，她現在八成還處在驚嚇的狀態，但最起碼能避免她不受控地渾身抽搐。

我一邊在腦海中設想各種解決辦法的同時，馬車也在不知不覺間通過了琳德的正門。

此時，劉雅英驚訝得張大嘴巴，瑟瑟發抖的韓素拉同樣一臉好奇地望向窗外。裝作對一切漠不關心的金昌烈，也悄悄瞟向馬車外。

「哇……」

他們的反應和我們小隊剛到琳德時一模一樣。

會出現這樣的反應一點也不奇怪。比起沒有任何便利設施和娛樂消遣的訓練所，他們在琳德的每一處都能看見這座城市文明發展的證據。

在這裡不僅能體驗各種人文設施，市民的臉上也都朝氣蓬勃。

不出我所料，馬車一駛進廣場就傳來了各式各樣的聲音。

「徵求隊友！只要再一名祭司加入，馬上就能出發打怪，得到的寶物會照比例分配。再加入一名祭司，就能立刻出發！謝絕盜賊。」

「出售稀有級道具！便宜賣唷，走過路過不要錯過！」

「號外！號外！」

「徵求一起攻掠副本的好伙伴！普通級的副本喔！」

「轟動琳德的暢銷巨作——《煉金術師與天才劍士的羅曼史》第三集限量版！在此對久等的顧客們說聲抱歉，目前只剩下九十三本，只發到號碼牌九十三號為止。」

其中最惹人注目的是聚在廣場外圍吵吵鬧鬧的一群人，而這群人多半是女性。

沒想到現在竟然還賣起小說了……

看到一大票人為了來路不明的小說擠破頭的模樣，讓我不免對眼前的景象充滿好奇。

「搞什麼啊！你在開玩笑嗎？我從昨天晚上等到現在，這說不過去吧？」

「哪有人這樣辦活動的……主辦單位在哪？」

「錢不是問題。還有貨就快點賣給我們！」

「別以為我們不知道你們是把庫存優先給了大型公會的幹部！難道只有大型公會的讀者才是讀者嗎？」

市民們狂熱的程度，簡直和帕蘭公會發表新配方藥水時不相上下。

看來在這個世界寫小說也能賺錢呢……

人們的生活變得寬裕，花在各種休閒娛樂上的金幣似乎也有所增長。甚至還有人私底下向已經購入限量版小說的讀者提出轉售的要求，實在有夠荒謬。

我下意識望向金美英組長，開口說道。

「金美英組長？」

「什麼事？」

「那個是……」

「噢，那個……好像是最近在琳德相當熱門的小說。」

「原來如此。銷量好嗎？」

「是。據說原本只有在私底下販售，後來大家開始口耳相傳……最近這本書也流入了席利亞和大灣的市場。」

「妳是說席利亞和大灣嗎？天啊……還真有趣！看來琳德的文化產業近期確實發展得相當不錯……帕蘭有類似的產品嗎？」

「沒有。目前還沒有這部分的規劃……」

「若能承包流通方面的業務，似乎也相當有趣。可以的話，請妳交一份包含市場調查的報告給我。慢慢準備就好了，請確實完成後再交上來，麻煩妳了！對了，金美英組長有看過那本書嗎？」

「什麼？噢……是的。」

她一臉不情願地回覆了我的提問。

金美英組長可以說是不折不扣的工作狂，現在知道她也有自己的娛樂消遣，我就安心了。

「那真是太好了！那本小說的內容……」

「內容有點複雜，我一時之間也說不清楚。」

「原來如此。白雪也讀過那本書嗎？」

「沒有，我第一次聽說這本書。我根本不知道有這種東西。」

看來這種文化產品，目前還只是少數人的愛好。

總之，整座城市充斥著蓬勃的生活氣息，新進成員似乎也認為琳德是個好地方，喜悅之情全寫在他們臉上。

說不定此刻他們的腦海裡正浮現這樣的想法。

——原來這裡也是人住的地方。

在城市更深處當然也會有不堪入目的一面，但這就是人們生活的地方。

都市整體活絡的氣氛，也可能成為新進成員加入公會的理由，看著路上行人一個個笑容滿面，充滿朝氣的模樣，我由衷地感謝琳德的市民們，替琳德塑造了美好的形象。

窗外形形色色的風景掠過眼前，馬車一路經過廣場，朝著帕蘭公會前進。

沒過多久，耳邊傳來金美英組長的聲音。

「副會長，我們到了！」

「噢，好。」

我從容不迫地走下馬車，朴德久、黃正妍以及好久不見的小鬼頭隨即出現在眼前，就連安其暮也站在小鬼頭的身旁。

此時，一個比小鬼頭更久沒見的人映入眼簾。

曹惠珍也來了。

看樣子，凱斯拉克的事解決得差不多了，之後再找時間跟她聊聊相關的話題吧，反正日後單獨說話的機會還很多。

有趣的是，我不在的這段期間，帕蘭公會總部的規模擴建了不少。

雖然之前收到的報告上也有提到，但果然還是和親眼見到有些差異。

比起選用充滿現代感的建築設計，目前公會總部整體設計更貼近中世紀的風格，散發著濃厚的古典氣息。

新進成員似乎相當滿意帕蘭公會的總部，他們使勁地眨著眼睛，不停觀察四周。

見到他們的反應，一股自豪感在我心中油然而生。

就在我準備開始慢慢欣賞內部裝潢時，耳邊傳來一道聲音。

「大哥！」

「噢，是德久啊。我也好久沒見到正妍小姐和惠珍小姐了。還有藝莉……」
「嗯……」
「是，好久不見了。副會長大人……」
「安其暮先生過得如何？」
「因為我的前一個公會會長說『要走就趕緊走』，所以我就立刻收拾行李，離開了公會。我已經住進帕蘭公會好幾天了。哈哈……」
「原來是這樣。歡迎你來到帕蘭。來打聲招呼吧，他們是這次的新進成員。從左邊開始，分別是劉雅英、金昌烈，還有韓素拉小姐。」
我稍稍往後一望，接著開始介紹新成員。
此時，新成員率先開口。
「你好，我是劉雅英，請多多指教。」
「我是金昌烈。」
「我是……韓、韓素拉，請多指教。」
看著他們用不同的方式自我介紹，我莫名地感到一陣欣慰。
劉雅英相當開朗活潑，金昌烈依然維持一貫的態度，而韓素拉則是小心翼翼地觀察著鄭白雪。
為了重新整頓隊伍的氣氛，我再次開口。
「劉雅英小姐屬於戰士派系，金昌烈是暗殺者派系，而韓素拉則是魔法師派系。詳細的內容日後會再告知各位。不過，他們將被培養成新創立的第二小隊主力成員。總之，還是先從分配宿舍開始吧……對了，德久，你來帶路吧。也麻煩正妍小姐了。」
「樂意之至。」

「將地下室到樓上全部介紹完畢後，由正妍小姐來決定房間就行了。金昌烈先生說想要最角落的位置，就按照他的意思安排……至於韓素拉小姐和劉雅英小姐的房間，就再請妳多費心了。」

「沒問題！」

「晚上將會舉行歡迎會，各位只需要在晚餐時間前結束手邊的工作就可以了。至於晚宴的準備工作……」

這些前置作業大概會由公會職員一手包辦，不過小隊成員們肯定也想幫忙。

「我……我來負責……」

此時，金藝莉用真摯的表情盯著新人們，她似乎已經意識到自己是個前輩了。

不過，這種事當然不可能交給一個未成年的小鬼頭去辦。

我正打算為小鬼頭找一名監護人，一道聲音突然從旁邊傳來。

「副會長，我也一起去。」

「麻煩妳了，惠珍小姐。」

「是。」

「我也一起。」

「那就這麼辦吧！安其暮先生。」

雖然這些說多不多，說少不少的成員們，在同一個空間擠來擠去，令人有些暈頭轉向，但整體氛圍相當不錯。

緊緊黏著我不放的鄭白雪看起來一點也不在乎這裡的氣氛，而我倒是不排斥這種熱鬧氛圍。

迪亞路奇似乎也因為小機靈已經在外頭睡了好長一段時間，今天並不急著回巢穴休息。

公會成員久違地聚在一起，時間就這麼過去了，天色暗下來的速度比想像中還快。新進成員還在參觀帕蘭公會的總部，金藝莉、曹惠珍還有安其暮，甚至是鄭白雪，已經開始著手準備歡迎會，想必前置作業很快就能結束。

一收到金賢成抵達公會的消息，我立刻就定位等待親愛的重生者入場。

沒多久，金賢成打開大門步入歡迎會會場。

好久沒有這麼近距離地見到這小子了。臭小子，我好想你啊。

＊＊＊

那傢伙果然和我有一樣的感受，雖然沒有直接表現出來，但他的臉上卻隱約透著一絲喜悅。

這陣子以來，我們彼此都馬不停蹄地四處奔波，終於能像這樣見上一面，我也暗自高興了起來。

就好比一對忙於工作的夫妻，明知道彼此住在同一個屋簷下，卻因為雙方緊湊的行程，只能天天目送對方上下班，最後終於在此時迎來了久違的閒暇時刻一樣。

這個例子還真貼切。我確實一直不得空，金賢成也一天到晚在外奔波。

我並不清楚他究竟在忙什麼，唯一可以確定的是，至少那傢伙在替不久的將來鋪路。

依照我對金賢成的了解，他相當勤奮，肯定不會花時間做沒用的事，等到時機成熟，他自然會主動開口。但即便如此，我還是很好奇他的葫蘆裡究竟在賣什麼藥，於是我先開口向他搭話。

「你來啦。」

金賢成意識到自己姍姍來遲，連忙向我低聲說道。

「抱歉，我來晚了。突然發生了一些事……」

「賢成先生，別這麼說。」

「本來想和大家一起回來……」

「你說過有公事得和黑天鵝公會討論吧。」

「在這裡似乎不適合談這件事……」

「好。」

「我想這件事還是等歡迎會結束再討論比較好。現在先好好享受這場盛宴吧，今天要好好歡迎新加入的成員們。」

「好。」

事情好像有點嚴重……

相處的時間久了，我多少能察覺金賢成的表情有點不太對勁，即使只是一個稍縱即逝的表情，我都能看出他對某件事耿耿於懷。

一提到新成員，金賢成立刻面露喜色，但不知怎地，他卻始終掩飾不了尷尬的氛圍。

他有心事啊……

以目前的情勢來說，我看不出任何異常跡象，根本猜不到究竟發生了什麼事。

此時，黑天鵝公會的朴延周和金賢成交談的畫面浮現在腦中。

當時還以為她是想藉機對金賢成表示好感，現在回想起來，兩人應該是在談一些重要的公事。

難道出什麼事了嗎？

紅色傭兵或黑天鵝公會陷入危機？應該不太可能。

首先，會長朴延周還健在，我和李智慧對話時，也看不出任何異樣。我現在就算想破頭也找不出答案，似乎沒必要徒增無謂的煩惱。儘管如此，說不在意是騙人的。

金賢成突然拍拍我的肩膀，接著邁開步伐。

此時所有成員的目光全集中在他身上。

他卻只是極其自然地走到位子上坐下……這種時候，會長不發話似乎說不過去，我只好輕輕推了他一下。

「會長，說句話吧！」

「是啊，大家今天都聚在這裡，老兄應該說些什麼才對！」

「噢……」

金賢成雖然有些不知所措，卻沒有一絲的不快。比起我的叮嚀，他八成是因為拗不過朴德久的糾纏，才迫不得已站出來說句話。此時，所有人的目光自然都落在金賢成身上。

「好，這樣也好。首先，很抱歉我來晚了。原本打算盡快趕來，但似乎討論得太久了。」

「反正都是為了公事嘛！不需要道歉！老兄還不是為了讓大家吃飽，才會到處東奔西走嘛！」

「哈哈，你能這麼想，實在太感謝了。其實，今天這場歡迎會雖然是我的主意，但我並沒有參與實際的準備工作，要說一些賀詞的確有些為難。劉雅英小姐、金昌烈先生、韓素拉小姐，還有安其暮先生……雖然這次我沒有待在訓練所，沒辦法和各位更進一步地交流，但我能感覺得到各位都是好人。」

到底好在哪……老實說，比起性格，選拔人才時更看重能力。

「當然，想必各位具備了一定的實力，而我也已經親眼見識過昌烈先生的才能了。總之，很高興認識各位。雖然聽起來有些陳腔濫調，但帕蘭公會的願景是希望成為一個像大家庭一樣的公會。我想，這不只是我一個人的想法。」

「沒錯。」

「創立帕蘭的李尚熙大人，以及黃正妍小姐也是這麼想的……還有最一開始來到這裡的基英先生、白雪小姐、德久先生，和後來加入的藝莉、熙英小姐，甚至是惠珍小姐，大家都抱持同樣的想法。迪亞路奇也不例外。」

金賢成這種裝熟的壞習慣的確有點過頭。

不過這種程度的裝熟我非常歡迎。

「感謝各位願意和我一起打造這樣的公會……也非常感謝新加入的成員。各位選擇了帕蘭一定不會後悔。最後……」

「……」

「歡迎來到帕蘭。」

哎呀，這個臭小子真是太迷人了。

金賢成說話的同時，嘴角還掛著一抹微笑，讓我不得不承認這小子實在是帥得天理難容。

曹惠珍和金藝莉的雙頰沒來由地微微泛紅，看來不只我一個人這麼想。

如果沒有來到這個世界，金賢成在地球說不定是個模特兒或演員，安分守己地做著靠臉吃飯的工作。

「大家一起喝一杯吧！」

金賢成說完最後一句話後，果然是朴德久吼得最大聲。

「乾杯！」

於是，小型歡迎會正式開始。

學員時期沒能好好享用的美食在眼前一字排開，劉雅英看得目瞪口呆。鄭白雪和宣熙英分別坐在我的兩側，靜靜品嘗眼前的佳餚，金賢成則是不停在和李尚熙說話。

雖說是聚餐，但在人數超過十名的情況下，最後也只能各聊各的。在這樣的場合，朴德久總是表現得特別活躍。那傢伙大聲嚷嚷的聲音，甚至都傳到了這一頭。

「不過，昌烈老兄為什麼老是戴著面罩啊？」

「……」

「昌烈叔叔的嘴裡，有那個……毒針！」

「哦？」

「我……上次……不是和你打過一場嗎？順便當成入會考試……雖然你的手段有點卑鄙，不過還不錯，滿厲害的。」

金藝莉竟然在和金昌烈聊天？

正當我這麼想的同時，朴德久又跑到另一頭開啟話題。

「對了！韓素拉小姐妳的腿應該很不方便吧？妳不必擔心，就算是癱瘓的人，我們大哥和熙英大姐也能讓他站起來！只要接受治療，想必不用三天，一下子就能站起來了！我說的沒錯吧？熙英大姐？」

「還是得試試看才會知道……我之前有試著治療過一次，結果留下了後遺症。不過持續復健的話，狀態肯定能有所改善。」

「一定會好轉！眼睛的部分也不必擔心。只要喝一口大哥特製的奇蹟藥水，眼珠也能重新長出來。要是這樣還不行的話，大哥也會幫妳弄來假眼球。我是說真的。」

「謝、謝謝。」

很遺憾，我並沒有能力讓一個癱瘓的人重新站起來。要是我有這種能力，那當然再好不過了，但我根本沒辦法讓韓素拉的身體狀態完全恢復。

「那個，我都聽說了……妳跑進大姐的實驗室結果倒大楣了。不過妳放心！我們白雪大姐就是寬恕的代名詞，世界上哪裡還有像她一樣善良的人？」

「嗝……」

「妳說是不是啊？大姐？」

「是，我、我也有錯。不過下一次不、不、不能這麼做了喔。」

「啊……啊啊……」

「別擔心！那個……尿失禁也能治得好！」

朴德久東奔西跑的模樣像極了洪吉童[9]。

「至於這邊這位大姐，新生們大概都沒見過，其實這位大姐的真實身分是龍。」

見到她頭上的那雙龍角肯定就能猜到。

「這位大姐的真面目，我在上次凱斯拉克的攻城戰中見過一次……這個嘛！有個壞蛋魔法師在副本裡操控著龍大姐。就在這時，對這位大姐伸出援手的人，就是我們大哥！大哥當時是怎麼說的……」

「……」

「大哥一邊喊著『停止攻擊！停止攻擊！別再發動攻擊了！』一邊擋在龍大姐面前……

9 朝鮮王朝時期的一名盜賊。洪吉童為妓生之子，屬於賤民，自幼受不平等待遇。雖文武雙全，卻因身份無法參加科舉，最終離家出走，並集結盜賊組成活貧黨，四處奔波，劫富濟貧。

那副模樣簡直帥呆了！大哥如果是女的，我肯定會被迷倒！大哥甚至還一手抱住這位龍大姐的女兒，也就是迪亞路利，拚命地保護著牠！」

我莫名覺得有些難為情。

「幸好那時沒有打起來。畢竟只要龍大姐的前腳一踹，就能讓人當場斃命；要是被她一口吞下，連反抗的餘地都沒有，直接出局。總之因為這樣，龍大姐選擇了我們大哥。噢，對了！這位龍大姐的嘴巴還能射出能量波喔。」

「是吐息。」

「管他是能量波還是吐息，反正都一樣！不過，還有一件有趣的事。那就是大哥後來把那個龍息做成了藥水！」

這傢伙真是的……

朴德久不停地大聲嚷嚷，彷彿要把這陣子累積的壓力一口氣通通釋放出來。

這當然沒什麼不好，多虧有這傢伙氣氛緩和了不少，眾人也開始嘻笑打鬧。

不過他到處散布不實資訊，作為聽者的我確實不太痛快。

當他提到迪亞路奇和我的緣分時，我甚至害羞到想找個地洞鑽進去，但除了我以外的其他人，大多興致勃勃地沉浸在那傢伙的單口相聲裡。

這樣的場合要是沒有朴德久的話，氣氛肯定會很沉悶。

更重要的是，有他在我不必開口說話，這一點最令我高興，反正朴德久那傢伙肯定不會覺得這是一種情緒勞動。不過沒多久，話題開始越走越偏。

「你們都不知道，一開始當大哥說要當煉金術師時，我有多努力地阻止他。那時，我當然也非常信任大哥，但他竟然要放棄黑魔法師這麼帥氣的職業，選擇煉金術師……雖然現在的一切證明了當時的決定是對的，但我那時相當看不起製造類職業。」

「啊……是。」

「我的意思是，就算是製造職業也有無限可能！一切全憑個人的努力，只要看看大哥就能明白這一點了。」

「你是說製造職業嗎？德久哥？」

「噢，雅英小姐也對製造職業有興趣嗎？」

「呃……沒錯，其實我剛開始沒有考慮戰鬥職業，本來打算選其他職業，後來是李基英教官告訴我，戰鬥職業更具有發展性……所以我才打算認真鑽研看看。」

「噢噢……原來是這樣！」

「還有……」

「哦？」

「其實，我正在準備進行第二次轉職。雖然還沒決定好……那個……」

「嗯？」

「職業的選項裡面有鐵匠……」

「……」

「……」

「……」

周圍頓時陷入一片寂靜。

此時，金賢成的神情顯然最為慌亂。

他望向朴德久，朴德久的表情明顯帶著一絲驚慌，看來他八成回想起了我之前轉職時的情景。

果不其然，朴德久開始喃喃自語。

「鐵匠……好像還不錯耶……」

這個發瘋的豬頭……

靜默中傳來的一道嗓音，聽起來莫名地沉穩。

眼前的局勢的確令人有些不知所措，金賢成大概也察覺到苗頭不對，於是連忙開口說道。

「雅英小姐，其他的職業……」

「對了，職業的選項有兩個。其中一個是鐵匠，還有一個是防禦戰士。」

「那還真不錯！雖然只出現兩個職業有點出乎我的預料，不過這大概是成長過程中，沒有外出打怪所帶來的影響。但我相信妳一定能夠勝任防禦戰士這個職業。」

「防禦戰士……雖然很不錯……但事實上，職業效果附帶的那些基礎盾術知識，我都能教妳。」

給我安分一點……你這個白痴豬頭。

朴德久一邊偷偷觀察著眾人的臉色，一邊開始發動言語攻勢。

「你想想看，大哥雖然選擇了煉金術師，但他現在的火力強度如何？根本超越了魔法師。」

那是因為我是特例。

「我保守地說一句……反其道而行的人本來就會受到關注！能舉著盾牌抵擋怪物，還能製造出殺死怪物的鐵鎚，這種人根本是全能了，不是嗎？」

「你說的確實也有道理。但不管怎麼說，時間過越久，成長差距也會越來越懸殊。雅英小姐是個可造之材，未來從防禦戰士轉職成英雄級，或級別更高的傳說級職業，肯定不是問題。」

「依我看，說不定傳說級的鐵匠還能拿著鐵鎚，一口氣劈開怪物的腦袋。」

「不是……那個……」

面對朴德久毫無邏輯可言的思維，金賢成也無言以對。

「要怎麼選擇雖然是雅英小姐的自由，但參考大哥的情況，一定要選鐵匠！這是目前最新的趨勢！能製造出任何東西的天才鐵匠——劉雅英！簡直棒呆了……光是用想的就覺得熱血沸騰。」

「當然，我並沒有瞧不起製造類職業的意思，就像德久先生說的，考慮到基英先生的情況，這種情況確實不無可能。不過以雅英小姐的才能來說，遵循正規途徑，絕對也能有一番成就。從各方面來看，戰士才是最理想的選擇。」

金賢成說的這些話，觀點完全正確。

鐵匠固然不可或缺，但以劉雅英的才能來說，選擇鐵匠作為職業實在太可惜了。

「以雅英小姐的才能來看，就算沒有遵循正規途徑也能變強，不是嗎？琳德需要注入新的活力！我推薦鐵匠！」

「我推薦防禦戰士。如果雅英小姐選擇防禦戰士的話，我可以把這面盾牌送給妳。」

事情的走向，簡直和當初金賢成引誘我選擇煉金術師時一模一樣。

不過金賢成忽略了一件事，那就是朴德久已經不是當初那個毛頭小子了。

「要是妳選擇鐵匠，我就把我學到的盾術知識全部傳授給妳。當然，這隻鐵鎚也一併送妳！」

那支沉甸甸的鐵鎚，是某次攻掠副本時得到的道具。

金賢成的臉上瞬間閃過一絲驚慌。

「選鐵匠！胸襟開闊的人本來就適合拿鐵鎚！」

「選防禦戰士！妳的才能不該被白白浪費。」

「那樣的才能在其他地方也能發揮得很好！選鐵匠！」
「選防禦戰士！」
「鐵匠！」
「防禦戰士！」
「鐵匠啊啊啊啊啊！」
真的是……發瘋的豬頭……
更荒謬的是，我似乎不自覺地認同朴德久的一番話給。
劉雅英沒料到自己拋出的話題會引起如此激烈的反應，她內心的驚慌全寫在臉上。
「防禦戰士！」
「鐵匠！絕對是鐵匠！」
「防禦戰士更好！真的！」
「防禦！」
「鐵匠！」
「防禦戰士！」
「鐵匠！」
現在是什麼情況？
「鐵匠！你再說下去，我的鐵鎚就要飛過去囉！」
此時，劉雅英不知所措地盯著我。
「鐵鎚要飛過去囉！」

＊＊＊

我發現自己也快要被說服了。

德久剛開始發動言語攻勢時，我只認為這傢伙是在胡說八道，不過時間一久，他的一番話確實越聽越有道理。

撇除朴德久的嗓音帶有一股奇特的共鳴聲，更重要的是，他說的話不知怎地句句有理。

劉雅英沒有理由非得選擇防禦戰士。

選擇防禦戰士的好處，充其量不過就是能夠爬上近戰職業的相關高階職位。

當然，這也是玩家不斷提升自我的動力，不過以她樂觀主義的傾向來看，絕對得花上好一段時間。

仔細一想，劉雅英當初在訓練所時，對於近戰職業貌似沒有展現過多的熱情。

也許這真的不適合她。

依我看來，劉雅英的才能確實相當卓越，但她本人卻對這個領域興致缺缺。

在職業的選擇欄中出現鐵匠，也絕非偶然。

因為鐵匠這個選項，一次也不曾出現在朴德久的職業選擇當中。

就像她說的，自己對製造類職業更感興趣；正因如此，系統才會出現鐵匠這個類別。

當然，眼下帕蘭需要的，是一位能站在前方抵擋攻擊的前鋒，要是擁有高階盾術知識的朴德久能好好提拔她，劉雅英確實值得信賴。

看看身為煉金術師的我，戰鬥能力幾乎和魔法師不相上下。由此想來，只要確實掌握成長的方法和時機，鐵匠同樣也能擔任前衛的角色。

而且劉雅英的潛能相當不錯，她擁有傳說級的體力潛能，作為一名鐵匠自然是綽綽有餘。

唯一需要擔心的是金賢成似乎不怎麼滿意鐵匠這個職業。這並不是因為劉雅英如果成為一名戰士，能在未來取得更大的成就，而是金賢成還不了解劉雅英。

以金賢成的立場來說，他恐怕只是不願意見到好不容易求得的珍貴人才轉身投入製造類職業。但只要時間充足，一定能再找到能力和劉雅英不相上下的人才。

為什麼這麼說呢？因為我有心眼。

有辦法引進未來人才的金賢成肯定也有一樣的想法。

尤其，如今我身邊有最強的寶物——迪亞路奇，說不定劉雅英還能夠得到龍之鐵匠之類的職業。

「大哥是怎麼想的？」

「這個嘛……」

「大哥，你仔細想想！鐵匠肯定是最適合的！她的臉一看就是做鐵匠的面相！她註定要當鐵匠！」

被他這麼一說，看起來還真有點像。

「你想像一下她拿著鐵鎚，在鐵砧上用力敲打的樣子！而且既然能在超高溫的熔爐裡工作，抵抗火焰的能力說不定比普通的前鋒還優秀，待在火海裡也不是問題。」

這簡直是鬼扯……

我不明白那道迴盪在靈魂深處的共鳴究竟從何而來。

悄悄望向劉雅英，只見她同樣不知所措地盯著我。

比起用盔甲將身體裹得密不通風，鐵匠的服裝似乎更適合她。為了合理化我的想法，剛才浮現的所有念頭，開始盤據在我的腦海裡。

「鐵匠！」

「防禦戰士！」

「鐵匠！」

「戰士！」

與此同時，朴德久和金賢成還在不停朝對方吼著自己支持的職業。

都到了這種地步，我似乎也得說句話才對。

於是，我只好緩緩開口。

遺憾的是，這句話徹底辜負了重生者的滿心期待。

「我想……鐵匠或許是個不錯的選擇！」

「基英先生？」

金賢成錯愕的神情率先進入我的眼中。

抱歉了，賢成。鐵匠還是比較吸引我。

此刻，他的眼神楚楚可憐，看起就像被雨淋濕的小狗。但即便如此，也敵不過朴德久直擊靈魂深處的嗓音。

「我大致能理解賢成先生的考量。但不管怎麼說，我認為比起戰士，想找到一名優秀的鐵匠更不容易。雖然說翻遍整個神聖帝國，應該還是有不錯的人選……」

「是。」

「站在我個人的立場，我希望帕蘭目前保有的特殊資源，最好不要對外公開或被其他公會知道……而且就像德久說的，轉職附帶的知識，雅英小姐都能從德久身上學到。」

「可是……高階魔力的使用知識，沒辦法另外學。」

「我雖然也不具備高階魔力運用知識，但在火力方面，我自認不會輸給其他魔法師。」

「基英先生是特例……」

「雅英小姐同樣也能成為特例。不過，我只是簡單地舉個例子而已，最終還是得由她來做出決定。」

實際上，無論我再怎麼大力推薦，她的抉擇才是決定命運的關鍵。

以公會的立場來說，我們大可逼迫她做出決定，特別是像劉雅英這種當初以戰鬥職業身分簽約加入公會的人，更是如此。

要是她一聲不響地擅自轉職成鐵匠，也會令公會感到為難，不過帕蘭相當重視成員的自由，因為即便強制命令成員轉換職業也不會提高效率。

朴德久那道直擊靈魂深處的聲音，雖然聽起來莫名地有說服力，但金賢成和朴德久的爭執終究只是建議。

最重要的是劉雅英本人的意見。

現場再次陷入一片寂靜。

「那個……」

「……」

「……」

「我想選……鐵匠……」

「……」

「太棒了！我就知道！妳怎麼看都是當鐵匠的面相！」

到底從哪裡看得出來？

「我可以問原因嗎？」

「噢，好。要確切說出一個理由，恐怕有點困難……該說不知不覺被吸引嗎……我有種靈魂受到吸引的感覺，不知道這麼說貼不貼切。」

確實有說服力。

「噢……」

不曉得劉雅英是否察覺到了金賢成的反應，她繼續說道。

「當然，我會認真接受訓練，不給第二小隊帶來困擾。就像李基英教官說的，只要找到適合我的方法，還是有成功的可能性。雖然我有點害怕選擇製造類職業……」

「這樣啊。」

重生者的表情略顯僵硬。

抱歉了，賢成。

不過，那樣的表情並沒有維持多久，看來金賢成改變了心意，認為自己應該全力支持劉雅英的決定。

眼下我們擁有迪亞路奇，這或許是金賢成轉念的因素之一；又或者他也認為，考慮到將來即將出現的鐵匠技術，現在確實是轉職成鐵匠的理想時機點。不過最關鍵的，說不定是那句「靈魂受到吸引」徹底地說服了金賢成。

總之整體來說，金賢成似乎相當尊重劉雅英的選擇。

「雖然很可惜，但也無可奈何。公會這邊會盡可能提供支援……」

「雅英小姐，如果妳想更改合約書上的內容也可以，畢竟當初是以戰鬥職業簽約的……抱歉，麻煩妳了。」

會這麼想也是理所當然的。

這部分應該由我來代為回答。

「雅英小姐，這方面妳不必擔心，但合約的期限似乎得做一些調整……畢竟，雅英小姐一旦選擇了鐵匠，將來會接觸到的資源自然會跟身邊這些觸手可及的物品有些不同……」

「是，教官。這個部分我也充分考慮過了。」

「這樣的話就太好了。」

「嗯！嗯！」

朴德久心滿意足地頻頻點頭，心情看起來相當雀躍。

其實，我的腦中曾閃過一個念頭，或許朴德久是想盡早除掉可能威脅自身地位的菜鳥前鋒。但他畢竟跟我這種人不同，大概還想不到這個層面。

即便如此，這件事確實有些不尋常。

對朴德久來說，雖然只是意外地占了便宜，但就結果來看，這樣的推論確實不無可能。

當初主動提起製造類職業話題的人，也是朴德久……

當然，那傢伙肯定看不見劉雅英的職業狀態欄上浮現的鐵匠二字，因為這種事連心眼也辦不到。

……他應該看不到吧？

「這下子終於能使用公會的鐵匠親手打造的盾牌了！」

他應該也不是因為這樣才這麼做吧……

朴德久的目的，大概也不是想得到迪亞路奇的角或鱗片製成的武器，因為他好歹還算是公會裡唯一的正常人。

不過，那道直擊靈魂深處的聲音實在對那傢伙太有利了，不光讓新人完全轉換了跑道，還明目張膽地讓她為自己製造盾牌。

「我會大力支持妳的！訓練就包在我身上！」

說不定這傢伙並不笨。不知怎地，這樣的想法一直在我腦中盤據。

最後，一層微光籠罩著劉雅英，她完成了第二次的轉職，而朴德久也再度成功鞏固了自己的地位。

歡迎會現場再次傳來震耳欲聾的叫嚷聲，席間交談的聲音此起彼落。當然，聊天的內容多半圍繞在劉雅英、韓素拉和金昌烈身上。

「得到新知識了嗎？」

「沒錯，我正打算試試看。」

「我會盡量找找看有沒有什麼地方能夠幫到妳。」

「李基英教官，謝謝你。」

可想而知，在這之中最受矚目的，就是劉雅英。

一開始本想透過這場歡迎會，暫時從雜七雜八的工作中抽離，但大家依舊在聊這些話題，看來我們已經徹底變成玩家了。

金藝莉和金昌烈聊得相當起勁，宣熙英也正在與韓素拉交頭接耳，而他們聊天的內容，當然不是一些日常瑣事。

看來他們已經適應這個世界的生活了。

我又再次體會到，人類果然是擅長適應環境的動物。

今天是他們來到琳德的第一天，本該早點結束的歡迎會卻遲遲無法結束。最後，成員們一個個不勝酒力，踉踉蹌蹌地回去宿舍。

未成年的金藝莉為了遵從會長早睡早起的命令，早早就和曹惠珍一同離席。宣熙英、黃正妍和安其暮，還有其他新進成員，也回去宿舍準備休息。反觀鄭白雪，儘管不停地打盹，卻依然堅守我身旁的位置，而朴德久和金賢成當然也不例外。

一晃眼，座位上只剩下當初在新手教學副本裡相遇的四個人。

「果然還是我們四個人留到最後一刻！」

「是啊，一起度過新手教學時期的四個人……」

「真棒……不知不覺已經過了一年，好感慨呀！我們竟然這麼快就得栽培後輩，感覺還真新奇。雖然一直以來我都跟在大哥身邊，但其實我非常高興能與老兄一起並肩走到現在。」

「我明白你的意思。雖然這麼說有些難為情，但在這段說長不長，說短也不短的日子裡，非常感謝你們願意追隨我。」

或許是意識到剛才說的話令人感到有些彆扭，金賢成的表情略顯僵硬。

而聽到這樣的話，最正確的回應方式，就是讓對方也和自己一樣尷尬。

「這是當然的，因為我們是同伴。」

「……」

「……」

「大哥……」

脫口而出的瞬間，我的四肢也不自覺地蜷縮了起來。

果不其然，朴德久和金賢成一臉深受感動的樣子，盯著我看了好一會兒。

尷尬之餘，我只好迅速轉移話題。

「而且，賢成先生的決定一直都很正確。」

「是啊……確實如此。」

此時，金賢成突然嚴肅地開口。

「其實……」

「怎麼了？」

「這次的決定可能不太合理。」

氣氛開始出現細微變化，我一眼就看出那傢伙打算說什麼了。

「你是想告訴我們，你和黑天鵝公會討論的內容吧？」

「沒錯。」

「原來如此。」

「這件事很危險嗎？」

「是的。」

媽的……

於是，一件令人擔心的事就這麼落到我們頭上了。

第082話　裂縫博物館

「很危險啊……」

在重生者的羽翼之下不會總是一帆風順，對此我早已有所體悟。

如果用遊戲來比喻目前的局勢，金賢成可以說是背負著主線任務的NPC[10]。這傢伙是多起事件的中心的這件事已經成為既定事實，而在那些事件中，勢必會伴隨著一連串的危機。仔細想想，這段時間以來，沒有一次不是危機四伏。就連在新手教學和鄭振浩一起組隊攻掠副本時，小隊也承擔了一定的風險，更別說是凱斯拉克的攻城戰。

在這些事件當中，我之所以感受不到任何一絲壓力，都是因為我打從心底信任我們的重生者。

我總認為，就算遇上重大危機，金賢成應該也會火速來到我身邊，替我解決所有麻煩。尤其以新手教學副本來說，無疑也是因為有金賢成的加入，副本的難度才大幅下降。雖然每一次都危機重重，但我卻不怎麼擔心。

仔細想想，我的所有決定，都是考慮過各種因素之後做出的合理抉擇。我總是一邊想著「雖然有點危險，但也不是不可能成功」，一邊採取行動。

實際上，金賢成對於自己的決定可能引發的危機，從來不曾提出警告。這或許是一種自信的表現吧？他相信即便發生突發狀況，自己也能獨自解決，最起碼他不會讓同一隊的伙伴死去。

既然這次事件讓他說出「很危險」……那就代表情況真的非常危險。

10　非玩家角色（Non-Player Character）的縮寫，通常只會依照程式設定的指令行動，負責為玩家提供情報、任務或世界觀。

坦白說，會感到不安也是理所當然的。

「我能先了解究竟是什麼事嗎？」

「黑天鵝公會向我們請求支援。」

「應該很難拒絕吧。」

「沒錯。」

此時，朴德久一臉納悶地開口發問。

「為什麼很難拒絕？」

「因為我們欠他們太多了。」

「噢……」

「我們欠了黑天鵝公會太多人情，到現在都還沒還完。當初在首都遇上麻煩時，他們曾幫助過我們，在許多看不見的地方，我們也受了不少恩惠。德久，你要是了解所有事情的來龍去脈，恐怕會嚇一跳。就連一件雞毛蒜皮的小事，公會之間都能互相影響。」

甚至在朴德久的事情上，他們也曾經幫助過我。

「雖說是同盟，但帕蘭和黑天鵝，以及紅色傭兵，畢竟還是保有獨立勢力的組織，當然得為了自身的利益做出行動。這樣的同盟之所以能夠維持，說到底還是因為組織間彼此互相需要，才不是為了捍衛琳德和這種奇怪的友誼。」

「可是，大哥和那個紅髮大姐……不是非常要好嗎？」

「那是我和熙拉姐的交情，而不是帕蘭與紅色傭兵的關係。維持良好的關係，自然能得到一些好處，但事情沒這麼簡單。就像我把帕蘭擺在第一位一樣，她的任何決定，當然也會優先考慮紅色傭兵。實際上，賢成先生不是也和黑天鵝的公會長維持著友好的交情嗎？但公私分明是最基本的道理。」

「原來如此……」

「不過，只要想到同盟的三大公會中，在各方面都得到幫助的終究是我們帕蘭，就能知曉我們受到的照顧已經夠多了。從錢財和戰鬥力來看，帕蘭雖然是中型公會，但規模本身並不大。」

「我大概明白了……」

「簡單來說，在這個三方同盟的關係網中嘗到最多甜頭的，就是帕蘭公會，而這樣的甜頭可不是白給的，你只要這麼理解就行了。現在該是時候為這段日子以來嘗到的甜頭付出代價了。」

聽完我說的話，金賢成微微點頭。

「基英先生說得沒錯。這是黑天鵝公會第一次向我們開口請求協助，倘若只因為這件事情可能帶來危險而袖手旁觀的話，不光是黑天鵝公會，就連紅色傭兵也會對我們失去信任。當然，其他公會和戰隊也不例外。」

「噢……原來是這樣……簡單來說就是信任問題。」

「沒錯。這樣想的話就更容易理解了。」

眼下，我們不得不答應黑天鵝公會的請求。

萬一這次的任務真的如金賢成所說的那樣危險，那麼除了藉此機會還清人情債，說不定還能反過來向他們討人情。

也就是說，日後要是碰上了同樣的狀況，我們也能向黑天鵝討救兵。

還不錯呢……畢竟帕蘭哪天會遇上麻煩，誰也說不準。

想克服危險，就得承擔一定的風險。

雖然這句話聽起來有些諷刺，但身處在這片大陸上，願意冒多大的風險，自然就能得到多大的報酬。

在無可奈何的情況下，確實有必要賭上一把。

「那麼，具體而言，是什麼樣的請求？」

「是副本。」

我就知道。

如果不是爆發戰爭，被當成俘虜關押在其他國家的話，黑天鵝公會多半只會提出這一類的請求。

「先說結論，目前黑天鵝的主要幹部和成員被困在副本裡。黑天鵝公會的會長朴延周希望我們能幫忙救出困在副本裡的成員，並完成副本攻掠。當然，包括朴延周小姐在內的黑天鵝公會主要戰力，也會一同前往副本，攻掠人數總共需要三十人。」

「嗯……困在副本裡的那些人，可能已經死了吧？」

「有一名生還者從副本裡逃了出來，根據他提供的證詞，那些人確實還受困在副本裡，副本的名稱就叫作『裂縫博物館』。至於特殊事項……據說那是一座無等級副本。」

「原來還有順利脫逃的生還者啊。不，重點不是這個……你剛剛是說無等級嗎？」

「是，如果再說得更詳細一些，就是副本的等級會產生變化。也就是說，副本既可能是普通級，也可能是傳說級。在我看來……不能排除可能出現傳說級以上副本的狀況。」

「什麼?!」

「雖然走到那一步的可能性極低……」

萬一副本真的能變成傳說級以上的等級，那麼進入副本根本就是自殺行為，對我們來說實在太勉強了。

到目前為止，我們所攻掠過的副本數量屈指可數。照這樣看來，貿然闖入這個可能會超越傳說級的副本，本身就不太妥當。

如今，既然得知副本裡還有生還者，黑天鵝想必會為了攻掠副本做出各種相關的準備。儘管如此，我依舊認為這件事存在太多危險因素。

傳說級以上……難道是神話級嗎？

雖然也有可能是普通級或英雄級。但我還是不禁好奇，這種事究竟是怎麼辦到的。

「怎麼可能有這種事？」

「裂縫博物館裡的精英怪物會隨機出現。」

「這樣啊……」

「稀有級和英雄級，以及傳說級和神話級的精英怪物，目前被封印在裂縫中，只能以隨機的方式被放出來。」

「這種資訊是怎麼……」

「總而言之，比起由我來說明，還是應該直接讓你看看報告才對。這些資訊來自一名叫作『裂縫博物館管理員』的副本導覽員，而他所提供的訊息，被整理成了一份報告。」

「好，麻煩你了。」

「副本導覽員……」

我多少也聽說過有這種副本存在。

不，其實我們也曾經歷過。

雖然類型可能有些不同，但我們在新手教學副本裡聽見的那道女聲，也能視為一種副本導覽員。簡單來說，所謂的副本導覽員，就是明確告訴玩家副本將以何種方式進行、在副本裡必須完成什麼任務的ＮＰＣ。之前魔道公會曾攻掠過的副本「魔法師之塔」，裡面所留下的「魔法師的思念」，還有新手教學副本裡的系統，以及在「受詛咒的神壇」副本裡徘徊的靈魂，全都屬於這類。

既然這個副本特地安排了一位博物館管理員，說不定攻掠過程沒有想像中困難。

和受詛咒的神壇完全不同……

以尤里耶娜的拾獲地——受詛咒的神壇來說，最大的麻煩就在於沒有任何參考資訊，這也是帕蘭公會之所以會在區區一個英雄級副本慘遭團滅的最關鍵原因。

從這層意義上來看，副本裡附帶這種ＮＰＣ角色也不錯，令人火大的陷阱和麻煩事一下子無所遁形。

雖然也會有其他惱人的部分……總之，整體而言還算不錯。起碼不會再發生像上次那樣，必須花時間思考或擔心攻掠副本以外的事。

我將目光轉移到黑天鵝公會的生還者所撰寫的報告上，我能確定自己的想法肯定是對的。

這本由生還者撰寫的報告，雖然不能代表副本的全貌，但總比完全沒有資訊好多了。

我一頁頁地瀏覽著，很快就翻完了厚厚一本的報告。

看到我一臉嚴肅地讀著報告內容，金賢成也不再多嘴或從旁插話，盡可能地讓我集中注意力閱讀。

〔無等級副本——裂縫博物館報告〕

〔本報告以一名黑天鵝公會生還者的證詞為依據，記錄了從裂縫博物館管理員口中得知的副本資訊。〕

〔前半部羅列了管理員的解說，中間部分記述了裂縫博物館裡發生的事件與過程，後半部則是為了攻掠所寫的內容。〕

「……」

〔據裂縫博物館管理員所言，裂縫博物館是自古流傳至今的祕密組織和裂縫守護者們精心打造的知識與寶物的集合體，而管理員馬克斯，則是他們創造出來的自我之戒。〕

〔裂縫守護者們敵不過漫長歲月的摧殘，隨著時間流逝日漸風化，最終消失在這個世界上，也失去了存在的意義；管理員馬克斯則是唯一留下來的裂縫守護者。遠征隊進入副本後，將選出一名代表。同時，為了維持博物館內的肅靜，人數上限為三十人。博物館探險家戴上管理員的戒指後，便能展開探險。一旦進入副本，探險家們必須完成探險或付出一定的代價，才能離開副本。攻掠採半強制性的方式進行。〕

「……」

〔探險家必須打敗三隻被裂縫守護者封印起來，或與裂縫守護者訂定契約的精英怪物，才能完成攻掠，除此之外沒有其他方法。博物館所掌管的精英怪物並不侷限於來自這片大陸，還包含外來的怪物。其中，有一部分超凡個體並不是處於封印狀態，而是以契約的方式存在。〕

「哈……」

〔博物館總共有五百多隻怪物，其中包括三種傳說級以上的精英怪物、三十種傳說級

怪物，以及四百多種英雄級怪物，其餘則是稀有級怪物。〕

這完全就是……

〔三隻精英怪物將以完全隨機的方式決定。〕

……

〔博物館探險的獎勵，同樣分成三大類。其中包括傳說級以上的道具三種、傳說級三十種，以及英雄級四百多種，其餘則是稀有級道具……以下省略。〕

……

〔同樣地，獎勵也會以完全隨機的方式決定。〕

這擺明是得靠運氣攻掠的副本……

即便打敗了傳說級怪物，也可能只得到稀有級獎勵，反過來說，打敗稀有級怪物，卻也可能得到傳說級道具。

朴德久默默站在我身旁，視線時不時地瞟向我正在翻閱的報告，似乎連他都能明白這個道理。

「這根本就是ＣＰ值超低的抽抽樂嘛！」

聽見那傢伙的喃喃自語，我不禁點頭表示贊同。

＊＊＊

「簡直就是CP值超低的抽抽樂。」

「我們公會也有一個人說了同樣的話。」

「誰？」

「朴德久。」

「……」

「……」

「對了！這麼說來，夜空公會的春日由乃也向我表明想加入這次的遠征。」

「不能讓她加入。」

也許是因為我的語氣聽起來很果決，我能感覺到李智慧一臉詫異地盯著我。

換作是平時，帝國八強之一的春日由乃要是能加入遠征，我當然舉雙手贊成。不過遺憾的是，這不是一座普通的副本。

因為春日由乃的幸運值為零，就算她主動提出想幫忙也只會越幫越忙。光是她對我抱有好感這一點，就讓我莫名地覺得晦氣。說真的，我甚至想命令她乾脆別插手。

「真令人意外，我還以為你會想帶她一起去……」

「她的幸運值太低了。」

「這樣啊……」

「而且是低到讓人絕望的程度。」

「我知道你們的關係不錯，但沒想到你們的交情竟然好到連能力值都告訴對方了。」

「其實也沒有了解得多詳細……」

「這個嘛，那該怎麼辦呢……」

李智慧有意無意地用斜眼看我，卻沒有多說些什麼，一副事不關己的模樣。

她從一開始就不怎麼過問我和誰來往，她恐怕只在意和我交往的人是否具有利用價值。雖然不明白她究竟是憑哪一點篤定我的最終選擇會是她，但唯一能肯定的是，因為有她，這整件事情變得輕鬆多了。

早知道就把她帶來帕蘭了。

看到她不只在黑天鵝公會適應得很好，事業也一飛衝天，讓我覺得她待在黑天鵝也是件值得慶幸的事，只不過內心難免會感到有些惋惜。

和她在一起實在太自在了，讓我完全體會到了一拍即合的奧妙。

當我再度埋首於遠征隊員的個人資料時，李智慧開口說道。

「真難啊！雖然幸運值也很重要，但要維持小隊實力的平衡恐怕不容易，我還是頭一次在隊員編制上費這麼大的功夫。其他副本的遠征隊編制當然也有令人頭疼的部分，但辛苦的程度都遠遠不及這一次。」

「……」

「還有，仔細一看，幸運值特別突出的人根本沒有幾個。基英哥頂多也才七十幾……比我原先預想的更低……」

「目前被困在博物館裡面的那些人，幸運值大概落在哪個範圍？」

「這個嘛……大約三十左右？誤差大概正負十五。」

「確實不太樂觀。」

攻掠裂縫博物館的關鍵就在於幸運值的透明化。

我還沒發動心眼尋找幸運值格外突出的人選，李智慧就率先提議，為了這次副本攻掠公開每個人的幸運值。當然，黑天鵝公會和帕蘭公會也在這個爭議點上達成了協議。

本以為能順利完成隊員的編制，殊不知遍尋不到幸運值出眾的玩家，竟然會成為一大阻礙。

最理想的狀況下，遠征隊員的幸運值都必須在八十以上，不過比起其他能力值高人一等的人才，想找出擁有傳說級幸運值的玩家更不容易。

我也不得不承認，幸運值是玩家們所擁有的能力值中最高深莫測的一項。

提升幸運值的方法還沒有依據可循，甚至連幸運值究竟為何存在也無從得知。

有些幸運值較高的人好端端地走著，就突然不幸地客死他鄉；反觀像春日由乃這種幸運值為零的玩家，卻在成功的道路上暢行無阻。

就像力量值上升，力氣會變大；敏捷值上升，速度會變快。這些能套用在其他能力值的道理，在幸運值方面卻完全行不通。

不過，運氣變好對製造類職業來說，似乎也不是完全沒有影響……

總之，這次的遠征只能抱著死馬當活馬醫的心態，把幸運值較高的玩家納入遠征隊的行列。但如果只靠這些人，依舊和自取滅亡沒有兩樣。

就現實層面來說，隊員們的平均幸運值起碼得落在六十以上，這樣一來才能打造足以對抗傳說級精英怪物的陣容。

這才是這次隊員編制的關鍵，也是讓李智慧傷透腦筋的地方。

「帕蘭決定怎麼做？」

「我們也還在苦惱。首先，賢成先生和我，以及白雪和熙英小姐，這四個人已經確定了。」

「你不打算帶上德久先生嗎？他不是已經進化成帕蘭的優秀戰將了嗎？」

「我正在為了這件事煩惱。朴德久在其他方面的表現都十分優異，不過幸運值只有四十二，光是他一個人，就能讓遠征隊的平均幸運值大幅下降。」

「勉強算他一個吧！至少發生危險時，他還能保護基英哥。反正基英哥、白雪小姐和賢成先生三個人的幸運值非常高，所以這部分倒是無所謂，問題在於黑天鵝公會的成員。對了，迪亞路奇怎麼說？」

「她應該會加入……不過，因為是副本，要化形恐怕有點勉強，再加上她不擅長使用武器，所以我並不是很贊成。當然，她的能力值本身高得嚇人，或許還是能派得上用場……」

「那你們的寶貝女兒呢，打算怎麼處置？」

「如果迪亞路奇和我一同出發，留在帕蘭的成員們會盡全力照顧小機靈。我雖然也不放心讓牠獨自留下，但迪亞路奇堅持要去，我也拿她沒轍，畢竟這次遠征確實需要她的幫助。」

「迪亞路奇化作人形的話，幸運值大約八十幾，對吧？」

「對。你們會長也是吧？」

「沒錯，落在八十到九十之間。那樣一來，前鋒的部分實力還算不錯，出現任何等級的精英怪物，應該都能應付自如……尤其是德久先生……」

「他確實能帶來幫助。能夠擋下傳說級精英怪物攻擊的坦克，本來就十分稀有。」

「雖然祭司的陣容實力較為薄弱，但也無可奈何，想必在後衛的編制上會更加困難。隨機出現的精英怪物究竟擅長抵擋物理攻擊還是魔法攻擊，我們根本無從得知，所以很難把重心放在特定組別……」

「隊員的編制還得再討論……畢竟你們才是打怪專家，我們只是作為攻掠策略組，提供一些意見而已，更何況會長們對於這件事情應該也會有許多看法。妳只要把報告交上去並把名單整理好呈報給上級，做妳該做的事就行了。下一場會議什麼時候開始？」

「兩個小時後。」

「來幫我確認一下補給隊。」

「隊員編制該怎麼辦？我們公會還有一些……」

「我會解決。」

李智慧注視著我，眼神充滿懷疑，像在質問我是否有能力辦到，好在她立刻點了點頭。

我能理解她為何會露出那種眼神，因為她絕不可能知道我對黑天鵝瞭若指掌。在黑天鵝公會的這段期間，我已經用心眼確認過成員們的特性和大致的能力值，幹部級以上的那些人我也記得一清二楚，看來單獨行動確實方便多了。

不只特性，能力值、職業甚至是傾向，都是隊員編制必須考慮的面向。而這件事，只有我辦得到。

要是所有人的狀態欄一律透明化，那就另當別論了。然而，人們想隱藏的東西出乎意料地多，尤其是傾向和癖好之類的特點更是如此。

雖然不常見，但利用無法得知他人狀態欄的這項系統特性，到處散播假消息的大有人在。由此看來，我是這片大陸上唯一能正確編制遠征隊的人。

編制也是一種統計學。

根據黑天鵝公會長期以來累積的遠征數據來判斷哪兩方同時出戰的效率最高，或是這個戰士和那個魔法師的八字合不合等等，這就是所謂的編制。

如果把攻掠副本比喻成足球比賽，把十一名遠征隊員當成選手，馬上就能明白這個道理。

例如同時起用兩個選手，打贏比賽的機率有多高，以及特定選手的主場勝率和客場勝率分別是多少，還有特定選手與對手比賽時的勝率等等。打贏比賽等同於順利完成遠征，而比賽落敗就相當於遠征失敗。

當然，光用這種方式還不足以說明一切。說到底，這不過就是一種量化。

實際作戰肯定會出現許多變數，而該如何應對這些變數完全是遠征隊員的責任。

或許一部分的人會認為，讓一個只會紙上談兵的傢伙來編制戰隊，究竟意義何在……不過換個角度想，如果選手們之間隨隨便便就能展開競賽的話，根本就不需要球隊管理人或教練。

數字不會騙人。比起考慮毫無用處的友誼或熱情、本質、魄力這些無法具體說明的特質，統計數據更有說服力。

過去那些遠征的傷亡人數、特定成員的遠征成功率，以及具有何種傾向的玩家老是在遠征中遭遇失敗，這些我都分析得出來。

但我也不是神。

光靠傾向或癖好來評斷一個人相當危險，但為了提高哪怕只有一點的成功率，而去量化這些細節並互相分析比對也未嘗不是件好事。

只不過……金賢成顯然有些忐忑不安。

不同於朴德久抱持著「只要抽到上上籤就好」的樂觀心態，金賢成自從決定前往遠征後，似乎特別難以掩飾內心的焦躁。重生者金賢成往日裡總是充滿自信，這次為何會露出這副模樣，答案再明顯不過了。

難道他之前有過相同的經歷嗎？雖然只是我單方面的推測，但那傢伙八成去過裂縫博物館。

倘若我的推論是錯的，那他最起碼也聽過關於那座副本的傳聞。神話級怪物突然出現在眼前，一下子殲滅了所有同伴，大家只有挨打的份，這是眼下我唯一能想到的故事情節。

最近金賢成老是一副心事重重的模樣，一個人獨自鍛鍊劍術的時間也變長了。內心的焦慮不停迫使他卯足全力為攻掠副本做準備。

想必金賢成擔心的不是封印在裂縫博物館的個體，就是那些和裂縫守護者締結契約的怪物。在這之中，必然存在著實力凌駕於金賢成之上的怪物。

賢成啊，哥會罩你的！

雖然能說出這句話的機會不多，但在隊員編制上，我還是能幫上一點忙。

好久沒有這麼全神貫注了。不，應該說，自從把大部分的職責分配給下屬之後，我已經好久沒有如此專注在一件事情上。

李智慧大概也察覺我專心致志的模樣，早早就離開了辦公室。

埋首在隊員編制的工作後，不知不覺就到了開會的時間。我終於順利地把隊員編制報告交到金賢成和朴延周手上。

結果可想而知。

「賢成先生，你們家的副會長……真有能力啊。不，我是說，這……這到底是……怎麼辦到的？」

於是，我親手打造的遠征隊立刻展開了模擬訓練，就連黑天鵝的會長朴延周都對演練結果驚嘆不已。

「運氣真好。」

一切都在預料之中。

＊＊＊

結束模擬訓練後，遠征隊員一個個都喘得上氣不接下氣。

一股難以言喻的振奮之情籠罩著所有人，其中有些人驚呼連連，有些人則心滿意足地頻頻點頭，就連朴德久和金賢成也緊握著拳頭。

從某種角度上來看，我當然能理解眾人沉浸在無以名狀的熱血與激昂之中。因為馬上投入訓練的我，也感受到了這種難以言喻的氛圍，而大多數人想必也樂在其中。

不管這是遊戲還是運動，在這樣的情況下，會感受到樂趣是理所當然的。雖然是兩種類型截然不同的訓練，但總而言之，隊員們此刻的神情，就像一群管弦樂的團員一同完成了一場合乎期望的完美合奏。

如果用足球來比喻的話，就等同於十名球員合力把球送進球門；假如以多人線上競技遊戲來看，就好比五個人聯手給了敵隊致命的一擊。

三十名遠征隊員齊心協力，從頭到尾毫無破綻地完成了演練，不僅動線有條不紊，隊形變換的時機點也挑不出任何毛病，就連親手打造出遠征隊的我也驚訝不已，其完美程度可想而知。

當然，在這之中反應最激烈的，正是黑天鵝公會的攻掠策略組，以及帶領著她們的會長朴延周。

起初，這樣的陣容編制對她們來說不免有些陌生，還記得當我交出這份名單時，她們臉上的表情似乎不怎麼滿意。

——這樣的陣容有點陌生呢，帕蘭公會也排除了不少主力人員……

尤其是黑天鵝公會的攻掠策略組，反應看起來有些冷淡。我當然能夠理解她們的心情，這畢竟是第一次演練，我也同樣抱持著姑且一試的心態。

站在她們的立場來看，幾位主力人員被排除在名單以外，相當可惜。

——不過，我還是認為值得一試！

於是，金賢成的一句話和朴延周的准許，就這麼促成了第一次的模擬訓練。

演練進行不到三十分鐘，臨時組成的遠征隊就達到了正規遠征隊的水準。

見到遠征隊如此驚人的表現，我心滿意足地頻頻點頭。與此同時，朴延周也撣了撣裝備上的灰塵，再次朝我開口。

「還真令我……不知該如何是好呢。其實我一開始並不怎麼信任攻掠策略組……這……雖然實際作戰可能又是另一回事，但這樣的編制實在太驚人了！」

有趣的是，金賢成看起來比我更欣慰，他的神情莫名透露著一股自豪感。

那個表情是金賢成對我充滿信任的證明，我當然一點也不反感，反而還因為能夠再次證明自己是個有用的人，而感到相當滿足。

「基英先生在各方面的能力都十分優異……其實，我也是第一次將三十名遠征隊員的編制工作交給他，雖然難免有點擔心，幸好成果相當令人滿意。」

「第一次？」

「沒錯。噢，對了，在凱斯拉克攻城戰中，基英先生雖然指揮過大規模的士兵，但這是他第一次編制三十名的遠征名單。」

「哈……」

「我一直以來都覺得基英先生真的非常多才多藝。」

「哈哈哈哈。」

「大規模兵力的編制工作，根本和編制遠征隊是兩回事。這實在太令人匪夷所思了！甚至是在幸運平均值必須超過六十的限制之下，竟然還能有這樣的表現……」

金賢成焦慮的神色有所緩和，看來他確實相當雀躍。但是為什麼他一臉比我還欣慰的樣子啊……

實際上，不僅金賢成，就連決定加入這次遠征行列的朴德久和鄭白雪，也當著所有人的面得意了起來。

看到他們不斷受到來自黑天鵝公會其他成員的問題轟炸，想必那些人對這件事確實很感興趣。

「我就說我們大哥是天才吧！是天才！天才！」

另一頭依稀傳來朴德久的聲音。

朴德久賣力地增加我的曝光度，雖然沒什麼不好，但那傢伙老是誇大其詞是個問題。

在遠征隊員們互相交流的過程中，朴延周的目光依舊停留在我身上。她到現在還一臉不可置信地看著我，反倒令我不知所措。

「你是怎麼辦到的？這……」

「很簡單，只是統計而已。」

「這我也知道。把探險日誌裡的報告量化，轉換成數據……這也是我們公會的副本攻掠策略組正在做的事。」

「智慧小姐幫了我不少忙。」

「智慧嗎？哎呀，智慧當然也很聰明能幹，不過……」

事實上，這根本不能算是我獨自完成的傑作。

雖然隊伍的編制幾乎由我一手包辦，但多虧有李智慧提前備好的數據，才能讓我順利導出結果。在遠征隊的動線或隊形變換等方面，李智慧也確實幫了我不少忙，她持有的數據甚至不曾落入自家公會成員的手裡，照理說應該是我受了她許多恩惠才對。

況且選擇指揮官作為職業的李智慧，在這方面的敏銳度肯定更勝於我。也就是說，連系統都認可我們兩人合作的加成效果。

當然，我也沒料到成果竟會如此驚人。

運氣真好。

原本預計模擬訓練結束後，還得經過一連串的反覆修正，如今才試過一次便馬到成功。這就好比朝著高爾夫球輕輕一揮，卻出乎意料地一桿進洞一樣。

本以為最多得耗費三天才能完成的隊員編制，竟能一蹴而就。但如果要我用同樣的方式重新編制一次，恐怕不會得到同樣的成果。

「有才能是一回事，但這實在太令人難以置信了！如果基英先生不介意的話，能不能到黑天鵝公會……」

朴延周大概是真的受到了不小的衝擊，竟當著金賢成的面提起他最不願意聽見的話。金賢成稍微清了清喉嚨，朴延周這才發現自己說錯話，臉頰瞬間漲紅。

「哎呀，賢成先生，真不好意思！我有點……」

「沒關係，朴會長。身為一個組織的領導人，求才若渴也在情理之中。」

「哎呀！我不是想挖角，只是覺得新奇……如果你不介意的話，能不能讓我知道你用了什麼方法？不一定要今天告訴我也沒關係。」

「嗯……」

話說回來，因為朴德久的事，我似乎還欠眼前這位朴延周小姐一個人情，再怎麼說也該分享一些祕訣才說得過去。可是如果從頭到尾鉅細靡遺地向她解釋，勢必得提到我本身所擁有的特性，所以我只能找個合適的理由蒙混過去，只不過這麼做難免會對黑天鵝公會的攻掠策略組有些過意不去就是了……

但該說的話還是得說。

「真的只是運氣好而已。原本我預估的時間也是三天……」

要說這是一種祕訣也沒錯。

「就算是三天也很驚人！」

「嗯……總之，有一些原因確實不方便告知，但我可以明確地告訴妳，這次能以如此陌生的陣容組合取得巨大的成果，很大一部分得歸功於我是外人。」

「什麼？」

「由公會內部的攻掠策略組來編制隊員，不免還是會受到一些個人因素干擾。聽說貴公會的攻掠策略組迫於無奈，只能由一群退休的人來擔任……」

「沒錯。」

「現實情況就是，那些人也會有人情壓力或主觀喜好。即便面對實力相當的一群人，他們也只能針對中意的成員進行有利的編制，黑天鵝公會的二軍之中，一定也存在著懷才不遇的成員，我所挖掘的人才多半就是這些人。像帕蘭這種主要由少數精英組成的公會，不太可能發生這種事……但如果是黑天鵝公會與紅色傭兵，那可就另當別論了。」

「噢……原來如此。」

「只要解決這個問題，狀況肯定會比現在更理想。」

「我懂了，感謝你的建議。」

「別這麼說，這對我來說也是個寶貴的經驗，也多虧貴公會平日裡的訓練十分扎實，才能得到這樣的成果。真不愧是黑天鵝！」

在一片和樂融融的氣氛下，只見朴周延的神情閃過一絲涼意。

此時，我猛然想起李智慧說過的話。

——這裡套交情、攀關係的文化非常嚴重，不是因為只有女人聚在一起才這樣……明擺著搞小團體互相鬥爭的情況十分常見。真是的！

當時，李智慧唉聲嘆氣地指出黑天鵝公會的缺點。

從朴延周的表情來看，她恐怕也正在為了類似的事發愁。

我雖然不敢打包票，但經過這一次的遠征，黑天鵝公會或許會迎來一波內部人事調動。

總覺得有些過意不去……儘管和我沒有關聯，但我格外好奇這些曾經孤軍奮戰的副本攻掠策略組，將來會面臨什麼樣的命運。

對李智慧來說或許是件好事，說不定她正等著我說出事實。

我悄悄回過頭，只見她嘴角微微上揚，看來我的猜得沒錯。

我拋開腦中無數雜念，耳邊恰巧傳來金賢成的聲音。

「基英先生，你辛苦了。」

「別這麼說，算不上辛苦……這次智慧真的幫了我很多。就像我剛才說的，只不過是運氣好罷了，我也沒想到成果如此驚豔。」

「你不需要這麼謙虛。」

我說的都是真的，這個臭小子幹嘛不相信啊！

看樣子再怎麼解釋也無濟於事，最好的辦法就是轉移話題。

「那麼，出發的時間……」

「應該會提前。本來打算多花一些時間準備……沒想到遠征隊的編制竟然完成地如此迅速，完全超出黑天鵝公會的預期。看來日程應該會有所調整，正如你想的那樣。」

「這對黑天鵝公會來說是件好事。」

「沒錯。即便延周小姐再怎麼裝作若無其事，還是掩飾不了她焦慮的心情。聽說被困住的那些人當中，似乎有許多位延周小姐的愛將，她肯定也會想盡快前往救援。」

「原來如此。」

「是啊。」

我悄悄抬頭望向金賢成，只見他了臉上浮現了一抹焦慮，與剛才的模樣截然不同。最近他經常顯露焦慮的神色，但此時的神情明顯比之前更加不安。

他的表情活脫脫像隻憋尿的小狗，和他一點也不相稱，不久前還一臉欣慰的模樣彷彿是我的幻覺。

金賢成看起來想說些什麼，卻又說不出口。

這小子……看來又有煩惱了。

儘管我的意見不一定能解決問題，但畢竟好好開導他是我的份內之事。

見到他難以啟齒的模樣，看來還得由我先開口。

「你是不是有什麼話想說？」

「噢……看來我表現得太明顯了。」

「不是那樣的。」

金賢成頓時露出尷尬的表情，也許是終於鼓起了勇氣，他朝著我緩緩開口。

本以為他是想說些和攻掠有關的事，殊不知從他嘴裡說出來的根本是另外一件事。

「那個……」

「什麼？」

「就是……剛才黑天鵝的會長，雖然嘴巴上說不打算挖角……那個……」

「啊，你是指她剛才說的話嗎？」

「是的。我只是為了以防萬一才問的……」

金賢成支支吾吾的，眼裡充滿焦慮不安，我一眼就看穿這傢伙在想什麼。

放心吧，我哪裡都不會去的！

第083話　歡迎光臨博物館

這傢伙越來越看重我，實在是令人再高興不過了。

儘管李基英這個人本來就是金賢成帝國裡的重要角色，但這次的事肯定也打動了那傢伙的心。

不，與其說是動心，不如說是一下子頓悟了。

回想起幾天前金賢成向我拋出的疑問，我的嘴角忍不住失守。

我哪裡都不會去的。

一想到或許會有其他單位打算挖角我，金賢成就不自覺地想試探我的心意……其實，從客觀的角度來看，我確實有點能耐。

雖然自己評價自己的確有些可笑，但平心而論，李基英這個人在帕蘭公會的影響力絕對不小，在進口事業方面也是，在外交事務上更是如此。

帕蘭藥水工廠所生產的藥水，不只在琳德販售，還被引入席利亞與大灣的市場，累積了大量的財富。除了藥水以外，就連行政組所推動的事業也正在慢慢步上軌道。

說穿了，就算如今的帕蘭不再參加遠征，光靠藥水這項生意也能帶來源源不絕的金幣。

我做的事當然不只這些。

我不僅促成了帕蘭、紅色傭兵、黑天鵝三方聯盟，不對，甚至是包括夜空公會在內的四方聯盟，我同時也是神聖帝國的榮譽主教。別說是和教皇廳之間的交情，就連帝國裡的皇親貴族都與我保持著友好關係，因此在外交層面上，我早已是不可或缺的核心人物。而我本人，更是擁有迪亞路奇這條巨龍的帝國八強之一。

說穿了，我絕對有資格離開帕蘭自立門戶，也難怪金賢成會如此不安。為什麼呢？因為那傢伙什麼都給不了。

金幣是如此，職位是如此，連道具也是如此。

以前，我的確從那傢伙身上得到了各種恩惠與庇護，如今，我的社經地位與條件幾乎能與金賢成平起平坐。雖然這麼說對他有些抱歉，但實際上要說我略勝一籌其實一點也不為過。

過去那個單純天真，一看見稀有級道具就瞪大雙眼、笑得合不攏嘴的李基英，已經不復存在了。

硬要舉例的話，我跟金賢成就像一對從學生時期交往到成人階段的青澀情侶。小巧精美的飾品、意料之外的小驚喜、下雨天時一起喝的熱咖啡，過去那些能帶來感動的事物逐漸讓我變得麻木並視為理所當然。

眼光提升到一定的水準之後，自然會不知道該為對方做什麼，該替對方買些什麼禮物，或該說什麼話，對方才會高興。尤其是當對方已經在社會上取得成功，而且什麼也不缺的狀況下，似乎也不太稀罕名牌包、高檔皮夾或金銀珠寶，腦海裡也時不時會懷疑「這真的能讓他高興嗎」。

替有需求的一方挑選禮物相當容易，不過想為一個什麼也不缺的人準備禮物卻是一點也不簡單。

金賢成素來不擅長經營人際關係，會為了這種事發愁很正常。

事實上，我想要的不是高價禮品或傳說級的道具，而是……

「基英先生。」

「啊，是。」

此時，金賢成默默地遞給我一杯咖啡。

沒錯，這種微不足道的小事才是我想要的。做得好！

他答對了。我的內心頓時湧上一股淡淡的滿足感。

或許是發現我隱約有些高興，金賢成看起來也很欣慰。

「天啊……天啊！」

「你剛剛看見了嗎？」

「是同性情侶嗎……」

「氣氛真棒……」

奇怪的是，四面八方開始傳來令人匪夷所思的視線和聲音。

「聽說這是來自異國的咖啡……我看你好像很累……」

「謝謝。其實我昨天完全沒睡好……這個應該會有幫助。」

「那就好。」

雖然不是一直盯著我看，但總覺得有人時不時偷偷瞥向我。

我想我大概知道原因……

最主要的原因，想必是這次遠征隊的成員中只有四名男性。撇除金賢成、我、朴德久和安其暮，其餘的隊員全是女性，會如此備受矚目也是理所當然。

往左看是女人，往右看還是女人。

最近鄭白雪和黃正妍被一陣低氣壓籠罩，想必問題就出在這裡。

即將一同前往遠征的鄭白雪，狀況相對穩定；反觀正在和朴德久道別的黃正妍，比起這次的遠征，她似乎更擔心其它事。

就連這次沒有入選的金藝莉也不例外。

我到現在還記得清清楚楚，那個眼裡只有金賢成的小鬼頭得知自己被從遠征名單中被剔除時的表情。對於平日裡總是面無表情的她而言，這是相當罕見的事。

站在金賢成的立場上，會做出這樣的決定，有一部分是為了金藝莉的安全著想；除此之外，黑天鵝公會多的是暗殺者，沒必要非得帶上金藝莉。儘管如此，總是被視為帕蘭主力成員之一的金藝莉，臉上失落的神情簡直令人不忍直視。

一想到自己的暗戀對象，有好幾個禮拜都得待在充滿女人的環境中……換作是我肯定也會放心不下。

放眼望去，四面八方全是娘子軍。

「衛生棉帶了嗎？」

「姐，都帶了。補給品全都提前準備好了。」

「希望遠征的期間月經千萬不要來……不能活動自如會很令人煩躁！」

「就是說啊！這裡也沒有藥。難道都沒有人想開發這一類的魔法嗎……」

「煉金術能解決這方面的問題嗎？」

別人聽了這些話或許會蹙起眉頭，但她們卻一副大剌剌的態度，與其說這些人沒有防備之心，倒不如說她們根本無所謂。

事實上，在這片大陸上作為一名冒險家長大成人的女性，和地球上的女人有著天壤之別，她們不僅性觀念更開放，行為舉止也更為獨立。由於體能條件幾乎和一般男性沒有區別，所以性格方面也較為灑脫，並不怎麼在意他人的目光。

除此之外，從一些小細節就能發現不一樣地方。

暗殺者派系和弓箭手派系的團員，大多穿著高度裸露的裝備。一部分的團員自顧自地坐在椅子上，換上如絲襪一般的護具，絲毫不顧忌我的目光。

此時，鄭白雪不知為何拽住我的衣角。

……不是那樣的，白雪。這也是沒辦法的事，就像慣性一樣。

當然，如果只是因為這個原因，鄭白雪和黃正妍的神情肯定不會如此不安。比起那些行為舉止大剌剌的女人，更危險的反而是那些對我們虎視眈眈的人。

這種感覺還真不錯。

說穿了，以這片大陸的擇偶標準來看，在這裡的四個人無疑都是合適的新郎人選。

首先，金賢成擁有模特兒身材和明星般的外貌，而且在短短一年之內就讓帕蘭公會起死回生。同樣地，我的臉蛋雖然差強人意，卻也累積了一票我並不怎麼樂見的愛慕者……

體格壯碩的肌肉男朴德久，肯定也有他的市場。

安其暮也一樣，雖然沒有明顯的特色，但曾經懷抱著明星夢的他在外貌上也有一定的優勢。

最重要的是，我們這些人的社會地位可說是前景看好，不光擁有這片大陸最重要的條件——武力，還在近期剛成立不久的新興公會擔任要職，因此，我充分理解她們想好好展現自我的心態。

畢竟大家的年紀也不小了……當然，年紀不完全是重點，進入了二十五歲到三十五歲的年齡區間，通常會想找個合適的人一起生活。不過這樣的玩家，多半眼高於頂。

條件普通的對象不但入不了眼，十之八九連靠近自己的機會都沒有；臉蛋還算清秀可口的對象，挑幾個留在身邊玩玩還可以，但絕對不會付出真心。

不論是男人還是女人，地球人還是這片大陸上的人，都會認為自己必須找個各方面條件都和自己相匹配的伴侶。

奇怪的是，在這之中最受歡迎的人竟然是朴德久。

朴德久和黃正妍結束寒暄之後，立刻被一群女人團團包圍，連我也不禁羨慕了起來。

這種程度，堪稱後宮之王……

朴德久似乎完全不把黃正妍緊咬著下唇的模樣當一回事。

「我可以掛在你的手臂上嗎？」

「可以是可以啦……嗯……」

「身體好結實喔，都是肌肉。」

「你好高啊！」

「呃，吃飽、睡好，不知不覺就長高了！」

朴德久幾句不經意的話，就讓這些女人笑得花枝亂顫，看來江原道戀愛博士的封號果然不是叫假的。

金賢成早早就被自家會長朴延周相中，因此她們也只能識相地保持距離。同樣地，我和傭兵女王之間的關係，也讓想靠近我的女人望而卻步。不過我想最主要的原因，應該是現在緊緊抓著我的衣袖，瞪大雙眼環顧四周的鄭白雪。

身為一個男人，我不禁暗自羨慕起朴德久。

被留下來的成員們臉上的表情，明顯與遠征隊員雀躍的心情形成對比。

眼下只要再加入一名成員，這次的遠征隊名單就大功告成了。

此時，所有人引頸期盼的身影，正從遠處緩步走來。

「嘰咿咿咿咿咿！」

不用想也知道是誰，就是保鑣迪亞路奇。

我分明告訴過她別把孩子帶來這裡，殊不知連可愛的小機靈也一起出現了。

那昨天的告別算什麼……她必須果斷一點才行……

在即將離別的情況下，還堅持把小機靈帶來，看樣子她還是放心不下。

我能理解迪亞路奇的心情，但我敢肯定，在這個地方道別更不會是個好主意。

不論她此刻心情如何，整裝待發的遠征隊已經開始動作。

「噢……妳來啦。跟大家打聲招呼就出發吧。」

「好。」

「嘰嚶……嘰嚶嚶嚶……」

「各位，準備出發了！」

「是，副會長。」

「智慧，補給品都帶上了嗎？」

「是的，延周姐。」

「公會就拜託你們了。」

「別擔心，早去早回。」

此時，李智慧正在和黑天鵝的公會朴延周道別。

「嘰嚶……嘰嚶嚶嚶嚶！」

「正妍小姐，那我們出發了。公會那邊就拜託妳了，新進成員的訓練也……」

「是，賢成先生，一切交給我。」

「好，再麻煩妳了。」

「好。」

「藝莉，我們很快就會回來。惠珍小姐，準備出發了。」

「是，會長。」

金賢成對黃正妍交代了一些工作，我們不在公會的這段期間，公會的一切事務將由黃正妍全權負責。與此同時，他也不忘安撫金藝莉的心情。

緊接著，金賢成與曹惠珍一同走出大門。

臨行前，對四周充滿防備的鄭白雪，也終於和留下來的成員們好好道別。

「嘰嚶……嘰嚶……嘰嚶嚶嚶嚶！」

不過，我卻無法加入他們的行列。

因為我得和小機靈來一場隆重的道別儀式才行。

「嘰嚶……嘰嚶……」

「迪亞路利，妳要乖乖的喔！媽媽……媽媽……」

「嘰嚶嚶嚶……」

「媽媽不會離開太久。這段期間，有很多朋友們會陪在妳身邊。畢竟不是在巢穴，妳可能會有點不適應。不過，這裡有很多好玩的東西，妳一定不會覺得無聊。」

「嘰嚶……」

「很抱歉把妳一個人留在這裡……」

「嘰嚶嚶嚶嚶！」

「小機靈，爸爸和媽媽有重要的事情要做，所以必須離開一下。妳可以忍耐吧？」

「嘰嚶……嘰咿咿咿咿咿！嘰嚶嚶嚶！」

看著一顆顆斗大的淚珠沿著小機靈的雙頰滾落，我都於心不忍了，想必此時迪亞路奇肯定心如刀割。

「迪亞路利，妳這樣一直哭，媽媽怎麼捨得離開呢？」

「嘰嚶嚶……」

「迪亞路奇，我們該出發了。大家都在等我們……」

「等等……讓我最後再抱一下牠。我的孩子……」

母女倆沉浸在離別的悲傷之中，畫面十分感人。

不過，遠征隊早已完成了出發的前置作業，再繼續拖下去，我也會感到過意不去。就用一個最後的擁抱來結束這一場十八相送，這樣再適合不過了。

迪亞路奇敞開雙手。

「迪亞路利……」

那一瞬間，小機靈張開手臂，卻與迪亞路奇擦肩而過。

「嘰咿咿咿咿！嘰！嘰嚶嚶嚶！」

小機靈經過迪亞路奇的身旁，朝我飛奔而來。牠一邊哭泣一邊發出痛苦的呻吟，緊接著一把撲進我的懷裡。

「迪亞……路利？」

「嘰嚶嚶嚶嚶嚶！嘰嚶嚶嚶……嘰……嘰嚶！」

小機靈的臉不停在我的胸口蹭，哭哭啼啼的模樣看起來十分可憐。

「嘰嚶嚶嚶……嘰。嘰嚶嚶！」

牠甚至對著準備啟程的隊員們亂吼一通。

「嘰咿咿咿咿！嘰咿咿咿咿咿！」

「小機靈，妳會乖乖的對吧？」

「嘰嚶……嘰嚶嚶嚶……」

「只要忙完這件事，我就陪妳玩一整個星期。在那之前，妳要乖乖等我回來。」

「嘰嚶嚶嚶……嘰……」

迪亞路奇失神地望著小機靈，彷彿失去了全世界，然而此時的小機靈正親暱地舔著我的臉頰。

「迪……迪亞路利？」

迪亞路奇慘遭女兒拋棄的震撼神情全寫在臉上。

＊＊＊

「嘰嚶嚶……嗚嗚……」

「迪亞路利……」

迪亞路奇的語氣彷彿在逼問迪亞路利「妳怎麼能這麼對我」。

面對這樣的場面，我同樣感到手足無措，本以為這對母女會上演一場溫馨的離別戲碼，殊不知出現在眼前的是一名母親慘遭女兒背叛後，變得極度扭曲的表情。

「嘰嚶嚶嚶……」

也不曉得小機靈是否有發現母親一臉受挫地癱坐在地，牠依舊一股腦地把臉埋進我懷裡，使勁搖著尾巴。

我輕輕地摸了摸小機靈的頭，接著高興的喘氣聲取代了痛苦的呻吟。牠甚至直接翻過身，微微露出腹部，那個模樣簡直讓人大開眼界。

我下意識把手伸向牠圓滾滾的肚子。

雖然平日裡偶爾也覺得牠像隻小狗，但今天這種感覺似乎格外強烈。

看來，小機靈是因為即將到來的分離，才會做出類似撒嬌的行為。然而，在一旁看著這一切的迪亞路奇卻越來越不對勁，她不僅表情呆愣，眼神裡更是充滿了震驚。

難道小機靈平常的樣子和現在不太一樣嗎？

我還記得小機靈的體型跟小狗差不多大時，迪亞路奇還成天追在牠屁股後面跑，我當時的確有感覺到小機靈更在意我。不過牠目前的心智已然和青少女沒有區別，我並不清楚母女二人如今單獨相處的情況。

從迪亞路奇極度疲倦的臉色可以推測，小機靈讓媽媽受了不少苦……

照迪亞路奇剛才的反應來看，小機靈平時絕對不會做出露肚皮的行為。我大概明白特有癖好那一欄標註的「媽媽也好煩」究竟是什麼意思了。

我們的孩子變了。

看來得執行價值觀導正計畫才行。

我甚至懷疑，說不定迪亞路奇為了孩子犧牲奉獻的模樣，在小機靈眼裡只會覺得自己的媽媽是顆軟柿子。

好像不太妙啊……

雖然小機靈的特有癖好已經沒有挽回的餘地了，但說實話，我還是希望這傢伙能正常長大。

即便腦中浮現無數思緒，眼下卻什麼也做不了，我只好先把這些念頭拋諸腦後。

此時，遠征隊員們站在遠處，呆愣地望著我。

該出發了。我再次朝小機靈開口，只見牠立刻做出反應。

「小機靈，爸爸該離開了……」

「嘰嚶……」

小機靈果然一副不願讓我離開的模樣，不停地發出痛苦的呻吟，牠大概是聽懂了我說的話，豐沛的淚水瞬間湧出。

牠張開手臂，彷彿在等待我的擁抱。

我輕輕將牠擁入懷中，耳邊再度傳來粗重的喘氣聲。

「啊……」

此時的迪亞路奇，一臉生無可戀地盯著眼前的景象，見到她失神的模樣，我只好開口說道。

「小機靈，也要和媽媽說再見啊！」

迪亞路奇看向我的眼神裡充滿感激，模樣倒是有些可愛。

雖然小機靈顯然不太情願，但迪亞路奇深怕錯失機會，連忙跑到小機靈面前將牠一把擁入懷裡，這才呈現出感人肺腑的一幕。

「我馬上就回來了，妳如果乖乖聽話，媽媽回來後可以整天都陪妳玩。」

「嘰！」

「迪亞路奇，該出發了！」

「我知道了。迪亞路利，媽媽……」

「嘰！」

把迪亞路利交給留在公會的黃正妍和金藝莉後，這場十八相送才終於告一段落。

我們立刻頭也不回地走向城門，身後隨即傳來一聲淒厲的悲鳴。

我很清楚，此時絕不能回頭。

「絕對不能回頭看。」

「可、可是……」

「妳必須狠下心。」

「……」

「妳要是回頭繼續做出回應的話，只會更走不開。我雖然不太了解龍的生態，但迪亞路利現在已經差不多能獨當一面了。即便偶爾還是需要幫助，不過公會的成員們會好好照顧牠的。」

「……」

雖然想提供一些建議，可惜我並不是專家，不僅完全沒有育兒的經驗，就連最常見的小狗也沒養過。

與其裝懂，還不如先閉嘴。

「嘰嚶嚶嚶嚶……」

遠方傳來的悲淒哭聲，不斷拖著迪亞路奇的腳步。看樣子，要是沒有我，她肯定會立刻回頭奔向迪亞路利。

我轉頭一看，只見迪亞路奇強忍著淚水。

「抱歉，來得有些晚了。」

「基英先生，別這麼說。總之，我們還是比預定的時間提早出發了。剛才的情況我也能理解……」

說完這番話的朴延周，這次轉而向迪亞路奇打招呼。

「迪亞路奇，很高興認識妳。之前經常看見妳出現在巢穴，這還是第一次正式向妳問好呢！我叫朴延周。」

「我叫迪亞路奇。」

「謝謝妳願意加入我們。」

迪亞路奇微微點了頭，整個人像顆洩了氣的氣球。她恐怕還得花上一段時間，一邊想著小機靈，一邊平復內心的悲傷。

「總之，先上馬車吧！路程大概需要兩天。」

「好。」

「迪亞路奇，進去休息一下吧。」

「好。」

五輛馬車都堆滿了行囊，包括三十名隊員在遠征途中所需的補給品，以及為了裂縫博物館裡的受困者準備的急救物資，還有換洗衣物之類的雜物，全都放在一起。

於是，紛亂嘈雜的遠征隊就此啟程了。

黑天鵝公會的馬車還真不賴……

先把迪亞路奇送進帕蘭成員們使用的馬車後，我開始環顧黑天鵝公會的車廂內部。此時我才意識到，這輛馬車不光只有空間大而已。

帕蘭也必須買一輛。

剛開始，帕蘭主要以小規模戰隊進行遠征，我當時的確認為沒有必要購入大型馬車，況且既有的馬車性能還算令人滿意，沒有理由非得汰舊換新。不過，走進這輛馬車的那一刻，我的想法一下子完全改變了。

馬車的內部構造和露營車十分相似，看到馬車裡的小房間，我不禁張大嘴巴。

雖然知道公會成員的待遇非常優渥，但沒想到會精緻到這種程度……

大概是因為黑天鵝公會的成員多半是女性，所以非常用心準備這方面的福利。

搶先一步進入馬車的朴德久和安其暮，也同樣一臉好奇地東張西望。

「好像真的很不錯呢！」

「那個，其暮老兄之前不是待過紅色傭兵嗎？這樣的馬車……」

「當然，紅色傭兵的確也有大型馬車，設備卻沒有如此完善，不光是床墊，還有各方面都是……因為傭兵女王不希望大家在遠征過程中太過放鬆……她還說這些錢反而應該拿來投資在裝備上才對。除此之外，馬車行駛時，魔法師和祭司一定得在場，這也是個問題。」

「什麼意思？」

「拉著這麼龐大的馬車前進，對馬兒來說也是一種負擔。不，應該說，這根本是不可能的任務。所以，魔法師必須持續在馬兒身上注入魔力，而為了避免魔法師負荷量超載，祭司當然也得在一旁補充神聖力。」

「原來是這樣……」

「黑天鵝公會大概另外雇用了一些馬車夫，那些人多半是沒有才能或毫無發展性的魔法師。」

「呃，這樣啊。」

「德久先生，你不必為他們感到心酸，這對那些人來說是件好事，他們的工資也比你想的還要高。從某個角度上來看，這等於是為他們創造了工作機會，對那些沒有才能又四處流浪的人來說，再適合不過了。」

「哎呀，原來還能這麼想啊！大哥，那我們要不要也買一輛？」

「好像還不錯……」

「沒錯，買一輛吧！」

馬車裡的女性成員鄭白雪、宣熙英、曹惠珍，顯然比朴德久還要雀躍，雖然表面上不說，但她們大概也暗自羨慕著黑天鵝公會的成員們能夠享有這種便利的設施。

此時，在房間裡整理行李的金賢成正好結束手上的工作，走出來開口說道。

「我正有這個打算。畢竟公會有新的成員加入，接下來也要多管理一支隊伍。」

一得到公會長的批准，所有人不禁露出興奮的神情，那個模樣甚是有趣。

唯獨迪亞路奇一副事不關己的樣子，不過這些設施打從一開始就不是為她設置的。

金賢成微微一笑，接著再次開口。

雖然換了話題，但內容和這次的副本攻掠有關，因此所有人的注意力立刻集中在金賢成身上。

「另外，關於這一次的遠征……」

「是。」

「接下來大概沒有多餘的時間進行小型會議或訓練了。當然，幹部的會議依舊正常舉行，也會趁用餐時間向各位傳達變動事宜……總之，需要熟知的部分已經全部書面化，各位只要讀資料上的內容就行了。」

「我明白了。」

「進入副本之後，恐怕會變得非常忙碌，把現在當作是最後的閒暇時刻好好享受也不錯。」

「是。」

話雖如此，但遠征任務在即，眼下誰都沒有心思好好享樂。不光是金賢成，甚至連鄭白雪也不例外。

副本遠征總是伴隨著危險。大家都不是第一次出征，對於這個道理肯定再清楚不過了。金賢成發表完這一番莫名像出師表的言論後，所有人便各自解散。一部分的人三三兩兩湊在一起，一部分的人則獨自打發時間。

接下來，一切就如同金賢成事前告知的，馬車一停下來休息就立刻宣布變動事宜，或者針對報告內容進行簡短的概要說明，而一有空閒時間，就會開始整理物品或裝備。

對我來說，這雖然是一段無趣的時光，但反覆進行簡報和學習確實能帶來幫助。

此時的馬車正在快速疾駛，我時不時瞥向窗外一閃而過的景色。即便朴延周裝出一副若無其事的模樣，我也能讀出她內心的迫切。

兩天後，遠征隊抵達了馬車無法進入的地段，於是大家卸下行李，開始徒步前行。接著，一行人進入了危險區域，一同前來的公會成員們此時再也無法隨行協助。因此所有人立刻將各自的巨大行囊背在身後，繼續向前邁開步伐。由此可見眾人為了這次遠征做了多少準備。

雖然實際情形還是有些不同……

坦白說，攻掠副本花不了多長的時間，硬是把行囊背在身上的原因，說到底就是為了預防一不小心被困在副本裡的窘境。當然，即便沒有特別告知，有些擅於察言觀色的成員們，恐怕也看出了一些端倪。

籌畫這次遠征任務的幹部們，正在思考失敗的可能性。

很明顯，失敗的可能性確實存在。

萬一神話級精英怪物突然現身，以現有的戰力頑強抵抗，死命地撐下去才是明智的選擇，否則就得付出代價。

就目前來說，遠征隊的整體氣氛不算太差。

後宮之王朴德久在黑天鵝公會成員的包圍下，迎來了人生的巔峰；另一方面，安其暮的人氣雖然比不上朴德久，卻也和其中幾名成員走得很近。鄭白雪也趁著休息時間緊緊跟在我身邊，享受專屬她的特權；宣熙英則一臉嚴肅地和黑天鵝公會的祭司們交談。

此外，偷偷暗戀金賢成的曹惠珍望著朴延周和金賢成聊天的模樣，心中的不快全寫在臉上。

身旁的景色不停地變換，此時遠征隊已然來到了一個人跡罕至的場所。

一眼望去看不見盡頭的巨大岩壁裂縫處，散發著紫色的微光。

真漂亮……

裂縫博物館八成就在那道裂縫之中。

「歡迎來到博物館。」

緊接著，一個由魔力合成的男孩出現在眼前，朝我們打了一聲招呼。

我們終於來到了無等級副本——裂縫博物館。

＊＊＊

〔您已進入無等級副本『裂縫博物館』。〕

〔確認達到人數限制（30／30）〕

〔已發動無等級強制任務。〕

「……」

〔任務：探訪博物館（0／1）〕

此時，通知欄也自然而然地浮現。

看樣子，在入場的那一瞬間任務就開始了。所謂的探訪博物館，應該就是指攻掠副本。

我大致瀏覽了一下通知內容，接著開始環顧四周。此時，我們置身在一座相當華麗的石室。不同於被岩壁包圍的外牆，石室內部的氛圍截然不同。

最有趣的，莫過於出現在眼前的可愛男孩。

他一副早就料到我們會來到這裡的模樣，鄭重地向我們致意。

〔您正在確認副本管理員馬克斯的資訊。〕

〔副本管理員的傀儡被傳說級特性心眼識破了。〕

〔管理員馬克斯的傀儡〕

〔管理員馬克斯創造出來的魔力聚合體，此為沒有實體的幻像，因此無法確認狀態欄和資訊欄。您可以透過博物館獲得部分資訊。〕

果真如此嗎？

看不見眼前金髮小男孩的狀態欄和資訊欄，只有關於傀儡的說明。

心眼確實很方便。

恐怕只有到達一定實力的強者，才能察覺這傢伙不是管理員的本體，像我這樣的普通人絕不可能發現。要不是有心眼，我大概不會產生任何一絲懷疑。

小男孩就像是一件商品，眼神裡沒有任何情感，他那副鄭重其事的態度莫名有些詭異。不過從外表看起來還算帥氣，甚至讓人覺得有些可愛。

是人造人嗎？恐怕不是。

雖然無從得知裂縫守護者的實力有多強，但管理員馬克斯並非人造人。

因為只有神才能創造出完美的生物。

當然，即便不是生物，要創造出和眼前這傢伙一樣的個體，也不是件容易的事，這不免令我開始對裂縫守護者感到好奇。

他們到底是什麼人？

還來不及釐清思緒，空中便傳來一道聲音，我這才深切地感受到我們早已置身在裂縫博物館。

「各位博物館探險家，歡迎來到裂縫博物館。」

我們一臉鎮定地點點頭，對方反而有些吃驚。

「這一次的貴賓看起來沒有攻擊性呢！通常來到這裡的人，都會立刻進入備戰狀態……」

萬一我們沒有關於副本的資訊，大概也會做出相同的反應，因為我們根本無從辨別眼前這個人究竟是副本管理員還是精英怪物。

幸好事前讀了報告，應對起來容易許多。

我們早已知曉剛進入副本時不會立刻面臨考驗，而是會先讓玩家慢慢地參觀博物館，接著再從那小子身上獲得更多未知的資訊。

此時，朴延周耐不住靜默開口說道。

「我們從最近一次來到這裡的探險家口中聽說了大致的情況。我們也知道，你是這個博物館的管理員。」

「我就知道是這樣。幾個星期前我送了一個人回去，原來各位就是他派來的。」

「沒錯。我可以直接告訴你，現在困在博物館裡的那些人是我的部下。他們現在……」

「如果妳想知道他們的安危……我也可以告訴妳，他們的確還活著。」

聽見馬克斯的話，朴延周立刻鬆了一口氣。

即便已經盡可能以最快的速度趕來這裡，依舊耗費了一點時間，朴延周深怕困在副本裡的成員發生意外，一路上都焦慮不已。

「太好了！有辦法能救出他們嗎？」

「當然有。把博物館的展示品送給完成博物館探訪的人，這是再合適不過的獎勵了！那些人甚至還沒被放在博物館裡展示呢。」

「……」

「事實上，這是我第一次把異次元的個體做成標本，我也在考慮要不要把這些人拿來展示。不過，總覺得博物館的格調會因此大幅下降，所以我也十分猶豫。」

「……」

「但是見到今日來訪的貴賓後，我真慶幸沒將那些人展示在剩餘的幾個空位上占位子。」

「你在說什麼……」

「沒想到因果輪迴出了問題的靈魂也來到了這裡。」

那傢伙正注視著金賢成。在他眼中，金賢成似乎和別人不一樣。

幸虧他沒有提到重生者之類的字眼。

難道他也有心眼？應該不太可能。

他身為一名博物館管理員，自然擁有一雙善於物色展示品的眼睛，僅此而已。

那傢伙只是說「因果輪迴出了問題」，似乎不曉得金賢成就是所謂的重生者。

金賢成的神情並不怎麼慌張，只是緊緊盯著眼前的聚合體。

「最近相當罕見的龍也出現了。」

小男孩的下一個目標是迪亞路奇。

「妳從幾千年前就一直活到現在嗎？」

「我有必要回答你嗎？」

「如果冒犯到妳，我很抱歉，我只是太開心了。還記得以前有好多龍呢……不過，從龍族的生態來看，牠們會斷子絕孫一點也不奇怪……哎呀！我說錯話了，真是抱歉。」

說到激動之處，他的話明顯越來越多。

難道他不是機器人嗎？

本以為這傢伙只是個普通的解說員，殊不知他也會有情緒，並不是一個毫無感情的機器，這個新發現日後肯定能派得上用場。

我偷偷望向迪亞路奇，只見她還處於低氣壓之中，遲遲無法脫離與小機靈分離的悲傷。被失禮的言論冒犯，內心自然會感到不快，但迪亞路奇卻沒有動怒，只是冷靜地點點頭。

看來只要不涉及小機靈，她都表現得相當理智且正常。

「你不需要道歉，的確有越來越多的龍族放棄了生小孩的義務。我也很久沒有見到其他同伴了……種族的義務或傳統幾乎都沒有被落實。目前已經繁衍出後代的龍，恐怕連三隻都不到。」

「原來如此，真令人遺憾啊！嗯……這麼說來，妳已經繁衍出下一代囉？」

「嗯，這是最近才發生的事。」

「哎呀……我記得守護者們曾說過，龍族是非常重要的存在，因為龍和守護者的使命，同樣都是維繫這片大陸的平衡與和平。如果妳已經有了孩子，那麼很遺憾地，妳可能無法成為博物館裡的展示品，但如果是妳的……嗯……那對龍角的話……」

「我並不打算把我的龍角留在這裡。」

「我當然不是要妳免費送給我……對了！如果是這個的話，妳覺得怎麼樣？這肯定是一筆划算的交易。」

那傢伙的話剛說完，震耳欲聾的巨響就傳遍了整座博物館。

雖然不清楚詳細情形，但博物館的內部機關似乎開始運轉。

沒多久博物館入口牆壁上的玻璃壁面被打開，露出了一座全新的玻璃收藏櫃，裡面充滿各式各樣前所未見的用具。

那是……

〔龍王的育兒套組（傳說級）〕

〔數萬年前存在於世界上的龍王，為了提高龍族的生育率，親手打造了這件育兒套組。其中包括改良奶瓶、促進腦部活動的玩具，以及專門為飛行困難的小龍設計的輔助用具等等。不同於其他育兒產品，這件育兒套組是以龍王身上的鱗片為材料，由龍王親手製作而成，價值不斐。〕

什麼……

雖然早就有預感這裡會展示著各式各樣、千奇百怪的展示品，卻沒料到竟然連那種東西都有。

看見迪亞路奇瞬間瞪大雙眼，讓我不禁開始擔心她會直接把自己的龍角摘下來給他。

「啊！這個……」

「如何？」

「這、這個是從哪裡弄來的？」

「怎麼樣啊？」

再這樣下去，這兩人恐怕會直接進行交易。

當然，這個女人從頭到腳都歸我所有，最有價值的那對龍角絕不能直接交給博物館。

我雖然不想插手，卻不得不插手。

「迪亞路奇，我可以幫妳做出類似的東西。要是小機靈知道媽媽頭上的角不見了，一定會非常傷心。」

「可是……」

「我可以用妳的龍角，幫妳打造出相同等級的道具。況且，就算那是龍王製作的產品，也遠遠不及母親親手做的有意義。」

「噢……這樣啊。」

她一邊回答我的問題，但視線依舊停留在育兒套組上，看來果真是被迷了心竅。

此刻，她的眼神就跟盯著購物頻道的家庭主婦沒有兩樣。

「小機靈肯定也會更喜歡妳親手做的。還有……那個雖然看起來價值不斐……卻是個二手貨。迪亞路奇，妳要是真的喜歡那玩意兒那就和他交易吧，但我可不想看到小機靈用別人用過的二手貨。」

我的最後一句話才是決定性的一擊。

「二手貨」。天底下沒有哪個媽媽會讓孩子使用二手奶瓶。

只見迪亞路奇徹底打消念頭，我頓時鬆了一口氣。此時，痛失良機的副本管理員微微皺起眉頭盯著我不放。沒過幾秒，他又再次露出驚訝的神情。

「你……」

「什麼？」

「你身上也有不可思議的東西。」

媽的……

「像你這種卑賤低俗的人，身上竟然會有如此珍貴的東西？我可以再仔細地看看你的身體嗎？」

我頓時明白了，他在說心眼。

我所擁有的東西裡，只有這個還算是值得炫耀。心眼不僅是傳說級特性，而且還有許多功能尚未破解，價值肯定非同小可。只是我沒料到連神話級道具也收藏不少的博物館管理人，反應竟會如此驚訝。

說不定……心眼還能再進化？

腦中雖然浮出了各種思緒，但眼下更令我在意的是周圍眾人的表情。

所有人聽見我這樣一個再平凡不過的人，竟然擁有足以擺在博物館裡展示的寶貝，自然會心生好奇。

於是，我只好連忙開口。

「恕我拒絕。」

「如果你覺得太突然的話，我很抱歉。不過……」

我到底實際擁有什麼，那傢伙的確不清楚。

他雖然在嘴裡嘟囔了幾句，但並不打算仔細窺探我的特性。

或許是察覺到我對他有所防備，馬克斯一臉惋惜地撇開頭。

「雖然和剛才提到的三位相比的話，水準明顯有落差……不過，在這之中也有得到魔力祝福的人呢！還有妳……」

這一次，他看向鄭白雪和朴延周，看來朴延周也隱瞞了一些祕密。

不過，或許正是因為這個不可告人的祕密，朴延周才能在會長的寶座上待那麼久。

我記得當初使用心眼瀏覽朴延周的狀態欄時，並沒有發現特別之處，如今仔細想來，她的稱號似乎有點特殊。我想，馬克斯指的應該就是那個。

「今天真是個令人高興的日子。這麼重要的貴賓可不能隨意怠慢。沒錯！就是這樣，對吧？如果各位不介意的話，就由我來為各位進行導覽吧？」

坦白說，我真的非常慶幸，幸好他是個能溝通的對象。

遇到這種事，接受就對了。

接下來，我得動腦想想能在哪些地方撈盡好處。

第084話　神話級的存在

「我們博物館收藏了不少展示品，除了有被各位稱為『道具』的物品外，就如大家剛才看到的，也有不少具有歷史價值的物品。當然，這裡的收藏品不單單只有武器或裝備。」

「……」

「這裡也有被封印或已締結契約的個體，而牠們也是各位在這趟博物館探險中必須經歷的考驗。除此之外，當然也有來自異次元的個體，牠們透過裂縫來到這裡，極有可能對這個維度空間帶來傷害，所以需要進行重點管理。」

「……」

「這片大陸曾經歷過無數的戰鬥與犧牲，裂縫守護者們雖然竭盡所能成功地封印了裂縫，但在那之後，仍然經常擔心各種潛在的威脅再次襲來。因此，他們總說要時刻小心留意裂縫，而這也是為什麼博物館探險的獎勵，絕大多數都是被各位稱為寶物的武器。」

「原來如此。」

「當然了，強大的力量也伴隨著重大的責任。因此，守護者才會給予完成探險的人豐厚獎勵。」

「我大概能理解這是怎麼一回事了……」

雖然不清楚正確的時間點，但這片大陸似乎曾出現裂縫，導致具有威脅性的個體流入。裂縫守護者們不惜犧牲性命擋下了一切災難，最終成功將裂縫封印。

看來他們對裂縫依然心存警戒，才會決定打造這座裂縫博物館。

總而言之，現在我們能確定的是，裂縫守護者打造這座博物館並非出於惡意，雖然如今已經有些違背初衷就是了……

不曉得為何所有的精英怪物和獎勵一律採隨機分配，但我對副本創造者的意圖毫無興趣，反正不外乎是因為面臨威脅時，我們無法事先預測敵人的類型和出現時機之類的理由。

管理員馬克斯繼續說道，證實了我的猜測。

「所有的獎勵與考驗皆採取隨機分配，畢竟各位無法挑選要面臨什麼樣的難關，雖然我也無法百分之百理解裂縫守護者的意圖，但我想應該是這樣沒錯。」

眼下本該專注在那傢伙說的話，不過堆放在周圍的道具卻吸引了我的目光。

〔毀滅獸的臂鎧（傳說級）〕

〔透過裂縫流入的毀滅獸的臂鎧，是過去的傳奇馴獸師所使用之兵器，除了能提升與任何野獸之間的親暱度外，也能和動物的靈魂進行交流。獲得臂鎧後，將能召喚臂鎧中的三隻傳說級野獸，而這些野獸是過去曾與傳奇馴獸師並肩作戰的伙伴，以下省略……〕

天啊……還不只這個。

〔冰霜寶劍（傳說級）〕

〔曾為悖倫王所用，是一把受詛咒的寶劍。除了能召喚亡者以外，沒有其他詳細資訊，由於相關資訊已被徹底封印，即便透過心眼也無法瀏覽。〕

召喚亡者？

光是獲得這把劍，就能成為死靈術師；同樣地，得到毀滅獸的臂鎧，就能召喚三隻傳說級野獸的這一點也讓人震驚到啞口無言。

雖然尤里耶娜也是傳說級寶劍，但它的自我意識仍處於封印狀態，難免略遜一籌。

此時，尤里耶娜莫名開始嗡嗡作響，我摸了摸劍柄再次環顧起四周。

「各位果然對武器很感興趣！這裡有許多武器操作起來具有一定的危險性，還有部分種類的武器對於不符合資格的人來說根本無法使用。對了，各位有看到這個嗎？」

〔神鎚（神話級）〕

〔蘊藏著五位巨神之力的鎚子。這五位巨神分別是光之火山神、樹林女神、浪濤君主、疾風王，以及心之女王。鎚子有五種屬性可供使用……以下省略。〕

哇……竟然還有這種東西……

那是一把貌似用雙手舉起都十分吃力的鎚子，只看一眼就能感受到無窮的威力。就算是普通人拿起這把神鎚，彷彿也能立刻晉升為高級玩家。

「這是透過裂縫傳送過來的武器之一。如果要用等級來說明的話，可以說是神話級武器。各位相信在這把神鎚裡潛藏著五位巨神的力量嗎？我還記得，當時守護者可是拚盡全力，才將這五位猖狂的巨神們所擁有的力量封印在神鎚裡。雖然其他武器也有各自的價值，但我敢肯定，在被各位稱為道具的武器之中，它是最厲害的。」

天啊……

此時，馬克斯臉上洋溢著對這些收藏品的自豪。

不只是我，在場的所有人都失神地盯著展示眼前的神鎚。這並不是因為其他人也像我一樣，能用心眼看穿道具所具備的能力，而是因為只要是個明眼人，都能看出這是翻遍整個大陸也找不到的珍稀武器。

此外，更有趣的是展示品下方標示的簡短說明。看來就連裂縫守護者也還沒摸清它的底細。

想必守護者們對這把神鎚進行了不少試驗與調查，但記錄在說明欄的資訊連我利用心眼看到的四分之一都不到。

我不禁再次感嘆心眼的偉大。

總之，在場所有人都一臉不可思議地看向馬克斯，他也不自覺地驕傲了起來。

「這座博物館還收藏了兩件神話級兵器，不過神鎚依舊是我最引以為傲的展示品之一。」

「這也是其中一件會被當成獎勵的武器嗎？」

「不，很可惜這件展示品不會被當成獎勵。裂縫守護者曾說過，這件戰利品並不包含在獎勵的範疇裡。不過，另外兩件神話級兵器，將與其他道具一同列入獎勵中，採隨機分配發送。」

「啊……」

獲得神話級兵器的機率是五百分之一。

要是讓金賢成得到這一類武器，他肯定會興奮地當場跳起舞，畢竟如今金賢成手上連一件傳說級道具也沒有，不免替他感到有些心酸，只要能獲得傳說級道具，對他來說就已經足夠了。

如果連傳說級道具也列入考量，獲得的機率將會是五百分之三十二。

這麼看來，機率不算低。倘若能撿到神話級道具就是大吉，得到傳說級道具的話也有中吉。但要是抽中英雄級以下的道具，光想就覺得厭惡。

我絕對不要抽到英雄級以下的道具。

「就如同我剛才向各位說明的，如果想獲得合理的獎勵，各位得先完成博物館探險。接下來，要不要去別的地方看看呢？」

「好。」

現在開始才是重頭戲。

道具可以透過獎勵獲得，所以活下來才是當務之急，比起能獲得什麼獎勵，搞清楚我們即將面對的敵人是誰才更重要。

就這樣走了好長一段時間後，四周的氛圍明顯出現變化。

不同於剛才那些擺設在漂亮之處的道具，現在落入我眼中的是各種被封印的個體。

從身形巨大無比的魔獸到袖珍型的怪物，全都是裂縫守護者們封印或收藏的個體。

自踏進來的那一刻起，我便用心眼不斷確認著各種資訊，把它們一一記在腦海裡。

我得多搜集點情報才行。

探險過程中，無論碰上什麼等級的怪物，總共會出現三隻精英怪物。既然沒有相關資訊，不如先提早做準備。

首先，必須把英雄級怪物排除在外。眼下情況緊急，只能把注意力優先放在三十隻傳說級怪物，以及三隻神話級怪物上……

〔您與對方等級差異懸殊，無法使用心眼技能。〕

那是……什麼啊？

在一張由兵器打造的椅子上方，坐著一隻長著巨大犄角與尾巴的綠皮怪物，周圍還飄浮著七件武器。

光是從遠處看都讓人覺得心驚膽顫，全身開始也不由自主地發抖。

我們怎麼可能打得贏那種怪物啊……那真的完全是不同級別的對手，我甚至找不到任何能形容牠的詞彙。

和這種級別的怪物交手，本身就是一件荒謬至極的事。就算現在變出無數個金賢成的分身，也不可能贏過眼前這隻綠皮怪物。

我不自覺地將視線轉向金賢成，只見他默默凝視著那頭怪物。

難道他曾經看過那個怪物嗎？

撇開單純的恐懼，他的神色還透露出一種難以言喻的情緒。

倘若金賢成曾在第一回人生遇過這隻怪物，那就不難理解他為何會說此次的任務危機重重。

就在此刻，耳邊傳來朴德久的聲音。

「這隻怪物是怎麼回事？哇……長得太帥了吧。」

「不行，別碰牠！你這個白痴豬頭！」

那隻綠皮怪物說不定會從椅子上瞬間起身，出於擔心，我下意識地朝著朴德久大聲斥責。

「哈啊，你果然看出來了！不過你們大可放心，若只是碰到展示品不會發生任何事。再加上，各位面前的這個不過是模型而已。」

「模型？」

「對，是個作工精細的仿製品。事實上，如此強大的怪物，就連裂縫守護者們也耗費了不少力氣才將牠完整封印……我只知道早在我出生前，那隻神話級怪物就已經坐在那裡了。對了，如果各位也對另外兩隻神話級怪物感興趣的話，我可以帶你們去看。其中一隻與裂縫守護者簽訂了長期契約所以留在這裡，至於另一隻……說來話長，不如直接帶你們去看吧。」

也就是說，這種級別的怪物還有兩隻。

該死……是我把這座副本想得太簡單了。我突然能理解為何金賢成說這裡很危險了。五百分之三的機率，一定得避開這三隻神話級怪物。

要是遇上了，以我們目前的戰力來看，無論再怎麼死命掙扎也毫無勝算。

如果是傳說級的精英怪物，大家或許還能拚一把，但和眼前這種級別的怪物對戰，根本就是天方夜譚。

管他什麼鬼戰鬥，眼下直接開溜才是上上策。

我們這群人的心裡在盤算什麼，管理員馬克斯似乎毫不在意，只顧著向大家展示裂縫守護者的收藏品。

「這個各位應該更熟悉——大陸古代神祇的碎片。其他人也許不知道，不過在場的龍族……」

「我在很小的時候曾聽龍王說過，牠被封印在某個地方……原來就在這裡。這樣能壓制住牠嗎？」

「可以，碎片不具備自我意識。在守護者的封印下，怪物的力量弱化了不少。將來各位如果碰上了這位對手，封印也只會在特定時間內解除。」

眼前這隻怪物同樣屬於神話級，因此我無法透過心眼獲取資訊。

巨大的眼球伸出無數隻觸手，看上去比剛才那些怪物好一些，但若是被放出來，我們同樣難逃全軍覆沒的命運。

我甚至不必刻意思考該如何作戰，所有過程就能自動浮現於腦海中。

一群人連觸手的一擊都無法抵擋，前鋒瞬間兵敗如山倒，後衛更是嚇得魂飛魄散，哭天喊地。

我們絕對不能對上牠，這絕不是靠努力就能辦到的事。所以，無論如何都得想盡辦法阻止神話級怪物現身。

我相信我們一定會沒事的，神話級怪物一定不會出現。

神話級怪物出現的機率連百分之一都不到，而遠征隊的平均幸運值超過六十。

也就是說，只有手氣背到極點，才會碰上神話級怪物；其餘碰到的大多都會是英雄級怪物。

聽著管理員的說明，眾人的表情越發凝重。

接下來，馬克斯再度開口。

「啊，時間到了。」

「時間？」

「沒錯。好久沒和高級玩家聊天了，時間過得真快呢！各位探險家抵達這裡後，幾個小時內封印就會自動解開。哎呀，已經開始了。」

此時，地面再度傳來一陣轟隆隆的聲響，我們所在的空間結構開始出現翻轉，展示品紛紛沉入地底，一片適合作為戰鬥場的空地瞬間成形。

頓時，一股莫名的不安湧上心頭。

「請先看向這邊。雖然對手採隨機分配，但守護者們創造了輪盤機制，以便各位能更快適應一切。」

……

「只要注入魔力，轉動輪盤，系統將會隨機選定與各位進行對決的怪物。請派出一位代表，上前轉動輪盤。」

「好，我知道了。」

「又是輪盤遊戲，媽的……」

我雖然有些驚慌，但先前已經從報告得知相關內容，當然也早早就決定該由誰來轉動輪盤了。

幸運值最高的朴延周是最佳人選。

她帶著略微緊張的神情上前，在她伸手觸碰輪盤的那一刻，所有人都屏氣凝神地盯著她。

拜託……只要避開神話級就行了，拜託……

雖然和傳說級怪物交手也相當吃力，但就算得和三隻傳說級怪物對戰也比和神話級怪物戰鬥更容易。

〔輪盤開始轉動。〕

聽到訊息通知後，巨大的輪盤發出一陣聲響，隨即開始轉動。

「拜託了!!」

這瞬間，所有人都盼望著同一件事。

＊＊＊

眾人的視線集中在一處，宛如一群狐獴同時看向同個地方，我們的模樣看起來十分滑稽，但那一點也不有趣的輪盤卻主宰著在場所有人的命運。

也不曉得旋轉得飛快的輪盤知不知道我們此刻的心情，只見轉盤在魔力的影響下，拚命轉個不停。

若以機率來看，碰上神話級怪物的可能性微乎其微，僅有五百分之三。

當然，出現傳說級怪物的機率也不算高。最為理想的狀況是碰上英雄級精英怪物，但就算遇上傳說級怪物，我方也有足夠的實力能與之抗衡。

此外，怪物的類型也會帶來變數……

從遠征隊本身的實力來看，即便碰上傳說級怪物也有一定的勝算，但如果對手是即將升等的高階傳說級怪物，那就另當別論了。不過，我想大部分的傳說級怪物應該都能應付得來。

我開始聽見有人緊張地吞口水的聲音，因為大家意識到轉盤的速度逐漸慢了下來。

沒多久，轉盤的速度已經緩慢到能夠看出指針即將碰上的格子。每當代表神話級怪物的白色區間經過指針，眾人便會忍不住鬆一口氣。

代表傳說級的金色區間經過時當然也是。

「再、再多轉一點！」

耳邊傳來朴德久那小子的大喊，同時我也感受到了黑天鵝公會成員無聲的助威。

伴隨著「喀喀」的聲音，轉盤逐漸停止轉動，此時指針正位於金色區間。再前進一步就是代表英雄級的紫色區間，但轉盤似乎已經無力繼續轉動。

「唉……」

周遭的嘆息聲此起彼落。

值得慶幸的是，至少不是神話級怪物。光是這一點，就足夠讓我們放下心中的大石頭。很好，我們做到了。如果是傳說級怪物，我們可以說是贏定了。

〔輪盤已停止轉動。〕

〔已選中傳說級精英怪物『骸骨騎士巴安』。〕

「原來是骸骨騎士巴安啊！我記得牠來自這片大陸，是個曾擁有英雄靈魂的怪物。」

雖然馬克斯在一旁極力向眾人解說，我卻一個字也聽不進去，反正那隻怪物的資訊，已經在我面前一覽無遺了。

那傢伙的身世，或是出於何種原因必須長期在此看守，這些我都毫無興趣。

重要的是我們能不能打敗牠。

骸骨騎士是能夠使用特殊魔法的近戰系怪物，牠的特殊魔法包含能量吸取和骸骨召喚。後者我大概能預想得到，但能量吸取究竟會以何種形式發揮作用，卻沒有相關紀錄。

於是，我再次仔細瀏覽狀態欄，確認更詳細的資訊。

〔大地魔法陣〕

不用想也知道，絕對不能踩到這個陣法。

雖然不曉得當時還是人類的牠是什麼模樣，但體格肯定十分壯碩，身高也比一般人高上許多，約莫超過兩百公分，與其說是騎士，牠反而更像是一名傭兵。

我並沒有透過心眼看到這些資訊，但我感覺牠並非即將升等的高階精英怪物，再怎麼厲害，實力頂多也只有初階或中階而已，我們一定能夠贏過牠。

當然，單就外貌來看牠絕對是傳說級別的怪物，而不是那種弱不禁風，一擊就碎的骷髏。

從牠的眼眶和各個骨頭關節間的縫隙中透出了綠光，手裡拿著的兵器也讓人隱約有種不祥的預感，若是單獨碰上牠，我鐵定會二話不說當場開溜。

然而，我現在並非獨自一人，對於該如何進行攻掠，也已經有了明確的方向……

當務之急是避開出現在地面上的魔法陣。

先把麻煩的部分處理好，前鋒就會自動上前除掉怪物；而解決魔法陣最好的辦法，就是把鄭白雪單獨叫過來，把任務交代給她。我悄悄地開口，鄭白雪立刻貼了上來。

「白雪。」

「怎麼了？」

「準備好發動飄浮魔法，範圍包含全體隊員。」

「是，我知道了。」

「至於發動的時機，我會給妳信號。一定要使用三重咒語，飄浮魔法也要放在最後。妳必須做好準備，收到我的信號之後立刻施放魔法。」

「好。還有魔、魔法……等對方的火力降低，應該可以到四、四重。」

「好，那就那樣做吧。」

這麼看來，管理員說她是受到魔力祝福的人類或許不是誇大其辭；並非擁有足夠的魔力和匹配性就一定能發動四重咒語，即使受到魔力的祝福，關鍵依舊在於有沒有能力連續施展四道魔法。

她真是個天才。

當然，同時發動多個咒語勢必會導致火力減弱。為了掌握整體局勢，戰鬥初期先用一些小規模魔法試試水溫，也是個不錯的戰略。

又過了一段時間。

馬克斯仍舊喋喋不休地向眾人介紹那隻怪物，此時骸骨騎士早已做好了戰鬥準備。

或許是注意到這點，馬克斯朝牠點頭示意，接著說：「一不小心就說太多了呢，似乎讓你們和骸骨戰士久等了。那麼，各位博物館探險家們，祝你們好運囉。」

「準備戰鬥。」金賢成低聲說道。

眾人各自進入備戰狀態。

聽見馬克斯的指示後，骸骨騎士緩緩舉起手中的劍。

咻的一聲，在空中舞動的劍發出巨大鳴響，劍流劃破天際。

牠的攻擊範圍能涵蓋這麼遠的距離嗎？看樣子這是一隻能大幅釋放魔力的怪物。

當然，我們並沒有因此感到慌張，針對這類攻擊的應變對策早在這之前就已經儲存在我們的腦海裡。

祭司將神聖力傳遞給拿著盾牌的前鋒們，讓前鋒擋在前頭，魔法師則負責念誦咒語，除了金賢成與朴延周外，所有前鋒都進入備戰狀態。

「很好。」

無須多言，大家都對戰鬥駕輕就熟。

果然，薑還是老的辣啊。

在場的隊員都是累積了不少經驗的戰士，我腦海中的攻掠說明書還沒派上用場，他們便早已想到應對方法。

「咳咳咳咳……咳咳咳咳……」

骸骨騎士揚起手的瞬間，無數骸骨兵從地底竄出，眼下我只好立刻下令。

「德久、賢成先生和延周小姐是主力，其他前鋒築起一道人牆，先解決那些士兵。把骸骨騎士趕到右側，在下一批骸骨兵出現之前，遠攻職業將所有火力集中在骸骨騎士身上，等骸骨兵現身再轉換攻擊目標。防禦魔法師請務必隨時準備好能夠擋下遠距攻擊的防護罩。必須變換陣型時，我會發送信號。」

「收到！」

除了朴德久以外，沒有任何人回應我。

不過我知道大家都已經聽懂我的指令了，因為金賢成、朴延周和朴德久已率先發動攻擊，朝精英怪物奔去。

三個人同時出動的話，一定會拉高骸骨騎士的仇恨值，讓牠不得不對他們反擊，那傢伙也有腦袋，想必會希望從後衛開始下手。但前鋒如此死纏爛打，我想牠應該也別無他法，只能暫時將希望寄託在那些骸骨兵身上。

牠或許還希望那些小嘍囉能替牠收拾掉我們……

在鄭白雪念出第一道咒語後，遠處傳來一聲不明的巨響，魔法瞬間朝四周擴散。

速度好快……！

無數顆巨大火球從天而降向各處落下，和我之前施展的咒語完全不是同一個級別。

匡砰砰砰砰砰砰！

場上傳來一陣騷動，骸骨兵瞬間粉身碎骨。

本以為這些沒什麼看頭的骷髏很快就會倒下，但牠們似乎沒有我想像得那麼弱不禁風。

只見敵方陣營中出現了一道半透明的防禦魔法。

竟然有骸骨魔法師？這麼看來，牠該不會是按兵種依序召喚骸骨兵吧？

眼前的一切讓我再次感受到了傳說級怪物的威力。

骸骨弓箭手拉緊弓弦，我方陣營也即刻發動防禦魔法，雙方陣營的魔法師都在念誦咒語。

總覺得戰事似乎拖得有點久，我將手伸入口袋，往龍息藥水注入魔力。

咿咿咿咿！

此時，藥水發出魔力震盪的鳴響。我將藥水拋向敵營，在一陣響徹雲霄的爆炸聲過後，藥水溶解了敵方的防護罩。

魔法師們也抓準了時機，立刻讓咒語降臨在敵軍陣營。朝我們進攻的小嘍囉果然也被優秀的前鋒全數擋下。

很好，一切都在掌控之中。

我方後衛毫髮無傷，也表示對手的突擊被我方前鋒完美化解了。戰況絕不可能出現逆轉。

召喚士兵這件事，本身就是在消磨牠的能量。

況且像這樣召喚不同兵種的戰力，牠的魔力消耗程度應該遠比我預期得還要大。

我已經大致掌握牠的戰鬥模式了。

牠先保留了用來發動能量吸取的魔力，再將其餘魔力用於召喚骸骨兵，不斷擴大兵力。

身為施術者，骸骨騎士當然也是個強勁的對手，必須得出動金賢成、朴德久以及朴延周三人聯手攻擊。

倘若我們未能事先計畫該如何攻掠，這場仗勢必會打得很吃力。

光是能量吸取本身造成的傷害就已十分可觀，更何況隊員們原先都只和實力一般的怪物對戰過，恐怕會在對手發動第一次能量吸取時嚇得屁滾尿流，戰場就會瞬間變成煉獄。

「主隊魔法師把火力集中在精英怪物巴安身上，剩下的骸骨兵由前鋒親自處理，三隊魔法師則繼續發動防護罩。等到第二次召喚開始後，前鋒再次築起人牆，擋在最前線。」

「是。」

「第二次召喚開始了，第二次召喚開始了！先集中火力攻打敵方士兵，祭司們把力量集中在德久身上。」

讓我感到有些訝異的是，朴德久竟然比我預期得還要厲害。

當然，如果沒有祭司、金賢成和朴延周的幫忙，他或許會打得很吃力。但如今的他，已經能一步步擋下骸骨騎士的劍擊了。

我不禁覺得這段時間以來的辛苦栽培，總算是有回報了。

幹得好！白痴豬頭！

「再次瞄準精英怪物攻擊……不對，第三次召喚要開始了！這次是大規模兵力，有三十名魔法師。弓箭手們先瞄準魔法師，發動攻擊。」

「是。」

下達指令的同時，我也派出尤里耶娜支援戰事。

當然，戰場上不可能沒有傷兵。畢竟在這種等級的戰役中，被不長眼的箭擊中，或是不小心被劍誤傷都是家常便飯。

唯獨有個問題讓我覺得煩躁……

「前鋒可能會有些辛苦，但請盡可能別讓自己受傷。士兵對各位造成的傷口，似乎能幫助骸骨騎士恢復魔力，雖然數值不高，但還是小心為妙。」

「好。」

雖然能量十分微弱，但牠所召喚的骸骨兵貌似也有能量吸取的技能。

牠在第三次召喚時，一舉引入大量士兵，看來這傢伙也開始心急了。

我想牠差不多要發動能量吸取了。

不出我所料，那隻精英骸骨怪物突然將一隻手高舉起來。看見牠的手向下揮舞時，我連忙下令。

「白雪！讓所有人飄浮！」

在她念了一串莫名有些可愛的咒語後，三十名隊員瞬間浮在空中。

幸好我有先看向地面，才能即時發動飄浮魔法。

骸骨騎士的魔法陣並非座落於特定目標位置，我們所在的這座戰場全境就是陣法的目標範圍。除了空中，竟然沒有任何一處能逃過魔法陣，這根本是作弊……

就算敏捷值高得嚇人，要想完全不碰到地面根本是天方夜譚。

眼前的怪物，確實有著傳說級怪物該有的威壓，牠所具備的技能的確已經全然跳脫眾人的認知，無法被分類。

就算如此……這種把戲根本比不過我的心眼，你這個骸骨廢物！

此刻，在金賢成的攻擊下，骸骨騎士巴安的頭蓋骨徹底碎裂，讓人莫名感到一陣淒涼。

賢成啊，我們一起拿下獎勵吧！

＊＊＊

總算順利度過危機了。

就算精英怪物的實力不算特別強，但要在完全不損失戰力的情況下打敗牠也不是件容易的事。

那傢伙使用拖延戰術是對的。

在經歷過第二次士兵召喚後，我方雖然還能應付得過來，但要是沒有事先準備好飄浮魔法，大概也沒辦法順利避開第一次的能量吸取，事情就可能會變得更加複雜。真要說的話，這就是知情與不知情的差異。

為了第一次能量吸取而大幅施展魔力的骸骨騎士，被金賢成敲破頭骨，就此落敗。

金賢成奮戰的英姿實在讓人看得目瞪口呆，然而骸骨騎士巴安的下場，卻不像是傳說級怪物應有的結局。

總之，遠征隊在沒有重大傷亡的情況下，順利擊敗了骸骨騎士，取得第二次挑戰機會。當然，最讓我感到期待的是中場休息時即將進行的小活動。

不只公會成員，被困在副本裡的黑天鵝成員也在等待這一刻的到來。

「各位的實力真堅強！」

「……」

「有高階玩家在場，戰力自然強大，不過我倒是沒料到巴安會這麼輕易地倒下。如果裂縫守護者們見到各位，一定會很開心的。」

廢話少說，快把獎勵交出來。

想必在場所有人都和我有同樣的想法，只是沒說出口罷了。

「如同我剛才所說的，探險中途的休息時間都會發放獎勵。博物館裡展示的所有武器，將隨機抽出一件作為獎勵贈送給各位。當然，決定獎勵的方式和剛才一樣，各位也可以選擇等探險結束後再轉動輪盤，一口氣獲得三個獎品。」

「現在就開始吧。」

等待是笨蛋才會做的事。

除非在這五百個道具中，偏偏選中妨礙遠征的道具，譬如遭受詛咒的道具或是難以馴服的武器，那麼就另當別論了。但這種道具出現的機率，甚至比傳說級與神話級道具出現的機率還要更低。

遠征進展得相當順利，還是得適時地賭一把。

說穿了，就算因為拿到受詛咒的道具而吃虧，我們仍然有足夠的戰力與傳說級怪物一較高下。

話雖如此。

萬一在接下來的兩次對決中，遇上了神話級怪物，遠征隊勢必會迎來團滅的命運。而唯一能與神話級怪物抗衡的方法……

就是獲得神話級道具。

雖然金賢成用不到鎚子，但他手中最起碼得握著相同等級的道具，才能和神話級怪物拚一把。

當然，光靠一件道具肯定改變不了整個遠征隊的命運。不過對於重生者來說，原本寒酸的裝備若能升級一下的話……

無論如何，他都會想盡辦法找到突破口。一切就包在金賢成大將軍身上。

總之，我們一定得拿到神話級道具，這樣一來才能有更大的勝算。

「剛才或許有人已經看到了，獎勵也包含了可能阻礙本次探險的道具。」

「沒關係。」

我們無從得知馬克斯說出這種話究竟是出於擔心，還是純粹不願把博物館展示的藏品拱手讓人，總之他依舊點頭同意了。

「既然你都這麼說了……那我明白了。請和剛才一樣派出一位代表上前轉動輪盤。」

「好。」

除了朴延周以外，遠征隊之中幸運值還算高的人，只有我、迪亞路奇和鄭白雪。不能派迪亞路奇，畢竟幸運值過高也可能造成反效果。要是轉到剛才看到的育兒套組，我可能連苦笑都笑不出來。

這麼看來，派我或白雪轉動輪盤也一樣危險。若是派鄭白雪，說不定會出現讓人意想不到的定位追蹤道具。

讓金賢成去也行，他的幸運值雖然不是很高，但還算不錯。再加上，他比在場任何人都渴望獲得兵器……倘若幸運值真的能幫上忙，他或許就能藉機升級裝備。

「如果大家沒有意見，我想這次應該派賢成先生為代表。」

「好，就這麼辦吧。」

「就讓賢成先生試試看吧。」

「不，應該由幸運值比我高的人……」

「我覺得應該由賢成先生來轉。」

聽出我語氣中的堅決，他旋即點頭並朝輪盤走去。

金賢成緊張地吐了一口氣，接著立刻轉動輪盤。

眾人的視線再度集中在輪盤上。

「拜託……」

要是能獲得神話級兵器就再好不過了。這麼一來，遠征隊就能游刃有餘地面對接下來的兩次挑戰。

金賢成的表情同樣充滿懇切。我想他一定也有看中其他武器，只不過礙於這陣子忙著趕路，導致他沒機會獨自行動。

自從尤里耶娜被我搶走後，倒楣的金賢成只能帶著英雄級裝備行動。這段時間所受到的委屈，彷彿從他的臉上一閃而過。

他肯定在想，只要能得到傳說級道具就足夠了。然而，這絕不是他該抽中的級別。賢成，一定要抽中神話級道具喔！

就算只能抽到傳說級，也一定得是即將升等的高階裝備，譬如剛才見過的冰霜寶劍。當然，最理想的情況還是抽中無法用心眼確認的神話級兵器。

〔輪盤開始轉動。〕

拜託了……

〔已選中稀有級兵器『大魔法師艾薩克的魔劍』。〕

「什麼？」

「這是透過裂縫流入的兵器之一。雖然等級不高，但也具有一定的價值……」

我又不是在問這個，你這個混蛋！

面對如此讓人失落又哭笑不得的情況，保持沉默的人不是只有我。此時，所有人都一臉不敢置信地看著突然出現在眼前的魔劍。

我們雖然輕易通過了考驗，但對戰的過程可一點都不輕鬆。骸骨騎士確實具備了傳說級怪物的實力，遠征隊也耗費不少時間，吃了些苦頭才取得勝利，殊不知獎勵竟然只是一把稀有級魔劍，這一切簡直荒謬到讓人啞然失笑。

金賢成出神地望向自己抽到的道具。

作為獎勵的稀有級道具總共不超過十件。由此看來，抽中的機率可以說是比獲得傳說級道具還低。金賢成彷彿向所有人展現了自己的運氣到底有多背。

他緊握著拳頭，似乎也一肚子火，幸好他沒有氣得一把抓起魔劍扔出去或是咒罵出聲。

他只是靜靜地盯著稀有級兵器。

「我很抱歉。」

「沒事，你不需要為此道歉。就算換其他人來抽，也無法保證會有不一樣的結局。我相信下一次會抽到更好的。」

「好……」

「你也別太氣餒。」

「是呀，賢成先生。沒人能保證幸運值夠高，就能隨機抽中高階道具……從我抽中傳說級的精英怪物來看，說不定這種隨機抽籤，和幸運值高低沒有太大的關係……」

或許沒有太大的關係，但任誰都會希望能抽中更好的獎勵。

除非數值超過一百，否則幸運值較高，本來就無法與好運劃上等號，光是去琳德的貧民窟晃一圈，就能碰上幾位幸運值高得出奇的人，再看看幸運值為零的春日由乃，自然能理解幸運值仍然是個有待鑽研的領域。

只不過，倘若幸運值能對機率造成些微的影響，還是值得賭上一把。

至於金賢成，不過就是這次運氣背了點。

其實比起這個，更讓我在意的是……這真的是隨機分配嗎？這個副本中出現的所有抽選活動，是否確實採用了隨機制？

不，比起懷疑是否有落實隨機制，管理員馬克斯的態度更值得深究。

不必多說，所有人都能清楚地感受到他對這間博物館有多麼引以為傲。

而我們也已經知道裂縫守護者打造這座博物館的意圖，更清楚馬克斯對守護者的敬重。

光是看他如此熱情地介紹館藏，就能感受到他十分珍惜這些武器。

他希望這間博物館能繼續經營下去，也想繼續擔任管理員。雖然這也是裂縫守護者的旨意，但只要馬克斯具有足夠的獨立思考能力，想必也不願眼睜睜看著價值較高的展示品落入他人手中。

雖然馬克斯不是個完美的智慧生物，但也十分接近了。從他在我們出現時說著貴賓到訪，不停和大家聊天的行為，就能明顯看得出來。

就連此刻，他的神情中也透露出了一絲慶幸。看在他人眼裡，或許會覺得他依舊是面無表情，但對於擁有心眼的我而言，總能察覺到一絲的不對勁。

雖然假裝自己是機器人……但這傢伙也是智慧生物。

我的腦海裡甚至閃過一個念頭——他或許是這個副本中隱藏的精英怪物……不，應該不至於。

畢竟這座博物館是由系統進行管理，而非馬克斯。

裂縫守護者們雖然創造了這套系統，但系統必須仰賴管理這片大陸的超然存在才得以維持。

假設能讓我大鬧一場，我鐵定會不計後果地奪走神話級道具，完全無視這個由他主導的博物館探險任務，再悠悠哉哉地離開這個鬼地方。

這一次的博物館探險和新手教學副本一樣，只要完成任務就能順利離開。真正的重點在於，管理員對於系統的管理權限究竟有多大？

身為管理員的馬克斯是否能在機率上動手腳？

我仔細思考了一番，卻無法得出答案。

首先，管理展示物品的確是他的主要職務。從他向我們展示龍王的育兒套組來看……他雖然能隨意拿取館藏，但可能也僅止於此。

思緒變得越來越混亂，我的頭也漸漸痛了起來。

我努力分析著各種可能性，馬克斯卻依然滔滔不絕地說著，內容大多圍繞著剛剛抽中的獎勵。

雖然只是稀有級道具，但對他來說或許是得來不易的寶物，他看起來有些惋惜。

「我對這件道具已經有一點感情了，要把它送走實在有點不捨。雖然等級並不高，但它也算是博物館的元老級展示品之一……不過這也是沒辦法的事，畢竟我沒有干涉獎勵的權限。」

「原來如此。」

看來管理員無法反抗系統。

「馬克斯，我有個問題想問你。」

「請說。」

「你對博物館的權限範圍有多大呢？」

「雖然我不太清楚你想問些什麼……但我只是個維持系統運作的管理員，沒有什麼自主權限。」

儘管無法確定他所說的是否屬實，但我認為應該是真的。

假如他真的不是管理員，而是這個副本的最終魔王，一開始就不會選擇用這種方式獎勵我們。

「原來如此。」

「光顧著和各位聊天，沒想到已經過這麼久了。下一輪挑戰即將開始！如果這次也能順利破關，將會給予各位多一點時間慢慢參觀博物館。希望你們能繼續加油。」

「那麼接下來……」

「由我來轉吧。」

「嗯，好。基英先生的幸運值確實也很高。」

都到了這個地步，換我來轉一次輪盤似乎也不錯。

一想到只要順利打贏第二次戰役，我們就能稍微緩口氣，我便忍不住自告奮勇。

雖然不曉得他會給我們多少參訪時間，但我得趁機多搜集一些情報才行，否則目前掌握的資訊還不夠。

雖然無法跳脫副本的基礎系統，但誰知道呢？說不定真的有其他辦法。

既然上一局朴延周抽中了傳說級精英怪物，那這次必須是英雄級！

有了運氣背到極點的金賢成，乾淨俐落地一腳踩中地雷作為先例，我的壓力莫名減輕了不少。

〔輪盤開始轉動。〕

我放下內心的重擔後開始注入魔力，輪盤緊接著猛烈地轉動了起來。

我暗自期待著指針能落在代表英雄或稀有級的區間。

來到這裡後，我從來不覺得自己的運氣不好，一切都是如此地順遂。中間雖然也曾面臨險境……但整體而言可以說是十分幸運。所以我們一定會沒事的。

雖說如此，期待落空不過是彈指間的事。

就在此時，輪盤的轉速開始慢了下來，靠近指針的區間顏色，令人感到十分不安。

「這……等等，暫停一下。」

〔輪盤正在轉動。〕

「等、等一下！」

〔輪盤正在轉動。〕

「該死，拜託停下來……」

〔輪盤正在轉動。〕

「可惡。」

〔輪盤已停止轉動。〕

〔已選中神話級怪物『古代神祇碎片』。〕

「……」

一片沉重的靜默籠罩全場，總覺得我必須想辦法改變眼下的局勢。

於是我不自覺地高聲喊道。

「這……這是造假！」

＊＊＊

怎麼可能會有這種事。

當然也不能排除純粹是我的運氣不好。

借我之手轉動輪盤所得到的結果，竟然被金賢成嫌棄，的確令人受挫，不過就機率而言，確實不無可能。

不管說什麼鬼話，我都必須阻止神話級怪物出現。

四周不斷傳來轟隆隆的低鳴聲，此時古代神祇碎片正準備現身。

不曉得是解開封印得花一點時間，還是我的高聲吶喊極具感染力，馬克斯稍稍延後了怪物現身的時機。但我知道，只要那隻怪物一出現，遠征隊肯定連十分鐘也撐不了，馬上就會全軍覆沒。

「輪盤機率造假了！」

我也不知道我在說什麼。

到目前為止，我從未感受過這種無以名狀的恐懼，我的下顎也因此顫抖個不停。

不過我的信口胡謅，似乎引起了管理員馬克斯的注意。仔細想想，他會有這樣的反應實屬正常。

倘若他的確相當尊敬裂縫守護者，聽見這種侮辱博物館的言論絕不可能坐視不管。

「我明白你的意思，但這是不可能造假的。輪盤上所有的格子都是五百分之一的機率。」

「站在我們的立場，沒有確切的證據能證明你沒有說謊，不是嗎？」

此時，安其暮也站出來反駁管理員。

安其暮，幹得好。

雖然知道安其暮總是能在緊要關頭派上用場，但沒想到這次他能這麼快就反應過來。在他與管理員交手的同時，我要做的事很簡單，那就是得趕緊找到這個副本的漏洞。

與神話級怪物戰鬥，從來都不在我們的計畫內。

雙方的級別天差地遠，根本不是能站在同一座戰場上互相較量的對手，非得舉例的話，就好比拿著彈弓還妄想擊退坦克。

此刻要是遠征隊向神話級怪物下戰帖，那簡直就是以卵擊石。

就算金賢成私底下留了好幾手絕招，也無法改變這個不爭的事實。

安其暮用演戲般的口吻說完後，迅速地朝我瞥了一眼。

我得先配合演完這場戲才行。

「安其暮先生說得沒錯。雖然你主張機率並非造假，那你能證明自己沒有說謊嗎？」

「我有義務回答你們的問題嗎？」

「當然有，因為你把這裡稱作『博物館』而不是副本；我們也被你稱作『探險家』而不是攻掠者。假如博物館探險是副本，你大可不必說服我們，但如果這裡不是一般的副本，而是裂縫守護者精心打造的聖地，那麼提出合理的說明就是你應盡的義務，無關乎你的個人意願。」

「無關個人意願，而是我應盡的義務……你的想法還真是有趣。」

「這些話聽在管理員耳裡，或許相當新鮮有趣，但對於在場的探險家來說，這可是至關重要的問題。畢竟我們來到這裡的目的，從來就不是為了攻掠副本，而是想好好探訪這座博物館。不是嗎，各位？」

「對，正是如此。我們就是為此而來。」

雖然只有安其暮回應我，但我能感受到輿論已經開始在場內發酵，大家恐怕都抱持著同樣的看法。

並不是因為我比在場的人聰明，才會率先挺身而出，我只不過是比大家更早起疑罷了。想必在所有人心裡的某個角落，都有顆名為懷疑的種子正在悄然滋長。

「各位的立場我也能理解。雖然在我眼裡，這只不過是你們不想再繼續探險而胡亂編造的藉口……既然久違地有貴客來訪，看來確實得向你們多做說明，儘管我實在不曉得該從何解釋起……如果把歷年來所有博物館探險家的成果數據化，各位能接受嗎？」

他比我想得還要機靈，雖然表情看起來有些陰沉，但有這樣的反應也很正常。

見到自己無比珍惜的裂縫博物館，在一瞬間被抨擊為造假行為氾濫的劣質賭場，他鐵定會設法收拾局面，化解眼前的危機。

我們把這個地方視為副本，但對他來說並非如此。這就好比同樣的一句話，聽在不同的人耳裡，意思可能會完全不一樣。

馬克斯眼中的博物館，是裂縫守護者為這片大陸上的人類留下的禮物與聖地，也是記錄與保管從古至今無數歷史的場所。

「即便是實際數據，也不免讓人懷疑其中是否有造假的可能。你的本體到底在哪？此刻在這裡為我們導覽的人，並非你本人，而是分身，對吧？如果你真的是這座博物館的管理員，而非主人的話……」

這種方式行不通。

儘管表面上滔滔不絕地說著，但我心裡卻比誰都清楚，這根本不可行。

打從一開始，我們能做的就只有拖延時間。

畢竟這傢伙並非副本的主人，是眾所皆知的事實。

掌控著這座裂縫博物館的系統，是希望我們進行博物館探險，而非殺死管理員馬克斯。

即便他死了，也不代表我們成功攻掠副本。況且，以平凡人的力量，根本不可能撼動系統。

假設真的有機會反抗成功，想必大部分玩家都會從外部擊破副本，再繼續進行攻掠。那座得到尤里耶娜的受詛咒的神壇，同樣也只要從外部將魔法一舉擊破，讓整座副本穩定下來就能成功攻掠，這個方法比從內部攻破還要來得安全許多。

總而言之，攻掠這座副本的辦法只有一個——跟著規則走。

既然無法反抗系統，那就只能乖乖照做了。

媽的。

我一心只想著絕不能死在這種地方。

與此同時，管理員馬克斯拿出其他證據，並解釋結果並非造假。不過他所說的話，我一個字也聽不進去，更沒有餘力做出回應。

此時，比我更激動的反而是朴德久。他怒不可遏地噴著鼻息，用他那宏亮的嗓子對管理員叫囂。

當然，安基暮那小子也像是在唱雙簧般，和朴德久一搭一唱。

「就像大哥說的，你要怎麼證明這是真的！一開始我就覺得不對勁！怎麼會頭一次見到我們，就說出那些要把大哥和老兄拿來展示的鬼話。我看你根本不安好心！」

「就是說啊！」

「當初你要是沒有說那些話，我或許不會多想！你說的那些因果輪迴還是什麼魔力的祝福，我雖然聽不懂，但你竟然想把好端端的人放在博物館展示，我們要怎麼信任你這種副本管理員！」

說得太好了，朴德久！

雖然只是一閃而過的念頭，但我認為這傢伙確實有成為煽動者的潛力，光是說話的口吻，就足以讓人不自覺地點頭表示認可。

「規則就是這樣。作為管理員，如果說我對這些難得一見的寶物沒有任何欲望，那是騙人的。但我真的沒有在機率上造假。」

「光是有欲望這一點，不就已經間接證實了嗎？假如你確實具備身為管理員應有的資質，根本不可能會說出那種話！雖然我不認識什麼裂縫守護者，但這群一直以來守護著大陸的人打造出來的管理員，竟然想把這片大陸上的活人做成展示品，你不覺得很奇怪嗎？」

「只有人類才會這樣想！構成這片大陸的並非你們這些傢伙。真要說起來，你們人類才更像是這片土地的毒瘤。」

我能理解他說的話。因為我在地球時也曾聽過類似的說詞。

看樣子他們想守護的對象，恐怕不只是人類。讓裂縫守護者們心心念念，一路以來極力捍衛的說不定是這片大陸本身。

「這就是裂縫守護者的想法嗎？既然如此，為何要讓人類接受考驗，又為何把人類使用的武器當成獎勵送給人們！依我看，人類是土地的毒瘤這句話，不是裂縫守護者的主張，而是你本人的想法吧？」

「這當然是守護者們的想法……」

「當初蓋這座博物館的目的，真的是為了讓大家參觀嗎？連自己的農場種了什麼水果都不知道的傢伙，有可能不造假嗎？看來應該剝奪你的管理員資格才對！讓你這種人擔任管理員，我想裂縫守護者也悔不當初吧！」

說得真好。

朴德久舉的例子聽起來相當有說服力，同時也十分符合目前的狀況。

我雖然知道那小子只要一激動，奇怪的論點就會莫名地充滿說服力，但他今天的表現遠比我預期得還要好。

其他人或許也深有同感，漸漸開始提高音量附和他，而這些人多半是朴德久的後宮佳麗。

「沒錯！不管怎麼想都覺得很奇怪。抽中僅僅只有十個的稀有級道具就算了，接著又出現神話級怪物是怎麼一回事？現在回想起來，最一開始抽中的傳說級怪物也有點可疑。」

「就是說啊，德久先生說的有道理！」

安其暮果然也跟著附和。

「我們不是不相信裂縫博物館，我們不相信的，是管理員你！」

「沒錯！安基暮先生，你說得太對了！有讀過書果然就是不一樣！那個馬克斯怎麼看都像個騙子……竟然連一座博物館都管理不好。如果是大哥，一定能表現得比他還要好，不如讓大哥來擔任博物館管理員！」

雖然最後的結論有些令人摸不著頭緒，但德久已經充分地為大家爭取了不少時間。

光是讓我和金賢成以及朴延周有時間擬定對策，就已經是很大的幫助了。

「基英先生，我們該怎麼做呢？」

「正面交戰不在我們的考慮範圍之內，一定得想盡辦法避開才行。就目前來看，與管理員進行交易是最實際的辦法。不過，我不認為馬克斯有足夠的權限能與脫離系統的掌控。」

「噢，原來你剛才指控他造假，是為了爭取時間啊。」

朴延周這才恍然大悟地點了點頭，接著繼續發問。

「直接硬碰硬的話……」

此時，金賢成開口答道。

「不可能。這根本不能和攻掠傳說級的怪物相提並論。當然，我們也不能排除在萬不得已的情況下，與怪物決一死戰的可能性，但這是我最不樂見的。我想延周小姐應該也……」

「是，我知道我們根本沒有勝算，但眼下似乎也沒有別的辦法……」

大家都和我有著相同的煩惱。我們都清楚地意識到，尋找其他解決方案，是目前唯一能做的事。

和管理員交易似乎是最理想的解決辦法。

「無論各位抱持著什麼樣的心態提出質疑，我都是這間博物館的管理員，而我的職責只有維持博物館的運作與管理而已。機率造假這件事，從來都不在我的權限範圍之內。很遺憾，沒有任何手段能阻止被選中的怪物現身，即便你們不斷地試圖拖延時間……但我想，牠很快就會出現了。」

果然沒錯。

「神話級怪物的封印解除時間只有一小時。若是解除封印超過限定時間，守護者的封印可能也會一併被破壞。因此，這次的考驗並非攻掠怪物，而是想盡辦法在時間內撐下去。」

「你這個大騙子！該死！」

「我不是大騙子。原本還以為你們是貴賓，沒想到只是一群無禮之徒。我總算能理解各位為何會如此倒楣抽中神話級怪物。一定是裂縫守護者們不願意讓你們獲得博物館的文物！」

「你再繼續說那些鬼話試試看！」

馬克斯似乎被眾人搞得心氣不順，開始不斷發出言語攻擊。一下子被三十個人指著鼻子痛罵，當然會讓他氣急敗壞。

至於嘗試和他交易……根本就不可能。

如我所料，他壓根沒辦法做出超出系統許可範圍的事。

我們所面臨的情況也不是造假，純粹只是運氣差到極點而已。

我不自覺地開始咬起指甲，心裡雖然明白得奮力一搏，但光是看著那隻怪物逐漸進入我的視線範圍，就讓我快要喘不過氣。

他媽的。

古代神祇碎片有著難以言喻的奇特外貌，全身被封印用的鎖鍊綑綁著，一雙眼睛似乎正惡狠狠地盯著我們。

和等級差異懸殊的怪物對視時，一股無以名狀的感覺頓時湧上心頭。

鄭白雪用力咬著下唇，金賢成則緊握著手中的劍。迪亞路奇似乎也繃緊了神經。

一小時？我們根本撐不住。

所有人都有相同的認知。儘管如此，眾人也只能抱持著必須做點什麼來反抗的想法，舉起手裡的劍與盾牌。

就在這一刻，我的腦海裡瞬間閃過一個荒謬至極的念頭。

〔部分束縛古代神祇碎片的封印已解除。〕

聽到通知的那瞬間，我微微張開了嘴。

我想，所有人應該都能聽見我說的話。

「準備戰鬥。」

「祝你們好運。」

反正怎麼做都是死路一條，不如……

「我們要徹底解開封印。所有人全力攻擊捆綁著古代神祇的藍色鎖鍊。」

「咦？」

第085話　尤里耶娜的覺醒

所有人皆一臉難以置信地看著我。

會有這種反應是再自然不過的事了。要是讓那傢伙徹底解開封印，不用想也知道會對這個世界帶來多麼致命的衝擊。

大家的心裡或許都在想著封印解開的後果。然而，破除封印是唯一能讓我們活下去的辦法。

就連作為管理員的馬克斯，也無法破壞博物館至高無上的系統，更何況是作為玩家的我們。

如果問我到底有沒有能破壞系統的存在，我的答案當然是肯定的。

眼前的古代神祇碎片一定辦得到。

受到系統保護的神話級兵器肯定有足夠的實力破壞博物館。倘若我們選擇不進行攻掠，而是幫助牠脫離束縛，或許能借用牠的力量，在這座根本逃不出去的副本製造一個出口。

萬一出了差錯，我們將會成為讓整片大陸陷入危機的罪魁禍首。不過誰都無法保證，眼前這傢伙就一定是個大反派。

媽的！古代神祇大人，我相信你！

「你在說什麼……」

「我不接受任何反駁。我認為這是目前最有可能讓我們順利活下去的辦法。」

「你是認真的嗎？」

「當然。」

倘若解除封印後，發現古代神祇碎片是個神經病，那麼我們將會在此葬送性命。如今局勢變得如此複雜，將來的處境可能會越來越危險，整個大陸說不定會陷入一片火海，徹底走向毀滅。

但是……我得先活下來才行。雖然這是典型的老百姓自利思維，但我已經別無他法。金賢成才是那種會為了這片大陸犧牲奉獻的人，我可沒有如此偉大的情操。最重要的是我的性命，最珍貴的是我身邊的人。我根本不可能為了那些素未謀面的人白白送命。

說得極端一點，我就是認為我身邊的人比這片大陸更重要。去你媽的犧牲。我身邊的人和我的性命，比這片大陸上的所有人都更有價值。雖然這種想法簡直跟垃圾沒兩樣，但我也無可奈何。

「難道就沒有其他的方法……」

「沒有別的方法了。先把封印解開，其他的之後再說。」

金賢成微微咬著下唇，不過他似乎理解了我的想法，用力地點了點頭。畢竟，就目前的局勢看來也沒有更明智的選擇了。

換句話說，從現在起面臨的各種狀況只能靠大家隨機應變。要是哪個環節稍有差池，一切將徹底崩潰。不過，我當然不會在事前把可能面臨的風險告訴大家。

之所以向金賢成表明「我們得先活下來」，是怕他又展現出犧牲奉獻的精神。對我這番話感到慌張的，當然不只有遠征隊。

當我們面對著古代神祇碎片時，在一旁看著這一幕的管理員馬克斯同樣也驚慌不已。實際上，他應該是在場最哭笑不得的人。

雖然抽中神話級怪物的機率本來就很低，但我想數個世紀以來，就算真的有人抽中了，應該也不曾有任何瘋子想把這傢伙的封印徹底解除。

我有信心，我們是第一人。

「你這是……想做什麼？」

「還能做什麼，當然是想辦法讓所有人活下來啊。有什麼辦法呢？副本的管理員跟個蠢貨沒兩樣，我們這些探險家，還能想出什麼高明的對策嗎？」

「這是個很危險的策略，請你先冷靜一下……」

「哈哈，你現在的語氣還真是恭敬啊，管理員大人。如果不希望我們這麼做，暫停對決不就好了？」

「我已經說過了，我沒有那種權利。我、我再向你重申一次，根本沒有造假這回事。而且……」

「你說什麼？」

「如果我剛才說的話有哪裡冒犯到你……我向你道歉……」

「我要在哪裡接受你的道歉呢？等掛了之後去天堂聽嗎？管理員，你還是閉嘴吧。就算要死，我也要拉一個墊背的。」

「你、你們真的知道自己在做什麼嗎？」

「你這個混帳，給我閉嘴！難道你覺得這一切是我們自願的嗎？」

「你們這群自私的人類，狼心狗肺的爛人！你覺得你們有本事破壞得了守護者們的封印嗎？」

「誰知道呢。在我看來，解除封印的成功機率比朝著偉大的古代神祇碎片揮劍來得高……如何？親愛的博物館管理員馬克斯是怎麼想的呢？」

「迪亞路奇！妳應該知道吧！難道妳真的覺得那隻怪物被放出來也無所謂嗎？」

「……」

或許是認為和我們有理說不清，馬克斯竟將目標轉向迪亞路奇，真是令人無言以對。

然而此時迪亞路奇的神情確實有些凝重。

儘管我對龍族不甚了解，但馬克斯曾說過龍族是維持大陸平衡與和平的存在，照這樣看來，她應該不希望那隻怪物被放出來。

迪亞路奇果然主動向我開口……

「我……」

「如果想看到小機靈因為失去父母而處處受人欺辱，那就隨便妳吧，瘋婆子。」

母愛是很強大的。

迪亞路奇緊緊咬著下唇。

看見她的反應，管理員馬克斯再度試圖勸阻她。能看見他如此慌張的樣子還真是痛快。

管理員的表情越來越難看，對我們而言，反而是個好消息。

雖然不曉得破壞裂縫守護者設下的封印會對副本內部帶來多大的衝擊，但對外部的衝擊肯定微不足道。

這之中一定會有破綻，我們有機會突破系統……

裂縫守護者把如此強悍的怪物封印起來，拿來當作對探險家的考驗，即便他們和古代神祇碎片一樣是神話級的存在，當初在打造如此龐大的系統時，也不可能做得滴水不漏。

當然，這只是我的猜測，即便真的如我所料，要破壞系統也絕非易事。

儘管如此，就如同我剛剛所說的，比起和神話級怪物對峙一小時，這個計畫顯然更有勝算。

當務之急是盡快向所有人下達指令。

「所有人注意！一律把管理員馬克斯的鬼話當作耳邊風。迪亞路奇先準備好吐息，魔法師待會同時施放火力最強的魔法。賢成先生和延周小姐，請在爆炸後直接……」

「我知道了。」

「我會照做的。」

雖然這種命令等同於要求他們自殺，但兩人還是點頭答應了。

此時，耳邊終於傳來了一陣熟悉的提示音。

〔三，二，一。〕

〔戰鬥開始。〕

在對手的攻擊鋪天蓋地而來之前，我們得先破壞鎖鍊才行。

果然如我所料，古代神祇碎片立刻陷入抓狂的狀態，拚命想掙脫封印的束縛。

眼前的景象讓人嚇得不停發抖，一股莫名的恐懼感瞬間籠罩全身。

然而一晃眼，極其強烈的戰慄消失得無影無蹤。

哦！！

外表看上去十分沉穩可靠的迪亞路奇率先現身了。

儘管先前早已看過她的真身，但那氣勢凌人的龍角與體型，以及渾身上下散發出的威嚴，不管看幾次都會讓人忍不住發出讚嘆。

迪亞路奇深吸了一口氣，凝聚出令人嘆為觀止的巨大魔力。

吐息所造成的能量衝擊，光是波及到我方都能帶來巨大的傷害。雖說如此，由於所有人的火力都用來破壞鎖鍊，自然顧不上施展防護魔法。

所以得由我召喚龍尾來擋下這股衝擊波才行。

光靠龍尾也許還是不足以擋下，但現在不是該顧慮這些的時候。

我從口袋裡拿出幾瓶龍息藥水注入魔力，藥水旋即發出一陣嗡嗡聲。

此時，鄭白雪也開始念誦咒語，這是我第一次看到她如此認真地念咒語。

她凝聚出的魔力已經強大到足以與迪亞路奇抗衡了，眾人紛紛用驚訝的目光看向鄭白雪，她的強大自然不言而喻。

其他魔法師也連忙跟進，和宣熙英一樣同為祭司的隊員們，為了提高火力也開始念誦祈禱文。

照這樣看來，我們一定有機會成功。

攻擊信號正是迪亞路奇的吐息。

匡嘰嘰嘰嘰嘰嘰！

伴隨著一聲巨響，迪亞路奇在吐息的反作用力下被推至後方。

傾瀉而出的光芒瞬間填滿整座戰鬥場，朝著困住古代神祇碎片的鎖鍊攻擊。

與此同時，鄭白雪的面前也出現一顆形狀怪異的魔力球體，極其緩慢地移動，接著逐漸加速，最後像是被吸入黑洞般，正面擊中了封印。

除此之外，各式各樣的魔法也紛紛擊向封印鎖鍊。

我的耳朵不斷傳來嗡嗡的耳鳴聲。

各種破壞封印的聲音，讓人有種耳膜要被震破的感覺，金賢成和朴延周卻毫不遲疑地穿越爆炸餘波，朝向古代神祇碎片狂奔。

大家必須齊心協力攻打一處才能造成最大傷害。

其他人似乎沒發現，但我確實看見了金賢成和朴延周從對方防禦最脆弱之處擠進戰場，準備斬斷封印。

身上的神聖防護罩被破壞，全身皮開肉綻，兩人仍舊緊握手中的劍，並將魔力凝聚在另一隻手。

光是得承受爆炸帶來的衝擊波，就已經夠讓人吃不消了。即便狀態看上去不怎麼樂觀，那兩人卻依舊強壓下喉頭的血腥味，繼續揮劍攻擊。

看著那要斷不斷的封印鎖鍊，讓我不禁一肚子火，感到無比煩躁。

賢成，你不可以死！

「德久，準備去把賢成先生和朴延周帶回來。」

「噢……好！收、收到。」

「請祭司盡可能地輸出神聖力。熙英小姐和其暮先生，請在我指示的位置注入神聖力。魔法師們也準備好隨時發動防禦魔法。包括朴德久在內的所有前鋒，立即朝前線進攻。迪亞路奇準備好下一次吐息時，就立刻發射。」

「大、大哥也要去嗎？」

「對。」

沒時間說話了。反正要是金賢成死了，我也沒戲唱了。

此時，某個龐然大物突然籠罩在我們上方，那是古代神祇碎片的巨大觸手之一。古代神祇碎片只是在伸展身體，似乎還未意識到我們是牠的攻擊目標。但光是如此就足以讓我們丟了小命。

當大片陰影遮住光線時，我不禁失神地盯著上空。

……看來我們死定了。

值得慶幸的是，迪亞路奇及時將飛過來觸手擋下，並朝著觸手發射吐息。

媽的。

雖然鬆了一口氣，但心情依舊糟糕透頂。

如果剛才被那個東西擊中，別說是我，在場的人也會無一倖免。

衝擊波再度向我們襲來，我的身體差點被推至後方。幸好朴德久一把抓住我往旁邊滾去，才能驚險避開。

此時，各式各樣的魔法再度朝鎖鍊傾瀉而下。在那之中，我看見金賢成和朴延周正在努力破壞鎖鍊。

看來鎖鍊並非完全無法擊破，只需要再施放多一點火力似乎就能成功了。

然而，鎖鍊依然未被徹底摧毀。

媽的。

我絞盡腦汁思考著該從哪引進火力，卻想不到任何好主意。

直到我不經意地望向手裡緊握的劍時——

「尤里耶娜！」

這是我能想到的唯一辦法。

「……」

「尤里耶娜！我的尤里耶娜！」

「……」

「醒醒，尤里耶娜。啊啊啊，我的尤里耶娜！我需要妳！尤里耶娜！我需要妳的幫忙！」

雖然像個瘋子，但現在就算是根稻草做的救命繩，我也得死命抓住。

用表演話劇的口吻說話，出乎意料地讓人感到羞恥。

然而，這是我現在唯一能做的事。

「啊啊啊，尤里耶娜！我的愛人！請妳醒醒。拜託！拜託妳拯救陷入困境的我，拯救我的戰友！我的愛人尤里耶娜！」

他媽的，為什麼還不回應我啊？

「尤里耶娜！媽的！什麼鬼尤里耶娜！」

依賴這種東西本身就是個錯誤的決定。

就在我不得不面對即將全軍覆沒的命運時，耳邊好像……傳來了許久未聽見的聲音。

「啊啊啊啊啊啊！蓋德里！我的蓋德里！我的蓋德里！」

「咦？」

「啊啊啊啊啊！我的愛人蓋德里！我的全部！我的所有！我生命的燈塔與希望！你是我生命的救贖者，我的永生花！蓋德里！終於！終於！我終於聽見你的聲音了！我的蓋德里！」

＊後記

馬克斯：不……不行！博物館！我的博物館！

＊＊＊

「太好了！」

即使聽見她的聲音會讓人起雞皮疙瘩，但這時候我只覺得高興。

想必事後梳理我們的關係時會有困難，不過還是先解決眼前的難題比較重要。其他的就到時候再說吧。

這是我最喜歡的莎士比亞話劇臺詞之一——

「我的尤里耶娜！妳終於醒來了！妳可知我已等妳許久。」

「蓋德里！我的蓋德里，我也非常想念與你共度的時光。」

「尤里耶娜！」

「蓋德里！」

這麼大一把劍飄浮在我身邊，不停繞圈圈、發出詭異聲音，看起來有點可怕。

一定是因為她曾經說著「你不是蓋德里」，然後差點刺穿我喉嚨，害我留下了心理陰影。

但沒關係，她現在還沒有表現出暴走的跡象。尤里耶娜依舊把我當作蓋德里，願意為了保護我而行動。

因為我戴著這個。

〔蓋德里的求婚戒指（英雄級）〕

〔可以抵擋尤里耶娜的詛咒。〕

這是在受詛咒的神壇發現的戒指。

它沒什麼功能，我也只是習慣性將它戴在小拇指上，如今我卻非常慶幸。

時刻預防隨時找上門的威脅，這就是老百姓正確的生活方式之一。

我的嘴角忍不住上揚。

「尤里耶娜！我的尤里耶娜！我們沒時間了。尤里耶娜！」

「蓋德里……啊啊啊！我親愛的蓋德里！請你親吻我，請你擁抱我直到粉身碎骨！」

它可是一把劍耶，該怎麼擁抱它……

「尤里耶娜！我需要妳的力量。這些奸惡的裂縫守護者，強制將古代神祇禁錮於此，我們必須解除封印。」

「啊啊！我親愛的蓋德里。請再對我說些愛的絮語吧，蓋德里！我的明燈！我的光！」

我真的快要瘋了！

即便我一開始就知道它不受控制，但還是不得不承認它的精神比想像中更不正常。

我實在不明白那個叫作蓋德里的小子究竟喜歡她哪裡，才會為了找她而在神壇裡徘徊那麼長的時間？或許那其實是斯德哥爾摩症候群[11]的一種。

說不定他是被綁架的。諸如此類的想法不自覺在我的腦海蔓延。

「請幫幫我吧！尤里耶娜！我需要你的愛。」

「蓋德里！我的蓋德里！」

「尤里耶娜！這個世界正在面臨危險！」

「啊啊啊……」

可惡！現在已經沒時間了。

我再這樣跟尤里耶娜糾纏下去，等到它開始行動，隊員可能早已全數滅亡。

現在只能先抓著它往前衝了。

雖然我不知道該怎麼揮劍，但當我在不顧一切往前衝的同時對劍注入魔力，我也確實產生了某種異樣的感覺。

「蓋德里！你溫暖的魔力正朝我湧來！你的魔力流淌在我的體內！啊啊啊！我親愛的

11 又稱為人質情結、人質症候群。是指被害者對加害者產生情感，同情或認同加害者的某些觀點和想法，甚至反過來幫助加害者的一種情結。

蓋德里！啊啊啊！」

我很想叫它把嘴閉上，卻發現效果超乎想像。

哦？

「再一點！再一點！快點給我！蓋德里！再給我一點你的愛！」

瘋……瘋女人！

〔詛咒之劍尤里耶娜沉睡中的功能之一已解除封印。〕

〔埃伊埃斯的觸手〕

太好了！

至今為止，尤里耶娜的功能就只有施加詛咒。當然光是這一項，它就已經具備充分的價值，不僅可以在敵方受傷時施予詛咒，如果投入大量魔力，還可以大範圍施咒。

它甚至還會主動現身保護我，這更是令人滿意。

單憑這幾項功能，傳說級裝備的地位它確實當之無愧。

不過尤里耶娜的功能絕不僅如此。除了我提及的部分以外，這件武器還具備其他力量。

我們曾在它和金賢成對抗時親眼目睹過這種力量。

我之前就有使用過埃伊埃斯的暗黑魔力，但現在從劍裡散發出來的魔力與之前完全不同。

如果將之前用過的當作測試版本，此時這股暗黑魔力在我眼前的模樣，就是已經升級數次的結果。

暗黑魔力形成的觸手開始從劍身中央蔓延而出。

這些觸手不斷纏繞著我，讓我有點不自在，但我知道它沒有傷害我的意圖。

從地面冒出的暗黑魔力觸手甚至還試圖鑽進我的衣服裡，害我全身不自覺起了雞皮疙瘩。

不知道是幸或不幸，觸手沒有限制我的行動，不過還是難免擔心它會把我完全纏住。

從外觀上來看，造成威脅的似乎是眼前的觸手，但其實觸手並不是太大的問題。

造成問題的反而是……

「再……再來！啊啊啊！蓋德里，你的愛！再給我一點你的愛！」

快點停下來……！

尤里耶娜發瘋似地接收我的魔力。魔力值偏低的我，當然會覺得這是沉重的負擔。

同時還有連生命力也被吸走的感覺，讓我不寒而慄。然而，這麼做的成效卻超乎想像，不如就再讓它吸收一點吧！

不用想也知道，瀰漫在劍裡的能量並非是我可以提供的輸出量。

當然，我也沒有掌握那股能量的餘力。伸往四面八方的黑色觸手早已脫離我的控制。

但反正我也沒有控制它的意圖和能力。我能做的只有將這股滿盈的能量奮力施加在鐵鍊上而已。

「德久！」

「啊……知道了！」

本來呆呆望著我這副神奇模樣的朴德久，此時朝我的方向伸出手。

不用特地解釋，他就能明白我的意思，讓我心中莫名湧出自豪的情緒。

即便我全身被觸手包覆，但要從爆炸的衝擊波中全身而退，對我來說依然是不可能的事。

雖然有點抱歉，但我現在只能接受朴德久的幫助。

他得幫我承受痛苦了。

說時遲，那時快，我的身上出現了一道透明防護盾。由自身替代他人受到的傷害，這是朴德久的特性。

我將手掌抵在地上，一條龍尾立刻從地面顯現，將我抬起，送往鐵鍊之處。

這樣其實有點可怕，但反正掉下去的話受傷的是朴德久。現在最重要的是斬斷鎖鍊。

眼前的封印依然處於要斷不斷的狀態。它在爆炸中毫髮無傷，既沒有發熱，表層也沒有脫落。

忍耐一下吧，德久！

「基英先生？」

看到我以神奇的狀態穿越衝擊波而來，金賢成的語氣就像在問「你怎麼從那裡出現」，但我現在只能忽略。

在接連不斷的爆炸聲中，實在難以發出完整的聲音，而且我根本連回答的空檔都沒有。

「他媽的！全都粉碎吧！」

注滿能量的劍插在看起來稍微脆弱一點的位置。原本纏繞在我身上、遍布周遭的觸手瞬間集中衝向鐵鍊，而我體內僅存的一點魔力也在此刻耗盡。

「蓋德里！蓋德里！蓋德里！啊啊！啊！」

「快斷掉啊！斷掉！」

一次不行、就攻擊第二次，兩次不行，就攻擊第三次。就算我只是完全不懂劍術的門外漢，但此番行動確實很有效。

儘管我的動作一點都不標準，封印也已經到了極限。

我看見鐵鍊開始出現裂痕。即便很細微，但鐵鍊的確正在崩解。

太好了！

就在這時候，金賢成不知道從哪裡出現，舉著劍往我敲擊的位置揮去。

我嚇了一大跳，卻也感到慶幸。

尤里耶娜吸取了太多魔力，而金賢成在我快要砍不動的時候出手相助，我當然心懷感激。

他的劍法和馬馬虎虎的我完全不一樣。

當重生者的劍砍在鐵鍊的裂痕上，青綠色的鐵鍊瞬間碎裂，開始迸發光芒。

「太好了！」

我感覺到金賢成伸手抱住我的腰，他抓著我的身體逐漸遠離鐵鍊，我們再次抬頭看向眼前的古代神祇碎片。

我應該……做對了吧。

我們擊破的僅僅是盤繞著牠的其中一條鐵鍊罷了。

但牢牢綑綁著神話級存在的封印一旦失去平衡，其他位置也隨即出現多個裂痕。

不，準確來說，應該是牠親自將鐵鍊扯斷了。

我們費盡千辛萬苦才打破鐵鍊，牠卻三兩下就能撕扯破壞，那副威風的樣子真的很可觀。

看起來好強……

我這才開始意識到，我們究竟從封印中解放了什麼樣的東西。

下顎不斷發抖，身體也顫慄不已，連走路都有困難，不過這些反應都很正常。

〔古代神祇碎片已從封印中解脫。〕

〔警告〕

〔裂縫博物館的保護機制已啟動。〕

〔警告〕

〔機制未正常啟動。〕

〔警告〕

〔預備機制已啟動。〕

〔警告〕

〔古代神祇碎片已完全覺醒。〕

「呃哦哦哦哦哦哦哦!!!」

「啊啊啊……啊啊啊啊……不行!!」

管理員馬克斯的慘叫與古代神祇碎片嘶吼聲同時出現。

預備機制?

雖然不確定是什麼,但幸好裂縫博物館設有能用來應對緊急狀態的機制。

沒人知道那個預備機制是否真的能應付這樣的狀況,但古代神祇碎片的封印已經被解除了,現在一切責任都在馬克斯身上。

果然吃癟這種事,餵別人吃還是遠比自己吃更香甜。

不過現在也不是高興的時候。

縱使我們將牠從封印中解放,危險的處境依舊沒有改變。牠看起來在破壞系統之前,就會先葬送我們的性命。

那個被稱為碎片的東西，似乎沒有思考能力。所以解決方案中，應該不包含奉承古代神祇，對牠大喊「萬歲萬歲萬歲萬歲」吧？

可是……

「古、古代神祇大人！萬歲！」

「……」

「古代神祇大人覺醒了！讓我們敬古代神祇大人！」

無論如何，先跟著喊再說，這也是老百姓的思考方式。

不知道這聲萬歲有沒有傳到牠耳裡，總之，牠開始跺腳了。

看似絕對不會損壞的博物館外牆正在崩塌，堅固的展館也粉碎得一塌糊塗。

我想得沒錯，那傢伙可以抵抗系統。

「呃哦哦哦哦哦哦哦哦哦!!!」

牠揮舞巨大的觸手，很快就將整座博物館變得面目全非。

「不、不要啊——！」

慘叫聲的來源是管理員馬克斯。

與此同時，我向隊員們開口。

「我們……先去被破壞的地方拿裝備吧。被古代神祇破壞的展館應該不只一間。」

＊後記

李基英：你自己善後吧。該拿的還是要拿……哈哈哈哈

第086話　神話級裝備

所有人都用驚慌的神情看著我。

他們的眼神就好像在問我「這個節骨眼還說什麼裝備」。

雖然我自己也覺得有點荒唐，但在這種形勢下，盡量提升能力值才是正解。

況且，說不定我們能在被破壞的展館中找到神話級的裝備。

面對眼下棘手的局面，讓遠征隊員全體提升能力值並非選擇，而是必須。

「當然，也可以同時尋找被困住的黑天鵝公會成員。」

「有辦法做到嗎？」

「對付古代神祇碎片不是我們要做的事，而是博物館管理員的職責。預備機制還是什麼的啟動之後，裂縫守護者先前的應對措施就會開始作用了吧。現在最該思考的就是我們的人身安全，其他都不重要。請大家先離開這裡。賢成先生，我的身體現在還很難走動……」

「好，我知道了。」

我抬頭看向依然抱著我的金賢成，他也點頭表示理解。

情況比想像中淒慘啊……

其實他的狀況也不算好。剛才在爆炸中持續朝鎖鍊猛力揮劍，自然也落得滿身瘡痍。

代替我承受傷害的朴德久，現在的狀態也極為糟糕。

即便宣熙英和安其暮持續協助補充神聖力，但要完全恢復還需要一點時間。

「蓋德里……蓋德里！」

尤里耶娜到現在還不斷呼喚著蓋德里。

它已經回到我腰間的刀鞘裡，雖然情緒比剛才緩和許多，但持續發出哭聲的樣子還是顯露了它的不安。

要離開這裡也不容易。

「我們從另一邊的展館離開吧。因為不確定其他怪物是否也甦醒了，往怪物展館的反方向移動應該會比較好。」

「啊……好的。」

「我們用最快的速度移動，然後盡可能讓體能恢復。走吧。」

遠征隊員一致點頭。

大家似乎都想休息一下。魔力被消耗到見底的人不只我一個，為了打破裂縫守護者施加的封印，每個人都使出了大量的魔力。

可能是因為大家的體力值都很卓越，因此現在還能正常行走。但很遺憾，我的身體真的動不了，正處於需要有人照顧的窘境。

能夠受到溫暖又可靠的金賢成照顧，雖然不在我的計畫中，但當然也不失為一件好事。

身心疲憊的情況下，我還是有點在意黑天鵝成員看著我和金賢成的微妙表情……不過也沒有真的放在心上。

她們應該不會認為我是在無病呻吟吧。我的身體很脆弱這件事應該眾所周知。

總之，我說完話後，大家就紛紛來到迪亞路奇的懷中，開始往怪物展館的反方向移動。

我們一行人進入展館，丟下正在發狂的古代神祇碎片。

後方仍舊不斷傳來詭異的叫聲，但牠此時並沒有注意到我們。

這是當然的。將牠禁錮在此度過漫長的歲月的人就在附近，就算把這裡全部粉碎殆盡，可能也抵銷不了牠心中的怨恨。

博物館的處境也變得無比淒涼。

大部分的展館幾乎都被無情摧毀，放在館內的武器也被完全破壞。

我發動心眼掃視，只見到處充斥著看不出等級的垃圾。

看來這裡沒什麼好撈的。

「我們去下一間吧。如果待在這裡，我們還是有可能受到波及。首要目標是管理室。」

「管理室？」

拋出疑問的人是朴延周。

「對。一定有一個管理員馬克斯本體的藏身之處。既然他現在不在這裡，就代表他應該忙得不可開交，很難有餘力牽制我們。延周小姐，請妳先拔掉在進入副本前得到的戒指。反正我們也不需要副本管理員的導覽了。」

「好，我正打算這麼做。」

「還有……白雪。」

「嗯？是，基英哥。」

「從現在開始，妳跟這幾位黑天鵝的遊騎兵一起製作地圖。我沒事，妳不用太擔心……我只是單純因為魔力耗盡所以動彈不得而已，其他地方沒有受傷。」

「好，基英哥。」

「白雪小姐懂得如何繪製地圖嗎？」

「不，但她可以隨時確認我的位置，而且非常精準，應該可以幫上忙。」

「……真是奇怪的情侶呢。」

朴延周用某種古怪的眼神看著我們，而我沒有回答她的話。

追蹤男朋友定位的女朋友，以及容許對方這麼做的男朋友，可能看起來真的滿奇怪的。

如果是在地球，這確實是令人不快的作法。但在這個不知道何時會被綁架，而且隨時可能發生意外的地方，反倒可以充分理解，至少我是這麼認為的……

「熙英小姐和其暮先生，以及其他祭司們，你們先休息吧。畢竟如果你們也體力不支，整體任務就更窒礙難行了。」

「是。」

「雖然很困難，但還是盡量放輕鬆一點比較好。」

「大哥說得對。一股腦急著前進也不是好事……其實大家現在不只打不了仗，連走路都沒辦法好好走，不是嗎？」

「沒錯，德久。」

「所以大哥的意思是……」

「我剛好也打算在稍微走遠後就地紮營。」

「也要吃飯嗎？」

「當然要吃啊。不過我們剛才遺落了幾包補給品，之後要省著吃才行。」

休息也是至關重要。假如條件允許，我甚至還想讓大家小睡一會兒。

不過我比誰都清楚，這是絕對不可能的事。

在持續傳來怪異鳴叫的情況下，其實連紮營都不太合適。但也沒辦法，遠征隊的狀態十分糟糕，休息是迫不得已的選擇。

就在大家終於能夠喘口氣的同時，古代神祇碎片用觸手擊穿了左邊的牆壁，牆壁粉碎的聲音隨即傳進大家耳中。

「啊！嚇我一跳！」

「那是什麼……」

「差……差點被嚇死。」

連鄭白雪都摀著自己的胸口，一副驚魂未定的樣子，我很難想像其他人會受到多麼大的衝擊。

使遠征隊員保持冷靜也是我這個角色該做的事。

雖然我也嚇了一跳，但我不得不佯裝鎮定，泰然地開口。

「牠應該不是要攻擊我們，看起來只是在活動身體罷了……我們還是先移動到觸手發現不了的地方吧。」

「可是為什麼牠都不攻擊人呢？」

「這個嘛……我也不太了解古代神祇碎片……依我看，牠好像想要在這裡生根。說不定牠正在併吞這座博物館，似乎是在吸收從副本自身散發出來的魔力。不過現在不適合胡思亂想，還是專心一點比較好。」

「知、知道了。」

朴德久不再發問，但我心中也不免產生疑惑。

牠的確實是在發狂，但……牠真的打算蠶食這裡嗎？

迪亞路奇說過她以前曾聽過古代神祇碎片的事，之後再問問她吧。自從她轉換回人形後，就一直呈現沉思的模樣。這樣看來，她應該確實知道些什麼。

幸好她的表情沒有非常嚴肅，但總是露出被愧疚的神色。

雖然牠們的形象早已變得模糊，也被世人所遺忘，但龍族的義務本來就是守護大陸的平衡。

她今天在破壞古代神祇碎片中帶來相當大的貢獻，我也只能猜想她是不是想起了已經過世的族人，盡量不去打擾她。

總而言之，遠征隊持續前進著。

我們利用鄭白雪和遊騎兵製作的地圖，逐漸掌握博物館的設計構造。過程中時不時會遇到古代神祇的觸手，但牠的主體不曾移動過，看來牠是真的打算在這裡生根。

裂縫博物館自此將變成被古代神祇蠶食的博物館。

我不知道這會導致什麼結果，不過現在唯一能確認的，就是我們的行動變得自由了。證據就是原本由系統打造的牆面，現在連玩家的攻擊都抵擋不住，輕易地就崩毀損壞。

從各個地方都能看得出來，博物館已經進入暫時停止運作的狀態。

雖然很好奇博物館的預備機制究竟會用什麼方式收拾善後，但我當然知道親自跑去觀看是多麼愚蠢的行為。

到現在還能聽見遠遠傳來的怪聲，就表示博物館依然在和古代神祇碎片搏鬥。那裡的狀況想必是一團糟，博物館不可能徹底阻止古代神祇碎片。

假如博物館的運作真的暫時停止，其他被封印的怪物也有可能會甦醒。或許牠們現在正在努力突破封印呢。

我不禁開始思考，說不定走著走著，博物館裡頭的展品就會突然變成活生生的怪物。

博物館到現在還沒有崩毀的徵兆，可見馬克斯似乎真的很認真在善後……但他真的阻止得了古代神祇碎片嗎？

事實上，我也不知道要為哪一方加油。

此時，我腦海裡上演了一段幸福劇情——遠征隊拯救出受困的伙伴，得到新的裝備，並從博物館脫身，博物館也再次成功封印古代神祇。

習慣先做最壞打算的個性讓我無法沉浸在幻想的幸福橋段裡，不過面對我無法應付的狀況，抱持著樂觀的想法也不是壞事。

此時，我們已經和剛才的戰場拉開一段距離了。

「嗯……這裡好像比較正常一點。」

朴德久輕聲開口。

「確實……不錯呢。」

曹惠珍也贊同道。

這裡既看不到古代神祇碎片，寬闊的程度也足以容納三十名成員。

而且……

「大哥，這裡展示了好多裝備！看來這裡也暫停運作了……展館好像不受系統控制耶？喔！那裡還有幾個傳說級裝備……我可以拿走嗎？」

「基英哥，這裡有魔杖！這、這個好像也是傳說級的！」

「基英先生，這裡好像還有幾個英雄級的裝備……無論如何，從所謂的裂縫掉落而來的裝備，確實比既有的等級具有更理想的狀態。應該也有可以提升神聖力的東西。」

「熙英大姐也有想要的東西嗎？」

「與其說想要，應該說我很好奇從另一個地方來的聖書……」

這裡有許多狀態完整的裝備。就算我早就料到能從這裡獲得裝備，但實際看到這幅畫面還是難掩心中的狂喜。

而且每個人都驚訝得張大嘴巴，看起來有點可愛。

這麼值得開心的景象擺在面前，還有人不敢置信地揉揉眼睛，大家的心情不言而喻。

然而，當我無意間轉過頭，看到一把透著白色微光的劍時，我也不得不驚訝得張大嘴巴。

哇……太厲害了。

雖然看起來有點笨重，但就算只是遠觀也能感應到這是一把名劍。從劍身散發出的光芒，明顯指向金賢成。

那是……神話級。簡直是中了頭獎。

賢成啊，我們這下安全了吧？

我臉上久違地露出喜悅的笑容。

＊後記

金賢成：基……基英哥！這次真的是我的了吧？

＊＊＊

雖然擔心大家紛紛許願獲得新武器的局面接下來該怎麼辦，但此時還是值得露出開心的微笑。

哇啊……金賢成站在神話級長劍散發出的光芒之下，根本就是會出現在童話書裡的勇士或英雄。

從我第一次見到金賢成，我就知道必須緊跟在他身邊，而我實際上也這麼做了。但我從來沒有像現在這瞬間一樣，如此慶幸自己有跟著他。

太帥了！賢成啊，我輸給你了！

我承認，金賢成和我完全不同，他果然就跟所謂的男主角一樣。

我不自覺想起自己被尤里耶娜選擇的模樣，跟他真的是南轅北轍。

往金賢成身上蔓延的白色光芒，彷彿牽引著金賢成，讓他緩緩伸出手，就好像那把長劍從一開始便屬於他一樣。

眾人的注意力全都集中在眼前的畫面。

以古典風格打造的建築物四處崩塌碎裂，而在那之中站著一位面容姣好的男子，黑天鵝的女性成員對此紛紛忍不住發出讚嘆聲。

上天是不公平的，這件事在此時再次得到了印證。

這幅景象看起來就像某種不知名的宗教儀式，甚至讓我覺得那小子該不會是神選之人。

飄浮在半空中的長劍緩緩降落在他手中，整個空間頓時充滿耀眼的光芒。

金賢成自然地將長劍收在自己腰間，就這樣成為他的裝備。他以有點不好意思的表情看向周遭，難為情地開口說話。

「好像完成認主了。」

與他對話的人是朴延周。

除了一開始就能看見長劍狀態欄的我，其他人都感到十分好奇。

「果然是這樣……難道這是神話級的劍嗎？」

「是的，這是神話級的劍。以使用者的角度來說，我的力量似乎還不夠，沒辦法運用所有功能……但還是比傳說級裝備強大。我對黑天鵝的各位感到抱歉。」

「不，你完全不需要道歉，賢成先生。既然是認主，就表示這不是想要就能得到的東西，旁人也沒有權力阻止。武器自己靠近的話更是如此。而且你特地來幫忙這次遠征，這麼做完全沒有問題。雖然說不羨慕是騙人的，但我看到你成功反而更替你感到開心。」

「謝謝妳的體貼。」

金賢成的運氣真好。

其實，這不能說完全沒問題。

即便帕蘭是協助黑天鵝的角色，但他確實是在沒有與任何人商議的前提下，就直接取走無法衡量價值的裝備。

萬一別人有意抓他把柄，他的確無法反駁。

這次只是因為黑天鵝公會長朴延周對金賢成有好感，再加上武器主動認主的特殊原因才能這樣翻篇。

但反正已經拿了，先讓給我們就對了。

無論裝備的價值多高，沒有使用者就像跟一塊石頭沒兩樣。

這時，朴德久摸著一面傳說級盾牌，鄭白雪也直直盯著傳說級魔杖。正當我因為這些東西應該很難再拿到手而感到遺憾時，我看見鄭白雪渾身散發著金色光芒，她也成功綁定了傳說級裝備。

做得好！白雪！

「非、非常抱歉。」

低著頭的鄭白雪，臉上悄然浮現淺淺的笑意。

她一發現魔杖就很開心地跑過去，最後發動魔力將魔杖占為己有。這件事可以說是我管理不當造成的。

不過老實說，我心情很好。我奮力壓抑著一直想要上揚的嘴角，不得不假意開口制止。

「鄭白雪。」

「我很抱歉……基英哥。」

「德久，你也放下手中的盾牌。」

不要放下啊。

「德久。」

快點綁定啊，這個白痴豬頭！先發動魔力占為己有再說！我會幫你善後！這種東西本來就是先搶先贏。

「我、我知道了，大哥。」

我叫你快拿下！

很可惜，我的心聲沒辦法傳遞給他。

朴德久察覺不到我的心思，只能將盾牌放回地上後發出遺憾的嘆息聲，往後退了大約兩步。

確實有點可惜，但我只能吞下苦澀的心情，繼續說道。

「也請熙英小姐先把東西放下。其暮先生也是。雖然我可以理解你們興奮的心情，但這些東西並非只屬於我們。分配裝備是遠征隊長的權力，而現在的遠征隊長是朴延周小姐。剛才賢成先生是因為無可奈何的情況……但怎麼連白雪也……」

「真的很對不起。」

沒有什麼好對不起的，妳做得很好，下次一定也要這樣。

看來離開副本之後該給鄭白雪一點獎勵了。

「啊，大姐應該也是不小心的，不要再怪她了……在這種情況下還能保持冷靜的人，除了我朴德久就很難有別人了。我說得沒錯吧！」

不懂察言觀色的朴德久努力袒護鄭白雪，同時還誇讚自己很有忍耐力。這個豬頭需要的不是獎賞，而是懲罰才對。

他就等著回去領罰吧。

但我現在不能露出馬腳。我用力嚥下「你這個愚蠢的傢伙」這種臺詞，再次看向朴延周輕聲說道。

「我替她向妳道歉。」

「不，基英先生。事情都已經發生了……而且面對這種情況，比起心生不滿，更應該獻上祝賀吧。」

「真的很抱歉。」

「你不需要一直道歉。我會將活下去視為最優先的目標，因此現在提升能力值比什麼都重要，武器被有能力使用的人拿到手也很合理。既然武器成功綁定，這就意味著在場所有人之中，白雪小姐是最適合那項裝備的人。我們的魔法師應該也不介意……總之，恭喜妳，白雪小姐。」

「謝、謝謝妳。」

朴延周一定是天使。我想她過於善良的態度有很大原因是對金賢成的在意，不過看著她不停做出讓步，我又開始羨慕金賢成了。

總覺得，他的感情路上似乎有非常明亮的未來在等著他。

朴延周說的話也很有道理。比起近在眼前的物質，還是以全體人員存活為重的想法讓我很滿意。

此刻我似乎明白她為什麼會聘用一無所有的李智慧，還賦予她可以替會長解決公會大小事的權限了。

「對了，方便由我方先確認剩下的裝備是否可以使用嗎？」

「是，這麼做是最好的。」

這種時候該拿的還是要拿，這一點我也很喜歡。

真羨慕金賢成身邊有這樣的人。

鄭白雪接受曹惠珍及朴延周的道賀，嘴角掛著淺淺的笑。與尚無法行動自如的我形成強烈對比。

在這個節骨眼，尤里耶娜又不合時宜地開始抽泣，斷斷續續地講話。或許是因為太久沒有覺醒，它很快就又恢復平靜了。

這麼說來，金賢成這次得到的神話級長劍，跟尤里耶娜也有些差異。

總而言之，從客觀角度來看，帕蘭公會算是強行獨吞了神話級裝備及傳說級裝備。

剩下的就是朴德久愛不釋手的傳說級盾牌，還有一些品質優良的英雄級裝備。

盾牌也是需要透過認主儀式才能獲得的裝備，或許我們還有希望。至於英雄級裝備……我覺得說不定會被黑天鵝獨占。

宣熙英似乎很想拿到被歸類為聖書的英雄級輔助道具，只見她的視線不斷往那個方向瞥。雖然很在意，但就算是我也很難說出要求別人讓出那項裝備的話。

遠征隊裡的祭司一共有四位。每個人都已經擁有英雄級裝備，但誰也無法保證他們不想要那本聖書。

那本聖書屬於輔助道具，而非主力武器，並不適合用雙手拿魔杖的祭司，不過人類的欲望本來就無窮無盡。

我想我們現在還是安靜等待指示比較好。

我用心眼查看了金賢成和鄭白雪剛拿到的新裝備。

〔十二騎士團之劍迪朗達爾（神話級）〕

〔神話中，十二騎士團團長使用的名劍。這把名劍以可以砍下任何東西而聞名，即使經過了無可計算的歲月也依然不減其光芒。無法再揭開更詳細的訊息。——迪朗達爾永不斷裂。」

「沾染鮮血的紅寶石阿涅摩伊（傳說級）」

「被嫉妒蒙蔽雙眼的女神，殺害丈夫的愛妾後，將其血液製成寶石並裝飾於魔杖上。基本功能除了增幅使用者的魔法，還可以喚醒蘊藏在寶石內的特殊魔法知識。若使用者的成長值較低，可使用的特殊魔法知識將受限。附加效果：魔力值提升10點。——遭受詛咒的阿涅摩伊！骯髒的妓女阿涅摩伊！妳將永生不得脫離那顆寶石。」

如果已經獨占這種程度的裝備，還要再主張英雄級裝備的所有權，我的良心實在過意不去。

雖然神話級裝備就和古代神祇碎片，以及先前見到的綠色怪物一樣，沒辦法用心眼確認資訊，但即使沒有這些說明，直覺告訴我，金賢成擁有的長劍就是至高無上的寶物。

唯一可以從狀態欄得知的有效資訊，就是它永遠不會斷裂。

不過光是這一項就夠了。

金賢成的劍術實力已經受到認可，水準高超的他被列為帝國八強。即使還是有人認為金賢成的經驗不足而傳出流言，但那只是不知道他是重生者的愚蠢之徒在胡言亂語罷了。

目前還不知道它隱藏著何種功能，不過若是在全能的重生者手上，光是足以砍下任何東西，以及絕對不會斷裂的這兩項特質就已經非常有價值了。

鄭白雪得到的傳說級魔杖也是強得無話可說。

只不過，它的說明有點令人不安……

但我的心情還是很好。這兩項裝備可以說是讓帕蘭整體晉升了一個等級。

因妒忌而瘋狂的女神，殺害丈夫的情人後，把她的血液做成寶石。這種說明不管是誰看了，都會覺得不吉利。

儘管這枝魔杖乍看之下似乎和鄭白雪是天作之合，我卻總有一種遲早會出問題的感覺。其實在完成綁定後，她似乎就對那枝魔杖不怎麼感興趣了。

只見那枝鑲著紅寶石的魔杖被她隨意棄置。既然如此，幹嘛一開始那麼急著想要拿到啊……

她剛才分明在發現那枝魔杖後，立刻興奮地衝過去。完成綁定後卻又像玩膩的玩具一樣將它丟棄在一邊，這副模樣相當可笑。

或許她真正想要的不是魔杖，而是魔杖的附加效果。這讓我很好奇，她願意冒著被我罵的風險也要占據的傳說級魔杖，究竟為她帶來了什麼。

無意間看向正在偷笑的鄭白雪，我瞬間從她的表情讀出了她的目的。

我們來這裡才剛滿一年，她現在的魔力值已經高達九十七……也就是說，她的力量足以媲美帝國八強。

好，我想我需要先冷靜一下……

第087話 短暫的休憩

情況實在是不太妙……唉……

長時間和鄭白雪待在一起，我知道她其實比想像中更精明。

雖然我自己也是常做一些垃圾事的人渣，沒資格說這種話，但她確實有比表面更心機狡詐的一面。跟以前只會直線思考的鄭白雪不同，她現在不會想殺掉某個人就直接動手。

她目前為止的陰謀，都還算是可愛的程度。

舉例來說，如果出現她認為可能成為情敵的女性，她會假裝不經意地說對方的壞話，或是利用我對眼淚心軟的個性。這些看起來就像小孩子在鬧著玩，但她已經不是一開始的鄭白雪了，這是無法否認的事實。

不過，只要過於生氣就會失去理智這一點還是沒變……

我常常發現她會在弱者面前逞能，在強者面前示弱。

除了能明確辨認力量與權勢的差距，她也比誰都更清楚感受到自己處於相對較弱的立場。因此在第一次遇見車熙拉之後，她就開始發狂似地研究魔法。

只要是被她認定為強者的人，她就不會向對方張牙舞爪，說不定也是這個原因。

雖然這也可以解釋成，她擁有可以區分別人對我而言重不重要的能力。不過她在訓練所把韓素拉折磨得不成人形，我想也是她認為自己站在捕食者立場所導致，會不會造成後患反而是其次。

即便這只是推測，但我就是這樣解讀鄭白雪的行動模式。

我當然很樂見鄭白雪變強，但同時自然也會感到擔憂，畢竟誰也不知道她未來會闖出什麼禍。

魔力值九十七……

主要能力值達到九十五以上，是能在這片大陸被視為強者的最基本條件。只要想想車熙拉在利用特性讓力量暴增之前，已經擁有高達九十七的力量值，那就是最好的說明。

伊藤蒼太的敏捷值為九十九，現在正忙著講話的朴延周自然也有擁有如此高水準的能力值。

當然不能單憑能力值來斷定一個人的強大程度，但以鄭白雪來說，只要再累積一些經驗，她就能晉升為帝國內名列前茅的強者。

結論就是，她本人可能也已經意識到這件事了。不，她從一開始就知道了。

當她明白自己真正需要的除了時間，還有一個能讓能力值暴漲的裝備，她就一直把這個目標放在心上，所以才會趁大家被金賢成吸引目光的空檔，主動去綁定了魔杖。

她得到能力值後，就把魔杖棄之不顧且當作破鞋般丟棄的行徑，讓我再次確定了心中的猜想。

以前比起車熙拉或春日由乃，她都處於弱勢的一方。不過她現在似乎覺得自己至少可以緊咬在她們身後了。

「嘻嘻。」

她不斷在竊笑，我想應該不是因為獲得傳說級裝備的喜悅，而是我想的那個原因。

雖然目前的問題不大，但必須在一開始就防患未然才行。看來從副本離開後，一定要找時間對她再教育。

必須定期穩定她的精神狀態的確相當麻煩，但想到她可以利用召喚術操縱至高無上的大魔法師，就會覺得是非常划算的交換。

雖然我有一點擔心她會不會從現在就開始闖禍……應該不會吧。

看著眼前依然緊抓著我的手，以及她對黑天鵝的女性成員保持警戒的模樣，我再次嘆了口氣。

剛好就在這個時候，朴德久大聲嚷嚷著走向我們。

「大哥！大姐！吃飯了！」

「基英哥，飯好像準備好了！」

「原來已經到用餐時間了啊。」

「對啊，嘿嘿嘿。」

「咳……那個，餐點的味道真的超棒！那些都是延周大姐親自做的料理，好吃到讓人跌破眼鏡耶！」

「真的嗎？」

「雖然是我自己的想法，但延周大姐好像很喜歡我們的會長老兄，所以才會展現自己的廚藝。這是來自江原道戀愛博士朴德久的雷達偵測結果。太明顯了，真的太明顯了。」

他一屁股坐在地上，把大家都知道的事講得像是只有自己知道的祕密，有點好笑。

我默默往金賢成的方向看去，他果然還被朴延周纏著，沒辦法過來這邊。

在一旁用餐的曹惠珍，臉上則是氣呼呼的表情。

原來她也會吃醋啊。在我的印象中，她總是一副木訥的樣子，沒想到她也會擺出那種表情。

「遠征還沒有結束，德久先生。這種私人的事……」

「惠珍大姐看起來心情不太好……難不成是因為看到賢成老兄跟朴延周大姐卿卿我我，

所以才會覺得失落嗎？」

「哪有……」

「咳，雖然我也不想說得這麼明白，但我這雙戀愛博士的眼睛可是看得清清楚楚。」

「請、請你不要說這些無謂的話……」

「那邊的氣氛似乎很不錯，如果不想被其他公會的人搶走，最好現在就去阻止。我雖然是愛的傳教士，不過還是比較希望和老兄在一起的是身邊的伙伴。就算一起吃飯看起來好像沒什麼……但這其實是很重要的關鍵喔。」

「呃……」

「戀愛本來就是在一起吃飯的過程中，把對方變成親愛的，再從親愛的變成老公老婆的嘛。他都快要被黑天鵝的大姐們包圍了，妳還是趕快過去吧。不然妳以後一定會後悔。」

「我沒有……」

「趕快在他變成別人的老公之前奔向他吧。」

「雖然不是這個原因……但我突然想到有事要向會長報告，我就先離開了，副會長。」

「好，要加油喔，惠珍小姐。」

「真的不是那樣！」

她紅著臉猛然起身的反應，讓人看了忍不住笑出來。

只見她端著餐盤急忙往金賢成和朴延周的所在位置衝去，就連平常不離身的長槍也暫時被她拋在一旁了。

左右擺盪的頭髮似乎反映了她的心情。

這就是青澀又美麗的戀愛，真可愛。

不停環顧四周，臉上明顯寫著「生人勿近」的鄭白雪與宣熙英，跟她還是不太一樣。

宣熙英與黑天鵝的公會成員之間也沒有很親近，這讓我有點意外。

準確來說，我覺得她更像是厭惡黑天鵝公會成員。她當然沒有表現出來，但不知道為什麼在我看來就是如此。

也該找機會和她談談了……雖然已經放任不管一段時間，不過宣熙英也是必須控管的主要對象之一。

我能像這樣不放在心上，是因為我覺得她和鄭白雪不同，可以充分處理好自己該做的事。而且這不單是我的猜想，實際上也是如此。

如同金賢成信任著他的副官曹惠珍，我也信任著宣熙英。

「她處理事情很確實……也很理智……」

說個題外話，她的外表其實完全是我喜歡的類型。

她就像教會姐姐一樣，渾身散發著某種神聖氣質，怎麼可能有男生不喜歡呢？宣熙英的長相也確實稱得上我的理想型。

看來是因為身體疲憊不堪，才會開始胡思亂想。

當我的視線暫時停留在宣熙英身上，我就能馬上感覺到鄭白雪緊緊抓著我的手臂。

白雪，不是妳想的那樣。不要激動啊……

我伸手輕撫鄭白雪的頭，此時朴德久又繼續接話。

「啊，大哥。還有一件別的事。」

「嗯？」

「現在我們開心地坐著休息……這樣會不會有問題啊？」

「什麼問題？」

「嗯……總覺得我們是不是太放鬆了……」

「我懂你的意思。」

目前的氣氛確實是如此。

反正英雄級的裝備需要先分類，我們就決定在過程中就地紮營，立即準備餐食讓所有隊員放鬆休息。

即使遊騎兵依然需要輪流在周邊進行搜索，但下崗之後，他們也可以完全自由活動。

有些人安靜坐著吃飯，有些人乾脆進去帳篷裡睡覺，也有幾名黑天鵝公會成員直接找了個地方坐下來看書。

我下意識看了一眼書名，發現是曾聽說過的名稱。

《煉金術師與天才劍士的羅曼史》？第三集？

那本小說在琳德好像真的相當熱銷，看來我也該找來讀讀看了。

我不知道是什麼內容，不過跟大家一起看應該會很有趣。

總之，這個時候每個人都徹底放鬆下來，我也能理解這傢伙為什麼反而會感到不安。

因為他們看起來就像是對剛才發生的事漠不關心。

「畢竟現在無事可做。」

宣熙英小聲回答。

我也同意她的話，順勢點點頭。

「熙英小姐說得對。目前除了休息也沒有別的事可以做。現在重新回去那邊更不合理……與其坐立不安，不如乾脆放心休息。雖然不知道算不算幸運，但古代神祇碎片看起來莫名有種冷漠的感覺，反正你可以不用緊張。順便一提，我打算今天讓大家在這裡過夜，只不過時間不會太長……」

「真的嗎？」

「嗯。」

先休息確實是對的。

我也不是一點都不擔心。萬一之後博物館突然崩塌，或古代神祇碎片開始抓狂，我當然會煩惱究竟該如何突破難關。

其實現在的狀態，跟我盤算過的最糟情況頗為類似，然而我們此時的確沒有任何可以做的事。

迪亞路奇剛才為了對抗觸手而透支力氣，她現在不發一語，似乎想專心恢復。遠征隊中堪稱王牌的金賢成及朴延周，身體狀態更是惡劣。

就算大家外表看起來沒什麼大礙……體內的力量卻早已所剩無幾。

金賢成得到神話級裝備，能力值提升後，我確實對他抱有很大的期待，但前提是他的身體狀態良好。

即便他裝作若無其事，我還是能透過心眼確定這小子到底受到多嚴重的傷害。

他為了在爆炸中揮劍而耗盡自己的魔力，也難怪會變成這樣。

他總是對遠征隊員們笑著說沒事，實際上卻已經進入虛脫狀態。

我最不安的就是不知道該拿那個超越常規之外的存在怎麼辦，我們根本無法預測牠什麼時候會突然抓狂。此外，也要時刻留意管理員馬克斯是否將我們視為必須除掉的對象。

「所以你就放寬心，先好好休息吧，德久。遊騎兵也還在四處巡邏，只要我們確定下一個目的地就會立刻移動，接下來的事情一定也能順利解決。」

「我是沒關係啦，我比較擔心大哥。你現在還是臉色蒼白，看起來真的很不舒服。」

「只要過一段時間就會恢復了，沒事的。」

一直以來總是毫無危機意識的朴德久都說了這種話，害我也莫名變得焦慮。

我也想專心恢復體能，但不管怎麼樣，還是稍微活動一下身體會比較好。

我不得不默默看向迪亞路奇，只有她知道關於古代神祇碎片的資訊。

就在這時，我正巧看見她睜開眼睛，似乎對自己復原的程度感到滿意。

恰好我也吃飽了，於是我靜靜從位子上站起，向她示意後，她也立刻起身。

或許是意識到我們要討論重要的事，朴德久並沒有吵著要跟上，鄭白雪也在觀察我的反應，不確定要不要跟著站起來。

她見我沒有說話，最後似乎決定在原地等待。乖乖退讓的模樣讓我有點意外，但她不在身邊能讓對話更順利進行。

總之要先聽聽看迪亞路奇對古代神祇碎片的描述才行。

既然和世界存亡有關，我覺得要先限制情報的流通再視情況公開，才會對事情有幫助。萬一需要做出自私的決定，也必須由我親自扣下扳機。

當我們來到距離遠征隊稍遠的地方，迪亞路奇立刻變得欲言又止。

看她表現出非常著急的樣子，狀況似乎真的不尋常。

「妳可以老實告訴我，迪亞路奇。」

「這片大陸會爆炸。」

「果然如此。那麼，我們該如何……」

「三萬年之後，大陸就會分崩離析。」

「如何對付……」

「大陸會消失得無影無蹤。我該怎麼面對祖先……有辦法解決這件事嗎？」

「那就沒有必要煩惱了呢。」

這是個能讓人稍微安心的消息。雖然因為世界會毀滅或崩塌的消息而心驚膽戰，卻沒料到這件事會發生在我死後。

迪亞路奇聽到我的回答多少有點詫異，但我的心情卻開始變得亢奮。

三萬年啊！天啊！那根本就可以撒手不管嘛！

這是多麼自私的想法。我這個沒出息的祖先，真是對不起被我拋棄的子孫……

我才不在乎在我死後這個世界到底要不要滅亡。我承認這是很垃圾的想法，但我還是不自覺地開心握起拳頭。

我只活在當下！

＊＊＊

「你說的是什麼話……」眼前的迪亞路奇露出驚慌的神情。

我想應該是我說不需要煩惱的答覆和喜出望外的態度，讓她一時語塞。

這樣的反應確實過於明顯，但我也不想勉強隱藏喜悅的心情。

三萬年？說不定人類早就滅絕了。

其實人類滅絕與否，和我一點關係也沒有。

動不動就有古代相關的事物出現，從這一點看來，這片大陸已經有相當悠久的歷史……實際上也真的很久吧。

光是迪亞路奇就活了四千年，被稱為龍王的老傢伙分明也曾真實存在於數萬年前。從這片大陸受到神之祝福的說法來看，人類已經在這裡度過相當悠久的一段歲月也是很合理的推測。

雖然機率很低，但即便過了三萬年，這裡或許還會像現在這樣維持著人類文明。

以龍的立場來說，難道會有不同的感受嗎……

既然我和迪亞路奇是生命共同體，我或許也能活得很久，但應該不會長達三萬年。

在我稍微分神的時候，迪亞路奇又再問了一次。

「你剛才是說不需要解決沒錯吧？」

「也……不是那個意思……」

「我真是氣到不知道要說什麼了。還是你根本不了解事情的嚴重性？古代神祇碎片會慢慢侵蝕大陸的生命。牠不僅會吸收散播在大氣中的魔力，我們腳底下的大地也會逐漸被牠吞食。所有的生命體會開始一個接一個死去，最後就什麼都不剩了。」

「啊！難道牠往下生根的觸手就是這個作用嗎？所以博物館的運作才會暫時停止啊！可是好像沒有對我們造成影響……是因為不會傳到我們身上嗎？」

「那不是現在的重點，真是的！」

「妳為什麼要發這麼大的脾氣？妳不要激動，有話可以慢慢說，迪亞路奇。」

「你叫我怎麼冷靜！事態已經那麼嚴重了！」

「妳剛才還為了破除封印二話不說地發動吐息，現在又為什麼要對我生氣呢？我們之所以能夠解除封印，妳應該知道是誰的功勞最大吧……」

「那、那是……」

「妳會這麼焦急，是因為龍的壽命會超過三萬年嗎？」

「不是的。每個個體的壽命都有差異，但通常都在一萬年左右，不可能活得更長了。順便告訴你，因為龍的配偶身分，你的壽命也會跟著我延長約六千年。如果在這個過程中發生什麼問題……」

的確是有點長，但能活得久當然很好。

即便事先已經預料到，可是聽到她親口說出來還是不免讓我有點心煩意亂。

「反正不是三千年後就會滅亡，就沒有什麼問題了，不是嗎？我們的小機靈可以平安度過一萬年左右的日子，萬一小機靈也生了孩子……但還是沒有太大影響吧。至少我們的孫子都能順利活下去啊，所以我不懂妳為什麼要這樣。」

「不懂為什麼？我剛才不是已經說了嗎？」

「那種事情沒關係，後代子孫們會自己想辦法解決的。」

「你究竟在說什麼？」

「我們的子孫會自己開創未來。」

我自己聽了也覺得這是不負責任又垃圾的發言。

迪亞路奇的臉上寫滿了嫌惡的神情，但我就算死也不想要再次賭上性命為人民奮戰。

「未來掌握在子孫們的手中！」

並不是我們可以控制的。

「那句話並不是讓你在這種時候用的。三萬年後，整片大陸會崩塌，假如我們現在不解決，就會變成無法挽回的事。這就跟我們親手讓世界滅亡沒有兩樣。祖、祖先會怎麼看我……啊啊啊好煩啊！」

果然站在龍的立場，感受不太一樣。

倘若聽說三百年後就會世界末日，或許一般人也會稍微動搖。

但像我這樣的市井小民，只要每天吃好睡好就無所謂。可是像金賢成這種類型的人，說不定就會感到強烈的責任感。看來迪亞路奇就是那種類型的龍。

「這件事當然要解決，絕對要解決。」

「就算要賭上性命嗎？」

「也不是這樣……」
「我說，迪亞路奇，我們誠實一點吧。妳覺得現在最重要的是什麼？」
「你想說什麼？」
「現在對我們最重要的，不就是我們的小機靈嗎？」
「你別瞎扯……」
「所以妳才會成為促使古代神祇碎片突破封印的一員，不是嗎？妳仔細想想，只要我們閉上嘴巴假裝不知情，我們和小機靈都能幸福地活下去。其實我們剛才不過是靠運氣成功罷了。真的只是運氣好而已，那種情況下就算大家全死光也不奇怪。」
她應該也同意這個說法。
我們能活下來，全靠僥倖和運氣。
甚至古代神祇碎片也沒有將我們視為敵人，只是在原地翻騰扭動就足以讓我們為了自保而費盡力氣。
「我能理解妳愛護這片大陸的心。我不是很了解龍族，不過既然你們需要維持所謂的平衡，妳自然會產生某種責任感。但在適當的範圍內，自私一點也沒關係。假如在對付牠的過程中出了差錯，全部的人都會死。」
「這個我也知道，可是……」
「我們不是只有兩個人，妳要替獨自留下來的小機靈著想啊。」
迪亞路奇無話可說，只能保持沉默。果不其然，此時她的表情充滿了罪惡感。
這女人也真是的……
她的特有癖好是無私奉獻的大樹，倘若沒有小機靈，說不定她心中就會燃起犧牲自己守護大陸的火焰。

「我們小機靈現在可能正等著爸爸媽媽早點回家呢！我也不是想對這片大陸的命運坐視不管，不過對小機靈來說，牠需要的不是這片土地的未來，而是自己的爸媽啊。再講得簡單一點，妳覺得小機靈比較重要，還是留在大陸上的其他人更重要？」

「小……小機靈……」

「沒錯，小機靈是最重要的。所以妳不需要想得太複雜……」

「不、不是這樣……」

「迪亞路奇，妳不用太擔心。妳自己也聽到了吧？那個什麼預備機制確實已經啟動，現在裂縫博物館也正在竭盡所能收拾這件事。萬一那些人準備的方法都失敗了，我也會想盡辦法阻止的，當然，前提是在我能力所及的範圍之內。」

「好……」

我拍拍她的肩膀，她安靜低下頭。

迪亞路奇看起來對我說的話有同感，卻一時難以接受，但我不怎麼在乎她的想法。我覺得自己的性命最重要，她也同樣認為小機靈的生命彌足珍貴。

真是萬幸。

幸好還能用小機靈來說服她。

「啊，順便提醒妳，有關大陸崩塌、世界毀滅這些事，最好不要隨便跟遠征隊員們提起。」

「什麼？」

「普通人可能都會有跟我一樣的想法……不過也還是有可能出現充滿責任感，和我們意見相左的人。我們就稍微修飾一點內容吧。」

「我不知道要怎麼修飾。」

「當然是針對古代神祇碎片的部分囉。從剛才到現在，因為妳還在恢復的階段，大家才沒有對妳問東問西。但待會回去之後，妳或許會被問一些問題。現在遠征隊之中，只有妳一個人了解有關古代神祇碎片的事，也只有妳知道牠的觸手為什麼會緊緊抓著博物館的地面。大家感到疑惑的事情一定很多。我會大概說一些，妳只要在我講的基礎上補充幾句，讓內容顯得更可信就夠了。」

「一定要做到這個地步嗎？」

「如果妳不喜歡，那就默默站在旁邊也可行……但這樣好像只有我自己在當壞人，還是有點不安。就當是為了小機靈，請妳表現出一點誠意吧。」

眼前的迪亞路奇咬緊牙關。

她明知這樣不對卻還是點頭答應，那副模樣看起來頗為有趣。

我心中有種汙染某個單純生物的感覺，然而以現況來說，這是最好的辦法。

正當我們商量著要怎麼語帶保留地告訴大家這件事時——

「嗯？」

我看到有個詭異的物體飄浮在空中。

那是什麼……？

奇怪的是，迪亞路奇好像看不到那個東西。

雖然她說周邊的魔力變得有點奇怪，表示她也有感知到某種不尋常的東西，但的確連迪亞路奇也看不見那個物體。

我當然立刻就透過心眼察看那個可疑的物體。

〈阿涅摩伊之眼〉

〔以鮮血製成的紅寶石阿涅摩伊附帶的特殊魔法之一。阿涅摩伊之眼可以飽覽整個世界。〕

原來只是鄭白雪……呼……

我頓時以為是不是古代神祇碎片使出了什麼手段，幸好只是鄭白雪的監視，讓我稍微放下心。

……看來我已經習慣了鄭白雪的這種行徑，「放心」這個詞彙也很可笑。

其實一般人遇到這種情況，全身起雞皮疙瘩才是正常的反應。

而我現在表現出無所謂的反應，是因為我已經相當清楚鄭白雪的思維了。

當然最神奇的，還是那個叫作阿涅摩伊之眼的隱藏攝影機，沒想到它竟然能瞞過迪亞路奇的眼睛……

仔細想想，這個東西可能會很危險。

即使我知道她有所成長，但程度卻超乎我的想像。立即就能運用特殊魔法帶來的知識及力量，也是出乎我意料之外。

鄭白雪果然是天才。

我比誰都清楚，無論腦袋裡有多少術式和咒語，要立刻轉換成魔法是十分困難的事。

雖然感到驚訝，但眼下最重要的並不是鄭白雪的成長。她究竟得到什麼力量，以後還有充分的時間可以了解。現在最急迫的事情是對遠征隊員進行適當的說明。

反正鄭白雪對人類或大陸毀滅與否應該不太感興趣，即使發現我在遠征隊員面前說謊，她肯定也會站在我這邊。

我們大致商量好之後，開始往遠征隊員的方向走去。

鄭白雪發動的阿涅摩伊之眼持續跟在我身後，又在某個瞬間突然消失。我想應該是因為她開始可以用肉眼看到我，便不需要使用阿涅摩伊之眼。

「基英哥！」

只是暫時分開一下，她朝我跑來的模樣卻像終於和失散已久的家屬重逢，看起來有點可愛。

我伸手摸摸鄭白雪的頭，她就像小機靈一樣發出滿足的聲音，但我現在沒辦法專心和她相處。

如我所料，結束用餐的金賢成與朴延周往我們這邊靠近，我立刻假裝不以為意地向他們開口。

「看來可以暫時放心了。」

「啊，你已經先聽說了嗎？」

「是。」

「你說可以放心……可以麻煩你仔細說明那是什麼意思嗎？」

朴延周十分好奇地追問我。

看著我臉上比預想中更樂觀的表情，她似乎也覺得事情有了一絲希望。其他遠征隊員也紛紛看向我們。他們表面上雲淡風輕地放鬆休息，其實內心還是頗為不安。

「首先由迪亞路奇來說明。」

我輕輕轉頭望向迪亞路奇，她隨即面無表情地準備回答，就如同聽從丈夫指示的妻子。

「古代神祇碎片……似乎已經進入了休眠期。」

當然，那副漠然的表情中還夾雜著旁人辨認不出來的濃濃罪惡感。

＊＊＊

「休眠期？」

「是，牠進入了休眠期。或許是因為某個原因產生的副作用，但我也不是很清楚，只知道牠會一直處於跟現在差不多的狀態。如果想像成是牠將自己封印住，各位應該比較好理解。」

「那真是太好了。」

朴延周點點頭，金賢成也總算放心地鬆了一口氣。

其他遠征隊員也紛紛露出開心的表情，他們說不定也很擔心一不小心又要面臨跟古代神祇碎片抗戰的局面。

坦白說，那是我連想都不願意想的畫面。

畢竟每個人心裡都很清楚，我們當時能倖存下來只是因為運氣好。即便如此，也還是會擔心那個傢伙是否會再次發狂。

在這樣的氣氛下，聽到那個怪物進入休眠期的消息，確實能夠讓每個人的嘴邊掛上微笑。

事實上，那個傢伙的確進入了類似休眠期的狀態。

雖然本體正在和預備機制較勁，但那些距離本體較遠的觸手，正為了吞食博物館的系統，不，為了吞食整個大陸而落地生根。

只要我們不主動攻擊，那傢伙就等於在原地靜止不動。

「裂縫守護者們也有自己的安排，事情應該馬上就能解決了。」

「真的進展得很順利呢。這都是多虧基英先生的正確選擇……」

「那只是僥倖。實際上，當下的情況非常危險，我們只是運氣好罷了。雖然晚了一步，但還是要對每一位遠征隊員說聲抱歉。那其實是一場賭博，要是賭輸了……不只是我們，連遠在琳德的親友們也可能會因此陷入危機。」

「別這麼說，神話級怪物的出現是誰也沒預料到的情況。幸好有基英先生妥善解決問題，我們每個人才得以存活，應該是我們要對你表達謝意才對。雖然有點晚了……但還是想謝謝你。要不是你在那時候機智地想出對策，我們一定會失去許多伙伴。」

「妳過獎了。其實我當時光顧著應付眼前的狀況，也不懂得瞻前顧後，只是一股腦往前衝而已。」

萬一事情出差錯，我的處境也會變得相當艱難。其實我當時認為自己有可能被大家當成罪人。

「不過……古代神祇碎片究竟是什麼呢？」

「這個由迪亞路奇為大家說明。」

「啊……是。其實我也不知道詳細的資訊。因為我不過才活了四千多年……只是曾經聽母親和外婆說過而已。我知道的只有，牠是從開天闢地就已經存在的怪物，也足以讓整片大陸籠罩在危險中。」

「看來管理員馬克斯說得沒錯。真是令人訝異。就算我知道我們處在一個特殊的空間，但什麼古代神祇……還有碎片……聽到這些神話級的存在，真的一點實感也沒有。如果是剛來到這片大陸不久的新人……可能會更難以相信這些事。」

「是的。我能充分明白這樣的心情。即便我已經活了四千多年，這些存在對我來說也只在傳聞中聽過而已，我從未想過會在這種地方發現牠的真身……而且還是被封印的狀態。」

正當迪亞路奇昧著良心吃力地說著謊話，旁邊傳來一道大嗓門的聲音。

「一開始就不該封印，直接殺死牠不就好了？真搞不懂為什麼要在這座博物館裡做這麼煩人的事。」

「古代神祇碎片是不可能被殺死的。畢竟牠並非某個獲得神格封號的怪物，而是可以稱之為神祇本體的存在。那些裂縫守護者能夠封印牠，已經是最好的辦法了。但他們也犯了過於自信的錯誤。他們應該作夢也沒想到封印會被破壞。」

「嗯……原來如此……」

「如果牠進入休眠期，那現在破壞博物館的觸手是怎麼回事呢？」

其實安其暮的提問可以由我來回答。

目前為止，迪亞路奇都說得很好，但不知道為什麼，她說話的時候看起來總是惴惴不安。

但她的表現已經很棒了。

她平常也總是一副面無表情的樣子，所以沒什麼違和感。即便她每說一句話，都必須極力壓抑心中的罪惡感，不過觀察力不太敏銳的隊員們，沒辦法捕捉到她的真實情緒。

「我們先前的推測是正確的。牠可能打算凍結博物館的系統，畢竟那是一直以來把自己禁錮起來的封印來源……雖然說牠目前處於休眠期，本體還是在跟預備機制之類的東西互相較量，但我想牠應該沒辦法持續太久。」

「哦，原來是這樣……」

「原來如此。」

我再次清了清喉嚨，佯裝若無其事地對所有成員說道。

「總結來說，目前沒有太大的問題。預備機制會再次封印處於休眠期的傢伙，而且也有很高的機率會成功。我說得沒錯吧？迪亞路奇。」

「是，沒錯。」

「我們最好在封印完成之前，救出之前被困在副本裡的黑天鵝公會成員，然後撤離這座博物館。恰好系統也產生了漏洞，應該不是非得要完成博物館探險才能離開副本。雖然就這樣放棄任務確實有點可惜……」

「那也無可奈何吧？假如封印完成，一切又會回到博物館系統的控制之下……」

我點點頭，同意朴延周的回應。

其實我不知道管理員馬克斯能不能成功封印古代神祇碎片，反正我是絕對不想再次回到怪物本體所處的位置。

如果牠真的不是活躍在地上，利用冒出來的觸手大舉肆虐破壞整個世界的類型，而是靜悄悄吸食大陸生命力的傢伙，那些人就沒理由非得在封印上預留一手。

就算那傢伙沒有重新被困住，只要我們的遠征隊相信牠已經被封印就可以了。

這真是萬無一失的計畫。

「總而言之，結論就是……至少我們應該能完美脫離古代神祇碎片帶來的影響。而且……大陸也同樣很安全。現在大家可以放心休息了。是這樣沒錯吧？迪亞路奇？」

「是。」

「……」

「大陸……大陸……」

「……」

「大、大陸……很安全！」

當迪亞路奇緊緊閉上眼睛、硬擠出最後一句話，大家終於點點頭發出輕聲的嘆息。

有些人輕輕握起拳頭，也有人高興到擊掌。朴德久也和女性隊員們互相擁抱，分享喜悅的心情。

看著大家的反應，我也不自覺放下心來。

「不過現在高興還太早了。我們來攻掠副本的主要目標依然沒有完成。就像剛才跟大家說的，我們不是還得去營救被圈禁的倖存者們嗎？」

「哎呀，說的也是！」

「其實以我的判斷，在如此寬廣的區域尋找被圈禁的人們說不定會有點困難……這樣看來，小隊必須進入管理室才行。」

聽見我說必須進入管理室，金賢成的聲音立刻傳來。擁有豐富經驗的他，應該是最清楚該如何進去那裡的人。

「只要沿著碎片的觸手，就能找到博物館管理員的所在位置了吧。」

「好。」

大家似乎都已經大致明白現在是什麼情況，說不定每個人心中都有一樣的想法。

首先沿著觸手走，找出博物館管理員馬克斯……接著確認倖存者的所在位置。

而且在這個過程中，我還得根據管理員馬克斯的行為，斟酌要不要把他變成整起件事的主要反派角色。

假設他乖乖告訴我們位置，我當然會很感謝他。但他因為我吃了很大的虧，我想他應該不會讓我們稱心如意。

其實，我不在意他對我們是否抱有善意，反正我會讓他親口說出倖存者在哪裡。

我敢保證他現在根本沒有辦法為難遠征隊。

既然他到現在都沒有出現，就表示他為了穩住局勢，還沒有餘力去在意其他地方。

只要能找出管理室並與他面對面，我們就很有可能成為甲方。再不然，直接將他除掉也行……

說不定，管理員馬克斯才是這個副本的最終隱藏版精英怪物。

這個假設聽起來多麼美妙啊。我全面啟動腦袋裡的幻想細胞，滿意地點點頭，事情就該這樣發展才對。

此時，耳邊傳來金賢成的說話聲。

我擔心他會在遠征隊裡站不住腳而幫了他一把，幸好他敏銳地一腳踏上我替他鋪的道路，這證明了他也很明白變通之道。

我消除了大家的緊張，這次換他來上緊發條了。

「雖然現在很安全，但請大家不要過度鬆懈。即便古代神祇碎片目前進入休眠期，這個副本還是一如既往地危險。前往管理室的途中，還是可能會遇見博物館的其他機關……怪物們也有一定的機率受到碎片的影響而甦醒。」

「……」

「就算我們決定前往管理室，也不意味著解決了所有事。我們對這座博物館一無所知，現在也只是稍微喘息，並非已經完成攻掠。」

這時，我突然覺得這小子的發條好像拉得太緊了。

「還有……」

「……」

「放鬆休憩也是攻掠中必備的條件。出發時間是四小時之後，請各位集中精神在恢復體能上，希望我們能夠不失去任何一名隊友，全員平安返回琳德。」

看來他確實在重生前參與過許多這樣的副本攻掠。

眼前的遠征隊員臉上都流露出適當的緊繃感。他還真厲害。如果是我，應該也無法讓所有人都信任我吧。

雖然很不想親口承認，不過外貌也是讓人對他產生信賴的重要條件之一。他那副帥氣的長相在這層意義下，恰好就是足以振奮人心的類型。真是太令人滿意了。

我偷偷看向一旁，朴延周和曹惠珍，甚至連黑天鵝的幾位成員都用奇妙的眼神看著那小子。

我以前曾在網路上看過幾篇名為「女性看到高顏值男性的反應」的貼文，但現在這些人顯露出來的模樣，我覺得比那些貼文更貼切。

迷上了，迷上了！

這些女性即便只是看著金賢成普通地發表意見也會雙眼放光，與其說令人感到詫異，不如說是已經到了讓人驚慌的程度。

無論如何，大家都遵照金賢成說的話，開始全神貫注在恢復元氣。

本來說好只休息三小時就要移動，看來那小子也覺得可以再多放鬆一點。

換句話說，這表示他可以在四小時內將身體恢復到完美狀態。

慶幸的是，我也正好快要無法抵抗襲捲而來的睡意，看來我終於能睡個好覺了……

和我一樣急需睡眠的隊員們，開始在帳篷裡占據舒服的位置，紛紛進入夢鄉。

其他人也找到了屬於自己的休憩方式。

一進入帳篷，看見眼前這個舒適安逸的空間，焦躁的心情就像冰雪融化般消逝。

即便我的心緒已經放鬆許多，始終保持焦慮神情的迪亞路奇，還是沒辦法冷靜休息。

嘖……

我看見迪亞路奇離開人群，在稍遠的地方喃喃自語。

「這都是為了迪亞路利……」

「……」

「這都是為了我親愛的女兒。媽媽、外婆，對不起……」

即便良心受到強烈譴責，她卻無可奈何。

「這都是為了迪亞路利，嗚嗚。」

遠處傳來的微弱聲音也讓我被罪惡感侵襲，本來以為我會因此輾轉難眠，但當我閉上眼睛的瞬間，立刻就落入無比香甜的夢鄉了。

我真是人渣。

雖然我確實該反省自己的個性……但老實說，睡覺還是比較吸引人。

＊後記

迪亞路奇：這是我活了四千多年以來第一次說謊……我不乾淨了……

第088話　博物館管理員馬克斯

「起床了，基英哥。」

「呃嗯……」

「等一下就要出發了。」

「嗯嗯……」

我緩緩睜開眼睛，看到的卻不是屋頂，而是鄭白雪的臉。

我們的距離近到幾乎是貼在一起，雖然心裡嚇了一跳，但我沒有表現出太大反應。

這也是因為我已經習慣她了。

她眨著大眼睛直勾勾觀察我的樣子，我早已看過無數次。

我默默站起來，稍微拉開一點距離。揉揉眼睛後，我的意識逐漸回籠。

怎麼會這麼累……睡了好一會兒，疲勞感卻反常地留在體內。渾身僵硬、力氣被抽光的感覺也跟先前一樣。

但也不是只有感到疲憊，先前全數耗盡的魔力亦回復不少。

面前的鄭白雪看起來朝氣蓬勃，臉色光彩透亮，看來只要魔力值夠高，魔力的恢復速度也會跟著提升。

我抬起頭，看到的是在幾步之外注視我的鄭白雪。

我輕聲詢問，很快就得到她的回應。

「我睡了多久？」

「大概三個小時四十分鐘。」

「妳應該早一點把我叫醒的。」

「你、你看起來睡得很熟。我就不知不覺……非常抱歉。」

「不，妳沒有做錯什麼。」

「要、要幫你洗臉嗎？」

「啊……嗯，拜託妳了。」

當然，鄭白雪並不是真的要親手幫我洗臉。

她低聲念著咒語，我的臉開始出現某種潮濕的感覺。

魔法在一般生活中也十分便利。

雖然不會出現和真實洗臉一樣的觸感，還是有一點怪怪的，但這在副本裡已經可以稱得上感激不盡的事了。

大略整理好行李，已經有遠征隊員開始整理紮營區。

我不需要特別指使他們，大家都很清楚自己該做些什麼。

而在這之中，部分老神在在的遠征隊員，動作看起來有條不紊。

他們平時的訓練很嚴謹吧……

在這裡的黑天鵝公會員們，大部分都是老鳥。

硬要舉例的話，就像部隊裡彼此熟識的老兵集結出來遠征。

但在這種情況下，還是有幾個人表現出手忙腳亂的樣子。我可以想像得到剛加入黑天鵝公會不久的人會是怎樣。

想必是如臨深淵。

只要想想地球上的護理師之間，也有非常嚴謹的上下階級制度，這也就不算什麼太奇怪的畫面了……

那種情況，在這裡一定更嚴重。

這是個不小心犯錯就會死掉的世界，因此只會比地球更重視制度，不可能更鬆散。

正當我腦袋裡想著這些亂七八糟的事時，旁邊傳來一道聲音。

「基英先生，你醒了啊。」

原來是我們親愛的重生者。

「啊……對啊。我睡太久了。」

「沒有，休息時間是四個小時。其實我原本打算出發前再叫醒你，不過白雪小姐說你可能在帳篷裡，為了方便行李收整就先把你叫醒了……話說，你身體感覺怎麼樣？」

這小子有點奇怪，莫名為我著想的樣子看起來不太尋常。

或許是因為他知道我的身體沒有完全復原吧。

其實朴延周和金賢成受到的傷害更多，不過我的身體比較孱弱，光是魔力被吸收殆盡就會感到極度疲憊。

「可以握一下你的手嗎？」

「啊……是，當然了。」

他一說出這句話，馬上有不少視線往這裡集中。原本在收拾整理的黑天鵝隊員們，瞬間停下手中的工作，往這邊看過來。

我好像知道她們在想什麼……上次似乎也發生過類似的事。

不知道為什麼，我看到她們用力吞嚥口水，也有不少人露出欣慰的微笑，甚至還有小聲發出驚嘆或者尖叫的人，但金賢成好像沒看到她們的這些反應。

金賢成這小子……

他默默閉上眼睛，全神貫注在檢查我身上的魔力狀態。遠看可能真的會呈現出一種相親相愛的氣氛吧。

「應該沒事了。」

「是。雖然還沒完全恢復，但還是謝謝你的特別照顧，讓我可以好好休息。」

「真是太好了，基英先生。」

……你不要笑成那樣啊，臭小子。

他臉上掛著連朴延周都沒看過的溫柔笑容。

這種可能讓那些人誤會更深的舉止，使我變得不安。

這樣一來，我不禁開始對那本《煉金術師與天才劍士的羅曼史》感到懷疑了。之前以為那只是普通小說，但我發現剛才發出驚嘆的大部分人最近都熱衷於那本書。

原先只是如同毛毛雨般的細微懷疑，突然變成洪水洶湧襲來。

媽的……

等我回琳德之後，一定要親眼確認那本小說的內容才行。

總而言之，雖然有一些偶發事件，但整體的行前準備還算是順利進行中。

黑天鵝公會成員的動作變得越來越迅速，而我現在的心情就像是在觀賞女子偶像團體勞軍表演的士兵。

本來預計會稍微延遲，沒想到她們在非常短暫的時間內順利整頓完成，超快的速度令人驚艷不已，連朴延周都感到不解。

她們身上散發著一股幹勁。

我聽見朴延周說著「果然有男人就會變得不一樣」之類的話，但我能肯定，朴延周心裡想的原因是錯的。

「我們要出發了。如同剛才所說，目標是管理室。我們會沿著古代神祇碎片的觸手移動。請各位最後再確認一次是否有遺漏的東西，在前進的過程中請注意不要碰到觸手。為了防止發生意外，請魔法師們輪流發動防禦魔法。」

「是。」

「因為已經充分休息過了，現在要盡全力快速前進。賢成先生自願擔任最前頭的先鋒，請大家以最快的速度跟上。」

「是，會長。」

簡單扼要的宣達過後，遠征隊立刻啟程前行。

如果要說跟先前有什麼不同，那就是金賢成的腳程速度變得非常快。

通常在這類的行軍中，前鋒位置都是由弓箭手職業的成員擔任，其中大多也包含負責偵查及解除陷阱，且經過特訓的遊騎兵。以帕蘭來說，追擊者金藝莉就屬於這種職業，這次遠征隊裡的遊騎兵也超過三位。

這小子非得要出頭，無疑是一種自信的象徵，他覺得自己能做得比在場的遊騎兵更好。

所謂的強者總讓人以為他們在各個方面都很熟練，但其實完全不是如此。即便是類似的職業，各自該做的事都有嚴密的設定。

以車熙拉來舉例的話，她就完全無法頂替遊騎兵的工作，因為她只會把偶然發現的陷阱砸個稀巴爛。

一開始那些盯著金賢成，神情有些不滿的遊騎兵們，在遠征隊正式啟程後，每個人都吃驚地瞪大雙眼望著他的背影，金賢成的能力自然不言而喻。

他在第一次人生當中的職業是遊騎兵嗎？

我自然而然就認定他在第一次人生當過劍士，但說不定當時他也選擇過類似遊騎兵的職業。

「他曾走過跟金藝莉相同的成長途徑嗎？」

又或者，這只是無數經驗帶來的成果之一。

我個人比較傾向於他從一開始就是劍士的想法。不過他在第一次人生究竟是不是劍士，又有什麼關係呢？

隊伍持續前進，我看著成為引路人角色的金賢成，甚至開始擔心過於舒適的帶領會不會讓大家變得太依賴他。

「附近似乎沒有陷阱。前進速度將稍微提升。」

「是，收到。」

「已確認前方大部分的魔像。已處理。」

「是，收到。」

「前方為超過英雄級的怪物，看起來已經脫離系統控制。」

「準備戰鬥。」

「收到。」

偵查與處理同時併行，簡直帥呆了。

遇到等級較低的英雄級精英怪物，前鋒也會立即解決。

雖然之前運氣好像不太好，但現在究竟是傳說級怪物躲著金賢成，還是真的一路上都沒有遇到，完全不得而知。

其實跟在金賢成的身後，只能看到被俐落砍斷的怪物切面而已。

體型龐大的怪物也呈現頭顱被砍飛的狀態，獲得神話級長劍想必對他有很大的幫助。

他似乎讓遊騎兵們產生了難以言喻的自卑感，但我也沒有理由在意他們的挫折。

總之，遠征隊的行進速度快到超乎想像。

感覺不像副本攻掠，而是在一般道路上奔跑。這樣的速度已經無法用別的形容詞來描述了。

身邊的光景不斷變換，眼前所見的結構也開始轉變。

從原本的寬闊房間、破碎的展館、散落的裝備，開始變成狹窄的通道以及魔像之類的東西。

同時，固定在地面或纏繞著柱子的觸手，也變得越來越細，這表示路已經來到盡頭了。

我自然也能猜到，我們越來越接近管理室了。

過沒多久，觸手的末端映入眼簾，金賢成不停用長劍劈向牆面，讓隊伍持續前進。

雖然道路中斷，但我們還是繼續往可以感知到魔力活動的方向移動。

考慮到博物館的空間與規模，還有各種危險因素等瑣碎的條件，原本預計抵達時間為一天，結果我們只花了六小時就找到管理室了。

現在正看著大螢幕焦頭爛額，與我們近在咫尺的馬克斯大概也沒料到這點吧。

「不……不可以！」

〔錯誤〕

〔未啟動主要機制。〕

「怎、怎麼可能無法啟動主要機制？難道已經被侵蝕了嗎？不、不可以……不可以這樣。」

〔錯誤〕

〔未啟動主要機制。〕

〔看來要用預備機制補救了。萬一被控制就完蛋了。原本要導進主要機制的預備魔力也必須全部發動才行。這樣做才是對的。就算博物館會毀於一旦……但是一定、一定要守住這片大陸。這是裂縫守護者交代我的事。我不能就這樣放棄。呃呃呃呃……〕

〔魔力已注入預備機制。〕

雖然我們十分悲壯地準備展開戰鬥，但眼前的景象還是讓人為之震驚。

一個金髮男孩手忙腳亂地操作著用魔法陣形成的裝置，甚至沒有發現我們的出現。

竟然忙到這種地步嗎……他都已經自顧不暇了。

從魔力形成的巨大全像投影中，可以看見古代神祇碎片似乎被青綠色的魔力束縛，但無論是誰都看得出來，牠正在試圖掙脫。

如同我所預料的，預備機制正在壓制古代神祇碎片。

畫面中的牠看起來還是十分恐怖。我只能再次慶幸我們現在能來到這裡，而不是被困在那個地方。

「不管要犧牲多少，都必須要重新封印！」

眼下的氣氛難以跟他搭話。正當我們想再多移動一步，他才終於發現遠征隊已經闖入，猛然回頭看向我們這邊。

「你、你們怎麼會……」

讓人以為是機器的管理員，實際上擁有人類的感情。

他首先擺出「怎麼會」的表情，接下來就是驚愕，再接著是恐懼。出乎意料的是，他臉上最後出現的情緒竟是不知名的責任感。

他緊緊抱住用魔法陣形成的裝置，對著我們尖叫咆哮。

「不、不行！你、你們……這些垃圾！卑鄙的古代神祇的走狗們！你們以為我會眼睜睜看著你們破壞這片大陸嗎?!」

唉，我們不是壞人啦，臭小子。

總覺得事態好像完全逆轉了，應該不是我的錯覺吧。

＊後記

馬克斯：我要拯救這片大陸！一定……一定要拯救這片大陸！

＊＊＊

馬克斯的不安神情全寫在臉上。

從他的表情就可以看出來他誤會了什麼。他的睫毛顫抖著，整張臉都透露出他腦中浮現了不祥的念頭。

他似乎非常重視手中的控制器，還擺出誓死保護它的姿態。由此可知，他以為我會叫他把那個東西摔碎。

這是相當正確的判斷。雖然我現在也希望封印可以維持下去，但如果有必要，也沒有什麼是不能放棄的。

人只要有想守護的對象就會變弱，馬克斯現在的狀態完美驗證了這句話。

我還不能確定能不能將那傢伙稱為人，不過至少他不安的反應讓我非常滿意。

真神奇。

不只是那傢伙，整個房間的所有構造都相當不可思議。其實從踏入管理室的那一瞬間，我對管理員馬克斯的興趣就大幅降低了。

其中最引人注意的，就是看似用魔力構成的全像投影，這才是寶物啊。

在這個沒有影像媒體與錄音設備的世界，擁有相似的技術當然會讓人感到無比新奇。

我看著從四面八方發出光芒的魔法陣，大概可以明白它是利用何種原理運作了。

如果要我做出一樣的東西，我應該也做得出來……但最好還是能挪用原始的版本。

應該需要擁有權限吧。

我悄悄發動心眼，裝置的資訊顯現在眼前。

〔裂縫博物館控制器（傳說級）〕

〔需要管理者權限。〕

果然是這樣……

確實有點可惜，不過還是有其他神奇的道具值得注意。

我想這裡一定集結了各種來用控制整座博物館的核心技術，於是不由得四處張望搜尋，而這又讓管理員馬克斯判定為具有威脅性的動作。

「我絕對……絕對不會讓你們這些人稱心如意。」

那小子……到現在還對我們有所誤解的樣子，還真是可愛。

其實他的長相也很可愛。

我似乎可以理解裂縫管理員的喜好了。

先前聽說博物館裡有個好像隨時都會碎一地的金髮美少年，看來就是在說他啊。從他身上感應到的力量也不強。遠征隊雖然隨時準備好進行戰鬥，但頂多也只是為了應付突發狀況罷了。

我們其實沒必要這麼警戒。遠征隊隊員們很擔心這裡有足以造成威脅的事物，不過在我看來這裡沒有任何危險。

保護管理室的機關只有一路上的那些魔像，馬克斯充其量也只能被歸類為英雄級怪物的水準。

一開始在博物館門口看到他的投影時，還沒有這種想法。不過現在見到他的本體後，我腦中的軟柿子感應雷達就一直響個不停。

遠征隊員們和他維持著緊張的對峙，而我決定揚起笑容，主動從隊伍中走出來向他搭話。

「哎呀……這是誰呀？這不是博物館管理員、負責守護與傳承裂縫博物館的馬克斯大人嗎？」

「你……你！」

「您這麼生氣，讓我很難過啊，管理員大人。親眼看著對方說話的感覺，果然還是不一樣呢。原來您的外表原本就是小孩子的模樣啊。怎麼樣？現在撥點時間跟我談談吧？」

「你……你這個卑鄙小人！簡直就是垃圾！混蛋！」

「我不知道您為什麼要發這麼大的火。」

「骯髒的古代神祇走狗！我、我不會讓你這個混蛋如願的！」

「我不知道您為什麼會認為我們是古代神祇的走狗……咳，針對讓事情變得複雜的部分，我們深感抱歉。不過我們也無可奈何，畢竟是您作假在先，不管這究竟是博物館探險還是什麼，我們為了活下來能做的選擇並不多呢。」

「閉、閉上你那可惡的嘴！機率從來沒有造假……」

「我有幾個問題想問您……」

「卑鄙的小人們！不要以為我會把你們這些混蛋當成客人。」

「哎呀，我只是想跟您說說話，您為什麼要如此氣憤呢？博物館管理員大人。」

「給、給我出去！立刻出去！守衛魔像都去哪、哪裡了……」

「如果您是說那些沒用的石塊們，都被處理掉了喔。現在您可以好好跟我談……」

「呀啊啊！」

唯一的問題就是我沒辦法好好跟他對話。

我心裡本來想讓這個管理員搖身一變成為隱藏版大魔王，然後進入團戰模式。不過現在比起戰鬥，和平相處反而能得到更多。

不能打起來……千萬不行。

包括博物館控制器在內的各種裝置，合計的價值可是無法形容的天文數字。當然不會有人希望近在眼前的寶物瞬間變成廢物。

只要妥善運用，說不定能發揮比金賢成得到的傳說級長劍更強大的效能。

一陣混亂之中，遠征隊員們似乎還沒想到這一層。倘若他們都能用心觀察眼前的人事物，我相信每個人都會有一樣的想法。

至少對我而言，那個全像投影可是寶貝。

自從我來到這片大陸，好像還沒有如此渴望得到某樣東西。

我終究只能輕聲說服金賢成與朴延周。

「那個，各位，很抱歉，我想跟博物館管理員協商看看……如果沒問題，可以交給我嗎？」

話音剛落，旁邊似乎又傳來馬克斯暴怒的咒罵聲，但我選擇無視，繼續把話說完。

「無論如何，我覺得單獨談話的效果會比大家在場更好……拜託大家了。」

「不會危險嗎？」

「啊！讓迪亞路奇留下來應該就可以了。我相信一定可以得到讓大家滿意的結果。不只是帕蘭，黑天鵝自然也是。只要黑天鵝的各位准許……」

「我沒有關係。」

我早就預料到金賢成會這麼說，但問題是朴延周。

她還真不會察言觀色……

「我可以在十分鐘之內，向妳回報受困隊員的位置。」

她現在應該在竭盡所能地思考。

我不清楚她究竟下了何種結論，但我從她點頭的反應看出她也同意要把事情交給我。

有可能是因為她自己也沒有其他好點子才做出這個決定，不過我覺得也許是憑藉平常累積起來的信任。

「好，那就拜託你了。」

所以平常經營人設才會那麼重要啊。

即便和真實的我不太吻合，但李基英這個人的名號平時確實維持得相當不錯，現在就是很好的證明。

隊員們開始緩緩離開管理室，只有迪亞路奇擺出不太高興的表情站在我身邊。

這才騰出一個可以放心談話的場所。

「協商？協商?!你以為我會和你這個混蛋協商嗎？還、還不給我立刻消失！」

馬克斯暴跳如雷的反應在我的意料之中，但我不怎麼放在心上。

我深吸一口氣，剛說出第一句話就看到他露出極為慌張的表情。

對於我突然轉變的姿態與口氣，他似乎一時不知道該以什麼方式回應。

「喂。」

「啊？」

「你還搞不清楚狀況嗎？」

「什麼……」

「偉大的裂縫守護者們給你灌輸了滿滿的責任感，可是好像沒有教你察言觀色呢。」

「我聽不懂你在說什麼……」

「請閉上嘴巴聽我說，管理員大人。我聽你總是喊著一定要守護大陸、一定要這樣那樣……其實我們也不希望那道封印被解除啊。」

「嗯？」

「啊，請先把奇怪的誤解，從你那個用魔力創造的大腦裡消除……而且我也不是你口中的什麼古代神祇的走狗。打破封印就只是為了活下來而逼不得已的選擇，沒有其他原因。當然，能順利解決當時的戰況，我的心情還是很好啦。」

「不要再說奇怪的話……閉嘴！」

馬克斯還是在我面前大吼大叫，我當然也不想再聽這些歇斯底里的吼叫。

「只要解開封印……大陸就會天崩地裂是嗎？」

他終於閉上嘴巴，不再說話。

「這是聽我老婆說的。對吧，迪亞路奇？那個東西會慢慢吸收大陸的生命力，然後變得越來越強大……需要的時間大概是……據說是三萬年嗎？」

「實際上可能更短……」

「你好像對這片大陸懷抱著很高的責任感，但很可惜，我並沒有。老實說，三萬年之後大陸會不會滅亡，跟我一點關係也沒有。未來本來就是以後的子孫要自己創造的……這些他們也會自己想辦法解決。」

「你、你說完了嗎？」

「這個是用魔力營造出來的全像投影嗎？從現在顯示的畫面看來，偉大又威武的古代神祇碎片……噗！牠好像正在試圖擺脫那個叫預備機制還是什麼的東西耶……如果不是我的眼睛有問題，兩者的力量看起來似乎旗鼓相當……」

「啊……」

「來，你沒看過這個吧？你猜這瓶藥水『啪』一聲打破之後，會發生什麼事？如果在你身邊的某個控制器忽然發生故障，導入預備機制的魔力就此中斷，又會怎麼樣呢？」

「我不可能放任你做出這種事……」

「喔，請不要激動，馬克斯大人。迪亞路奇，麻煩妳抓住他。」

可能是因為驚嚇，他突然伸出手向我衝過來，但他當然馬上就被迪亞路奇控制住。

馬克斯的身體完全被她制伏，只能原地掙扎。

「呀啊啊啊！放開我！我叫妳放開我！」

「非、非常抱歉……」

「其他人類就算了，妳可不能這樣啊！身為守護大陸平衡的存在，怎麼可以參與這種事！妳！妳是龍啊！妳真的知道妳們現在要做什麼嗎?!」

「我……很抱歉。」

「妳要保護大陸啊！如果妳真的是德高望重的龍族，就立刻解決那個垃圾！這才是拯救大陸的方法啊！」

「對不起……」

「這、這實在太荒謬了……不可以！你們不可以這樣！」

迪亞路奇的表情透露著非常強烈的罪惡感。

不知道為什麼，我覺得她好像太過於自責了。

我也不是真的要把那傢伙放出來。就像我先前說的，那傢伙會不會被放走，又或者要做什麼事，都與我無關。與其把他放走，讓他乖乖待在這裡反而能讓我更安心一點。現在要先堅守態度才行。

我本來也沒想到要拿大陸的安全來威脅他，但看到他的反應這麼大，我也突然變得興致勃勃。

「裂縫守護者們一定會對你感到很失望。非常非常失望！失望到要從墳墓裡爬出來了！來吧，讓我們點燃炸彈。」

「不要！不要啊！」

「那個應該比想像中更堅固，只用一瓶藥水可能不夠……假如我把魔力加入藥水中，兩秒之後就會轟隆轟隆！大陸灰飛煙滅！」

「不要！不要！」

「喂！對長輩的態度要好一點啊！」

「請、請您不要這麼做！」

「不行，比起用炸彈，還是自己動手比較有趣。這裡有沒有適合的棍子呢？」

「啊啊啊啊啊……」

看著我從旁邊找到尺寸適中的棍子，在空中揮舞幾下，馬克斯的表情漸漸變得驚恐。
用一根棍子就能破壞控制器，其實我自己也覺得很不合理。但只有這種武力威嚇才能讓他更加焦躁不安。
每當我朝著控制器擺出揮舞球棒的動作，就能看到他的瞳孔快速晃動的滑稽表情。
為了讓氣氛更緊張刺激，我將棍子高高舉起在半空中。
「接下來，大陸將在五秒後毀滅。咻咻咻，砰砰砰！」
「不……不可以！」
「五！」
「求求你不要這樣！」
「四！」
這時，似乎連迪亞路奇也有點不安，她著急地向我喊話。
「你是真的要這麼做嗎？喂！」
「德高望重的龍啊！快點阻止他！」
「三！」
「不……不要啊！」
「二！」
「呃呃呃！」
「毀滅吧！」
「你、你想要什麼！」
就在我打算大肆破壞控制器的瞬間，我聽見馬克斯焦急的聲音。
或許是突然想起我剛才說的「協商」二字，他終於找到答案了。

我不自覺揚起嘴角。

當我輕聲說出條件，他的眼神又再次顯得慌亂無比。

「博物館。」

我聽見自己果斷堅決的口氣。

「什麼？」

＊＊＊

「怎麼又假裝聽不懂呢……我說，博物館。」

「蛤……什麼？」

「把這座博物館，交出來。」

「你到底在說什麼？」

「這座博物館由我們一起經營。我沒有別的目的……」

「就、就算你坐上管理員的位置，系統也不會允許你拿走存放在這裡的東西，那是不可能被允許的事。」

「這我也知道。來這裡的路上，我也看過幾個依然受到系統保管的道具。必須完成探險才能獲得報酬，這是既定的規則。我很清楚不能打破這項規定。但我需要的並不是裝備。啊！你看看我這記性。我應該先問你，上次被困在這裡的人們現在在哪裡？」

「……」

「話先說在前頭……最好不要利用他們向我提出不合理的交易。只要我不高興，真的會把所有東西砸爛。大陸毀滅的話，我也會很難過的，你千萬不要讓我誤入歧途啊，知道嗎？我可是穩重又善良的人呢。」

我一提起受困的人，就看到他的眼珠骨碌碌地轉動，這讓我不得不說些難聽的話。

他似乎認為，可以將目前在博物館裡的人當作交換條件。門都沒有。

以黑天鵝來說，最要緊的就是救出被困在這裡的成員們，但這件事並沒有比現在的局勢更重要。

我必須先讓他清楚知道，他沒有任何討價還價的餘地。

所以首要目標是讓他相信，我一不高興就會讓一切毀於一旦，將神經質的形象植入他心中。

「可是……那個……」

「你的表情看起來有點不情願。」

「啊？」

「不管怎麼說，看來我的提案讓博物館管理員馬克斯感到為難了呢，對嗎？」

「不、不是這樣的……」

我順勢擺出橫眉怒目的表情。

我盡可能在臉上做出和鄭白雪生氣時相同的神色後，他望向我的目光真的就像看著一個變態。

他剛才好像也出現過遇到瘋子的眼神，但這次更為直接。

「我的請求好像太過分了呢。我差點犯了一個非常嚴重的錯，妳說對不對，迪亞路奇？」

「這……」

「好像真的是這樣！我冒犯了博物館管理員馬克斯！是我錯了！我這個低俗的凡人竟敢讓守護裂縫博物館的管理員不高興！我犯了死罪啊！」

我開始假裝憤怒，用棍子敲擊一旁的牆面，「砰砰砰」的聲音在耳邊迴盪。其實威力根本不大。而且我的手痛得要死，牆面也沒有任何損傷，卻產生了超乎想像的效果。

「我全都不要了！不要經營博物館！也不要探險！也不要封印！什麼都不要了！」

砰砰！

砰！

一個人表演實在有點吃力。我腦中忍不住冒出一個念頭，這個時候如果有人能和我一搭一唱就好了。

我很想叫安其暮或朴德久進來幫我，但看見迪亞路奇的反應，好像也不需要外人的幫助。

因為她的表情和馬克斯簡直一模一樣，真的就像在看著一個腦袋不正常的神經病。

這是演出來的，妳這傻女人，不要誤會我啊……

迪亞路奇望向我的眼神彷彿在問「這個人居然是我孩子的爸」，臉上透露著憂心與煩惱。

說不定她正在懷疑，迪亞路利最近變得有點奇怪其實是因為我。

我雖然很想趕快解釋清楚，但礙於眼前還有這個金髮小鬼頭，不得已只能維持這個狀態。

馬克斯看著迪亞路奇的神情，終於開始接受這不是一場戲，而是千真萬確的現實。

老實說，我開始有點喘了。

的瘋子。

我大力吸著氣，看著眼珠子慌亂顫動的管理員馬克斯與迪亞路奇。

我以為自己看起來會變得有氣無力，殊不知在他們眼裡，似乎就是無法克制激昂情緒

這樣也不錯。

「呼……呼……呼……」

「……」

「馬克斯，你有聽過這樣的話嗎？」

「什麼……話……？」

「持續給予方便的話……就會被當作隨便……現在我已經給你最大的方便了，管理員先生。這應該是非常好的提議，也是讓所有人都幸福的結局……」

在這個極好的時機，迪亞路奇開口了。

「答應吧。」

「連、連妳也……」

「快點，答應吧。他是真心的。」

馬克斯努力將所有話吞回肚子裡，模樣實在相當有趣。

可能是因為迪亞路奇的語氣讓他覺得值得信任，我看見馬克斯的視線在博物館控制器與我之間來回跳動。

其實我突如其來的失控舉動不是關鍵，迪亞路奇的助攻才是真正的決勝點。

既然她希望可以保全這片大陸，自然也會想要馬克斯接受這場交易。

不知道她有沒有想起我在凱斯拉克抓著小機靈當人質的情景，但至少現在她看著我的驚悚表情絕對不是演出來的。

我那時候真的也很卑鄙啊……

我只能安慰自己，現在的情形算是比較緩和的了。

「快點接、接受吧。那個人的個性我最了解。如果你接受交易，就不會發生任何事。我可以向你保證。」

「呼……呼……」

「非得這麼做嗎……？」

「我也是逼不得已才會站在這裡，誰都不希望大陸崩壞毀滅。絕對不希望。」

「嗚啊啊啊啊……」

在迪亞路奇的勸說下，馬克斯撲簌簌流下眼淚，一副被害者的姿態。

其實我心裡對他有點過意不去，但我別無選擇了。

「抉擇的時間所剩不多了，馬克斯先生。請不要考驗我的耐心。」

終於，他顫抖著身體，對我點頭。

成功了。

這樣看來，他身上應該有新增共同管理員的權限。

我曾想過他會不會以沒有相關權限來耍賴，但現在看來，他似乎已經認知到事態有多麼絕望，因此沒有那麼做。

其實，裂縫博物館本身的所有設備目前幾乎都已停擺。連原本存留在主要迴路中的魔力都全數導入預備機制，日後還能不能維持跟以前一樣的副本狀態還是未知數。

還真的有點不好意思。

這就等於是來了一個不速之客，最終害得自己溫暖的老巢支離破碎。

曾經引以為傲的展館崩塌粉碎，陳列其中的物品大部分也碎得一塌糊塗。

我們踏進這裡的第一天，他對博物館內的收藏品驕傲自負的模樣，如今還歷歷在目。如此崇高的博物館，卻瞬間變成了垃圾場。

在他眼裡，我可能就跟瘟神沒兩樣。

他抹著眼淚咬緊牙關，手不斷顫抖的模樣更是有趣。

迪亞路奇也不自覺露出同情的神色，鬆開原本箝制馬克斯的手。只見他伸手操作了一下魔法陣，我眼前立即出現系統的訊息。

〔裂縫博物館五級管理員馬克斯邀請您擔任裂縫博物館管理員。〕

〔您是否同意？同意後職業不受影響，僅會產生新稱號。〕

〔裂縫博物館五級管理員〕

〔可閱覽對裂縫博物館五級管理員開放的資訊，並可使用五級管理員擁有的基本權限。〕

還不錯。

我慢慢看著各個方面的說明，沒發現可疑的內容。既不是類似奴隸契約的型式，也不像我和迪亞路奇必須同生共死。

可以輕鬆上手是我最滿意的部分。

原來這就像是一種頭銜啊。

本來還擔心如果要強制轉職，我就不會接受。既然只是產生新稱號，我當然熱烈歡迎。

我馬上選擇同意，系統訊息也再次傳來。

〔您已獲得新的稱號。〕

〔裂縫博物館五級管理員〕

〔魔力值提升1點。〕

在這之中意外出現的好消息，讓我很想放聲大叫。

雖然才提升一點，但對於魔力再也不可能成長的我而言，這已經是值得感恩戴德的事了。

與此同時，五花八門的資訊開始出現在狀態欄中。

裡面包含裂縫博物館管理員的權限與職責之類的內容，但我沒有仔細閱讀。

反正這些工作全部都會交給馬克斯處理，我只要享受權利就可以了。

我的腦中一下子湧入太多訊息，刺痛發麻的程度難以言喻。

喔？

最神奇的是，原先用心眼也無法完整瀏覽的控制器，現在卻直接呈現在眼前。

我不確定這是不是成為五級管理員的附加效果，總之，現在能透過心眼讀取更詳細的情報了。

除了基本說明，連運作原理及操作指南都一覽無遺。

平易近人的程度甚至讓我覺得，這彷彿是某個人拿著控制器來拜託我幫忙收拾殘局。

不過……好像沒那麼簡單……

即便有操作指南，實際作業也不是那麼輕鬆。

站在管理者的視角規劃解決方案，更能深刻了解現在的狀況究竟有多嚴重。

假如我剛才真的用那根棍子打爛控制器，博物館很有可能就此崩塌。

現在我有辦法解決古代神祇碎片了。

就在我滿意地點頭時，突然瞥見哭天喊地、不斷喃喃自語的馬克斯。

「嗚嗚嗚嗚嗚。博物館完蛋了……完蛋了……守護者大人……梅德爾大人……非常抱歉。」

「哎呀，您怎麼又哭了呢，管理員大人？職場上來了一位新同事，竟然讓您這麼不高興……」

「呃啊啊啊啊……嗚嗚嗚……」

「那個，請您先出去吧。請您告訴待在外面的遠征隊員們，先前倖存者的位置。」

「你、你又想做什麼！」

「什麼叫作我又想做什麼啊？現在這裡也是我的博物館了。收拾那個瘋狂的古代神祇不是理所當然的嗎？」

「等一下！那個不可以隨便碰！」

「你還是暫時先出去吧。畢竟這是第一次，也不知道會不會成功……但我大概知道該怎麼做。」

「你知道個屁！」

「雖然不確定這麼做是不是可行的……對了，你的態度不應該這麼差吧？嗯？」

「請、請問你知道什麼？」

「我也不確定我知道什麼。但是既然可以用眼睛看，不就可以從中學習嗎？怎麼？你看不到嗎？」

「看不到……」

「就只有這點能耐，難怪博物館會被你搞得一團糟。嘖。」

「……」

「博物館都已經變成這樣了，為什麼還不啟動第四區的輔助電力？操作指南裡明明有寫啊……」

「咦？」

「主要機制應該不是損壞，而是失去動力……幸好預備機制的魔力還沒有全數耗盡。還有，已經沒有用的投影畫面為什麼還維持在那裡？現在馬上就解除，那個也是要消耗魔力啊。現在這種時候，連那種魔力都應該省著用。」

該辦正事的時候，反而覺得他有點礙手礙腳。

「麻煩你閃開一點。還有，使用在展示品上的魔力，只要是透過主要電力維持的，現在先全部停止供應。就算只有幾個，省下來也好……否則再這樣下去，不用我砸壞這些東西，封印自己就會完全解除了。」

「你說什麼？」

「哎呀……差點就出大事了。迪亞路奇，被困住的黑天鵝遠征隊員，應該在第五區的第三十二段。他們的狀態看起來比想像中好，麻煩妳為大家說明，並請隊員們安心。還有，馬職員。」

我平靜地叫了馬克斯，他瞬間露出緊張的神情。

「是。有、有什麼需要幫忙的嗎？您要我做什麼？我可以隨時提供協助！」

「去泡咖啡。」

就在這時，哪怕犧牲小我也必須守護大陸的心情，開始如泉水般在他的心頭湧現。

〔已觸發傳說級的強制任務。〕
〔傳說級任務：拯救大陸（0／1）〕
〔獎勵：（稱號）大陸守護者〕

〔大陸守護者〕
〔賜予阻止大陸毀滅的遠征隊員的稱號。附加效果：所有能力值永久提升1點。〕

這樣的附加效果簡直是如虎添翼。
於是我的態度頓時產生一百八十度的大轉變。
我絕對不容許任何人破壞我寶貝子孫所生活的大陸。

＊＊＊

看來觸發任務並不是只有壞處。
既然是賜予遠征隊員的稱號，那麼此刻在外面等候的人們應該也已經收到消息了。
果不其然，沒過多久，遠征隊員們紛紛進入管理室。
以朴延周、金賢成為首，接著是鄭白雪和朴德久，以及混在其他黑天鵝公會成員之間的宣熙英與安其暮，所有人都走進了管理室。
其中還包括幾張陌生的臉孔，看來之前受困的伙伴已經全數被救出來了。
情況比想像中好啊。

這也算是預料之中的事，畢竟馬職員不是這裡的精英怪物，而是被稱為副本導覽員的魔力凝聚物。

既然他只不過是單純的管理者，那就完全沒有迫害玩家的理由，而且他的個性也很好欺負……

總而言之，我發現走進管理室的人們，臉上都帶著詫異的表情。大部分的反應都是「基英哥，你在那裡幹嘛」的樣子。

就連我自己都覺得現在的畫面很荒唐，他們會有這種感覺也情有可原。

我不僅相當熟練地操作著生平第一次見到的裝置，馬職員還真的泡了一杯咖啡，而我也自然地接下。

和不久前南轅北轍的氣氛，讓人完全摸不著頭緒。

這時候，他們當然需要一點解釋，於是朴延周忍不住率先開口。

「這……這是怎麼一回事？」

「我們做了交易。我答應要替他重新封印古代神祇。」

「原、原來如此。那個裝置又是怎麼……」

「我也不是很清楚，但這裡的系統比想像中容易理解。其實一開始進來的時候，我就已經看出大致的運作方式，所以才會提出交易。目前系統有幾個顯而易見的漏洞，而我剛好對機械方面比較在行……」

「這不是一句對機械比較在行就可以解釋的水準了吧？」

雖然他們的語氣依然充滿疑惑，但我不可能告訴他們，我是利用心眼的能力，才得以快速熟悉裝置的操縱方式。

重生者同樣也很驚訝，但過了沒多久，他臉上的情緒就轉變成欣慰。

他又一次露出如同見到寶藏的表情。不過他還是沒有喜形於色，只有朴德久扯著大嗓門嚷嚷。

「哎唷，我就說大哥是天才！大哥太厲害了！」

「不是那樣啦。」

「大哥連怎麼運作的都還不知道，只是看一眼就能成功了，這難道不是天才嗎！」

「……」

準確來說，我應該不是腦子好，而是運氣好吧。

有一句話叫條條大路通羅馬，如果單以結論來看似乎也沒錯，但如果沒有心眼，我真的什麼事都做不了。

不知道是不是朴德久的話成功洗腦遠征隊員們，黑天鵝的成員們好像也開始在腦袋裡對我貼上了聰明絕頂的標籤。

再加上我平時營造的人設也很完美，眼前的隊員們紛紛點頭表示贊同。

朴德久和金賢成再度露出得意洋洋的表情，而黑天鵝成員們投射而來的微妙視線，也讓鄭白雪再次進入警戒狀態。

我心裡也很想跟大家一起叨叨絮絮地聊天，但現在還沒有那個餘力。

好忙。

即使在維持古代神祇碎片封印的預備機制裡注滿了魔力，事情也還沒結束。

主要保護裝置可以遵循裂縫守護者們事先設定好的指令自主運作，但預備機制卻是一種需要人工手動操縱才能困住那傢伙的系統。

我總算明白為什麼馬克斯會束手無策，對我唯命是從。

奸惡的古代神祇碎片，還沒有真正被重新封印，因此必須一直壓制住牠才行。

牠除了不安分地蠕動，同時也在為了掙脫預備機制而不斷掙扎。

此時投影在眼前的畫面中，那傢伙只是被青綠色魔力纏繞控制，但實際情況遠比想像更複雜一點。

魔力必須由破損的裂痕處持續注入，也就是說，我方應該在那傢伙奮力攻擊的位置投入更多力量。

就如同玩遊戲一樣。

雖然乍看很像塔防遊戲，但如果要表達得更準確，我覺得更像在玩躲子彈遊戲。

現在這種情形，就等同於我要趁敵人攻擊之前，將手中的武器裝滿子彈伺機而動的意思吧……

當然，裝置的操縱很困難，無法用遊戲來比喻。換句話說，這不是可以在一心二用時解決的狀況。

或許是因為我嚴肅的表情與急促的動作，讓原本喧鬧的氣氛也逐漸安靜下來。

過了一會兒，耳邊就只剩下各個魔法陣運作過程中發出的聲響，馬職員也還是盯著投影畫面急得跳腳。

無論是誰應該都會覺得事情不太好解決。

事實上，我也有種力不從心的感覺。恰好在這個時候，我聽見了金賢成的聲音。

「有什麼我可以幫忙的地方嗎？」

果然只有金賢成懂我啊。

「嗯……有。有你的幫忙，事情應該會更順利。」

我剛好也有召集助手的想法。

「馬職員，這個暫時交給你。不要在沒有用的地方浪費魔力……我不會離開太久，你只要盡力維持現況就好。」

「是！」

我猛然從座位上起身，立刻就看到馬克斯倉皇坐上我剛才的位置，投入魔法陣的操作。

轉過頭，眼前是正望著我的遠征隊員們。

我啟動一個魔力全像投影，開始進行說明。

「我來為大家簡短說明。我會盡可能簡潔快速。」

「是。」

正當我要開口時，朴延周趁隙提出一個疑問。

「那個，不好意思。可以先問一個問題嗎，基英先生？」

「是，請說。」

「之前……你不是說那個古代神祇碎片，現在處於休眠期的狀態嗎？」

這當然不是什麼難以回答的問題。只要在我和迪亞路奇撒過的謊之中，大致掩蓋住漏洞就可以了。

「是的，牠確實已經進入休眠期。迪亞路奇的判斷是如此，經過討論之後，管理員馬克斯也說了一樣的話呢。」

這當然是騙人的。

「博物館打算重新封印進入休眠期的怪物，但古代神祇碎片感應到預備機制的活動，導致牠開始抵抗。關於現況的說明，大致上就是這樣。雖然我願意講解得更仔細，但目前沒有多餘的時間……」

「啊，我很抱歉。」

「沒關係，有疑問也是很正常的。那我們進入正題吧。如同大家看到的，現在封印已經幾乎快要完成，但卻開始出現裂痕。此刻馬職員進行的作業，正是利用預備機制覆蓋封印上的裂痕。」

「嗯嗯……」

「幸好我從別的地方調配魔力，才能充分維持現在的局勢。但依照我的判斷，牠掙扎的動作也會影響我們的封印作業，所以勢必需要其他能徹底困住牠的助力。而這些助手同時也需要足以應付意外狀況的能力。」

「原來如此。」

「有一點我可以向各位保證。如果這件事有危險，我就不會請求各位的幫助了。雖然也不能說完全沒有風險……」

「意思就是還不到失去性命的程度吧？」

「是的。到時候我會用這裡的預備機制，事先清除可能讓各位陷入危機的部分。」

「我明白你的意思了。」

「倘若我判定進展不如預期，我會立刻為隊員開啟一條後路，以各位的安全為最優先。」

「萬一最後封印失效……」

「一開始破壞封印的也是我們。無論如何都會有解決辦法的吧。」

根本沒有解決辦法。

萬一最後封印全毀，就等著三萬年後大陸毀滅吧。

坦白說大陸的存亡和我一點關係也沒有，這次只是因為有了不想失去的東西，我才會積極處理這件事。

我的博物館……

要是博物館被破壞，到時候我就再也不能使用這個控制器，也無法做其他的運用。一旦牠吞噬博物館的預備機制，自然也會進來這間管理室，在這裡的所有設備將會全數停止，變成一文不值的廢物。

既然如此，還是堅守封印比較好。

我點點頭換上沉重的語氣，再次向大家開口。

「我所做的一切，都會以遠征隊員的存活為首要考量。」

「好，我知道了。」

「聽到大哥這麼說，讓人莫名感到安心啊。」

「知道了。」

「咳，還有一個有點突兀的話題……」

「請說吧。」

「大家應該都收到任務了吧。」

想必每個人都收到了。

〔已確認傳說級任務。〕

〔傳說級任務：拯救大陸（0／1）〕

每個人紛紛開始確認狀態欄。

「坦白說，站在一個普通人的立場，比起大陸的存亡，我反而更重視各位的性命。之前讓事情變得如此複雜也是基於相同的理念。突然以這樣的方式接獲任務，心情有點奇怪呢。」

其實也沒那麼奇怪。

「我甚至懷疑是不是有某個人正在觀察我們。這股詭異的心情，如果非得要形容的話，我想最適當的詞彙就是責任感。啊，絕對不是貪圖獎勵的稱號與能力值才這麼做的，哈哈。」

聽見我輕笑兩聲，大家也跟著呵呵笑了起來。

當然，我根本沒有責任感，只是貪圖那些獎勵，因為即便是一點的魔力值，對我而言也至關重要嘛。

「仔細想想，我們應該可以把這次行動當作收拾自己闖的禍……但我內心還是非常期待大家可以在沒有任何傷亡的狀態下順利完成任務。」

「為了生生世世在琳德生活的後代們。」

一切都是為了博物館！

多少知道我真面目的曹惠珍，以及剛才全程參與惡劣行徑的迪亞路奇，兩人都露出「真不知道這混蛋到底在說什麼鬼話」的表情。除此之外，大部分的人都同意地點點頭。

尤其是宣熙英和安其暮，他們看起來相當滿意我的這段演說。

心情莫名激昂且充滿責任感的遠征隊將會變得更強大。

所謂的話術，就算總是被人譴責，也會在解決這類問題時，成為最重要的關鍵之一。

「出發吧。」

「我們出發了。」

遠征隊員們順著金賢成對我的回應點點頭，便開始往外移動。

從頭到尾都用埋怨的眼神看著我的迪亞路奇，隱隱刺痛我的良心。不過我們現在確實是被系統選中的大陸守護者了。

就讓你見識一下人類的力量！可惡的古代神祇碎片！

戰鬥正式展開。

對那傢伙來說，真是天外飛來橫禍。

＊＊＊

為了守護博物館，不對，是為了守護大陸的戰鬥就此拉開序幕。

我對孤軍奮戰的馬克斯揮手示意，他立刻急忙讓出座位。

不過短短幾小時就突然轉變成一副忠臣的姿態，雖然有點可笑，不過這對他而言也是無可奈何的選擇。

先不管其他方面，單就重新修補漏洞百出的系統魔力來說，我能做到的事確實比他多。

第一個理由是我可以在系統提出警示之前，搶先看出魔力不足的地方，還能用相同的方法察覺古代神祇碎片的行為模式。

即使我不能讀取牠的資訊，至少可以觀察牠的動作。

在這個分秒必爭的情況下，如果能預先掌握對方弱點，就能獲得相當大的優勢。

我坐在位子上，看著眼前有問必答的小子。

「你有確實告知他們最短的捷徑嗎，馬職員？」

「是，再過一會兒應該就會抵達了！」

「很好。」

「您還有其他指示……」

「再去泡杯咖啡吧。」

「是！」

中。

接著，我緊盯著畫面。不久後，闖入古代神祇碎片所在之處的遠征隊隊員出現在畫面中。

「廣播系統呢？」

「已經連接好了。您想要和同行的勇士們溝通時，只要在最側邊的魔法陣上施加魔法就可以了。李……」

「叫我李代表好了。」

「是！李代表。」

他身上散發著一股老練氣息，處理事情相當俐落。先前還認為他很愚笨，看來是我的錯覺。

剛才他的舉止過於慌亂無章，難免讓人誤以為他會在工作上出現許多紕漏。

「啊啊。一二三。麥克風測試。賢成先生，如果能聽到我的聲音，請舉起右手。」

畫面中的重生者舉起一隻手表示確認。他拿著神話級長劍的模樣，看起來十分可靠。

其他人也都已經進入備戰狀態。

我相信所有瑣碎的事項不需要我逐一贅述所有細節，他們都能自行視情況處理。

「再次提醒大家，避免擾亂預備機制的魔力是最重要的。除了白雪以外，其他人請對預備機制注入魔力。白雪則是先準備一招強大的咒語，同樣地，迪亞路奇最好可以顯露真身。」

雖然這些魔力根本不足以壓制那傢伙，但還是多少有所幫助。他們每個人都是具有相當水準的魔法師，身上的魔力能力值也都超過八十。

「近戰職業也一樣。請緩緩注入魔力直到我請各位停手為止。」

我說話的口吻就像事情進行得很順利，一副游刃有餘的樣子。但其實事態並沒有那麼悠哉。

我方的力量變得越強，牠的反抗就越激烈。不斷操控魔法陣，往牠的弱點施加魔力等，這一連串的過程其實相當複雜。即便我從各個地方抽取魔力來用，仍然不足以將牠完全封印。

喝一口馬克斯泡的咖啡，我再次延續話題。

這次的對象是馬克斯。

「你再確認一次，還有沒有可以從別的區域提取的魔力。」

「李代表，請問現在的狀況如何了……」

「看起來不是那麼樂觀……剛才先請遠征隊員過去那邊似乎是正確的。」

「啊……」

「即便我們用盡全力阻撓，還是很有可能讓他從某一處掙脫。現在的魔力還是遠遠不夠。」

「如果加上那位龍族小姐的魔力……」

「我必須準備牠掙脫時的應對方式。迪亞路奇只是一道保險，不過保險當然是越多越好。」

「原來如此。」

「而且也有可能發生出乎預料的情況，所以必須先確認撤退的路線。」

「什麼？」

「怎麼？你這小子，眼睛瞪這麼大幹嘛？萬一真的出了差錯，我們自己要先活下來，日後才能再回來善後還是什麼的吧？我看你是因為總是關在博物館裡才不知道，那些隊員都是在人類之中首屈一指的強者啊。要是他們都解決不了的話，就沒人能解決了。」

「啊！原來是這樣啊！」

「如果不是我說的這樣，又怎麼能如此輕易打倒傳說級怪物和擊碎裂縫守護者施加的封印呢？不用太擔心，馬職員。其實我也很重視博物館，如果這裡的設施從此失去作用，我還是會難過的。還有，你不要一直跟我聊天，這樣很難專心。」

「好、好的！」

我故意不看他，而他也被我這番話嚇了一跳，立刻閉上嘴巴。

或許他比誰都清楚，這件事一點也不簡單。

耳邊不斷響起操縱魔法陣及導入魔法的聲音。我的嘴巴也絲毫沒有休息時間。

「白雪，繼續保持妳手中施展的魔法，再往觸手集中的地方注入一點魔力，那裡好像要被突破了。」

那傢伙似乎變得越來越狡猾，讓人有點煩躁。

牠開始將力量全部集合在同一處。

而我們也不得不大幅調整魔力方向，重新尋找變得相對脆弱的地方。

媽的。

我原本希望盡可能保留鄭白雪和迪亞路奇的魔力，這樣一來，至少能用在之後撤退的時候。

但現在別無選擇。

比起一步登天，還是這樣按部就班，紮實地進行準備更為有利。

不僅如此。

我的魔力也是個問題。

現在的心態必須調整為持久戰。

持續往魔法陣投注魔力，用以調整控制器，同樣也不輕鬆。

儘管運用魔法和施加強大魔力還是不一樣，但如果這項作業的時間會持續延長，就必須繼續儲存額外的魔力。

這也是我不得不讓在後面呆愣地觀察事態發展的馬職員一起參與的原因。

實際上，他真的做得很好。只是他過度積極進取的模樣，讓我不禁擔心他會不會闖什麼禍……

「李代表，二十一號及七號已確實封印！」

「不要太激動。如果某一處鬆開，其他地方應該也會產生連鎖反應。我好像有在其他地方看到一些……徵兆……」

「九號也已成功封印。」

「不要太急著移動，接下來只要集中在我指示的地方就好。」

「十號也成功封印！」

「回收剩餘的殘留魔力。」

「六十九號也……」

「你這小子！誰叫你動那邊！」

「喔？六……六……六十九號……」

「趕快轉播六十九號方向的畫……」

匡嘰嘰嘰！

伴隨著巨響，我看見一條巨大的觸手衝破封印而出。

望著矗立的觸手，我無奈到啞然失笑。

馬克斯將魔力導向六十九號處的時候，等待機會的那傢伙立刻膨脹，最終衝破封印。

魔法陣再次回到我的掌控，雖然我試著向古代神祇碎片施加魔力鐵鍊，卻難以重新制伏牠。

牠可能會把所有東西都砸爛。

不，如果放任牠任意妄為，這裡的一切就真的完了。

情勢已經脫離我的掌控。

「準備戰鬥！準備戰鬥！」

不需要我特別吩咐，畫面中的遠征隊員們早已準備好迎戰。

雖然我聽不見他們的聲音，但我可以看到吼叫的金賢成，以及發動魔法的鄭白雪。

他們明白，現在必須將那個抓狂的傢伙重新逼回封印裡。

值得慶幸的是，眾人攻擊的目標十分明確。

「務必準確地攻擊觸手！」

數百道微弱魔法不斷敲擊那傢伙觸手的畫面非常壯觀，我想那應該是鄭白雪的魔法。

可能是擔心火力強大的吐息會造成太大的衝擊，迪亞路奇開始直接以肉身加入戰局搏鬥，我也只能朝著牽制那傢伙的鐵鍊投注更多魔力。

「留下能夠維持指揮中心電力的最低限度魔力，其餘的全部送去那邊。」

「我、我很抱歉……」

「就算犯錯，只要立即修正就可以了，馬職員。」

「李、李代表。」

體型龐大的龍張大嘴巴，意圖撕咬那傢伙的畫面實在很壯觀。

光是透過影像觀看都覺得很可怕，震撼的程度不言而喻。但誰都不知道，龍的攻擊對那傢伙是否能夠造成傷害。

萬一她太過拚命戰鬥而客死異鄉怎麼辦？幸好沒有發生這種事。

可能是扛不住對方抵抗的力量，迪亞路奇的身體因為觸手開始扭動掙扎而被甩開，猛地撞上一旁的牆面。

巨大的龍不以為意地起身，宣熙英和安其暮立即為她補充神聖力。

同一瞬間，朴延周及黑天鵝的成員一齊舉劍，奮力往目標衝去。她們看起來就像為了信仰奮不顧身的女武神。

無所畏懼的女武神們，任誰看了都能感受到她們的美麗。

可惜的是，古代神祇似乎不把這樣的美麗存在放在眼裡。

媽的。

被青綠色鐵鍊綑綁住的粗大觸手，開始分裂出許多小觸手往她們伸去。

沒想到牠會這麼做……

大部分的隊員都用手中的劍對抗觸手，也有幾個人過於驚慌而差點陷入危機之中。

朴德久趁隙用盾牌抵擋了幾次攻擊，手握長槍的曹惠珍也利用朴德久的肩膀借力躍起，舞動手中的長槍。

啪噠，啪噠。

地上出現幾個被她砍下的碎塊，但持續迎面而來的攻擊，終究讓曹惠珍絕望地閉上眼睛。

但她身上沒有出現任何傷痕。只見她摸著自己的身體確認狀態，發現原來是迪亞路奇用尾巴替她擋下剛才的攻勢。

同時，迪亞路奇在嘴裡凝聚一股非常可觀的魔力。

「不能用吐息!!啊！集中型！用集中型！」

從迪亞路奇嘴裡噴射而出的集中型吐息，貫穿她剛才用牙齒刺出傷口的位置。

古代神祇碎片因痛苦而拚命掙扎，同時扯斷了一條控制著牠的預備機制鐵鍊。

就在這個瞬間，畫面中的金賢成終於斬斷無數觸手，來到被貫穿的部位前。

交給你了……上啊！金賢成！

緩緩揮動長劍的動作，讓人有種時間暫時停止的錯覺。

當他的劍一碰到觸手，觸手便瞬間完美地變成兩半，形成俐落的剖面。

「太好了！」

「嗚啊啊啊啊啊！」

「開始封印！快點！另一邊也一口氣封印！封印！」

「嗚嗚嗚嗚嗚……」

「不要哭了！你快點起來！」

我繼續往魔法陣傳輸魔力。

我的手四處穿梭，不斷操控魔法陣，後方也不時傳來馬克斯的聲音。

「上、上方區域全數封印。從三十二號到四十一號全部封印！六十九號也已完成。嗚嗚……」

畫面中，從四面八方延伸而來的青綠色魔力鐵鍊，如同先前封印古代神祇碎片的樣子，牢牢地纏住牠。

過了一會兒，一道讓牠陷入漫長沉睡的巨門在眼前開啟。

牠的掙扎似乎表達著不情願，但現在的局勢已然扭轉。

「消失吧！你這個卑鄙的惡魔！噗哈哈哈哈！」

事情演變至此，我的情緒變得高昂激動，好想跳一場歡慶之舞。

不知道為什麼，我總覺得那傢伙的大眼睛似乎正瞪著管理室的方向。不過這些根本無所謂。

「我的博物館保住了！臭傢伙！噗哈哈！咳……咳咳！」

我笑得太用力，還不小心嗆到。

那傢伙最後被成功封印，以青綠色魔力形成的巨門開始慢慢闔上。

這時，門邊的魔力變成皺褶捲起的型態，中間出現了一道像是女人輪廓的魔力凝聚物。

那個又是什麼？

不過它並沒有對我們表現出威脅性。

看著馬克斯出神地望向那個人影的反應，我猜那個女子應該就是裂縫守護者。

與其說是本人，更像是一種殘存的執念。

我不知道其中究竟有什麼故事，只見馬克斯望著那道人影，斗大的淚珠從他的眼眶落下。

女人迅速念完口中的咒語，無法識別的盧恩符文[12]瞬間飛向那道巨門。

整個空間再次被青綠色光芒籠罩，等視野重新恢復，畫面中就只剩下跌坐在地，互相擁抱的遠征隊員們。

我們成功了！

〔您已完成傳說級任務。〕

〔傳說級任務：拯救大陸（1／1）〕

12 一種已滅絕的字母，許多北歐人都曾用來記錄資訊，亦常被用於宗教儀式、占卜等用途，因此有神祕、神聖的象徵意義。

〔您已獲得稱號。〕

〔稱號：大陸守護者〕

〔所有能力值上升1點。〕

〔博物館管理者等級已上升。裂縫博物館五級管理員稱號已變更為『裂縫博物館四級管理員』。因裂縫守護者梅德爾懇切的託付，強制產生新稱號。〕

〔馬克斯的監護人〕

「什麼？」

還沒來得及開心，我用懷疑的眼神看向馬克斯，他卻露出不尋常的驚慌表情。

＊＊＊

當我一睜開眼睛，就看到許多人由上往下看著我的樣子。

「成功了。」

「我們辦到了！」

所有的回憶都很陌生。

寬敞的房間裡站滿了人。

有耳朵尖尖的人，也有個子很矮的人。有人個子特別高，也有人擁有一身綠色的皮膚。

我左右張望，很快就有一個耳朵尖長且滿頭金髮的人摸摸我的頭，並對我露出燦爛笑容。

她的臉，我記得最清楚。

「你的名字是馬克斯。」

「馬克斯？」

「嗯，馬克斯。」

「馬克斯！」

「還有，我的名字叫梅德爾。」

「梅德爾？」

「對，梅德爾。」

「梅德爾！」

「這個地方叫作裂縫博物館。你是我們這些裂縫守護者們同心協力創造出來的魔力凝聚物……在聽我詳細說明之前，要不要一起先去散散步？你能走嗎？」

「啊……嗯。」

當時的一切都讓我感到神奇。

從各個方向過來打招呼的人、輕撫我的頭的人，還有傾倒在四周的物品；以及雙腳踏上地面的冰涼感、皮膚碰到魔力的觸覺。

所有的回憶都是那麼地鮮明。

太好了。

這種心情油然而生。

我的誕生是幸運的。

當我開始了解這個世界，我真心感到慶幸。眼前的所有人都對我賜予祝福，會有這樣的想法也是理所當然。

時光飛逝。

從那天之後，我得知了許多事。我知道自己是如何被創造、是怎麼誕生在這裡，而裂縫博物館的存在又代表何種意義，也學會如何營運管理室。

學習的時間令我相當愉悅。因為那段時間可以和守護者們相處，努力上進的話還會得到稱讚。

「了解嗎？」

「是，潔米大人，我了解了。博物館內的收藏品目錄我都背下來了！」

「是嗎？我們馬克斯真聰明。」

「謝謝您。」

我學到了無數的知識。

「你是為了打理博物館而生的，馬克斯。你必須承襲我們裂縫守護者的義務。雖然對你很抱歉，但希望你可以理解我們。」

「您不需要感到抱歉，奧莉芙大人。我很高興能來到這個世界。真的很高興。」

我明白了什麼叫作責任感。

「我說這些只是為了以防萬一。你知道如果離開博物館，你就會煙消雲散吧？因為你的身體是由這座博物館的魔力構成的，一定要小心。」

「是，史內卜大人。」

也記住了什麼是不能做的事。

「很開心你願意努力學習。嗯。你好像跟我長得有點像……」

「您這麼說令我感到十分榮幸，艾札克大人。聽說您今天要離開……」

「嗯。畢竟我不是這裡的人。我們總有一天會再相見的。要乖乖的，馬克斯。」

「啊……好的。」

當然也有一些事情，即便時間過去也不會變得熟練。不過和守護者大人們一起度過的時光都非常愉快。

在博物館中四處巡查清點的時候，還有與守護者大人們對話的時候，都是如此。

謝謝守護者大人們創造了我。

這種想法甚至一天會出現好多次。有幾位守護者大人比較難以親近，但也有恰好相反的。

「梅德爾大人！」

「馬克斯！今天過得怎麼樣？」

「今天和史內卜大人一起檢查了管理室，也親自確認過封印的裂縫。」

「天啊，他有沒有對你說什麼？他對你好嗎？」

「是的，我聽了各個方面的說明。雖然現在裂縫完全被填堵，但不知道什麼時候還會再裂開，我們必須堅持守護下去，還有收藏在這座博物館裡的東西也……」

「這些話聽了那麼多次，應該很膩吧……」

「不會的，梅德爾大人。這正是我存在的理由。我就是為了繼承守護者大人們的任務，繼續維護這座博物館才被創造出來的嘛！當然要努力了！」

「……」

「梅德爾大人？」

「不需要這麼緊繃也沒關係的。」

「什麼？」

「不，沒什麼。明天不要去上課，和我一起玩吧？」

「這樣沒問題嗎？」

「當然，休息一天不會有事的。」

尤其和梅德爾大人在一起的日子，真的超級幸福。

其他大人對我當然也很親切和藹，但梅德爾大人對待我的方式，和其他大人們不太一樣。

「梅德爾大人，父母是什麼意思？」

「父母指的就是爸爸和媽媽。像我這樣的精靈，或者和潔米一樣的人類，誕生的方式和馬克斯完全不同。女人和男人相愛之後，會在女人的肚子裡形成小孩，經過一段時間後，就會來到這個世界。而這兩人就是那個孩子的父母。當然，養育小孩的概念也是……啊，不過你怎麼會突然問這個？」

「史內卜大人說，梅德爾大人就像我的父母。」

「當然！就算方式不同，但我確實和馬克斯的父母沒有兩樣。我可是讓馬克斯出現在這個世界的最大功臣呢。哈哈，史內卜真是會說話。其實我也總是把馬克斯當成自己的孩子看待。怎麼樣？要不要叫我媽媽？」

「不、不要。」

「為什麼？」

「就……這樣好害羞。」

「快點叫一聲來聽聽！」

「下、下次啦。我不好意思。」

我真的很感謝自己得以誕生。

現在回想起來，那段時光是我這輩子最幸福的回憶。

沒有任何煩惱，每天都在笑。偶爾也會跑來跑去，對梅德爾大人撒嬌。

就這樣，歲月不斷流逝。

不知道究竟過了多久。我只知道那是足以讓潔米大人從黑髮變白髮的時間，也是足以讓奧莉芙大人、史內卜大人的臉上出現皺紋的時間。

原本每天都在發脾氣的史內卜大人，越來越常安靜看書或眺望遠方，身體也明顯變得虛弱。

奧莉芙大人開始沒辦法好好吃飯，每次都摸著我的頭這樣說著——

「對不起。」

「不會的，奧莉芙大人。該道歉的人是我。我沒辦法為您做任何事……」

「我們讓你背負了沉重的包袱。」

「我從來都沒有這樣想過，奧莉芙大人！」

「哈哈……謝謝你願意這麼說。真的……謝謝你……」

「奧莉芙大人？梅德爾大人！奧莉芙大人好奇怪！梅德爾大人！」

大概就是這時候，我生平第一次經歷他人的死亡。

原來人類真的會死。

也是在這時候，我才真正感受到這個事實。

「我們的小可愛……」

然後是潔米大人的離去……

「抱歉，每次都對你很嚴厲。希望你能明白，我不是真的討厭你。馬克斯，博物館就拜託你了。」

接下來，史內卜大人也逝世了。

後來只要有其他守護者大人撒手人寰，梅德爾大人總會獨自流著眼淚，食不下嚥的日子也越來越多。

「或許我的誕生是不幸的……」

我開始會這樣想。

每當守護者大人們離世，或者梅德爾大人把自己關在房間裡的時候，我就會產生這種想法。

時間不斷流逝，當我發現偌大的博物館最後只剩下我們兩個人的時候，也會有相同的念頭。

當然也不是只有不幸。

梅德爾大人不會變老，還有很多值得開心的事。

我們會一起閱讀，也會在博物館裡四處奔跑；我們會談天說地，也從不停止教導與學習。

笑著的時光，逐漸多過了悲傷的時光。

沒辦法一起出門雖然讓我覺得有點可惜，但也非常快樂。

我以為這一切會這樣持續到永遠。

然而，梅德爾大人的生命也並非永恆。她開始像潔米大人或其他大人一樣，跟以前的模樣逐漸產生落差。

差不多從這時候開始，梅德爾大人就不常離開房間了。

「研究……就要開始了，馬克斯。我會變得很忙。」

「是的，守護者大人。」

「還會有很多事情讓我出不了房門。這段時間……博物館就交給你了。」

「是，守護者大人。」

其實我不知道那些研究到底是什麼，不過情況就像守護者大人說的一樣，我變得很難見到她。

「我的誕生是不幸的。」

出現這種念頭的時間越來越多。

梅德爾大人不斷埋頭進行研究，同時也開始急速衰弱。就算偶爾出來外面，也總是咳個不停，還會扶著自己的胸口氣喘吁吁。

我雖然很害怕，卻只能對她笑，並專心管理這座博物館。因為我只能做我該做的事。

梅德爾大人有時候會摸著我的頭說話。

每次在我身上施加各式各樣的咒語後，她都會這樣說——

「我愛你。」

騙人。

她變得難以動彈的時候，也說了相同的話。

「我愛你。」

她說謊。

她身體裡的魔力全部消失殆盡的時候，她還是笑著說這句話。

「我愛你，馬克斯。」

她在說謊。

她傾盡所有的魔力把我帶到博物館外面的時候，仍舊說了一模一樣的話。

她喃喃自語地說著「研究成功了」，身體卻逐漸消散，嘴裡說的話依然沒有改變。
「我愛你……我……愛你，馬克斯。」
我認為這些都是騙人的。
「您騙我。」
「……」
「如果您愛我……如果您說的是真的，當初就不應該創造我。嗚嗚嗚……」
「……」
「如果是真的，那您就不要丟下我一個人。潔米大人、奧莉芙大人、史內卜大人也是，如果真的喜歡我，就不會讓我自己……嗚嗚嗚……一個人留在這裡。梅德爾大人最愛騙人了。嗚嗚嗚……您明明說可以和我永遠在一起……都是騙人的……早知道會這樣，我寧願不要誕生。我寧願您不要把我創造出來。」
「……」
「我從來沒有說過想要去外面。我不是說一直在博物館生活也沒關係嗎？我從來沒有要求過您。既然您說您很愛我……那就應該要跟我在一起，不應該這樣對待我啊。」
「……」
「我也……我也愛您！我也愛您，所以您不要走。」
「……」
「其實我知道您沒有騙我，我也知道您是真心愛我的。所以，您快起來吧。求求您快起來。」
「……」
「呃嗚嗚嗚……求求您……拜託。」

「……」

＊＊＊

「就這樣結束了？」

「是的……接下來就像之前說的一樣。我沒有離開這裡……我選擇留在博物館完成裂縫守護者大人們傳承下來的所有義務與職責。當博物館突然變成副本的時候，我也嚇了一跳。」

這個故事比想像中感人。

我還考慮過要不要為平靜說完這段話的馬克斯，擠出幾滴鱷魚的眼淚。不過滾燙的淚水並沒有流下來。因為這故事對我來說缺少真實性，而且外面傳來的嘈雜交談聲也影響了我入戲的情緒。

想必是逐步靠近管理室的遠征隊成員們。

〔馬克斯的監護人〕

〔因守護者梅德爾懇切的託付而獲得的稱號。可依據馬克斯的成長程度提升博物館管理者等級。——非常抱歉，請務必真心對待他。〕

這樣也不賴。

反正不用像迪亞路奇那樣，把我自己的性命也搭進去。要用什麼方式對待他，也是由我自己決定。

但我心裡卻莫名感到不快。

這個叫作梅德爾的女人，挺身而出施予最終的封印後，連那道執念也跟著消散了。

真是令人無言以對。

「剛才短暫出現的那個……」

「我認為是梅德爾大人殘存的意志。或許我終究不值得她信賴吧。」

「不是這樣的。正確的推論應該是，她為了讓你安心離開博物館而留下一道意念。」

「啊……」

「總而言之……現在那位裂縫守護者希望我能照顧你。等等，你為什麼不在梅德爾死去的當天就離開呢？」

「總、總該要有人負起責任吧。畢竟我是管理員……非、非常抱歉。」

「你不需要道歉，馬職員。反正這對我而言沒有壞處。唯一的問題就是該怎麼跟大家說明這件事。」

我已經能想像鄭白雪焦慮地啃咬著兩手指甲的模樣了。我得認真想想該怎麼處理這個小子。

但這當然不是什麼壞事。

光是可以提升博物館管理者等級，就是非常龐大的利益。

現在很難馬上清算所有的收穫，無論如何，這次遠征最大的報酬正是這座博物館。

只不過，還是需要負責打理博物館的人……

在我成為監護人之後，他的生活應該會和住在這裡的時候不太一樣，但他的存在是不可或缺的。

擁有管理員權限的人，除了我，就只剩下他了。

除此之外，在以這些控制器為原型進行量產的事業中，他還能為我縮短作業時間。

「馬職員。」

「是。」

「我只是好奇問問喔……你知道怎麼做出這些控制器的內部設計嗎？」

「我……大概知道。可是我沒有操控中樞裝置的權限……」

「那這個怎麼樣？」

「如果是那個的話，或許可行……」

「這樣啊……還有其他可以辦到的嗎？」

「啊……應該也可以製造那個。」

「哦？」

「李代表？」

答案已經呼之欲出了，其實也沒必要想得那麼複雜。

「叫什麼李代表……以後就叫我爸爸吧，兒子。」

「什麼？」

「噗呵呵呵。」

現在我也有能夠肩負我老年幸福生活的兒子了。

第089話　消息靈通的天鵝

意外和那小子培養出一段父子情，這趟遠征也算是畫下完美的句點了。

我們獲得了一件神話級裝備、兩件傳說級裝備，還有一些品質優良的英雄級裝備。

很遺憾盾牌不是讓朴德久拿到，而是落入黑天鵝公會手中。不過假如連盾牌都被帕蘭打包帶走，整趟返家路程中我可能都會愧疚得抬不起頭。

乾脆這樣吧，我來做一面適合朴德久使用的盾牌給他好了，反正我手上的原料本來就多到不知道該怎麼處理才好。

帕蘭即將誕生一位厲害的冶鐵匠。

最重要的是，帕蘭獲得的利益遠比黑天鵝更多。

這次遠征帶領大家走向成功的第一功臣是帕蘭公會的成員。從這一點來看，這其實是非常公平的結果。但既然彼此是日後也會密切往來的同盟關係，我們當然也需要表現得有良心一點。

更何況，我方獲得的裝備價值實在高到難以估算，這樣一想，更是沒什麼好計較的了。

在各式各樣的稱號及裝備獎勵中，最亮眼的當然就是金賢成獲得的神話級武器，以及我手中的博物館控制器。

所有人的目光自然都集中在神話級裝備上，但對我來說，在博物館裡的一切才是比任何獎勵都更有價值的收穫。

這個世界即將改變。

只要能順利執行我心中所想的規劃，大陸就會迎來大幅的變革。

目前為止無法實現的事都將變得可能。

我心裡很想早日回到琳德投入研究，問題是隊伍行進的速度頗為緩慢。

每個遠征隊員的體力都已達到上限，速度不快也是在所難免。

反正我也沒那麼急，只要離開這個區域就可以搭上馬車。而坐上馬車之後，很快就可以抵達琳德了。

回程時的氣氛也很好……

不過這樣的氣氛卻來自於眾人始料未及的原因，也就是剛加入我們的新面孔。

有趣的是，之前被困在副本裡的隊員們，對這位新面孔也抱有一點善意。

看來確實如我所料，他並未迫害受困的黑天鵝成員們，反而向他們表現出和善的一面，和他們進行許多對話。

我想，那小子可能真的很寂寞。

當然很寂寞啊。

因為他只能自己一個人度過漫長的時間。

博物館是他唯一的伙伴。而且從他對這個地方近乎瘋狂的執著來看，他的確只能利用博物館來排解獨自生活的孤寂。

遠征隊員接納他的原因還不僅如此。

「嗚嗚嗚嗚嗚……」

「嗚啊啊……」

當他的心路歷程被公開，整個遠征隊立刻瀰漫著一股同情的氣息。

「嗚嗚嗚……」

尤其是以朴德久為中心的愛哭鬼們，開始無微不至照顧馬克斯。

「所以你在那之後……」

「從那時候開始我就一直在博物館裡……」

「你一定很寂寞……」

「是、是有一點啦，但我已經習慣了……在博物館裡也有很多事可以做。」

「你、你不要再說了。嗚嗚……既然你是大哥的孩子，也就等於是我的孩子！」

「啊……是。」

我沒有刻意隱瞞自己成為馬克斯監護人的事。

反正那只是一個稱號，我認為不會有實質上的改變。

本來以為鄭白雪會大受打擊，結果她卻擺出對這件事毫無興趣的態度，表情不冷不熱。迪亞路奇也一副無所謂的樣子。

她一開始好像有點擔心我會不會因此忽略小機靈，但最後還是改變了想法，認為有一個相伴成長的兄弟也不錯。

總而言之，那小子從一開始的反派角色變成遠征隊裡最可愛的存在，勘稱是最完美的蛻變。

用來創造他的技術相當制式化，但他的本體卻充滿豐富的情感表現。極度可愛的長相當然也是重要的先決條件。

真是可惡的外貌至上主義。

看著他瞬間就擄獲黑天鵝隊員們的心，我已經沒什麼話好說了。

此時的我只是安靜地看著大家嘻笑打鬧。

慢慢走著，不知不覺就抵達馬車可以進入的區域。或許是事先就收到消息，眼前已經出現等候我們的黑天鵝公會馬車。

一起出來迎接的金藝莉、黃正妍也安靜坐在馬車上。帕蘭的新人們並沒有同行，我想可能是因為有其他工作在身。

在我舉手打招呼前，只見小鬼頭金藝莉從遙遠的那頭迅速跑來。

她這段時間應該都在痴痴地等待著金賢成，會有那種反應也很正常。但看著她直接忽略我，從我身旁呼嘯而過的身影，還是莫名有點失落。

真是一點也不可愛的小鬼頭……

一心等著我回家的小機靈隨即浮現在我的腦海中。

黃正妍也是連招呼都不打，直接衝向朴德久。看來大家對我的生死都不是很在意。

就在這時，金藝莉穿過人群大力擁抱了金賢成。

「嗶嗶嗶，禁止對小孩出手。」

「嗯？你說什麼，基英哥？」

「沒什麼，白雪。」

她緊緊抱著金賢成不放的樣子，讓我感到十分不安。

雖然金賢成將小鬼頭當作自己的妹妹來照顧，但在我眼裡，小鬼頭的眼神早已越過那條線。就只有金賢成那小子沒有感覺到，這種遲鈍的反應可以說是最典型的男主角特有屬性。

「趕快進入馬車裡休息吧，基英哥。」

「嗯，說的也是。我在管理室消耗太多魔力……從頭到尾也不過只睡了三小時多。」

「辛苦你了……」

「還有其他地方不舒服嗎？」

「沒有，熙英小姐。我沒有哪裡不舒服。」

「我知道了，那你只需要好好休息就好。」

會關心我的果然只有鄭白雪和宣熙英。

正當我想要拋下吵鬧的朴德久，還有就快被人抓走的金賢成，自己走上馬車時——

「你平安無事呢，基英先生。」

「啊，智慧小姐。」

李智慧也來迎接自家的會長。

突然登場的李智慧，讓鄭白雪的眼神變得有些警戒。多虧她若無其事向鄭白雪搭話，才讓緊張的氣氛稍微得以緩解。

「哎呀，白雪小姐，好久不見了。兩位同進同出的畫面還是如此美好呢。」

「呃……智、智慧小姐，妳好。」

「我也很久沒看到熙英小姐了吧？」

「是，好久不見。」

唯有用如此親切的態度接近，才能消除對方的戒心。

李智慧直接了當稱讚我和鄭白雪很般配，讓我有點不知所措。雖然她常常用這種話術吹捧鄭白雪，但今天似乎比平常更有誠意。

看來黑天鵝已經掌握消息了啊……

她知道今天不是私人聚會，而是因為公事見面。

率先從副本快速返回琳德傳遞捷報的遊騎兵，不可能只是單純通知他們來迎接遠征隊。

在副本裡發生的事，包括每個公會各自獲得的獎勵，很有可能已經被逐一轉述，說不定連攻掠日誌都已轉交出去了。

黑天鵝是琳德當中，對資訊情報最為敏感的公會之一。

能讓李智慧在百忙之中還要親自抽空到場，除了收到會長朴延周的諭令，不可能有別的原因了。

我很清楚黑天鵝敏銳的特性，卻沒料到隊伍都還沒回到琳德，他們就已經開始行動了。

我悄悄望向朴延周的方向，發現她正在和李智慧互相交換眼神。

智慧姐也很努力在生活呢。

她和我一樣，為了在公會裡站穩腳步而拚盡全力。

總之，她感覺像是在一邊和鄭白雪、宣熙英熱情對話，一邊計算著時機。

我決定幫她一把。我假意咳嗽，她立刻像終於等到機會一樣轉頭對我說話。

「啊！話說回來，我有事要跟基英先生說……因為是還滿重要的事，不太方便在這裡說……我們在返回琳德的路上一起聊聊這些瑣碎的事如何？我已經備好另外一輛馬車了。」

「其實我有一點累……」

我故意轉移話題，立刻看到李智慧瞪著我。假如要幫她配上旁白，應該會是「你確定要這樣對我嗎」的意思。

我揚起嘴角，原本只是想跟她開開玩笑，不過看她急迫的樣子，她應該是收到了相當嚴正的指示。

「賢成先生和我們會長也會在場。」

「這樣的話……那就這麼辦吧，智慧小姐。」

鄭白雪的臉上寫滿了委屈，但我也無可奈何。畢竟這個場合稱得上公會之間的高峰會。

金賢成應該也收到了朴延周的邀請，只見他甩開金藝莉往我們這裡走來。

雖然朴延周和李智慧似乎受到了帕蘭女人們的仇視，但現在比起解開雙方的矛盾，解決眼前面臨的問題更為重要。

踏進馬車，映入眼簾的依然是華麗的內裝，是和去程搭乘的馬車完全不同的風格。我可以明白她們將我們視為貴賓，並想竭力款待我們的心情……她們該不會覺得如果不這麼做，就沒辦法從我們這裡得到什麼吧……

這次的遠征並非由帕蘭獨挑大梁，但黑天鵝似乎認為我會默不作聲把所有東西收進自己的口袋，然後裝作沒這回事。

我還沒垃圾到這種地步。

就算我不只一次出賣良心，但也不會去扯曾經生死與共的隊友後腿。真是的，我卑鄙的程度還不到那樣啦。

於是我和金賢成來到這輛對四個人而言實在過於寬敞的馬車中，朴延周和李智慧也在沙發上找了個舒適的位置坐下。

我們泡了茶，享受著喝茶的樂趣並隨意閒聊。營造了頗為輕鬆的氣氛後，李智慧就開始試圖進入正題。

一舉一動都再次印證了她真的對這種場合十分熟悉。

表面上提出主訴的都是朴延周，但不可否認的是，讓彼此能夠自然對話的氛圍，都是我這位靈魂伴侶負責營造的。

「在慶祝遠征成功之前，我想先對你親自參與任務表達感激，賢成先生。」

「別這麼說。我們反而更感謝黑天鵝的邀請。而且帕蘭已經獲得了過多的獎勵，卻還能收到妳們的謝意，實在很羞愧。」

「這是你們應得的。這次攻掠的關鍵功臣其實是賢成先生與基英先生……從各方面來說，你們都有資格獲得那些獎勵。既然裝備已經完成綁定，我們自然也就沒有說三道四的道理。只是……那個……關於博物館的所有權，現在是在基英先生手上吧？」

「是，我的確獲得了管理員的稱號，同時也是馬克斯的監護人。」

她們該不會是想爭取博物館所有權吧？我突然覺得頭好痛。

如果叫我分一點權限出來或許還沒關係。萬一對方希望各持一半，我敢保證，不管是隊友還是任何關係，我都有可能翻臉不認人。

不過，接下來聽到的話，立刻讓我明白沒必要做到那一步。

「為了避免誤會，我們先聲明，我們無意主張博物館的所有權。」

反應靈敏的李智慧一句話就說到了重點。

朴延周也點頭表示認同，並開口說道。

「是的，如同智慧說的，我們沒有想過要和基英先生爭取博物館的所有權。只是希望能讓我們投資，日後基英先生、賢成先生在帕蘭進行的事業，能讓我們持有適當的股份，以及……非常微薄的照顧就可以了。」

「這樣啊……」

嘴上說著微薄的照顧，實際上想要的絕對不微薄。

她們的立場應該是建立於「沒有黑天鵝就沒有博物館」這一點。

其實她們有資格要求更多，畢竟遠征不是只靠帕蘭就能完成的。

我本來就打算分給黑天鵝一定的股份，確實也計畫以雙方共同經營的狀態促進這件事。只是有點驚訝……她們的腦筋真的動得太快了。

他們已經對我身邊發生的事瞭若指掌。

我不得不再次感嘆，她們真的很敏銳。雖然只要進去過那座博物館的人不是笨蛋，都可能會產生這種想法。

「其實，關於所謂的事業，我覺得現在的時機還言之過早……」

「你就直說吧，基英哥。我們想知道你的布局和我們想的是否一致……」

「我心裡大致有兩個計畫。同時也想過和黑天鵝攜手合作。即使博物館的所有權意外來到我手上，不過如果沒有黑天鵝，這也是不可能實現的事。」

「真是太好了。如果方便的話，你能不能……讓我們也聽聽看你的計畫。」

「當然。首先第一個計畫是將裂縫博物館改建成設施來經營……」

她露出在她意料之中的表情。

「第二個呢……我在考慮要不要成立電視臺。」

眼前的李智慧握緊拳頭，她現在的想法說不定和我一模一樣。

——徹底掌握輿論。

從這一瞬間起，神聖帝國進入了影像媒體世代。

＊＊＊

「那個叫作馬克斯的孩子擁有這些技術，對吧？」

「對。我確實不可能把博物館的所有設施都帶出來。我還沒辦法接觸構成系統的中樞裝置，我的管理等級也才不過四級而已……如果升到一級或二級，開放的權限內容可能又會有所不同。不過，其實我對其他功能沒興趣。從第一眼看到的時候開始，我在意的就只有魔力全像投影。」

「那的確……是這片大陸上沒有的技術呢。這是當然的，如果是我也會大為震驚吧。可是自從基英哥把琳德裡所有的記者都折磨一遍之後，也有很多朝這方面研究的公會……他們現在可以說是功虧一簣了呢……」

「不。對於這些已經開始進行研究的公會，我打算請求他們的幫助。我們目前擁有的就只有技術……在商業化的部分還不一定呢。」
「像這樣接受各方的介入，不會反而對我們不利嗎？」
「不。技術流傳出去也無所謂。當然越晚傳出去對我們越有利，但最重要的並非影像，而是影像從哪裡傳播出去……」
「我知道！控制中心設在博物館裡。」
「正確答案。意思就是內容審查都由我們負責。畢竟這和社群媒體不同，並非是提供用戶互動的平臺。我相信只要我們的馬職員盡心研究，就沒有做不到的事……不過我想應該也沒這個必要。想讓大眾變成傻瓜，沒有什麼比傻瓜箱子[13]更好用的了。這也是為什麼從以前開始，位高權重的人都會如此頻繁使用這個東西。」
「是這樣沒錯。先拿明星的醜聞當煙霧彈，引開民眾的目光後，再飛快地通過法令；或是製作刺激性的節目，讓觀眾變成傻子……總之，民眾的頭腦有如豬狗般簡單，這句話也不是空穴來風吧？」
「這太不像話了，怎麼能說是豬狗呢？他們可是為我們帶來收視費用的財神爺啊。」
「怎麼聽起來更奇怪了？」
「妳想太多了。」
不知道是不是希望我能和李智慧聊得更自在，兩位會長討論完重要話題後，立刻就離開了位子。
他們當然不是覺得煩或是不放在心上，我想或許是這陣子累積的信賴感使然。
嚴格來說，博物館中樞裝置理應屬於我的個人財產，而非帕蘭的公會資產，金賢成全

13　意指電視。韓國人該詞表示一直看電視會失去思考能力。

權交給我處理也很正常。

就是這樣哥才會這麼愛你呀，賢成。

金賢成不笨。這次遠征會為我們帶來多少錢財，又能引發多大的迴響，他比任何人都清楚。

即便如此，他也沒有特別向我提起，由此可見，他確實是個沒有野心的人。

不管想幾百次，我都覺得跟著他是正確的選擇。

總而言之，金賢成將這次的事全部交給我處理了。李智慧也一樣。

這也是我們現在能持續對話的原因。

即便她並沒有像我這樣受到會長的全權委任……但也已經很厲害了。

不具備任何武力的普通老百姓，可以在如此重要的協商會議中掌握絕大部分的權限，在這片大陸上是很罕見的事。

不僅朴延周信任她，更是因為李智慧可以為朴延周帶來實際的收穫，才能坐在這個位置。

暫時喝口茶潤喉之後，她立刻對我開口說道。

「所以你可以給我們多少？」

「這個嘛……」

「不用顧忌投資金，這是我得到的指示。我們的會長似乎打算不計代價，也要搭上這艘名為李基英號的船呢。公會的幹部們也都一致認同……就算我不特地說明，你應該也知道黑天鵝公會對我的期待有多大吧，基英哥？」

「所以智慧姐現在是在叫我幫忙維護妳的面子嗎？」

「說實話，的確是這樣，而且我覺得我充分有這個資格。從以前到現在，不管是物質還是精神層面，只要你一聲令下，我全部都辦到了。無論我對你有多麼痴迷，如果在這裡慘遭滑鐵盧的話，我的心情可能不會太好。如果我能得到更多的權力，基英哥自然也會獲得更多好處。我們要打造雙贏局面才對嘛。」

「哎呀……就算智慧姐說得有道理，我們也要把話說清楚才行。目前為止，實際享受利益的人可不只我一個啊。我的名字也被妳利用過很多次……準確來說，我們兩個從以前到現在就已經是雙贏了……但妳居然講得好像只有妳犧牲一樣。我有點難過啊……」

「哎唷，基英哥……」

「妳應該知道，這不是對我撒嬌就能成的事，智慧姐。」

「當然知道。這只不過是在面對緊要關頭的最後掙扎而已。所以你到底要怎麼做？不要鬧了，快點決定吧。」

「咳……」

她的表情確實很焦急。

與其說她在擔心自己做不到黑天鵝想要的成果，感覺更像是在測試她在我心中有多少分量。

當然，我沒有理由怠慢李智慧。

除了黑天鵝和我有直接的交情，繼續把她歸類為友軍也能為我帶來很大的好處。她既有工作能力，個性也和我很合得來，我自然會想照顧她。

「就照妳想要的吧。」

我很早就想試試看這句臺詞了。

「真的嗎？」

「不過妳也要有點良心。」

「這是當然的。我想要喊的數字，比公會原本預估的範圍高出百分之三喔。」
「那是多少？」
「百分之五。」
「嗯……」
「太多了嗎？」
「剛好相反，比我想的還少。黑天鵝又不是沒有參與副本攻掠……乾脆在前面加個十吧。總共百分之十五，這樣還差不多。」
「真的沒關係嗎？」
「嗯，坦白說，我也是會受到良心譴責的。我怕太貪心會被反噬。適當、妥善地分享才是最安全的辦法。如果硬要全部獨吞，說不定哪天會有恐怖分子從路邊跳出來朝我的心臟開槍[14]呢。」
「雖然你的比喻有點奇怪，但我能明白你的意思。既然你這麼為我著想，我也會大力推動給你的投資金。至於獎勵的部分……」
「我想副本獎勵最適當的分配比例是直接對半分。」
「這樣啊。」
「博物館中樞裝置基本上是我的個人財產，但博物館本身卻不是那麼一回事，因為攻掠是大家一起完成的。要不是有黑天鵝的協助，我也得不到這些東西。」
其實我認為博物館本身也是屬於我的。但就算是我這種自私的傢伙，還是得顧慮盟友們的感受。

14 1972年，韓國總統朴正熙為了繼續掌權而自主發起「十月維新」政變，韓國自此成為軍事獨裁國。七年後，朴正熙遭到槍手暗殺，胸部及頭部中彈身亡，犯人在審判時表示自己是為了國家的民主化「以野獸之心射殺維新之心」。此處藉以表示極權可能導致叛亂。

就連雞毛蒜皮的小事也有可能會引起骨牌效應，所以越是友好的關係，該給利益的時候就一定要給。

反正中樞裝置歸我所有嘛。

即便把這艘大船切成兩半，反正舵輪和掌舵人都在我這邊，其中的含意無需多言。

「那麼我們會再投注一些改造裂縫博物館的費用。因為還要規劃分區，應該需要更多金幣。」

「當然需要，這可是世界首創的副本主題樂園呢。」

「比起副本主題樂園……說是江原樂園[15]好像更適合……」

「妳在外面不要這樣亂講……」

「我當然知道。」

「嗯，總之這件事就這麼說定了。這種程度應該能讓妳走路有風了吧？」

「是，比我想的更有面子。」

我悄悄看向李智慧，發現她的嘴角上揚。雖然嘴邊掛著淺淺的笑容，但不知道為什麼，看起來卻很像在壓抑即將從她體內爆發出來的得意。

她看起來心情很好，這是當然的。

我不確定她是因為保住面子而開心，還是因為我非刻意的體貼而心情愉悅，我個人覺得比較接近後者。

她試圖維持和平常一樣的表情，卻還是控制不住透露著情緒的五官。我還是第一次看到她這樣。

可能因為她跟我是系統認證的靈魂伴侶，即使我們沒有相處太長時間，我還是能看穿

15 韓國知名豪華賭場度假村。

她的行為。

難道我們在第一次人生也有牽連嗎？我胡思亂想了一會兒，卻很快就被打斷。

眼前的李智慧偷偷摸摸地來到我身邊。

「怎麼了？幹嘛這麼靠近？」

「你猜。」

「妳不要太靠近我，智慧姐。最近我身邊有隻眼睛在盯著我，雖然現在好像沒看到……但不知道什麼時候會突然出現。」

「眼睛？」

「嗯，對，總之就是這樣。很快就抵達目的地了，好像不足以和我們智慧小姐共度甜蜜時光呢。」

「真的耶，聊著聊著就到琳德了。這麼久沒有獨處了，早知道就跟你做點私人的事。」

「跟智慧姐在一起，聊公事也算是一種私事啊。最有趣的莫過於談論人間世事以及……」

「背後的內幕。」

「沒錯。總而言之……有空再見吧。不，反正我們會一直見面，因為黑天鵝應該打算派智慧姐負責博物館的事吧？」

「公會裡面有相互牽制的勢力，所以還不能確定，但我想有很大的機率會交給我。畢竟我是這次協商的最大功臣。說不定明天就會見面了。為了避免白雪小姐心情不好，我就不送你了。」

「嗯，知道了。」

感覺到馬車漸漸慢下來後，我馬上起身離開。

打開寬大的車門來到外面，眼前是和黑天鵝成員們互相道別的安其暮與宣熙英。
當然，不只他們兩個。還有用尷尬表情跟大家握手的迪亞路奇，以及圍繞在朴德久身邊的女性隊員們。
隊伍人數變多，道別的過程也變得更費時了。
就在這時，其中一位隊員跑來塞給我像是禮物的東西。
「那個……遠征的時候真的非常謝謝您。」
正打算走向我的鄭白雪看到這副景象，立刻加快腳步跑過來。給我禮物的女子發現鄭白雪的反應後，當然也迅速躲回馬車裡。
我對那個隊員完全沒有印象，她似乎認為我幫過她。可惜沒來得及確認她的特有癖好，但心情還是不錯。
看來我還算有點行情啊。
雖然比不上朴德久或金賢成，但至少在大眾眼裡似乎還算吃得開。
我們不斷揮手，直到黑天鵝公會的馬車消失在視線中，而我們也很快就邁開腳步往公會前進。
每個人都熟門熟路地走著，除了一個到現在還沒能完全適應的人。
「過來吧，馬職員。」
「是……」
這孩子是第一次見識到博物館外的世界。抵達琳德後，他就好奇地不停四處張望。
我默默伸出手，他也順勢握住。
此時，我聽見了遠遠傳來的高分貝聲音。
「迪亞路利！」

從迪亞路奇噙著淚水放聲大叫的反應，就能知道此刻往這邊狂奔而來的主角是誰。

「小機靈！」

茶不思飯不想等待著父母的小傢伙，跑來迎接我們了。

牠這段時間好像又長大了，不過牠用四隻腳朝我奔來的模樣，看起來還是很可愛。

當然，小傢伙並沒有選擇呈現和母親感動重逢的場面。牠直接略過滿臉淚水的迪亞路奇，讓人感到有點心疼。

就在我無可奈何地張開雙臂時，我發現小傢伙的路線突然產生偏移。

「什麼？」

眼前發生的畫面實在太不真實了。

「啊啊啊啊啊啊！」

小機靈用盡渾身力氣飛撲，準確無誤地撲進馬克斯懷中。

「咕喔喔喔喔喔喔喔！」

〔您正在確認傳說級精英怪物黑龍迪亞路利的特有癖好。〕

〔黑暗中扭曲且危險的愛〕

〔＃媽媽也回來了啊〕

〔＃這又是哪位〕

〔＃不管了先撲倒吧〕

〔＃成功〕

第090話　世上沒有壞龍

這是怎麼回事啊？

事情發生得太突然，我頓時不知道該怎麼反應。

所有的動作都凝結在這一瞬間。

或許是秉持著最後的一絲良心，小機靈才沒有用頭上的角攻擊馬克斯，但馬克斯的臉已經因為痛苦而皺成一團。

我看著小機靈殺氣騰騰的臉，以及痛到閉上眼的馬職員，時間彷彿暫停了。

伴隨著「砰咚」一聲，小機靈和馬職員一起向後倒下。

「咕喔喔喔喔喔！」

迪亞路利吐著鼻息，擺出一副不要惹我的表情，威風凜凜地保持壓制馬克斯的姿態，那畫面相當驚奇。

塊頭大就會看起來比較有威脅性，或許在龍的世界裡也有這種觀念。只見牠用後腳站立撐起身體，維持站立的姿勢。

「嘰咿！嘿嘿！」

接著就開始搖尾巴。

我是該摸摸牠的頭稱讚，還是要阻止牠？不對，稱讚牠的這個想法本身就很荒謬。

我正打算說點什麼的時候，耳邊已經傳來迪亞路奇的喝斥。

「迪亞路利！」

想想迪亞路奇對小機靈的偏愛，我還擔心她會不會說「為什麼要抹殺小孩子的氣勢呢」

之類的話，幸好沒有發生這種事。

她的臉上充滿了驚慌與憤怒。

雖然小機靈以前也有出現過幾次突發行為，但這是牠第一次做出具有攻擊性的舉動。

我想，有必要讓牠接受正確的教育了。

先把小機靈交給迪亞路奇，我立刻跑過去檢查馬克斯的情況。

或許是因為還有點痛，馬克斯按著自己的胸口，拍拍身體，然後慌張地靠近我身邊。

「馬職員，你沒事吧？」

「李、李代表……」

他本能地認知到，和我待在一起比較安全。

「嘰咿咿咿咿！」

看到這個畫面的小機靈，立刻又開始發出尖叫聲。

「迪亞路利！妳這是在做什麼？」

「嘰咿！」

「這又是什麼態度？妳以為自己很厲害嗎？」

「嘰咿咿咿！」

「妳為什麼總是……」

「嘰咿咿咿咿咿！」

「我之前不是說過不能這樣嗎？妳怎麼可以用這種眼神瞪著媽媽！」

「嘰咿！」

「媽媽也忍妳很久了！」

「嘰咿！」

「媽媽也是龍啊！龍！」

迪亞路利對媽媽完全不理睬的態度，也讓我感到意外。

牠激動的心情似乎尚未平復，鼻子在還不停用力噴氣。

迪亞路利需要良好的教育，這種行為必須在初期就給予矯正。

牠現在的能力值還停留在稀有級與英雄級之間，不過倘若以後成長到傳說級，簡單的飛撲就再也不簡單了。

剛才那種事也是一樣。萬一馬克斯只是個普通小孩，勢必會受重傷。

眼看小機靈逐漸展現出教育失敗的徵兆，即便是從現在開始也好，我必須導正牠的行為。

我不得不採取強硬的姿態。

我嚴肅地開口，小機靈聞聲立刻轉過頭來。

因為迪亞路利輕浮的態度而感到傷心，表情因此不太好的迪亞路奇也轉頭看著我。

「迪亞路利。」

「嘿嘿。」

「妳也知道自己現在的行為是錯的，對吧？」

「嘿……」

「現在立刻回去巢穴，從今天開始禁足。所有的玩樂全部禁止，直到妳反省之前，我都不會跟妳玩。之前答應妳這次遠征回來要住在一起，還有要出去玩的事也全部取消。點心也不准吃了，妳自己看著辦吧。」

「嘰？」

牠的臉上充滿錯愕。

我故意避開牠的眼神，牠的眼淚就像大雨一樣落下。

「嘰咿咿咿……嘰咿咿咿……」

那很明顯是一種家破人亡的表情。沒想到龍的五官也能出現如此可憐的神情，讓我感到有點神奇。

眼淚不斷從圓滾滾的眼睛裡落下的樣子，乍看之下其實還滿可愛的。可是現在不能臣服於牠的可愛，這一點我還是很清楚。

雖然忍不住一直想看牠，但現在最重要的就是保持平常心。

「嘰咿咿咿！嘰咿咿咿。嘰咿咿……嘰咿咿咿咿……」

如果翻譯成人類的語言，牠大概就是在喊著「我知道錯了」、「下次不敢了」等等，不過這些都沒有用。

牠必須為自己的行為負責，這就是牠要學習的地方。

遠征隊員們再次確認馬克斯狀態無虞後，便繼續朝公會總部的方向前進。

有趣的是，鄭白雪的表情也跟著變得相當嚴肅。

她似乎在想，萬一自己不小心犯錯，很有可能就會走上和小機靈一樣的路。

以前好像也經常發生剛才那種情況。

這樣看來也算是好事。我最近正好覺得，之前在受詛咒的神壇對鄭白雪灌輸的觀念已經慢慢失去效果了。

正當我想著要重新擬定對策的時候，就遇上了這個好機會。否則最近發生的狀況太多，就算有十個我也是分身乏術……

我可沒時間輪流關心每個人。

想當然耳，魔力值高達九十七，躋身最頂尖魔法師的鄭白雪依然需要我時刻留意，但首先還是迫在眉睫的事業最為重要。

反正她目前還不會爆發什麼大問題。

鄭白雪也需要一點時間來消化自己得到的新力量，她應該會暫時保持穩定。再加上她目睹了剛才發生的事，想必會更乖吧。

「嘰咿……嘰咿咿咿……」

「那個，李代表，牠好像……」

「不用管牠，馬職員。那種行為一定要矯正才行。」

「可是我看牠哭得很傷心……」

「那個年紀的孩子本來就很狡猾。至少要讓牠反省幾天，才知道自己到底做錯了什麼。」

「啊……是。」

「嗚嗚嗚嗚嗚……」

身後不停傳來小機靈號啕大哭的聲音。

剛好我有很多事要忙……既然我一直以來都忽略了家庭教育，那趁這次機會讓牠好好學習一下也不賴。

我拋下淚流滿面的小機靈，走進公會總部，一開門就遇到了好久不見的新成員。

看似一早就開始敲敲打打的鐵匠劉雅英，流著汗對我們表示歡迎，金昌烈也低下頭，說著「辛苦了」迎接我們。韓素拉還是盡可能躲著鄭白雪，用螞蟻般的細弱聲音，向我們問好。

幸好帕蘭的新人們看起來沒什麼問題。

不久後，重生者金賢成針對此次遠征發表了結尾感言，隊員們也都分別以自己的方式進入休憩狀態。

這段時間對我們而言是休養，對公會職員們來說卻完全相反。

事實上，要說現在才是他們最忙的時間也不為過。

金美英組長也為了交代公會職員工作事項而忙得團團轉。我站在統籌所有公會職員的立場，自然也不能安心休息。

屁股才剛坐在大廳的椅子上，腦袋就馬上浮現各種要做的事。

聽說帝國八強要正式公布了……

這件事已經推遲太多次，不能再拖了。

還要去看一下凱斯拉克的黑市……

要去確認那邊有沒有按照計畫進行。

正式開始運作前，還要調查戰亂城市的市場……

也要仔細考慮看看我的商品能不能出口到共和國。

要多照顧剛進來的新人，以及研究黑魔法，這也是事先就計畫好的……

還不只這些。

和教皇廳中斷聯繫是絕對不可以發生的事。所以我還得撥時間去見巴傑爾樞機主教，同樣也必須假借下午茶的名義，和貴婦們一起談論八卦。

接下來還有博物館中樞裝置的研究，以及必須推進的各項事業。想到這些事，我根本沒有時間悠哉地坐在這裡。

開始一項一項處理吧。

我應該把事情派遣給有能力的職員們，但其中也包含沒辦法假借他人之手的事。

回到公會確實很高興……但一件事的落幕就代表著下一件事的開始。我甚至擔心自己再這樣下去會暴斃，忙碌的程度根本無需多言。

我現在簡直是一個頭兩個大，然而剛放好所有行李的朴德久已經開始在我旁邊喋喋不休。

「那個，大哥，我們幾個男人一起去泡在熱呼呼的水裡，難得享受一下怎麼樣？其暮老兄和賢成老兄都答應了……啊，昌烈也說要一起去！馬克斯也這麼說！」

「明明就有個人浴室，為什麼……」

「那個和這個不一樣啦！人本來就需要這種拉近關係的場合啊。哎呀，公共澡堂就是要在這種時候發揮作用嘛，難道不是嗎？這是團隊合作的考驗啊，團隊合作！」

「嗯……我等一下再去，你們先過去等我吧。」

「那大哥一定要來喔！」

「知道了。」

不知道他是從哪裡得到的靈感，總之他似乎是愛上團體共浴了。

而女性成員們竟然也一樣，每個人都準備往澡堂移動。我想幕後主使者應該是黃正姸和朴德久。

「白雪小姐，快點準備啊。」

「啊……我、我沒關係……」

「不要這樣嘛。」

連鄭白雪也被拉進去了。

她用類似求救的目光看向我，但我也沒辦法拯救她。

不過眼神裡真正透露著求救訊號的人，不是鄭白雪，反而是韓素拉。

直至今日，她遇到鄭白雪還是會全身發抖。

必須看著彼此一絲不掛的身體一起洗澡，對她來說簡直可以說是身處地獄。

我真的要去嗎？

無論如何，還是先處理好眼前的事再說吧。

「金美英組長。」

「是，副會長。」

如果沒有金美英組長，我敢保證我早就已經過勞死了。

「我不在的這段期間，有信件或其他的資料需要審閱嗎？」

「啊，我正好打算向您報告。有五封來自巴傑爾樞機主教的書信，潔西卡主教及赫麗娜異端審問官各有三封，另外，卡特琳公爵夫人希望您回覆是否參加派對。瑪麗蓮千金寄來的信總共有一百四十四封。其餘則是其他公會的信，還有一些寄件人不明的……」

瑪麗蓮千金寄來一百四十四封信是怎樣啊？

「寄件人不明的信？」

「是，在寄件人的欄位只寫著叫您信守承諾的字樣。」

難道是這段時間被我遺忘的，共和國的瘋女人？

「真多啊……」

「是。從席利亞寄來的活動邀請函也不少，還有來自大灣的正式邀請函……數量太多，實在沒辦法逐一向您彙報。啊！車熙拉大人也吩咐過，請您回到琳德後立刻與她聯繫。」

「嗯……請妳從中抽選重要的部分整理成行程。賢成先生那邊也比照辦理。除此之外，也請妳盡量調整，不要讓目的地重疊。」

「是，我知道了。」

「對了，金美英組長的孩子們現在幾歲了？」

「現在正好開始上學了。當、當然公會內部的課程具有相當充分的水準，不過我還是希望他們能多認識其他人，過著合群的日子……」

「原來如此，那真是太好了。剛才跟我一起回來的金髮小鬼頭，不知道能不能去上學……不不不，請妳告訴學校他是我的養子，直接幫他辦理入學吧。」

「是。」

「另外……還要拜託妳配合黑天鵝公會的說詞，宣傳這次遠征。最重要的就是我們獲得了『大陸守護者』的稱號，這個部分麻煩妳一定要寫進去。」

「好的，副會長。」

「多虧有金美英組長在，我才能活下去。雖然總是講一樣的話，但我真的非常感謝妳。」

「不會的，反而是我更該感謝您才對……」

「如果有任何需要，請隨時告訴我。」

「不，現在已經什麼都不缺了，副會長。」

「那我就先進去了。」

「好的，祝您度過愉快的時光。」

假如金美英組長突然辭職，對我來說就等於是天崩地裂的情況。

看來我得找個機會提高她的年薪才行。幸好有她幫忙，那些工作都還沒開始，我卻已經感覺到重擔變輕了點。

也有可能是因為終於卸下沉重的裝備和泥濘不堪的行李，總之心情還不錯。

為了遵守和朴德久的約定，我進入澡堂後，開始一件件脫下身上的裝備。

來到這個世界之後，我還是第一次進入公共澡堂……

其實帕蘭設有不少公共設施，但我好像從來都沒有使用過。

我快速脫掉衣服丟在一邊，走進充滿霧氣的澡堂，瞬間就聽到朴德久歡迎我的聲音。

「嗚哇……」

「怎麼了？」

「哇啊……」

「怎樣？」

「大哥果然是大哥！」

即便我不太明白那傢伙到底在說什麼，卻不自覺地將手中的毛巾移到腰間處。

＊＊＊

「不過你怎麼突然想洗澡？想法是很好，但還是太突然了。」

我緩緩將身體泡入浴池，才對朴德久開口。

雖然語氣中帶有一點不滿，但其實我沒有那麼不高興，反而還覺得不錯……

這陣子都只有用魔法簡單清潔身體，以泡澡消除疲勞的方式果然是完全不同的層次。

宿舍裡的個人衛浴當然也很好，但可能因為這是專為成員設計的公共澡堂，感覺更能有效放鬆身心。

對了，之前了解裝修設計的時候，確實聽過關於水質的說明，這大概就是水質帶來的效果吧。我記得好像是岩層礦泉水還是什麼的。

眼前的每個人都露出開心的笑容，看來覺得心情好的人不只我一個。尤其是參與遠征的金賢成和安其暮，表情已經不知不覺變得放鬆。

真意外賢成會出現在這裡。

我們親愛的重生者會乖乖答應朴德久的邀約，的確是出乎我的意料。不知道為什麼，總覺得按照金賢成的個性，他應該會謝絕這種場合……然而他看起來卻無所謂。

這小子……對自己的身材很有自信啊……

老實說，如果金賢成沒有參加，我應該也不會來。

既然他都來了，拒絕公司老闆親自參與的活動，實在不符合我的個性。

在我丟出問題，短暫陷入胡思亂想的時候，朴德久一副沒什麼大不了的樣子說出答案。

「不就是培養感情嗎？沒有什麼特別的目的啦。」

「培養感情？」

「嗯嗯，就是培養感情。畢竟新人進來之後，我們從來沒有一起相處過，頂多只有一起吃過飯而已。我們這些人從新手教學的時候開始就一起行動、一起過夜，所以才會這麼親近。可是新人們沒有經歷過那些啊。比如在場的昌烈就是。」

「是啊。」

「我們應該要更關心他們才對……總之，放著新人不管，跑去遠征的事讓我很在意。」

這個豬頭的個性還真善良呢。

坦白說，我確實忽略這個部分了。或許是因為他也曾差點被排除在小隊之外，所以才會特別在意這方面的事，同時也很擔心剛進來的新成員會不會過於落後。

還以為他只是腦袋空空地活著……能夠替我照顧到這個方面，我確實很感激他。

「所以我才跟正妍小姐商量好，邀請大家一起泡澡。嗯，只要營造一種團體活動的感覺，本來就不太容易被拒絕。就算一開始勉強讓大家坐在一起，最後也會變得親近。」

「……」

「對了，說到這個……其實我們男生沒什麼問題，反而是女生那邊真的一點變親近的跡象都沒有。白雪大姐和熙英大姐都一起出去遠征了，到現在還是公事公辦的樣子……連我在旁邊看了都覺得尷尬。」

「她們之間確實沒有變熟的感覺。」

「賢成老兄果然也這樣覺得！而且曹惠珍大姐每天只會喊著原理和原則，她的生活本來就和社交完全沾不上邊吧？藝莉小鬼頭平常也不太會好好說話。這樣說起來，真的是這樣沒錯。我們公會裡的女性成員，除了正妍小姐之外，每個人都有點個人主義……」

「這樣啊……」

仔細想想，的確如此。

雖然中間不忘稱讚自己的戀人，讓人有點錯愕，但我卻想不到反駁他的臺詞。

帕蘭的女性公會成員中，最接近正常人的確實是黃正妍。

「咳，在這樣的情況下……還有韓素拉那個人只要看到白雪大姐就渾身抖個不停……雖然那位受到靈魂指引的冶鐵匠狀況不算太糟，但我聽正妍小姐說，女生們的整體狀況根本就是亂成一團。而且，今天坐馬車回來的時候，基英大哥和賢成老兄不是和黑天鵝同車了嗎？」

「發生什麼事了嗎？」

「要是能發生什麼事還比較好！那麼長的一段時間，她們居然連一句話都沒說。」

「什麼？」

「我坐在馬車裡看了一整路她們的臉色！那麼長的路途……就只有和藝莉、惠珍大姐說了幾句話而已。就算好不容易提起某個話題，也全部都是和公事相關的內容，沒有任何一句日常對話耶！這真的不太正常啊！我說得沒錯吧？其暮老兄？」

「是，假如可以逃跑的話，我早就逃了。我真的沒辦法忍受那種氣氛。」

「沒錯！」

「乾脆吵一架還比較好解決……其實我也有試過要緩和僵硬的氣氛……結果簡直是火上加油，我到現在還忘不了那個表情。」

我覺得說不定是因為我和金賢成坐了黑天鵝的馬車，氣氛才會變得那麼糟，但我沒有特地把這個想法說出口。

朴德久可能覺得這是個好機會，說話的口氣變得更興奮了。

「昌烈也說句話吧！」

「我對其他人還不太了解。」

「啊，對、對吼。那麼，你可以說說雅英和素拉之間的關係看起來怎麼樣嗎？」

「她們之間沒有足以做出定義的交集。借剛才德久大哥的話來說，公事公辦就是最貼切的形容詞。」

「嗯……你們看！這就是帕蘭女性成員們的現況！」

感覺有點說服力。不，我確實開始被說服了。

「不過，我能做的就只有這樣了……其實在這個時期，需要的是更根本的解決方案。大哥和老兄應該挺身而出，呃……辦個團結大會之類的吧？我一定會舉雙手贊成。大家都說點……什……麼……」

原本還大聲嚷嚷的朴德久，突然安靜下來。

「哇啊……雅英小姐真的好大啊，怎麼樣才可以變這麼大？」

黃正妍的聲音突然從牆的另一邊傳來。

剛才一直專心聽朴德久講話，沒有注意到隔壁的聲響。

雖然是必須非常集中精神才能聽清楚的音量，但卻不知道為什麼像直接穿透牆壁一般，不斷傳進耳裡。

工程做得亂七八糟啊……

明明已經找了相當不錯的建築公司，結果裝潢竟然是這種品質。

澡堂的牆壁應該要加強隔音才對啊，他們還真是偷工減料。

不知道我們這邊的聲音會不會也早就傳到對面了，總之牆壁的另一邊持續傳來說話的聲音。

就算不想偷聽，卻還是不自覺地將魔力聚集在耳朵。

「我、我也不知道，就自然而然……」

「反正，只是脂肪球而已。」

「天啊，不是吧。藝莉啊，這樣多漂亮……」

「還好。大家不是都說反而不喜歡太大的。嗯。我聽說這樣不怎麼受歡迎。」

「要說適當的大小，還是白雪小姐和熙英小姐那樣的……」

「不，白雪小姐的不管怎麼看應該都是平均以上……其實熙英小姐也是……我覺得素拉小姐算是適當的尺寸。不過沒想到白雪小姐的身體這麼漂亮啊，感覺一點細毛都沒有。」

「妳、妳、妳一直看的話，我會害羞。」

「啊，不好意思。」

我倉促起身，深怕待會又聽見更詳細的描述。其他人也紛紛嚇得從浴池裡逃走。

「我們好像誤會了。她們……感情應該不錯吧？」

陷入沉默的澡堂中，傳來安其暮微小的聲音。

平常總是固執己見的朴德久也無法反駁，靜靜地低下頭。

雖然話題沒能好好收尾有些遺憾，但洗完澡的心情還是不錯。

這時候我發現一邊獨自咬牙忍痛，一邊吹頭髮的馬職員，看起來莫名令人心疼。

我伸手用毛巾拍掉他身上的頭髮。

「謝、謝謝。」

「不需要謝我。你想喝什麼嗎？不對，你能進食嗎？」

「可以。雖然我基本上不用攝取營養也沒關係，但離開博物館後，就想嘗試一下呢。」

「那，喝看看這個牛奶吧。」

「謝謝。」

「嗯，剛才撞到的地方還好嗎？」

「是……是的。還是有一點抽痛，但沒事。」

「那是要成為你姐姐的人，不對，牠是龍。」

「啊……」

他憂心忡忡的表情看起來有點好笑。

「別忘了，明天開始會很忙。」

「是！」

「我會讓你去上學……研究也要趕快進行。明白嗎？」

「啊……是，我知道了，李代表。」

現在想想，還沒安排好他的房間。

我對金賢成輕輕點頭，示意我們要先回去了，然後帶著馬職員走出澡堂，結果意外看見在外面等候的迪亞路奇。

她怎麼會在這裡？

比起打招呼，她似乎是有話急著對我說的樣子，神情看起來還很不好意思。

只見她支支吾吾，好像很擔心我的反應。

到底是怎麼了？

本來應該在巢穴裡的迪亞路奇出現在這裡，只會有一個原因。

我不禁開始擔心那孩子是不是又闖了什麼禍，但當我著急地反問後，竟聽見了出乎意料的答案。

「那個……」

「發生什麼事了？難道小機靈又……」

「啊！不是那樣的。雖然不是那樣……」

「所以到底怎麼了？」

「關於迪亞路利……我想問你能不能就這樣原諒牠……」

「什麼？」

「我、我們迪亞路利太可憐了……牠應該已經得到應有的懲罰了。」

「妳說什麼？」

「那個……牠好像真的很期待跟我們一起出去玩……我想牠真的知道錯了……所以……」

小機靈用整個身體撲殺別人的事件，才發生不到三個小時。

雖然我也知道自己在育兒這方面實在沒什麼值得讚許的地方……但此刻我也不得不明白，那孩子為什麼會變得如此無法無天。

「現在……應該可以原諒牠了吧？」

＊＊＊

「妳在開什麼玩笑？」

「牠、牠已經充分反省過了，真的。」

「我不知道那是反省，還是因為預定好的出遊取消而感到委屈。」

總覺得只要我閉上眼，就能想像得到剛才在巢穴裡發生的事。

憤怒的迪亞路奇一開始應該也認同我對小機靈下達的懲罰。不，當我說小機靈被禁足在巢穴的時候，我記得她分明也點頭了。

然而，明明也認同犯錯就要受罰的迪亞路奇，想必是陪孩子回到巢穴後，因為小機靈眼淚掉個不停，持續哭鬧，她才又變得於心不忍。

就算是我看見小機靈那副模樣，也會因為心軟而避開視線。極度愛護小機靈的迪亞路奇會有什麼反應，根本不用想就能知道了。

既然她會鼓起勇氣親自來找我，那麼她對孩子的態度也是顯而易見。

很有可能是……

「我會跟爸爸好好談談。」

或者是……

「爸爸只是說說而已，不要哭了，迪亞路利。」

再不然……

「媽媽會幫妳，相信媽媽吧。」

用這種方式安撫孩子。

這讓我聯想到，小機靈的行為很像透過耍賴來達到自己目標的孩子。例子可能有點不太妥當，但小機靈現在的舉動，就和為了讓大人買玩具，直接躺在賣場走道中央的小孩沒什麼兩樣。

因為之前總是可以透過這個方式得償所願，所以牠覺得這次同樣也能成功。

確實是成功了……

迪亞路奇只要看到孩子躺下賴皮，就會和源源不絕送上玩具的父母一模一樣。

我現在似乎也能明白，為什麼那孩子會鄙視自己的媽媽了。

「取消出遊的事，其實我只是隨便說說的。」

「啊……你是說真的嗎？」

「對。不過看到妳之後，我覺得應該也可以就照這樣下去。」

「我不懂你說這句話的意思……」

「我的意思是，牠應該學會不是所有想要的東西都能得到。我很清楚自己的立場沒辦法對妳指手畫腳，但小機靈從以前到現在都只做自己想做的事，偶爾也要讓牠知道，不是每件事都可以這樣恣意妄為。」

「這、這我當然也知道……」

「妳只是嘴上說知道。」

「可是我們迪亞路利真的非常、非常期待能和我們一起出遊……這不是在出去遠征前就跟牠說好的嗎？我最了解迪亞路利，我知道牠已經充分反省了。只要你去見牠一面，好好訓斥牠……」

「那樣退讓太多了。」

「你一定也知道迪亞路利最喜歡爸爸了，對不對？」

牠當然喜歡了。

看著小機靈的癖好，我甚至覺得有點危險。

我心中湧上一陣莫名的內疚，只好默默看著迪亞路奇。她或許覺得這是個好機會，於是又接著開口。

「我可以確定，這是因為從牠很小的時候開始，你就不常來巢穴，也不給牠父愛的關係。把一個渴望父親陪伴的孩子丟著不管……今天確實是迪亞路利做錯了，但我認為應該要給孩子一點喘息的空間。」

「真的是因為這個原因嗎？我覺得妳好像只是不想看到小機靈難過的樣子而已。」

「你、你把我當成什麼！」

她的臉突然漲紅，看來我說中她的心思了。

不過其實迪亞路奇說得也沒錯。我把小機靈帶到這裡的時候，正值我忙到連覺都沒辦法好好睡的時期。

迪亞路奇一肩負起全職育兒的責任，這是無法否認的事實。

當時一週能和迪亞路利相處一次就算多了，投入新人訓練所之後，更是超過一個月都見不到面。

仔細想想，我似乎也沒資格反駁。

但是，這女人確實也有問題。

迪亞路奇的特有癖好是無私奉獻的大樹，想必也會對小機靈傾注所有的愛與關懷。

事實上，即便是我也在場的情況，她對待小機靈的模樣，甚至會讓人覺得她是在服侍自己的主人。

迪亞路奇本來就沒有屬於自己的生活，她的一切都是以小機靈為中心打轉。

我當然可以明白這叫作崇高的母愛，但如果程度太嚴重，對孩子也不好。

我本該為了維護自己而提出反駁，但問題是我現在也沒有確切的解決方案。孩子的教育真難啊。

究竟該如何著手，其實我一點頭緒也沒有。

我在地球沒有生過孩子，更沒有去過什麼幼兒教育系之類的地方學習相關理論。要說我擁有的一點知識，就只有偶爾從電視節目《我們的孩子不一樣了》[16]裡學來的非專業內容，而且我也不是很喜歡看。

這一點迪亞路奇應該也跟我差不多。

我們需要一位可以提出具體建議的專家。

要做的事堆積如山，但只要想到小機靈日後的成長，就沒有比這個更重要的事了。

我不得不輕聲說出結論。

「今天妳就先回去吧。明天早上我會去找妳們。」

「那、那麼！」

「不，這不代表我要撤回對牠的處罰……我想，我們這一家子需要正確的診斷。」

「什麼？」

「總之，妳知道這些就好了。」

事態緊急，我只好先丟下完全搞不清楚狀況的馬職員，快速寫了一封信。

＊＊＊

16 韓國育兒類節目，節目會邀請藝人和育兒專家來協助改造問題兒童或問題父母。

隔天。

迪亞路奇看起來心情不太好。

「我們……要接受……那個專家的諮詢，是這個意思嗎？我不太明白。為什麼我們養自己的孩子，一定要接受別人的協助呢？更何況我們迪亞路利不是人類，而是龍族啊。」

「嗯，我也不確定有沒有效果，但至少狀況不會變得比現在更差。不管怎麼樣，他是經驗豐富且專門鑽研過這方面的人，給我們的建議一定會有幫助。」

「那個……是這樣沒錯……」

「啊……昨天小機靈有乖乖待著嗎？」

「有，昨天我說爸爸會來，牠就乖乖睡著了……今天早上也是看起來非常期待的樣子。話說回來，被稱為專家的那位，是養過很多孩子的人嗎？」

「不，不是那樣。妳就想成他是接受過專業訓練的人就可以了。而且不只侷限在幼兒教育方面，同時也涉獵各種領域。據說來到這片大陸前，還兼任家庭心理治療師……來到這裡之後，則是擔任怪物行為分析師的職位，在眾多團戰中功不可沒。」

「龍族不是怪物。」

「這我當然知道，但總是要見面才能見真章。其實我也是抱持著姑且一試的心情請他過來的。」

迪亞路奇的臉色還是跟我預期的一樣差，看來她相當不樂意接受那位專家的幫助。畢竟心理治療或者類似的名目，在這片大陸尚未普及，她會有這種反應也很正常。更何況連種族都不一樣，她有可能對所有的狀況都不滿意。

此刻，她的表情看起來有點不爽。

其實我也沒有抱太大的希望。

人類育兒和龍族育兒的方式本來就不完全相同……而且人們認為龍族的智商高於人類，所以也不能輕易將其歸類為怪物。

可是小機靈的行為看起來就像是受到野獸本能驅使。

因為事發突然，我只能請求李智慧的幫忙緊急物色人選。

雖然李智慧信誓旦旦地說出了一定會有成效的豪言壯語，但還是要等療程結束才知道是否屬實。

站在我的立場，我只希望他無論如何都一定要帶來幫助，哪怕只有一丁點也好。

不懂就要學習。

自己一個人故步自封，只會拖延解決問題的速度而已。從比我了解這個領域的人口中獲得建議，肯定是更實際的做法。

我和迪亞路奇站在距離巢穴不遠的地方等待，不久後，有個長相清秀的男人開始從遠方朝我們走來。

「我叫姜玄昱，是李智慧小姐介紹的……」

「是，很高興見到您。我是李基英。」

「我是迪亞路奇。」

「真的很榮幸能見到大名鼎鼎的人士，我完全沒想過會與兩位有這樣的緣分……哈哈。人們說世事難料，實在是很神奇。我在城市裡常常看到這座巨大又宏偉的巢穴……沒想到我居然有機會來拜訪呢。」

「這些都是錢啊，都是錢。」

「應該是我這種人無法想像的數字吧，哈哈。總之，雖然不知道能不能幫上忙，但我一定會全力以赴。」

「那就拜託您了，姜博士。」

「您可以不用這樣叫我，只要叫我玄昱先生就可以了。帕蘭副會長大人。」

「啊……好的，既然如此，玄昱先生也直接叫我基英先生吧。」

「哈哈，這樣的稱呼太沒禮貌了，我還是稱呼您為李基英大人吧。」

感覺他比想像中好相處……

剛才登場的時候，我還不覺得他值得信賴。實際面對面談話之後，才覺得這個人看起來就不像壞人。

看來諮商應該會有用……

迪亞路奇的心情可能跟我差不多，原先警戒的神情也放鬆了不少。

我們一起走上巢穴，他好奇地四處張望，但可能還是不忘秉持著工作的心情，在我們面前保持相當認真的表情。

「那個，我們該怎麼做呢，玄昱先生？」

「啊，首先可以不要在意我，請兩位像平常一樣和女兒正常相處就好。也就是說，先讓我在旁邊觀察，以便找出哪些部分有問題。」

聽起來很專業……

感覺他已經擺出了準備在某個筆記本上奮筆疾書的架式。

雖然還是有點不自在，但看著興奮跑過來的小機靈，我真的差點忘記身邊還有那個人存在。

「嘿嘿……嘰！嘰咿咿咿！」

這次也是迪亞路奇率先走向她，迪亞路利卻還是刻意忽視媽媽，搖著尾巴向我討抱。從牠的反應來看，我認為牠還是沒有好好思考昨天發生的事。

「迪亞路利。」

當我用低沉的聲音叫住小機靈，牠才停下腳步，發出細微的哼哼聲，模樣甚是狡猾。

這就是牠最大的毛病……

我很想立刻再次催促小機靈，但畢竟旁邊有人看著，還是要盡可能展現出和平常無異的模樣。

同時我還用「我就說吧」的無奈眼神望向迪亞路奇，她的臉上立即籠罩著一股憂愁。

人們總說慈母多敗兒，眼下的場景再次印證了這句話。

然而，迪亞路奇似乎還是很享受看著小機靈開心的樣子，她就站在離小機靈後方一步之遙的地方望著我們父女。

我們一起吃飯、聊天，也玩了一會兒，不知不覺就這樣過了一段時間。

直到小機靈吃飽後慢慢進入夢鄉，姜玄昱博士才走過來跟我們說話。

他的表情十分嚴肅。

我很好奇他第一句話會說什麼，卻沒想到他說的會是如此沉重的內容。

縱使那是我們心知肚明的事實，迪亞路奇還是因為受到極大的衝擊而臉色大變，嚴重的程度已不可言喻。

「孩子的一舉一動都沒有把媽媽放在眼裡，甚至可以說是完全無視。」

「啊……這……」

「眼裡只有爸爸的這部分也讓我大為震驚。」

這一點任誰都看得出來，更重要的是這些行為的起因。

「這可能會是什麼原因造成的呢？」

「像這樣身心尚未成熟的孩子們，任何行為都是有原因的。其實我能看出好幾個細節上的問題，但以我個人的判斷來說……最大的癥結應該是來自於兩位監護人之間的關係，看起來並不融洽。」

「什麼？」

「不只是看起來不融洽，而是已經到了兩位監護人絲毫不關心彼此的地步。不只是我，即使是像兩位的女兒那樣的小朋友，都明顯感覺得出來。你們知道在過去幾個小時當中，兩位對話的時間連三十秒都不到嗎？」

「啊……」

連我都沒發現這件事。

「很抱歉我得對您說這種話……不過女兒身上的問題，根本原因其實是來自於兩位監護人。我認為這樣的形態絕對沒辦法稱為正常的家庭。」

沉重的敘述讓迪亞路奇的臉色變得一片慘白。

＊＊＊

「那、那是什麼意思？」

「就是字面上的意思。」

「什麼……」

從迪亞路奇的表情看來，她顯然飽受衝擊，也許她現在腦中是一片混亂。

深愛的女兒行為不正常，而且原因還出在自己身上，我想她應該很難接受。

我好像知道為什麼會走到這一步了……

我們一開始就不是在正常狀態下組成的家庭。

迪亞路奇和我之間沒有共通點，彼此也不是那麼喜歡對方。

如果過問對方的感受，也會有一點尷尬。

雖然過程不太美好的初次見面，已經用巨大巢穴和品質優良的食物來抵銷……但不管如何傾盡真心與誠意，發生過的事也不可能改變。

與其說我們是夫妻，更像是共同撫養孩子的關係。就真的是字面上的意思，只是一起照顧孩子。

我跟迪亞路奇當然也沒有所謂的肌膚之親，更不曾有過幾句溫暖的對話。

考慮到小機靈把我們的所有行為通通看在眼裡並加以認同，確實會成為影響牠心智的關鍵因素。

姜玄昱博士確認過我們的反應後，準備再次開口。

之前還認為找專家不會有任何幫助的迪亞路奇，已經在不知不覺間豎起耳朵專心聆聽。

「雖然目前還沒有確實完成診斷，至少在我看來是這樣子。兩位的女兒……」

「您直接叫牠迪亞路利就可以了。」

「是，目前已知的情況是，迪亞路利大人對父親展現出過度執著的心理。可能還需要多加觀察，這很有可能是戀父情結的初期症狀……原因有很大的機率是受到兩位不融洽的關係所影響。」

「啊……」

「這種情結通常是來自於不想被母親搶走父親的想法，進而產生執念。不過兩位的情況有一點不同，讓我想起一個非常稀有的案例……」

「是，請繼續說。」

「嗯，說明案例前，先為您解釋一下背景比較好。我先前就聽說過，李基英大人抽空陪伴家人的時間不太充足。」

「啊……沒錯。」

「畢竟您是最近在琳德最具盛名的人士，忙碌是很正常的。但也因為這樣，您與女兒一起度過的時間自然會被壓縮……這個部分，李基英大人應該也覺得很無奈。問題是，迪亞路利大人認為父母親沒辦法撥空陪伴自己，是媽媽造成的。雖然實際情況有點不一樣……」

「這樣啊……」

「你、你說是因為我？」

「是的，因為迪亞路利大人無法確切了解爸爸在外面做什麼。牠完全不知道父親在做什麼工作或在社會上有怎樣程度的地位，又背負著何種責任。就算有可能曾經從別人口中聽說，但在女兒的眼裡，就只有『爸爸沒辦法為自己撥出時間』這項事實而已。」

「原、原來如此。」

「說不定牠自己下了一個結論，認為監護人不常回家的現象，是因為李基英大人不珍視迪亞路奇大人所造成的。萬一牠有看過李基英大人與其他女性相處的畫面則更是如此。雖然說這些話可能會有點失禮，不過我來到大陸之後，曾經看過與現在類似的情形。只是對方並非人類，而是怪物……」

或許是擔心把龍族和怪物進行類比會遭受怒火，所以他說話非常小心。

但聽聽其他案例也沒有壞處。

迪亞路奇確實是遠遠超越人類的高等生命體，但小機靈尚且還在憑藉本能生存的階段。

「請繼續說。」

「嗯。我記得獅鷲生活在典型父系社會中……雖然罕見，但牠們確實有過這樣的案例。我曾在獅鷲訓練所長期服務，這種情形也只看過一次。」

「……」

「那次情況和兩位非常類似。事情發生在率領眾多母獅鷲的公獅鷲身上，我記得牠突然對其中一隻母獅鷲特別執著之後，自然而然就對其他母獅鷲不感興趣，也不常相處交流，對其他母獅鷲的孩子也不放在心上。結果其中一隻沒能獲得父親關愛的小獅鷲，似乎因此產生了奇怪的念頭。」

「是、是什麼念頭呢，博士大人？」

現在還改口叫博士大人了。

用怪物來和龍族相提並論，好像沒有讓她惱怒。

「原來我母親不是有魅力的女性，所以才得不到爸爸的愛，我也因此得不到關心啊，大概是諸如此類的想法。」

「天啊……」

「迪亞路利大人的情形更嚴重一點。因為我剛才提到的案例中，幼年獅鷲看起來還未表現出患上戀父情結的徵兆。不過還是要再觀察看看，迪亞路利大人究竟為何對監護人抱有這麼深的執著……」

這大概是受到特有癖好的影響吧。

「牠有很大的機率會認為自己應該要成為有吸引力的母龍，然後把父親納為己有。忽視母親當然也是基於差不多的想法。」

「怎麼會……」

「牠應該是感覺不到母親的價值，單純將您認定為煩人的存在，也非常有可能懷疑爸爸為什麼要跟媽媽在一起，自然就很難接受管教了。萬一監護人用極為寵溺的方式照顧牠的話，情況只會更嚴重。因為通常這個時期的怪……不，孩子們都會在心中排定每個人的重要順序，無關對方的角色是什麼。假如您覺得可以用更強大的親情來克服這件事，我可以直接告訴您，這是錯誤的想法。」

「這麼做只會讓病情惡化。」

「李基英大人說得沒錯，那麼做或許只會更加鞏固您女兒目前的想法而已。雖然這些都只是我的推測，也不能只見一次面就保證我的診斷是百分之百正確。」

但確實如他所說。

姜玄昱簡直是天才。我看過他的特性，他當然沒有任何足以分析人類或怪物的特殊能力。這樣的診斷應該是看過無數案例，且同時奔波在第一線的專家才能判斷得出來。

不管是在地球或大陸，他都能運用這樣的能力生活，看來真的是不容小覷的人物。

和他變熟應該也不是壞事……這個人以後也許會成為助力。

迪亞路奇或許也和我有同樣的想法，於是開始焦急詢問。

「那、那有什麼方法？如果再這樣下去……」

她甚至有點哽咽。

站在她的立場，她的確十分委屈。

她對小機靈傾盡所有的愛，希望她茁壯成長，沒想到小機靈卻這樣無視自己，甚至把她放在這個家庭中最低下的位置，當然會受到打擊。

將這些情緒囊括在一起之後，就形成了無法給予小機靈正常家庭的愧疚感。

感覺迪亞路奇有點可憐啊……

不管怎麼說，把大部分的原因歸咎於我也不為過。雖然迪亞路奇認為事情走到這個地步都是她自己的錯，但如果要深究確切的起因，很明顯我才是犯人。

當然，我也希望事情無論如何都要解決。

「一定有方法的。」

「是的，並不是沒有方法，其實也相當簡單。」

「應該是要重新恢復母親的權威……最好能展現和我關係融洽的畫面。」

「沒錯，除了迪亞路奇大人，李基英大人的角色也十分重要。最好由李基英大人主動親近迪亞路奇大人……」

「我明白你的意思了。」

不只是小機靈，我還得花時間在迪亞路奇身上。

「如果可以，請多表現出對彼此的愛意，對女兒劃清界線這一點也很重要。比如這個範圍是屬於媽媽的，不是牠可以冒犯的地方。必須要讓迪亞路利大人清楚了解，媽媽的地位並不是在牠之下。」

「嗯……原來如此。」

「當然迪亞路奇大人的角色也至關重要。如果您一直以來都無私傾注所有的愛，那從現在開始，希望您可以稍微減少這份心意。我知道這並不容易，但請您一定要做到。與此同時，也要多多展現和李基英大人融洽相處的模樣。」

「好。」

「這肯定會有難度，畢竟腦中已經認定的想法不會輕易改變。雖然希望是我太多慮……不過迪亞路利大人一開始很可能會產生劇烈的抗拒反應。」

「劇烈的抗拒反應?那、那該怎麼辦?」

「還是務必要繼續才行。監護人必須狠下心來。」

「啊……好。」

「您似乎很容易對女兒心軟，所以我再向您強調一次。迪亞路奇大人。」

「……」

「您必須狠下心來。」

總覺得這句名言好像在哪裡聽過。

我想，此時迪亞路奇的耳邊一定不斷迴盪著這句話。

她似乎終於下定決心，咬住嘴唇點點頭，甚至還握起了拳頭。

雖然在我的預想中，她這麼做也不會有太大改變，但至少她願意努力去嘗試，光是這樣就值得我的讚揚了。

看來接下來要用上很多演技了。

難道要向安其暮申請私人授課嗎？我腦裡出現類似這樣的胡思亂想。

結束第一次諮詢後的隔天。

我硬是請金美英組長幫我推延所有行程，再次前往巢穴。

除此之外，還要安撫看起來很想整天和我待在一起的鄭白雪。

而且我擔心她會用阿涅摩伊之眼進行監視，於是特地要求她和馬克斯一起做實驗，出了一點作業給她才離開。

我認為她如果能專注在其他事情上，不偷窺我的機率會比較大。

另外，我還把再次陷入沉睡的尤里耶娜，如同封印般綑綁在劍鞘中，將它留在房裡。

反正我覺得最近的琳德，還沒有準備好正面迎接那把劍。

總而言之，我眼前有一道相當重要的任務。

那就是小機靈改造專案。

決定實行姜玄昱博士解方的第一天，雖然我已經準備好了，但我很懷疑迪亞路奇準備好了沒有。

無論如何，現在已經是箭在弦上，不得不發。如果不踏出第一步，就無法改變任何事情。

呼……

踏著沉重的步伐走向巢穴，果然遠遠就看到吐舌喘氣的小機靈。

「嘰咿咿咿！嘿嘿！嘿！」

牠可能已經聽媽媽說過，但或許是沒想到我真的會連續兩天來看牠，臉上的表情顯得異常興奮。

牠大力甩著尾巴，跑過來的時候甚至流著口水，畫面相當逗趣。

圓滾滾的大眼睛讓我不自覺想要伸手抱住牠，但是監護人必須狠下心來。

我稍微改變前進方向，逕自跑向巢穴，抱住正在等我的迪亞路奇。

幸好我們事先已經溝通過，所以她也朝我奔來，回應我的擁抱。這樣的互動，不管是誰看了都會覺得很自然。

「你來啦？」

「……」

「嘰咿咿咿咿咿——！」

我們的身後立刻傳來一陣響徹雲霄的尖叫聲。

＊＊＊

——一開始有很大的可能會產生劇烈的抗拒反應。

我腦中閃過姜玄昱博士的提醒。

彷彿貫穿天際的哀號聲，任誰都聽得出來小機靈現在非常激動。

悄悄回頭看，可以發現牠眼裡迸發著火光。

牠幹嘛這樣啊？

只見小機靈大力吐出鼻息瞪著我們，看起來有點可怕。

牠的架式就像隨時可能朝我撲過來。

迪亞路奇自然也露出頗為驚愕的表情。

顯然她也沒想到小機靈會產生這種程度的劇烈反應。

不過幸好小機靈沒有飛撲而來攻擊媽媽，看來牠應該還保有一點理智。

只不過牠的反應看起來真的很像馬上就會衝過來。

但我很意外牠能忍住，這照這樣看來，一切似乎還不算太晚。

假如一開始就形成那種混亂局面，或許我們就只能困在嚴重的難題裡，不知道該如何解決。

「小機靈也過得好嗎？」

「嘰咿咿咿！」

要在和迪亞路奇打完招呼之後，才能向小機靈打招呼。

不管做什麼都必須讓牠認知到媽媽優先，這就是姜玄昱提供的解方。

小機靈總是發出「嘿嘿」的聲音，在我身邊不停打轉，試圖吸引我的注意力，但除了摸摸牠的頭，我沒有表現出其他反應。

即便牠向我投以亮晶晶的眼神，我也刻意不與牠對視，而是對迪亞路奇開口。

「妳吃飯了嗎？」

雖然想用更親近的話來開頭，但果然還是這樣比較自在。

畢竟光是說話的時候充滿親密感，眼前這隻龍似乎就覺得反胃，臉色看起來很差。

但我想這也是情有可原。連我自己都因為對迪亞路奇展現親密的模樣而尷尬到快瘋掉了。

以人類的審美而言，她的長相的確稱得上美麗，但如果以我個人的喜好來說卻是十分勉強。

而且我一開始對她就沒有那種心思。

她擁有相當正常的特有癖好，同時也對我表現出興趣缺缺的樣子，應該是出自和我一樣的原因。

雙方都不把對方當成異性看待，這種心情只有當事者最清楚。

在這種情況下，演起戲來當然困難重重。

「不，我想跟你一起吃，所以在等你。」

「小機靈呢？」

「還沒……」

「那應該要吃點東西了。」

「因為你說要過來，我剛好有準備一些東西。請進來吧。」

好尷尬，真的尷尬得快瘋了。

迪亞路奇盡可能露出親切的燦爛笑容，還有她不知道為什麼用心打扮的外貌，都看起來極為不自然。

以頭上那對角為中心梳得整整齊齊的頭髮，今天顯得尤其柔順。不需要化妝就已經很美麗的臉蛋上，似乎也擦了什麼化妝品。

就連她的服裝好像也特別講究。

從她身上各個地方都能看出她在努力模仿琳德廣場上那些二十多歲女性的模樣，印證了什麼叫「耳濡目染」。

雖然不是那麼適合……

總之這樣子的打扮如果要說漂亮，確實也無可挑剔。

她肯定是因為小機靈不把她看作有吸引力的女性這句話而受到打擊。

既然人類的型態有了這樣的變化，令人不禁開始好奇龍的型態又會變得如何。

當然，我沒辦法評判龍族對美的標準，但想必她的黑色鱗片一定會閃閃發亮吧。

就這樣，這個不像家庭的家庭，開始試著在不自然的氣氛中度過漫長的時光。

在這個過程中，小機靈持續做出各種動作，想盡辦法引起我的關心。但我選擇聽從博士的建議，並沒有給予不必要的回應。

「好厲害。」

或者是——

「我們小機靈好可愛。」

這種程度的配合已是我能給的全部回應。

如果是平常，我會為牠鼓掌或摸摸牠的全身，但現在我會避免讓牠得到像先前那樣的正向回饋。

取而代之的是對迪亞路奇說更多話，並多看她幾眼。

想當然，小機靈看到後又會激動得尖叫，但為了讓牠明白這不是屬於牠的領域，這也是無可奈何的選擇。

吃飯的時候也是如此。

我的舉止明顯看起來更疼愛迪亞路奇。

這樣一來，應該不用花太多時間就能讓小機靈意識到自己被推到第二順位了。
「餐點怎麼樣？」
「非常好吃。託妳的福，我吃到了很美味的食物。妳坐著就好了，我來洗碗吧。」
「不用了，我來……」
「那我們一起洗吧。」
「真的沒關係……」
「不，一起洗吧。」
展現出這種彆腳的演技，真不像我。我和迪亞路奇的配合，比想像中更不順利。
我敢保證要不是小機靈，應該不會有人被騙。
然而現在的狀況不差，甚至還能說得上是萬幸。
和睦地站在一起，逐一洗乾淨這些盤子，雖然過程非常繁瑣，但兩人的肩並肩的畫面確實看起來很浪漫。
不過迪亞路奇完全沒有一絲歡笑、只顧著做自己的事，這一點還是令人不滿。
她好像說過自己很怕癢？
先前做實驗的時候曾經差點被壓扁，所以我記得很清楚。
我悄悄用沾滿泡沫的手摸一下迪亞路奇的手，她馬上向我投來「你現在在做什麼」的眼神，可是也沒有特意表現出抗拒。
她應該也知道現在不能甩開我的手。
我輕輕刮了她的手背，她很快就發出咯咯笑的聲音，好像成功了。
「好、好癢啊，呵呵……」
「哈哈。」

就算是過於做作的場面，至少也有一定的效果。

接下來，我們開始聊起各種話題。

我是敘述的一方、她是聆聽的一方。即便內容大多以在城市裡發生的事情為主，卻也能感覺到彼此正在交流。

情況還不賴嘛……

畢竟我們本來就不曾像這樣長時間交談，隨著話題越來越多，反而發現這樣做的好處多於壞處。

我們的想法比想像中相通，也在出乎意料的地方很契合。

「呵呵，這真的是滿有趣的事呢。」

「喔？真的嗎？」

「真的，這應該是我最近聽說的事情中最有趣的。啊！話說回來，那個……博物館管理員情況還好嗎？」

「他現在適應得很好。其實他本來就沒有受很重的傷，再怎麼說，他也比普通小孩還強壯啊。」

「那你要做的事進展如何了？」

「昨天才剛開始進行實驗，應該很快就會有結果了。」

「真神奇。」

「妳是指哪方面？」

「從某個位置往各個方向傳送魔力全像投影的這件事。人類從以前開始就是這樣，經常製造神奇的東西。雖然我對人類沒有那麼多的好感，但我也知道那些人有很多地方值得我學習。」

「原來如此。如果翻閱帝國的古書籍，會發現裡面記載的內容大部分都是說龍族的魔法水準相當卓越……」

「我也聽說過龍族經常受到這種誤解。不過只要仔細想想，應該就能知道，並不是所有龍族都擅長魔法……」

「嗯……應該是說沒有必要吧。」

「是的，沒有必要。我們當然可以學，但真的沒有那種必要。其實也不是沒有完全不會魔法的龍，但那些龍大部分都對人類世界很感興趣，十之八九也會被其他長輩視為怪胎。從某些方面看來，人類真的很厲害。」

「我不明白妳的意思。」

「就是字面上的意思。因為人類很弱小，所以尋求無限的發展。製造武器、學習魔法，不斷為了尋找新事物而徘徊。雖然這些欲望很多時候會帶來負面影響，但當然也確實帶來不少正面效果。坦白說，你也是……」

「什麼？」

「沒什麼……」

「到底是什麼？」

「你就當作沒聽到吧。」

「不，妳不要這樣，告訴我吧，老婆。」

「這樣的稱呼很、很噁心。」

「孩子在看著呢。」

「……」

「……」

「我是真的想知道才這麼問的，迪亞路奇。」

「沒什麼，就像剛才說的那樣，我只是覺得你也很厲害而已。包括那個龍息藥水，還有之前製作的血清……尤其是考慮到跟其他人類相比，你的體能和魔法適應力都稍嫌不足，就更厲害了。也就是說，你在我眼中看起來沒那麼差。」

「和第一印象不一樣？」

「現在想到那時候還是覺得憤恨不已，希望你不要再提了……」

「啊，我知道了。噗。」

「噗。」

我噗哧一聲，迪亞路奇也輕輕跟著爆笑。

這不是演戲，而是想起兩人初次見面的場景，因為哭笑不得而表現出的反應。

回想起自己至今為止經歷過的一切，看來她本人也很意外。

和人類共組家庭，又住在人類生活的地方，這些場景她以前應該根本無法想像。

雖然我不清楚她真實的想法，但她似乎覺得住在這裡的日子還不錯。

氣氛好像還不錯。比起生硬地演戲，果然還是自然相處比較好。

不知道從什麼時候開始，再也沒聽到小機靈響亮的尖叫了。

我也開始覺得，讓這樣的氣氛持續下去也沒有壞處。

當我悄悄舉起手放在迪亞路奇的頭上，我看見她睜大眼睛望向我的表情。

她也滿漂亮的嘛。

大概是因為她頭上的大角，動作看起來有點彆扭。

眼看她滿臉通紅，似乎有點詫異，又好像覺得這種程度的肢體接觸還可以接受。說不定此時她正在心中再次下定決心，要為了小機靈創造一個和諧的家庭。

做到這個地步應該已經夠和諧了吧……

正當我考慮要不要為了展現更確實的愛意而親吻她的額頭，就發現小機靈緊抓著我的褲腳，想拉開我和迪亞路奇的距離。

這孩子……

「嘰咿咿咿。嘰咿咿咿……嘰！」

只見小機靈用力拉著我，一副無法接受的樣子。

如果我放鬆身體，或許就會因為牠強烈的抗拒而被拉走。

「嘰咿咿咿咿！」

牠圓滾滾的眼睛甚至為了阻止我而開始掉下斗大的淚珠。

任誰看了都覺得小機靈就像是悲憐的女主角，而且還是被狐狸精搶走丈夫的正室。

她是妳媽媽啊，小機靈。

「嘰咿咿咿……嘰咿……」

除了不斷撲簌簌流淌的眼淚，還要一直瞪著媽媽，看起來十分荒唐。

雖然我認為姜玄昱的判斷也有可能出錯，但無論是對是錯，這些行為都是必要之舉。

當然是必要的……家庭的風氣總得要矯正。

千里之行，始於足下。

即使牠現在因為不想讓爸爸被媽媽搶走而搗亂，不過只要經過反覆學習，牠終究會明白這樣的行為是錯誤的。

雖然我有點擔心迪亞路奇能否承受小機靈的眼神，但看她一副毅然決然的表情，我認為她可以好好地堅持下去。

「我還在跟媽媽說話，小機靈。妳不能這個樣子。」

「嘰咿咿咿咿咿！」

「嘖！妳再這樣任性我要生氣了。」

「嘰咿咿咿……嘿嘿……嘿。」

牠想盡辦法占據我的視線，做出我在牠小時候最喜歡的蹦跳姿勢，但牠現在眼睛裡噙著淚水，我看了只感覺到心疼。

「妳不可以這樣，妳要學會自己待著。」

迪亞路奇似乎覺得這是個好機會，鼓起勇氣開口。

「迪、迪亞路利，妳要聽爸爸的話啊。」

她還擺出標準的嚴厲母親表情。

就在我看著迪亞路奇，點頭讚許她就應該這麼做的時候——

「不……不要！」

當我因為陌生的聲音再次回頭，映入眼簾的是一個死命怒瞪著迪亞路奇的小女孩。

「咦？小機靈？」

她的外貌看起來，似乎已經不再適用這個暱稱了。

＊＊＊

「怎麼回事？」

眼前的情況令人十分錯愕。

依然不屈不撓的小機靈，外表看起來很明顯就是迪亞路奇的女兒。

頭上有一對尚未長大的角、嬌小的個子再加上大大的眼睛，讓我彷彿看到她全盛時期的模樣——

可愛程度無與倫比的幼年小機靈時期。

後來因為身體快速成長，我再也看不見那種極致可愛的模樣了。

小機靈披散的頭髮剛好及腰，皮膚就像媽媽一樣白皙。

過了一會兒，她從起初的一絲不掛，變成此時已經穿好衣服的樣子。

我不確定這是不是迪亞路奇的意圖，但她給小機靈穿的衣服，和她自己現在的打扮相當類似。

甚至連小機靈坐在椅子上的姿勢也能看出媽媽的影子。不知道她們有沒有發現，兩人坐著的身影非常相像。

看來她還是多少受到了母親的影響。

咬著嘴唇的表情、撫弄角附近頭髮的習慣、用單腳噠噠踩著地板的動作，全部都很雷同。

感覺迪亞路利長大之後，長相也會和媽媽非常相似。

即便還是有些不同的地方，但這種相似程度已經可以說是一模一樣了。

不過，緊緊抱著我的腳，完全不看媽媽一眼的行為，迪亞路奇應該不管怎麼樣都不可能會做出這種事。

「迪亞路利……這是怎麼回事？怎麼突然……」

收拾好這令人驚慌失措的狀況後，迪亞路奇的表情看起來有些高興。

雖然沒有聽過確切的說明，但在這個時期突然變成人類形態，好像確實是前所未有的事。

本來預計還要再等上一段時間，結果迪亞路利自己就突然幻化成人形，說不定迪亞路奇心裡還會有「我女兒果然很優秀」之類的想法。

我並不是在責怪她這樣想。

這不僅是理所當然的想法，小機靈幻化成人形也確實值得開心。

讓我有點不滿的原因，是她一定要表現得這麼明顯嗎？

「本來很順利的……」

雖然經歷了一陣混亂，但誰也無法否認事態已經轉變成另一種新局面。

這件事同時有正面與負面兩個部分，但以能夠控制小機靈的層面來說，我更在乎正面影響的部分。

她之前也能聽懂我們說的話，現在甚至可以直接用話語溝通，也就意味著我們可以更確實照顧到小機靈的需求。

可是好像也不一定……

「……」

她對於迪亞路奇的詢問充耳不聞，只是一直盯著我，這副模樣實在令人無奈。

我看到迪亞路奇露出失望的神色，我只好再次開口。

「迪亞路利，妳應該專心聽媽媽說話。」

我實在很不習慣數落小孩，我只是說了一句話，就像做錯事一樣，忍不住看她的臉色。因此，我幾乎可以想見我不在的時候，小機靈都是如何對待迪亞路奇的。

即便是龍的形態，大概也是用這種態度一天天過下去。

迪亞路奇真的是活菩薩耶。

即便如此，這位母親還是對小機靈傾注了過度的關愛。我雖然無法理解，但母愛本來就是無法理性思考的情感。

「迪亞路奇，現在心情怎麼樣？妳、妳可以走嗎？魔力也不錯……真棒啊。想當初，媽媽直到超過一百歲才能像迪亞路奇這樣呢……」

妳這個瘋女人，不要說那種話。

我敢保證，越是吹捧稱讚，小機靈就會越看不起迪亞路奇。

最好是我多慮了，但這個年齡層的孩子大部分都很單純又相當現實。

「我就知道妳果然很聰明……魔力也比同齡小孩還高……」

不要稱讚她。

「本來連話都不太會說……真是太厲害了。妳可以跟媽媽說，妳現在覺得怎麼樣嗎？」

就叫妳不要稱讚她了。

我甚至懷疑她到底有沒有記住姜玄昱昨天給的建議。

我能肯定，所謂的溺愛就是在說她這樣的行為。

最後，我決定要介入她們的對話。

當我一開口，就看到小機靈望著我的臉。

雖然我的個性沒那麼嚴肅，但我必須成為有威嚴的家長。

「路利。」

「嗯嗯！爸爸！」

「妳應該要好好回答媽媽的問題。」

「啊，呃……」

「而且態度也要正確。就算我這段時間都沒有說什麼，但媽媽是爸爸心愛的人。而且我要提醒妳，妳上次做的那件事我也還沒原諒妳……如果不是媽媽叫我要原諒妳，我現在也不會站在這裡。雖然我很高興妳成長了，但妳這種態度並不好。難道妳從以前就一直對媽媽是這種態度……」

「不、不是的……」

「如果不是這樣，那就太好了。希望妳以後會注意。」

我說得真好。

表明迪亞路奇是我心愛的人，我覺得是這段話最大的重點。

「妳應該先跟媽媽說妳錯了。」

「我……我錯了。」

「沒、沒關係。迪亞路利……我們迪亞路利還會跟我道歉……媽媽的眼淚快掉出來了……」

「去抱一下媽媽。」

「嗯。」

看著小機靈低著頭一步步跑來抱住自己，迪亞路奇感動得用手悄悄擦拭眼角的淚水，但坦白說，我並不覺得事態有所好轉。

因為她現在只是在看我的臉色行事，看起來把媽媽當成情敵的眼神也依舊沒有改變。

就算她現在忍住了，但只要我不在這裡的時候，情勢很有可能又會被扭轉。

我從沒想過在網路上聽說過的事會變成現實，而且還是很嚴重的程度。

望著化成人形的迪亞路利，感覺原本還有點遙遠的問題突然變得近在眼前。

外觀是一隻龍還是一個人，確實有所差別。雖然同樣都是必須要照顧的對象，但原本迪亞路利在我心中的定位更接近寵物。

我不知道這樣是好是壞，不過她轉變成人類形態後，我也產生了更多責任感。

真不喜歡這樣……

先前就有意識到必須當個好爸爸，現在更有這樣的自覺了。
現在該怎麼辦……
當我陷入胡思亂想的時候，迪亞路利的聲音傳來了。
「爸爸。」
「嗯？」
「我現在也可以每天跟爸爸待在一起嗎？」
就是因為這樣……
我現在的心情感覺就像有莫大的負擔壓在身上。
看來小機靈最在乎的真的是我。
其實嫉妒迪亞路奇是一回事，她最大的訴求就是不想要跟家人分開生活。
我好像可以明白，為什麼來到大陸並占有一席之地的玩家們，生育率會越來越低。
這種時候，我不知道究竟該說什麼才好。
而且我也不想騙她。
迪亞路奇好像又因為小機靈的一句話而感到心酸，擺出了心痛的表情。
我也不想對她說出這種答案，卻還是不得不搖搖頭，緩緩開口道。
比起編造謊言，還是直接老實告訴她比較好。
「目前來說是不可能的。因為我還有很多事要做。下週開始也會有越來越多的工作……妳能理解爸爸的工作非常忙碌吧？」
「是……」
「但只要工作減少，就可以每天都見面了。還有，從下週開始，我會盡量在工作結束後繞過來一下下。」

「真的嗎？」

「當然。我答應妳。不過相對的，路利也要答應我才行。」

「什麼……」

「首先妳要尊重媽媽說的話，也要對媽媽好。第二，妳要對前天見到的弟弟道歉，以後也要照顧他。啊……還有，來到人類的世界，也要和人類好好相處，乖乖過日子。只要妳遵守這三個規則，爸爸也會越來越喜歡路利的……」

「我可以遵守！我辦得到！」

「真的？」

「嗯嗯！我可以守規矩！」

關鍵的臺詞好像是「爸爸也會越來越喜歡路利」這一句。

輕輕勾手指約定好之後，迪亞路利牢牢抱住我，她的心情似乎很好。

「太好了！」

她幾乎整個人都埋在我胸口。

她似乎還留有龍形態時的習性，用屁股替代尾巴搖來搖去，這副模樣看起來還能接受。

雖然我很想就此轉變為氣質穩重的父親路線，但她用這種方式抱著我，實在難以維持沉穩的神色。

感覺我不能在這個時機點推開她。

反正我和迪亞路奇之間也已經做出一定程度的成果了，現在安撫她一下應該沒關係。

我輕輕點頭，拍拍她的背，她就四腳朝天躺在地上，似乎撒嬌著要我摸她。

看來她只是外觀變成人形，行為模式依然是原本的小機靈。

「呼嚕……呼嚕……」

我伸手搓搓她的下巴，她立刻開始發出呼嚕呼嚕的聲音。

我甚至暗自慶幸她沒有做出吐舌的動作。假如她的舌頭很長，說不定還會像以前那樣舔我的臉頰。

「好棒！好棒！好棒！」

「嘰！嘰！嘰咿！」

她蹦蹦跳跳的，用人類的嗓音發出特殊叫聲的模樣，讓人很想親親她。

我突然能體會，所謂的「女兒傻瓜」一詞就是這樣來的。

雖然不是一般人類的行為，但她只是完整呈現小機靈時期的動作，所以看起來沒有違和感。

這樣看來，還是能隱約看見龍的樣子。

正當小機靈的慶祝儀式進入後半段，我發現迪亞路奇無所適從的模樣。

她站在幾步遠的位置看著我們。

我揮揮手示意她過來這邊，她立刻移動腳步靠近，應該是原本就想加入我們。

小機靈對身旁的媽媽還是透露著警戒神情，但母女倆實際靠在一起之後，心情看起來也不糟。

或者也有可能是因為想起和我的約定。

老實說，比起小機靈，現在更開心的人反而是迪亞路奇。

每次只能遠遠欣賞我和小機靈玩鬧，可能是成為其中一員的心情比想像中歡喜，她用非常欣慰的表情看著小機靈。

小機靈偶爾也會跑向媽媽，或像剛才那樣不自然地擁抱，每當這種時候，迪亞路奇都會忍不住感動的情緒，紅著眼眶撇過頭去。

果。

我不確定姜玄昱博士的解方有沒有效，至少以現在的反應來看，好像能感覺到正面效果。

這就是家人啊，家人。

雖然只是雞毛蒜皮的小事……但這也是我短短幾天前絕對說不出來的話。

感覺像是終於完成了一幅美麗的畫像，我想這樣的形容是最貼切的。

「我好喜歡爸爸！」

當然，肉眼可見的異常熱情依然使人不安，但這樣的程度尚可接受，我也只能勉強相信時間會替我們解決。

〔您正在確認傳說級精英怪物黑龍迪亞路利的特有癖好。〕

〔黑暗中扭曲且危險的愛〕

〔#為什麼不叫我小機靈？〕

〔#不知道原因但爸爸是我的〕

〔#也不會讓給媽媽〕

〔#愛是會變的〕

時間一定會替我們解決問題。

第091話　正式頒布

小機靈的問題目前已經告一段落。

雖然期待她能在短時間內大幅改變，但奇蹟並沒有發生。

說得上是大幅改變的，就只有她的外貌。

不過也不是沒有任何改善，雖然只能一點點、一點點，迪亞路奇還是有持續找回在家裡的地位，小機靈也逐漸認同母親。

小機靈待在我身邊的時候，仍舊會為了把我的視線轉移到她自己身上，做出蹦跳或其他突發行為，但還算是可愛。

雖然不到肉眼可見的程度，但她正在一點一滴改變。

不知道這些改變是不是小機靈的有意為之，至少迪亞路奇每天都會發出幸福的尖叫。

她總是為小機靈微不足道的善意而大受感動，或者反覆回想著小機靈和以前不同的行為。

當然小機靈的這些反應也讓迪亞路奇付出更多心意，但以旁觀的角度來說，並不是非常美妙的情況。

我個人認為，小機靈也必須離開媽媽的懷抱才行。

最後，我決定讓小機靈和馬克斯一起去上學。

要讓身為龍族的小機靈接受人類教育，迪亞路奇似乎不太情願。但或許是因為她也知道和人類打成一片有助於塑造人格，終究還是同意了。

這是正確的判斷。

這個結果也來是自於姜玄昱博士的推薦，但特別的是，這個解方並非針對小機靈，而是為了迪亞路奇而做的決定。

姜玄昱認為迪亞路奇需要獨處，也就是需要專為自己而存在的時間。

我知道很多母親在有了孩子以後，就會逐漸失去自我……我記得這好像叫作育兒憂鬱症吧？

在姜玄昱博士曾在地球使用過的測試量表中，迪亞路奇得到了極高的分數。所有的數值都高得彷彿要衝破極限，令人相當憂心。

即便迪亞路奇笑著說「不可能會這樣」，並且表現得不以為意，但單以測試結果來說，那實在不是笑得出來的情況。

不善表達的龍，心中不斷累積著壓力。專家也做出了不知何時會爆發的判斷。

除了趁小機靈去學校的時間試著尋找自己的興趣，我自然也要全力支持她。

面對突如其來的空閒時間，迪亞路奇一時不知道該做些什麼，但至少精神已經一天天變好了。

但我的處境卻是和她完全相反。

好忙啊……

雖然只是短暫的時間，但我開始不停壓榨自己的身體。

之前擱置的事情這幾天又被推遲，接下來當然就輪到這些事情往我身上砸。

我親身體會到「連喘口氣的時間都沒有」這句話的意義。

簡單歸納的話，現在進行中的事共有三項。

第一，教皇廳的人脈管理。

先與這段期間沒能見面的巴傑爾樞機主教會面，為彼此排憂解難，分享各種話題。

當我得知現任神聖帝國的教皇因為年事已高，很快就會回到神的懷抱，我簡直快要開心地大笑出聲。

下任教皇當然會由三位樞機主教之一推選擔任，而我也聽巴傑爾樞機主教親口證實，其中以他本人中選的可能性最高。

假如巴傑爾樞機主教成為教皇，與他同一陣線的我，自然也能提高地位。

搞不好會從榮譽主教躍升到更高的頭銜，所以我想盡各種方法，積極地迎合巴傑爾樞機主教。

不僅如此，我還為了穩固彼此的友誼，與這次晉升為大主教的潔西卡大主教及赫麗娜異端審問官一起參加祈禱會。

除此之外，我當然也和教皇廳相關人士聚餐，並參與各式各樣的活動。

既然主教級人物已經不再需要我繼續刻意維繫感情，這次造訪教皇廳，我還帶了宣熙英陪同。

氣氛真不錯。

宣熙英看起來就是名副其實的模範祭司，自然也與主教們相處融洽。

大家的關係比我想得更為緊密，巴傑爾樞機主教以外的這些人，我想應該全部都能交接給宣熙英負責。

第二，貴族間的人脈管理。

管理皇帝派的人脈與管理教皇廳的同等重要。

因為我的人脈大多都來自於教皇廳，在社交圈的比例自然較少。不過卡特琳公爵夫人曾在伊藤蒼太事件中大力支持我，和那些貴夫人軍團保持關係也是相當重要的事。

在結束與巴傑爾樞機主教的會面後，我立刻受邀加入貴族們的社交聚會，周旋在各位貴族之間。

這段期間，我真的是忙得團團轉。

再加上隨著帕蘭和黑天鵝的攻掠日誌公諸於世，博物館的事情儼然成為各地的熱門話題。

我原本已經因為被內定為帝國八強而備受矚目，現在又被冠上這道光環，知名度開始暴增到彷彿要直衝雲霄的地步。

與我結識的貴族夫人們也隨之變得趾高氣昂，我則順勢從中獲取各個方面的情報。

在百忙之中短暫享受的八卦時間中，出現了有關帝國公主的話題。因為是先前從未見過、聽過的人物，讓我覺得十分新鮮。

而我也認知到這是我必須掌握的資訊。

第三，凱斯拉克的黑市。

上流社會的派對落幕後，我立即動身前往瑪麗蓮千金的故鄉凱斯拉克。

表面上的理由是受到瑪麗蓮千金的邀請，實際上則是為了確認黑市的情況。

奴隸競技場這類的生意在曹惠珍強力反對之下，連嘗試都沒機會。不過黑市還是以相當可觀的收益營運著。

親眼確認後也是讓人滿意得直點頭。

真不錯。

雖然也想過可以再拓展一些非法事業，但不管怎樣，我都沒辦法親自管控相關的情況，所以只好放棄各式各樣的想法。

反正做這些的目的本來就不是為了錢。

這座黑市存在的理由，僅僅是為了掌握進出這裡的顧客名單，沒有任何其他目的。手中握有顧客名單與帳本，對我來說絕對是莫大的助力，以後可能會在緊要關頭派上用場。

雖然宣傳的時候標榜絕對的隱蔽性，但世界上怎麼可能有永遠的祕密呢？只要透過堆積如山的文件、帳本與位置追蹤，想找到這些戴著面具的傢伙們根本是小事一樁。

即使因為瑪麗蓮千金總是黏在我身邊，導致我沒辦法非常仔細地巡視，但大致看來這座黑市也能在滿分五分中獲得三點五分。

在我的眼中還不算糟。

「呼……」

前面條列的這些只是具代表性的主要事項，並不是所有工作。

除了對外的聯繫，內部需要整頓的事也很多。

除了要介入馬克斯、鄭白雪遇上了些許阻礙的魔力全像投影裝置研究，和李智慧聯手的事業也準備就緒，順利展開博物館的裝修作業。

還不能忘記支援剛加入公會的新人們。

藉由與韓素拉的討論，我終於得知黑魔法是以何種機制實行運作，也為了讓劉雅英能快速提升鐵匠技術而正式投入支援。

新式藥水的研究並未停止，但沒有使用在朴德久身上的血清要如何處理，也讓我煩惱了好一陣子。

在這之中還要抽出時間安撫鄭白雪的精神狀態，也得和小機靈相處，就算這世界有五個我，應該也累得一個都不剩了。

如果想要喘口氣，馬上又會有其他事情發生；如果想解決某件事，又會聽見從遠處傳來呼喚我的聲音。

很像以前金賢成把所有公事全部交給我處理的感覺，和那時候的差異只有金賢成自己會幫忙分擔而已。

而我會這麼辛苦，也是有萬不得已的原因。

因為帝國方面已經不願意再推遲正式公布帝國八強的儀式了。

這使得我無論如何都要擠出時間參加，也因此只能強行消化其他行程。

千辛萬苦的前置作業，只為了現在能悠哉地移動。

然而每個人臉上卻都透露著些許不耐煩。

不只是我和金賢成無一倖免地度過了忙碌時光，紅色傭兵的會長也不例外。

「真的是煩死了。到底是多正式的頒布儀式，真的有必要把分散在自由城市的八個人一次全部聚集在一起嗎……只要皇帝自己宣布不就可以了嗎？」

「就是說啊……」

「明明知道大家都很忙，還非得用這種方式要求大家出席。說不定從臺灣或日本來的那些人也覺得很煩。不管是地球還是這裡，繁文縟節都是個大問題，就為了那些虛假的面子……儀式結束後又要舉辦派對還是什麼的……真的是煩死了。你說對嗎，親愛的？」

「不過，站在皇帝的立場，應該是想展現自己依然有在做事吧。雖然不知道細節，但聽說他的勢力最近好像越來越薄弱……」

「是嗎？」

「嗯，我不確定是不是小道消息，但貴族們之間都在流傳這樣的內容。近來教皇廳方面頗為強勢，所以聽起來很有道理，應該不是誤傳。從傳出這些話的那一刻開始，就表示貴族們已經選擇背棄皇帝了……皇帝應該也是想要透過這次機會宣告自己還健在……知道這件事的人都明白正式頒布只是一場秀，但帝國人民對這種事怎麼會有興趣？只是因為皇帝這樣說，大家才以為只是單純為了宣布帝國八強。」

「這我倒是沒有聽說……黑天鵝的會長也知道嗎？」

「是，我也聽過這件事。」

話題突然轉移到正在和金賢成聊天的朴延周身上，她先點點頭之後才開口回答。

車熙拉坐在我面前，表情看起來有點不爽。

我大概知道她為什麼會露出這種神情，但我也只能悄悄轉過頭去。

「又只有紅色傭兵不知道啊。乾脆不要三方結盟，讓你們兩個相親相愛就好了吧？」

「……」

「老實說，博物館的事也很讓人心寒。親愛的，如果你是我，應該也會覺得很傷心吧？」

「非常抱歉，車熙拉大人。平常我們也受到紅色傭兵許多照顧……當時剛好聽說您前去其他副本的消息，所以覺得先不通知您比較好。」

「我就是說說而已，妳不要太在意。畢竟還是要謝謝你們，就算我沒有參與攻掠，你們還是貼心地讓我投資。不過下次不要在意那些有的沒的，直接跟我說就好了。我又不是那麼計較利益得失的人……在友軍遇到危機時派兵支援，這是應該的。」

「好的。」

車熙拉一說完，朴延周就點頭同意。

我似乎能明白車熙拉說這些話的意思。

朴延周認為公會結盟完全建立在利害關係上，但車熙拉對於結盟的理解方式，好像有點脫離這個概念。

其實我常常這樣想，她之所以受到公會成員們的喜愛，比起武力，她的個性應該影響更甚。

要這麼做一定很不簡單吧。

我絕對無法做到和車熙拉一樣有情有義。

總之，持續的等待也很乏味，我悄悄開始環顧四周。

偌大房間內的景象映入眼簾。

金賢成、車熙拉、朴延周坐在桌前，各自的副官則站在後頭。

曹惠珍站在金賢成身後，車熙拉後面是不知道名字的紅色傭兵幹部，朴延周身後則有李智慧。

帕蘭原本沒有攜帶隨行人員的習慣，但既然有空缺的位置，也只能就近從小隊成員中選擇，而那個幸運的人選正是曹惠珍。

既然她在第一次人生就和金賢成有密切的關係，金賢成似乎理所當然地認為她很適合這個位置。

我當然也帶了一位隨行人員。當我轉過頭，就看到對方笑盈盈地看著我。

「……」

「……」

是鄭白雪。

其實憑她的實力，她也應該坐在這裡……

就在我暗自胡思亂想的時候，大門開始緩緩開啟。

春日由乃率先走進門內，跟在她後面的則是我第一次見到的生面孔。

對我而言，那自然是初次見面的對象，不過金賢成看起來卻不是如此。

想必是在第一次人生見過的人吧……

此時，我發現金賢成正在逐一審視那些走進來的人。

＊＊＊

春日由乃身後一共有兩名男性和一名女性。

緊跟在春日由乃後頭進來的人，顯然是一起從日本來的成員之一。

我自然也忙著用心眼觀察這些剛進門的人。

涼宮伊吹。職業為暮色的暗殺者。

他是繼故人伊藤蒼太之後，負責管理席利亞的強者。

我之前有聽春日由乃提過這個人。

他來到大陸已經第三年，也是稱得上人才的人物之一。

用心眼看見的數值整體相當平均，但最亮眼的果然還是敏捷值。

從他具備的職業、特性都已達到傳說級來說，確實值得被列為八強之一。

他一定很強吧。

金賢成認同似地點點頭，這表示在伊藤蒼太可能還活著的第一次人生中，涼宮伊吹依然曾大放異彩。

看來在上一世，他也是聲名遠播的人。

接著走進來的是一對男女。

是臺灣人……
他們來自名叫大灣的自由城市，且兩人各自於具有代表性的大公會中擔任會長。
陳冠偉。
看到個子很高的男人拿著魔杖，應該不用特別介紹就能知道他的職業。
魔法師？準確來說，他的職業是傳說級迷霧召喚師。
看了他的狀態欄，似乎可以得知他大多運用哪一些魔法。
即便沒有配戴傳說級裝備，他的魔力值依然高達九十六，由此可知他在魔法上投入了多少心力。
大陸上實力堅強的魔法師不常見，以這點看來，那位男子的成就算是非常崇高。
只不過，還是比白雪低……
當然，他仍然是不容小覷的存在。
考慮到經驗、熟練度、可以使用的魔法數量等條件，我認為兩者實在很難分出勝負。
回想起鄭白雪這段期間宛如怪物般的表現，還是很難想像她被擊退的畫面……不過那傢伙可能也有不為人知的面貌。
接下來進門的是把長髮綁在一側的女子。
她的名字叫作魏蘭，是典型的射手。
我能夠強烈感覺到她是一位隨心所欲的強者。
她擁有的職業是英雄級的遠距離狙擊手。
能力值也很漂亮，不過引人注目的是傳說級的特性「百發百中」，不需要特意閱讀說明就能理解這是個怎樣的特性。
有趣的是，眼前這位女性的裝備或配件，都是可以歸到高單價商品的類型。因為我也有使用相同品牌的東西，所以一眼就能看出來。

他們的組合很棒。

兩位都是能夠獨立作戰的強者，但也不能忽視他們兩人合作的協同效應。

我腦中已經出現迷霧召喚師遮蔽視線，遠距離狙擊手用箭矢射擊敵人頭部的畫面了。

萬一我要安排他們上戰場，一定會無條件讓他們搭配成雙人組。

說不定正是因為他們倆知道雙人組合的優勢，才能將各自的公會引領到顛峰。

金賢成沒有露出不好的反應，真是萬幸。

這次他也是笑著打招呼，看來聚集在這個房間裡的人們，應該沒有像變態殺人魔鄭振浩，或者惡魔崇拜者伊藤蒼太之類的傢伙。

真不錯。

我不知道帝國八強是以什麼標準來選定，至少在座沒有任何浪得虛名的人。

如果非得要選一個……我應該就是最大的拖油瓶吧？

總之，春日由乃無聲向我點頭示意，我也同樣以點頭的方式回應她的招呼。

看來她有意識到在這個所有人聚集的場合，必須維持正常行為。

她依然緊閉著雙眼，也照例穿著端莊的服飾。

悄無聲息找到自己的座位後，就一直將臉面對我的方向，讓我有點慌張。幸好她似乎讀懂了我的表情，很快就看到她轉過頭去。

「我叫涼宮伊吹。」

「久仰大名。」

「陳冠偉。」

「啊，我叫李基英。」

「魏蘭，我是從臺灣來的。」
「很高興認識您。」
緊接著是尷尬的自我介紹。
資歷深的強者們早已互相認識，因此沒有過多寒暄。但在這裡可以說是菜鳥的我和金賢成，卻必須經過三次握手才能重新坐回位子上[17]。
雖然稱不上緊張，氣氛卻很沉重。
這是正常的嗎？
從許久前就來到這個地方，各自占據一方，並用自己的手段與方法獲得名聲及力量的人們同時聚集在此，會形成一股奇妙的氛圍也是理所當然。
在陷入一片沉默的空間裡，率先開口的人是來自大灣的魔法師，迷霧召喚師陳冠偉。
他從進門開始就一直明顯擺出臭臉，看起來似乎對帝國八強人選心有不滿的樣子。
即便他沒有說出攻擊性的話語，卻也有意無意表達著自己的想法。
「四個、兩個、兩個……」
「怎麼？有什麼不滿嗎？」
「不是的，車熙拉大人。也不是說不滿，我只是覺得人選上是不是有點……往某一邊傾斜的樣子？」
「那就是不滿嘛。」
「我當然也認同從琳德來的各位都具有出眾的能力……唉，我只是因為覺得可惜才隨便說說，請不要放在心上。我們大灣也有很多人才……」
「你好像是故意這麼說的吧？」

17 韓國文化中，後輩遇到長輩必須起身打招呼，以示禮貌。

「真的不需要在意，車熙拉大人。」

「喂……看看你的眼神，是不是想比較一下？太搞笑了，你連我的眼睛都不敢看的模樣，彷彿還只是是昨天的事呢。」

「我什麼時候……」

「怎麼？你跪在我面前求我放過你的時候，不就是那樣嗎？」

「車熙拉大人……」

雖然一開始想要用迂迴的方式帶風向，但他看起來不像是壞人。

看來他們之間有一段我不知情的過去，顯然他和車熙拉先前有過摩擦。

自己羞愧的往事在菜鳥面前被揭露，感到驚慌的陳冠偉急忙想要圓場，但他根本不可能控制得了車熙拉。

車熙拉看著他驚愕的表情，再次笑著說道。

「冠偉啊，我說了你可別生氣。站在帝國的立場，受到照料的不是我們，而是你們耶。琳德的人至少還能再爭到一個位置……但是因為帝國怕你們不高興，所以才給予特別關照。你能聽懂我的意思嗎？」

「再怎麼說也太誇……」

「怎麼？難道我會騙你嗎？」

車熙拉看向鄭白雪，陳冠偉的表情立刻變得僵硬。

那個表情似乎在說「我怎麼到現在都沒發現」。

既然同樣是魔法師，我猜他應該能感應得到鄭白雪的實力有多強大。

「我們的小老婆……大概才來這裡一年多一點而已吧？」

「怎麼……可……」

「怎麼會不可能？坐在這裡的我家親愛的，還有他所屬的公會會長金賢成，以及站在那裡的鄭白雪，都是在最短時間內通過新手教學的玩家。我一看出他們的潛力，就馬上去找他們了，不過坦白說我也沒想到他們能做到這個地步。嗯……運氣好又有實力……總之就是這樣。」

「天……」

「其實還有一個人……雖然他的能力還不足以來到這裡……但也還是很厲害。」

「真是不公平。」

「我有時候也這樣覺得。怎麼樣？在帝國最知名的魔法師看來……」

「我不予置評。」

面對發生在眼前的情況，鄭白雪一直擺出事不關己的態度，但因為車熙拉的一句話，連同其他人的視線也全都開始集中在她身上。

尤其擔任射手的魏蘭，反應更是明顯。

「琳德真的是人才濟濟。被列為帝國八強的人之中，就有兩位進來才來到這裡一年的新生。更沒想到你們會有如此令人驚豔的魔法師……其實我也在尚未親眼見證之前，認為琳德是不是得到過多的偏心。實際見面之後，才發現確實是與眾不同呢。」

「您過獎了。」

「不，我只是單純地陳述實情，帕蘭會長。你的強大應該無須贅述……另一位畢竟是非戰鬥職業，我也無法隨便評判，但想必是以擁有龍族的條件獲得極高評價吧。」

她馬上就猜中了，不過說得實在太直接了。

聽見她說的話，金賢成露出無聲的微笑回答。

「其實他也是很優秀的煉金術師。」

「這個我知道。我也很常使用流通進大灣的藥水，託你的福，玩家的生還率也大幅提升了。雖然價格有點貴……但我確實應該向您表達感謝之意。啊，請問你懷中的那個東西，有打算販售嗎？」

她應該是看到我帶來的龍息藥水才這麼說。她身為射手，觀察力當然很好，但卻好到超乎我的想像。

「有機會的話我也想賣，但這目前是無法量產的東西。被判定為傳說等級的藥水，製作成本所費不貲。」

「那還真是可惜啊。嗯，總之很榮幸見到你。其他幾位也好久不見了呢……紅色傭兵會長以及夜空會長，很高興兩位這段期間似乎過得很好。」

「妳還是一樣很多話。」

「您又用這種方式說話了。車熙拉大人的嘴依然那麼毒啊。我可以理解您因為那個人感到心情不悅，但希望您不要遷怒到我身上……那個人說的話不代表大灣的立場。就算我們是一起來的，不過我從來沒有對人選的問題感到不滿，真的。啊！雖然這又是題外話……新進人員的眼光也相當不錯呢。」

「妳在說什麼？」

她應該是在說我和她穿著同一個品牌的衣服。

原本發愣看著我的車熙拉，這時也突然點點頭發出嘆息，看來她也明白魏蘭說那句話的意思。

「我們聚在一起就是緣分……等結束後一起吃飯吧？怎麼樣，春日由乃大人還有……啊，那個……」

「我是涼宮伊吹。」

「啊，伊吹先生呢？」

「我沒問題，如果有足夠時間的話。」

「可能會因為參加帝國主辦的派對忙得不可開交吧，唉。」

「說得也是啊。天啊，這樣說來，我好像沒有準備禮服啊……」

氣氛比我想像得還要和樂融融。

自從伊藤蒼太死後，我們和席利亞始終維持著友好關係，應該不會有其他問題。遠從臺灣來的兩位，身段也是相當柔軟。這或許是先前在車熙拉身上得到慘痛教訓的效果，至於原因，不管是什麼都無所謂。

也可能是感覺到大家都在同一艘船上……

即使彼此的立場明顯不同，但不管怎麼說，琳德、席利亞、大灣終究被包含在名為神聖帝國的巨船上。

換句話說，我們就是命運共同體。

少了伊藤蒼太那種瘋狂的傢伙，這樣的畫面才正常。

「話說回來，神聖帝國真的很好笑吧？之前也沒想過要這麼做，只是因為共和國發表什麼五虎將，這裡馬上就選了帝國八強……我還在想，等我們頒布之後，共和國會不會又重新制定十大至尊之類的？」

「就怕是這樣。」

「不過最近的情勢好像真的不太好……再這樣下去說不定會爆發戰爭。我們的巫女大人沒有預知到什麼嗎？」

「氣氛很不好嗎？」

「中國人和我們本來就彼此討厭，最近雙方情緒逐漸開始浮上檯面。琳德距離共和國較遠，可能不太了解，從大灣的角度來看，隱約能感覺得到情況在惡化。」

「……」

「也有過幾次衝突。」

「你們本來就常常不合。」

「雖然就如同您說的……但最近確實有較為不尋常的氣息。」

看著魏蘭用嚴肅的表情講出這些話，總感覺那並非是單純憑直覺得知的內容。

她為什麼突然提到戰爭？

我當然也很好奇，在第一次人生的這個時期是不是真的有過戰爭。

於是，我先揣測了金賢成的表情……

「您可以再仔細說明嗎？」

結果他也用嚴正的表情開口詢問。

雖然不知道會在什麼時候……但我能肯定目前的局勢確實動盪不安，說不定真的會爆發戰爭。

我心裡突然出現這種念頭——

賢成會保護大哥吧？

在親愛的重生者懷抱中，這次也會安全無虞。

＊＊＊

和在地球上一樣，臺灣和中國在這裡的關係也很複雜。

大部分常駐在共和國裡的中國人，至今仍堅信臺灣理所當然是他們的附屬之地，但臺灣人並不接受這樣的觀點。

這裡是大陸又不是地球，站在大灣的立場自然也會覺得這是件令人不解的事。

雖然把在地球上的政治問題牽扯到這裡顯得很可笑，但想想琳德到現在也還有抱持著抗日情懷的人，看來這也不是那麼奇怪的情況。

其實遠在另一邊的伊斯蘭文化圈國家也是每天打來打去，以歐洲列強組成的王國聯盟，同樣無法跳脫過往的桎梏。

但中國與臺灣的關係，在這個世界又更複雜了。

由於位在大灣的新手教學副本與共和國相鄰，恰好與想再多獲得一個新手教學副本的共和國產生利害關係。

再加上大灣現在的位置，以前曾是共和國的領土，因而造就目前共和國肆意發起大大小小挑釁的時局。

以共和國為據點的中國人，喊著「臺灣人是我國民族」的口號進犯大灣；以共和國總統為首的共和國人民更是強烈主張「這片區域原本就是我們的領土」。

簡直亂七八糟啊。

不管是哪個國家，國際關係都是一團亂。

既然帝國、共和國、王國聯盟及各個種族，從我們進來以前就已經處於激烈對抗的關係，就算外表看起來很和平，在這種情況下內在肯定也已經出現相當嚴重的腐敗風氣。

萬一真的傳出開戰的消息，似乎也沒必要感到驚訝。

就算只是玩家，但坐在這裡的領導者與其族人們，想必也會陷入一片混亂。

不過我個人的判斷是目前還不會爆發戰爭。

理由很明確。

被鍊住的狗最會吠。

各國的領導人又不是笨蛋，如果真的有意引發戰爭，就不會頒布什麼五虎將、帝國八強之類的東西。

誇耀著自己多麼強大的傢伙，正常來說是不可能正面迎戰的。

假如我是帝國皇帝或共和國總統，我肯定不會做出掀底牌的愚蠢行為。

在現在的情勢下，頒布這些名譽頂多只是武力示威而已。

除非那些人是白痴，才會真的挑起事端。

我相信絕對不會的。

不過另一方面，我也不禁開始感到不安。

在這個時機點引起戰爭不太好。

我們現在才剛站穩腳步要展翅高飛，光是聽到戰爭就讓我頗為反感。

聽著這些人彼此交換意見，我的腦袋也不停在運轉。

金賢成聽到共和國持續對大灣發出挑釁，神情嚴肅地仔細聽著。

「發生事情的確切位置是拉伊奧斯。」

「那裡是……」

「中立國。那裡是以寮國為主的部分東南亞玩家們被召喚去的地方。你有聽說……不，應該不可能沒有聽說過吧。就在大灣的正南方……」

「是，雖然不是很詳細，但有聽說過。」

「我們大灣的新手教學副本和共和國相連，南方緊鄰拉伊奧斯，所以經常有人在那附近出入。當然共和國的人也是一樣。」

在中立國裡對峙，是《大陸法》明文禁止的行為。

「當然也不是在拉伊奧斯打仗。應該說……那種小規模的衝突稱不上打仗，原本只是遠征隊之間為了眼前的稀有級副本而爭執，但遠征隊的摩擦逐漸演變成公會的對立。處於下風的年輕人們叫來公會裡的資深成員；而另一邊認為，既然對方都加派人手了，我們這邊當然也不能輸。雖然沒有引起大規模的鬥爭，但要是當時有人拉弓射箭，就會……砰！」

「你們每次都這樣。」

「不知道應該說是女人的直覺，還是身為弓箭手的直覺。假如車熙拉大人在現場，可能也會覺得彷彿隨時會爆發什麼事。我差一點就要因為出門前沒有準備好裝備而戰敗耶。」

「沒有調停者嗎？」

「就是因為有，所以才沒有打起來呀。我們還有正式向帝國提出報告。話說回來，都已經提出嚴正抗議了，也不知道帝國有沒有打算處理……」

我們的生活要對抗怪物，大灣那邊的人則是必須面對那種困境，說不定都已經算是家常便飯。

仔細想想，雖然可以把這當作沒什麼大不了的小事，但忽略這種瑣碎的衝突，本身就是不恰當的應對方法。

各方面要思考的事越來越多。

還是我應該親自去一趟？

我很自然產生了「去看看大灣和拉伊奧斯也不錯」的想法。

要先確實了解那裡的氛圍究竟如何，才能在任何情況下都有辦法應對。

但這樣一來，小機靈又要不高興了……

看來乘坐獅鷲擬定最短暫的旅程是個好方法。

時間就在我不斷思索的過程中逐漸流逝。

這段沒有結論的對話，最終也在找不出任何答案的情況下結束。

「請各位前往謁見室。」

終於到了覲見帝國皇帝的時候。

陳冠偉的副官聽見外頭傳來的聲音後打開門，就看見低著頭等待的家臣。

車熙拉從座位上起身，緩緩開口提問。

「行程怎麼安排？」

那位家臣將身體彎得更低，才回答她的問題。

「與陛下共進晚餐後，沒有其他特別的行程。只是明天早上……」

「知道了，只要在帝國人民面前展現一下威風就可以了吧。」

「是……」

「帶路吧，真煩人……讓我們等這麼久，用餐時間能縮短嗎？」

不可能吧。

雖然不是很了解，但光是用餐時間預計就要四到五小時。

和一般貴族吃飯最久大約要耗費兩小時左右，那與皇帝一起用餐的時間當然是加倍計算。

我已經開始覺得累了。

「啊，非常抱歉……隨行人員有另外的安排。」

「什麼?!」

不自覺大叫出聲的，正是鄭白雪。

或許是以為可以一直跟我在一起，突然聽到要分開才會嚇一跳。

「很快就會結束的，白雪。妳先跟智慧小姐、惠珍小姐在這裡吃飯。」

「好，基英哥。」

「走吧，白雪小姐。」

「啊……好的。」

無論如何，都應該要遵守不同職位的不同規定。

她也明白事情的輕重緩急。

隨行人員將一起度過一段只屬於他們的時光。

雖然我也很好奇，他們在用餐的場合會聊些什麼，但那裡終究沒有我的位子。

預先在旁邊等待的家臣們，帶領隨行人員們往其他地方走去，鄭白雪頻頻回頭確認我的位置好幾次，才消失在視線中。

車熙拉帶著疲憊的神情向前走，春日由乃則在鄭白雪離開後，移動腳步補上我身邊的空位。

她悄悄揚起嘴角，看來似乎正在想像美好的畫面。

還在聊天的金賢成、朴延周和魏蘭走在前面，陳冠偉則落後一步，和涼宮伊吹並肩前行。

或許是不想接近車熙拉，陳冠偉移動的時候刻意和前方拉開好幾步的距離。

我們跟在家臣身後，沿途看見的光景相當華麗。

皇帝畢竟是神聖帝國的最高掌權者，與普通貴族不是同一個等級。使用了大量黃金的裝飾品羅列在眼前，前往謁見室的通道果然也很豪華。

這裡是帝國皇帝的地盤，喜歡繁文縟節的大老爺，怎麼可能放過這種事？

隨著大門緩緩開啟，我們還見到了久違的維克哈勒特老先生。

他是皇帝的護衛嗎？

短暫的眼神招呼後，大家開始交出身上持有的武器。

我能聽見維克哈勒特老先生和熟識的車熙拉正在低聲對話，但沒有認真聽取內容。

想必是「要保持禮貌」或者「不要輕舉妄動」之類的忠告吧。

大致的搜身結束後，家臣與衛兵們立即為眾人引路，我們則以維克哈勒特為首，再次走在紅地毯上。

差不多經過三道巨門後，直覺認為是最後的那扇門也被打開，映入眼簾的是坐在位子上等我們的皇帝。

這是怎麼回事……？

我並沒有期待他有多麼威風的氣勢。

車熙拉先前就提供過情報，說他只是個不起眼的老人。而且就連長期待在神聖帝國的她，也無法感覺到皇帝是個傑出的明君。

但他的樣貌還是比我想像的還要糟。

皇帝臉上布滿皺紋且身材矮小。即使頭戴寬大的皇冠，但他顫顫巍巍的樣子彷彿沒有力氣承受那頂皇冠的重量，眼眸中也看不見一點聰慧的光芒。

充斥在他眼裡的反而是猜忌與狠毒，讓人下意識產生警戒。

一想到他是統治這個龐大帝國的皇帝，實在是完全不夠格。

他算什麼皇帝啊？

倒不如說坐在他旁邊的那個女子是皇帝，還比較有說服力。我大概看出來她是誰了。

當我發動心眼，便再次印證我的想法都是正確的。

那女子是神聖帝國的公主。

她身上確實莫名有一種光環。

傾向是「工於心計的改革家」。特有癖好不壞、能力值也不錯。
她的視線就像要把人看穿，擁有一種難以形容的領導者風範。
再次轉移視線，看到的依然是一位有如風中殘燭的老人。
「大家……都……坐吧……」
他的聲音聽起來有氣無力，感覺就連一隻蚊子都打不死。
「參見皇帝陛下。」
「參見皇帝陛下。」
每個人遵照先前學習的禮節表達問候，老皇帝看到這副景象，隨即點點頭，咧嘴露出笑容。
「見到代表帝國的英雄們……我也非常榮幸。我想……你們應該知道我為什麼把你們叫到這裡來吧。首先……你們都坐下吧。啊，在那之前……我先向你們介紹我的女兒，夏洛特。」
「我是二公主夏洛特，各位幸會。」
「參見公主殿下。」
「不需要這麼注重禮儀，我知道你們本來就不熟悉帝國的規矩。我們招待各位並不是想讓你們感到不自在，請大家抬起頭吧。」
「是。」
「沒錯，都不需要這樣。妳說得真好……夏洛特。」
「女兒惶恐。」
每個人慢慢就座後，在輕鬆的對話中開始用餐，不過皇帝的話沒有任何一句傳進我的耳裡。

眾人對話的內容大多是閒聊，也都只是一些英雄故事之類的話題。

「咳咳……咳咳……」

其實除了這些咳嗽聲，什麼都聽不清楚。笑著回應這些不重要的話，才是真正的苦差事。

我相信，這個老頭絕對是我唯一可以赤手空拳打贏的人類。

他到底算什麼皇帝啊？

再不轉移政權，帝國就沒有明天了。我甚至覺得這個老人該不會是痴呆了才會想發起戰爭。

雖然一直冒出這些想法，但我的權力實在太薄弱了。

最終，我還是在不知不覺中，對既得利益者的權勢阿諛奉承。

「果然是皇帝陛下呀，真的是慧眼識英雄呢，哈哈哈。」

我看到大家對我投以敬佩的眼神。

＊＊＊

拍當權者的馬屁很簡單。

雖然要花上一點時間，但坐在一旁的公主想討這個日漸衰弱的老先生喜愛，也是易如反掌。

我不知道眼前這位皇帝年輕的時候，是用怎樣的面貌統治帝國，又經歷過什麼事，但我對於現況卻是看得非常清楚。

跛腳鴨[18]。

也就是說，眼下正是必須宣布下任皇帝的時期，產生這樣的局面也是理所當然。既然關於繼承者的傳言開始在各處流轉，就表示原先擁戴這個皇帝的人們，已經轉而支持其他人，或是正在尋求別的出路。

顯然，目前已經形成了權力分散現象，不過也不能說眼前這位皇帝已經喪失他的權威。那個老人是帝國的皇帝。他不僅擁有固定族群的支持，更是有選擇繼承者權限的最高裁決者。

他至少還能在皇位上打滾三到五年。

問題是皇帝自己怎麼看待這件事，說不定他並不這麼認為。

他肯定覺得自己的皇威正在減弱，否則我們就沒有理由被叫來這裡。

他的傾向是「心胸狹窄的掌權者」。

不管怎麼看都是和我非常契合的性格。

那種類型的掌權者雖然假裝很討厭奸臣，其實比誰都喜歡。只要是人類，就沒辦法討厭諂媚自己的人。

雖然也不能太明目張膽……但只要適當地搔到對方的癢處，好感度就會激增！如果把現在的皇帝當作燭火熄滅前奮力燃燒的階段，這位老頭在完全消亡之前還是有很多便宜可以占。

「哈哈哈，那真是……很有趣的事啊……」

即便我只是隨便迎合他一下，他的臉上就已經出現燦爛的笑容，看起來實在很神奇。

我看得出來，他也已經認為我是討人喜歡的孩子。

18 英文政治術語 lame duck，用以形容任期將至或失去影響力的政治人物。

「話說回來……你不是說你是煉金術師嗎？」

「是的，偉大的皇帝陛下。」

「我聽說過很多關於你的事。你身上的頭銜好像也很多……嗯……我記得是這樣。又是讓帝國煉金術蓬勃發展的人物……而且還是被龍選擇的人，如果我沒記錯……應該沒錯吧……夏洛特？」

「是，陛下。內定為帝國八強的李基英，是琳德的帕蘭公會副會長，也是大陸上首位被龍族親選的人類。同時身為第一位被任命教皇廳榮譽職位的異邦人，據說與巴傑爾樞機主教的關係十分親近。」

「沒錯……就是教皇廳的榮譽主教。」

「能和他成為好朋友都是我運氣好。哈哈。巴傑爾樞機主教雖然有性情火爆的一面，但他比任何人都在乎神聖帝國的未來。能夠結交這樣的朋友，對我來說就是最大的幸運。」

「是啊……這我也知道。」

「其實我本來就很喜歡與人交往，在帝國內的其他貴族也和我感情深厚呢。」

「喔喔，是嗎……」

「凱斯拉克伯爵、卡特琳公爵夫人、愛麗絲伯爵夫人等，我和這幾位都有保持往來。」

我列出和我維持著融洽關係的親皇派貴族們。

「維克哈勒特大人也是……」

在皇帝身邊執行護衛工作的維克哈勒特老先生就像在用眼神問我「你現在是在說什麼」，但我還是悄悄轉移視線繼續說道。

「畢竟我和車熙拉大人也是相當親近的關係……」

「啊……這樣啊？哈哈哈，原來是這樣。這樣說來……維克哈勒特，你曾說過，你把那個紅色頭髮的異邦人當成女兒看待……對吧？我認識多年的老友，竟然在晚年得到一個這麼好的女婿呀……」

「臣、臣惶恐。」

即便維克哈勒特老先生看起來不怎麼想和我扯上關係，但他已經擺脫不了我了。

「啊啊……好啊。就該這樣……」

得知我和親皇派也有密切往來，他似乎對我更加喜愛了。

在這之中，那個叫作夏特洛的公主假裝不經意地告訴皇帝我和教皇廳有關聯，從這點看來，她應該對我不太滿意。

我不禁回想，自己的行為是不是太明顯像個奸臣了？

除了皇帝，公主當然也是重要的奉承對象。

雖然她聽到我和親皇派的貴族們也打成一片，表情變得柔和許多，不過仍舊對我投以警戒的眼神。

還有很多時間。此刻就算只專注拍皇帝的馬屁，應該也沒什麼問題。

我相信公主終究也會有需要我的時刻。

我已然站在神聖帝國社交系統的中心，如果平白無故防備我，終究只會造成公主的損失。

萬一她對繼承皇位有興趣，將來更是少不了我的幫助。

「不過公主殿下的美貌真是耀眼啊。您的外表充滿靈氣，任誰都看得出來您繼承了皇帝陛下的血脈呢。」

「對啊，我們夏洛特很漂亮吧。」

「這也是託陛下的福。」

「哈哈……別這樣說。」

皇帝對每一句稱讚都全盤接收的模樣還真可笑。

雖然這不是針對皇帝，而是說給夏洛特聽的吹捧，但這種類型的稱讚看起來似乎不太能打動她。

我開始了解她屬於哪種類型的人了。

想和她變熟應該要多花點時間……

今天之後還能不能再見面也是一個問題，不過我想時間上應該還算有餘裕。

在持續進行的用餐過程中，大家也聊了各式各樣的話題。

各種提問當然也不會只集中在我身上。站在皇帝的立場，聚集在這裡的帝國八強全部都是他的交涉對象。

其他人也都很認真回應皇帝的疑問，營造出良好的氣氛。但不管話題怎麼轉，還是不得不回到我身上。

帝國八強基本上都是各自團體的領導人物，也是站在崇高地位的人。無論再怎麼努力迎合，我這個一出生就流著奸臣血液的人，依然無法與他們相提並論。

我也考慮過這種事情是否不應該拿出來炫耀，但我並不覺得羞愧。

因為這是在所有社會上生存的必要處世方法。

總而言之，皇帝在和其他人簡單聊過天之後，在臉上表現出還想繼續跟我對話的神色。

帝國八強的成員似乎也很想把應付皇帝的工作推給我。

尤其是車熙拉、席利亞的涼宮伊吹、大灣的陳冠偉這些人，好像對親近皇帝沒有太大的興趣。他們反而還對我露出感激的目光，看來有些人真的沒辦法適應這種場合。

金賢成則是表現得很奇怪，似乎將注意力全放在公主身上。但他的表情很難看透，無法輕易判斷公主在第一次人生中是個怎樣的人。

會繼任成為女皇嗎？

很有可能。

從皇帝讓那個女人陪同出席這樣的場合，就已經表達他的意思了。

總之，隨著用餐時間越來越長，僵硬的氣氛也緩和許多。既然皇帝親口表示希望大家放寬心聊天，眾人也自然開始閒話家常。

這位年邁又全身病痛的皇帝果然立刻轉過頭來，開始全心全意投入與我的對話之中。

我根本不需要主動帶起話題，反倒是皇帝會負責拋出疑問，我回答起來也很輕鬆。

我就像對待普通老人家那樣，大聲讚嘆皇帝年輕時候的往事、頌揚皇帝陛下的偉大。心情愉悅的皇帝再次呵呵笑著，不斷拋出可以讓自己的豐功偉業受到奉承的話題。

當然，這還不夠。

所謂的話術，就是持續附和對方說的話，同時藉此機會讓他能對自己產生興趣的說話方式。

這就是博取好感的方法。

找出能讓皇帝對我感興趣的元素一點也不難。

這樣的人想要什麼，可能連年僅一歲的小機靈都知道。

「嗯……你是說長生不老藥嗎？」

「是的，皇帝陛下。因為我的能力太差，尚未能仔細鑽研，不過對學習煉金術的人們而言，長生不老藥與賢者之石都是只從傳說中聽過的藥水。這項神的禮物不僅能治療所有疾病與傷痛，據說也能重新找回青春。」

「呵呵，原來如此。怎麼樣……研究有什麼進展嗎？」

「很遺憾，並沒有。就像我剛才說的，目前都只有在傳說中聽過相關資訊……坦白說，要在短時間之內看到成果幾乎是不可能的。」

「嗯，謝謝你老實跟我說。」

「我好像不該提起這件事的。」

「不，不是這樣。我反而比較喜歡你這樣坦白。你啊……感覺和其他貴族不太一樣。」

「臣惶恐。」

「不，我不是在怪你，所以不用那樣說。嗯嗯……所以那個叫作長生不老藥的東西……」

對，大概就是這樣。

沒必要非得讓他對長生不老藥抱有希望。與其在日後才被懷疑是不是在騙他，不如乾脆跟他說做不到，這樣對我更有利。

反正像他那種人，即便明知道不可能，也不會打消心中的好奇。

「根據推測，那個被稱為長生不老藥的東西，可能是以賢者之石作為催化劑製造出來的藥水。不過，到目前為止，人們也還沒辦法掌握賢者之石的真面目。當然這也是我未來的課題之一。」

「喔喔……原來如此。」

「製作長生不老藥或者親眼見到賢者之石，可能是所有煉金術師的夢想。我相信總有一天會實現的。畢竟在短短幾個月之前，我也完全沒預料到自己會成為龍族所選之人，所以也許哪天……」

「嗯嗯，沒錯。這麼說來，你說過你被龍族選上吧……我這一輩子都未曾見過龍，本來還期待會不會跟你一起來，實在太可惜了。」

「是，您可能已經猜到了，但龍確實不是我可以隨心所欲使喚的對象……」

「這是一定的吧。即便把牠們視為超越人類的存在，也沒有任何可非議之處。」

「不過……雖然不是完整的龍，但我可以在這裡稍微展現給您看。」

稍微丟出一點餌，他果然就用充滿好奇心的眼神看著我。

維克哈勒特老先生雖然開口阻止，卻因為皇帝心意已決，只能安靜坐在位子上。

「你不要胡鬧……」

「不，維克哈勒特……李基英榮譽主教不是那種人。」

「臣惶恐。」

不知道他從哪一點看出我不是那種人，但無論如何，對於突然上升的信賴度，我當然是欣然接受。

「所以……你要怎麼讓我看到龍？」

俗話說，百聞不如一見。

「那我就當作您允許我獻醜了，皇帝陛下。」

我在手心燃起火花，寬敞的謁見室牆面立刻緩緩顯露出龍的臉龐。

伴隨著啪嚓啪嚓的聲音，在眾人眼中相當奇幻的龍頭也逐漸成形。

「嘎喔喔喔喔……」

雖然已經縮減至房間可以容納的大小，但碩大的眼睛、具有威脅性的牙齒以及巨型尖角，很明顯就是黑龍的模樣。

不只是皇帝，來自其他城市的八強成員，甚至連夏特洛公主都張大嘴巴望著這副景象。

這只是拙劣的特技表演。

比起我擁有的技術，鄭白雪的魔法更能運用在戰場上，這一點無需多言。

金賢成只要認真揮劍，也能俐落砍下那隻龍的頭。

然而我展現的煉金術能在視覺效果上獲得成功，也是無可否認的事實。

「呵……呵呵……」

皇帝似乎驚訝到說不出話，只是小聲笑著。

「這、這東西是、是怎麼……」

公主倒是嚇得開始結巴。

「這是煉金術。」

也是讓我的價值得到認可的小小手段。

＊＊＊

「你真的成功了。」

「嗯？什麼？」

「還有什麼，就是昨天的事啊。」

「那個啊……」

「那個老頭子也就算了，連公主都嚇得張大嘴巴，我真是佩服你。」

確實有這種感覺。

我的注意力在皇帝身上，沒能好好觀察公主的表情，不過我對她瞪著眼睛支支吾吾的樣子很有印象。

皇帝的反應更是驚人。

我甚至擔心這個老頭會因為嚇一大跳而心臟驟停，可想而知他有多吃驚。

結束短暫的成果發表後，各種疑問自然接踵而來。

即便這裡是對魔法或神聖力相當熟悉的世界，但召喚出龍這樣的個體，似乎還是十分神奇的事。

我變出來的根本不是生命體，但在他們眼裡，就跟看到真實的龍沒兩樣。

眾人抬手揉眼睛的樣子還歷歷在目。

涼宮伊吹應該事先有從春日由乃的口中聽說，至於從大灣來的人們，對我的態度產生了肉眼可見的改變。

我成功證實了我不是單純因為運氣好才能站在這個位置。

魔法師陳冠偉直到用餐結束都不斷向我諮詢，射手魏蘭則是一直用奇妙的眼神看著我，讓我覺得相當尷尬。

然而比起他們的變化，皇帝的反應才是最重要的。

不知道是不是先前拋出的誘餌有了效果，皇帝在用餐結束後，表明了想與我單獨談話的意願，甚至還說他想要贊助煉金術。以這短短五小時內發生的事來說，確實算是相當可觀的結果。

真爽啊！

已經很富有的我一開始認為不需要什麼贊助，卻又很好奇國庫裡會不會有罕見的催化劑。

那可是帝國等級的贊助，而且還是神聖帝國啊。

不期待才怪。

「本來還覺得快無聊死了，託你的福，我也看得很開心。應該有不少人都對你心懷感激吧？畢竟和那個老頭相處不是一般的煩。」

「這個嘛，無聊是熙拉姐的想法。和皇帝共進晚餐的機會得來不易，不趁這個時候加深他對我的印象，要等到什麼時候呢？站在我的立場，反而是熙拉姐更難以理解呀。」

「不喜歡就是不喜歡，不勉強自己和那個老頭變成什麼熟人也無所謂。我看魏蘭和朴延周那些人似乎也覺得那種事情很重要……唉，難道他們也是因為喜歡才這麼做嗎？對了……昨天看了你的表演，我突然有一種感覺。」

「什麼？」

「那小子還真享受啊。」

「這是稱讚吧？」

「當然。我覺得這真的是個人特質呢。」

「我不否認。」

雖然把阿諛奉承說成是我的個人特質有點令人傷心，但我確實很享受。

突然襲來的羞愧感讓我輕輕別過頭，出現在視線中的是站在王城高臺下齊聲歡呼的群眾。

即便早已預料到規模不小，但帝國對頒布儀式的重視程度還是比我想像的高。

不斷傳來的吶喊聲讓人覺得耳膜發疼，四處都有裝飾用的帝國旗幟或象徵物，從這些東西的數量來看，應該也投入了相當大量的金錢。

坐在側邊的貴族們同樣是帝國最具代表性的有力人士。

我在人群當中發現努力揮手的瑪麗蓮千金，我也簡單對她做出回應。

接著是距離稍微有點遠的教皇廳友人們。

雖然教皇沒有露面，但是包含巴傑爾樞機主教在內的三位樞機主教還是有到場。

另外，我也看見潔西卡大主教，以及不太參加正式場合的赫麗娜異端審問官都坐在位子上。

這樣才對嘛。

與我保持緊密關係的這些人全員出席，莫名令人感到欣慰。

「到底要等到什麼時候才開始啊？」

我身邊剛響起車熙拉語帶不滿的提問，一道極大的聲音馬上直衝耳膜。

「皇帝陛下駕到。」

出現在高臺上的是皇帝與帝國二公主夏洛特。

和昨天不一樣的地方，就是還有一位女子同行，我想她應該是大公主。

我立刻發動心眼瀏覽她的狀態欄，大公主的資訊立刻陸續出現在我面前。

帝國大公主夏莉亞，她的傾向是「獨善其身的自我主義者」。

看來老眼昏花的皇帝也很清楚，大公主與二公主哪一位更適合繼承皇位。

她真的完全不行……

那張尖酸刻薄的臉，一看就是壞女人。

充滿惡毒的眼神此刻正投向受到皇帝寵愛的夏洛特公主，表情當然也充滿野心。

〔特有癖好：善妒的魔女〕

連特有癖好都說她是魔女。

真的是個魔女。

她會形成這樣的個性，我想應該也有箇中原由。

備受父親喜愛的小女兒，以及不被重視的大女兒。

姐妹們彼此爭奪皇位的情節，早已是不知道在哪裡聽說過的老套故事，甚至讓人覺得就算不刻意說明，旁人也一定看得出來。

不用猜也知道，她們想必經常在外人看不見的地方針鋒相對。

就算繼位人選的爭奪戰目前還不是很激烈，但只要皇帝的健康惡化，或者有任何外力因素介入，一定很快就會浮上檯面。

我忍不住開始思考，自己的特有癖好難不成也會對她造成影響嗎？但也不是只要出現在壞女人的視線範圍內，就一定會獲得她的青睞。

還是盡量避開她比較好。

總之，在大公主及二公主的陪同下，皇帝開始緩緩走向我們。

等到他站上可以望見所有帝國子民的高臺上，並沒有耗費太多時間。

「他好像還要發表演說……」

「嗯……那是當然。這可是好不容易可以展現威風的機會。他不就是為了這個，才定什麼八強的嘛。」

我十分同意車熙拉的話。

果不其然，皇帝的嗓音透過聲音擴增魔法擴散出去，即便聽起來很清晰……卻也不是出色的演說。

好無聊。

他的聲音沒有能夠聚集人心的力量，內容也像校長的訓話一樣，冗長得令人無法忍受。

真的無聊到難以忍受，我好想打哈欠。

「親愛的神聖帝國百姓們，一起在這裡發光發熱的……」

這句「親愛的神聖帝國百姓們」，我好像已經聽到二十三次了。

「今天也……為偉大的帝國力量……」

這個「偉大的帝國」也大概講了三十五次。

就在我覺得再也忍不住的時候，終於聽到了演說結束前的總結。

我的嘴角不自覺上揚。

「此刻……讓我為親愛的帝國子民們介紹，國家的力量……同時代表著守護帝國的護盾、防禦帝國敵人的利劍。黑髮的異邦人長久以來與我們一起生活在這片土地，對帝國的發展付出無數貢獻，我要將接下來被唱名的人士，正式任命為神聖帝國八強。」

「嗚哇啊啊啊啊啊啊啊!!」

臺下爆出巨大的歡呼聲。

不確定是因為皇帝十分漫長的演說終於結束了，還是為了帝國八強而歡呼，但我想是前者的機率應該不低。

皇帝聽著群眾的歡呼，滿意地點點頭，接續自己的話。

當然，這次不是演說內容。

「帝國第一強，車熙拉。」

坐在身旁的車熙拉猛然站起，走向高臺。

「那我先出去了，親愛的。」

「嗯。」

我看見她穿著相當有型的馬甲，頂著一頭紅髮，意氣風發走到百姓面前。

真帥啊。

這個畫面與興奮到接近瘋狂的觀眾毫無違和感。

代替皇帝介紹車熙拉的士兵，扯著嗓子大聲朗誦關於她的活躍事蹟。

連我聽了都覺得有些不好意思，不過我想這種事應該也算是必要的環節之一。

雖然有「稍微簡單一點會不會比較好」的念頭，但這樣也不壞。

反正本來就是為了風光，這種程度只是剛好而已。

皇帝期待的宣傳效果已經相當充分地呈現出來了，大眾的反應也十分熱烈，一切都恰如預期。

接在車熙拉之後的每個人，都受到了帝國人民的熱情歡迎。

隨著時間過去，我開始意識到為何要這麼做了。

因為人民渴望著力量。

「帝國第三強，春日由乃。」

迷霧召喚師之後是春日由乃。

她似乎不太習慣這種場合，我發現她走出去時的表情稍微變得僵硬。

「帝國第四強，朴延周。」

群眾歡呼。

「帝國第五強，魏蘭。」

呼聲再次爆發。

「帝國第六強，涼宮伊吹。」

以及。

「帝國第七強，金賢成。」

等了幾個不重要的人，可愛的重生者才終於離開座位走上前。

他身上配戴了幾件簡單的裝備，腳步依然輕盈。

帝國的旗幟迎風搖曳，有吸引目光的效果，整體氣氛也顯得更加激昂。

真是美好的畫面呀，賢成！

不知道是不是偶然，這時天上的雲恰好分散開，陽光頓時灑落。

這瞬間的構圖實在太棒了！

上一秒才覺得太多餘的橋段，突然變得相當不錯。

帝國民眾的歡呼聲越來越大，就連輪到我自己的時候也不例外。

「帝國第八強，李基英。」

最後被高聲呼喊的正是我的名字。

雖然我盡可能展現出意氣風發的樣子，但是想呈現像前面幾位那樣的形象果然還是太勉強了，我甚至還差點腿軟摔倒。

不過歡呼聲真的很大。

「琳德代表性公會帕蘭的副會長、被龍選擇的人、神聖帝國榮譽主教、拯救大陸的三十名大陸守護者之一。同時也是神聖帝國最具代表性的煉金術師……」

我累積下來的頭銜還真是不少。

如果再加上非正式的稱謂，就會變得更長了。

雖然連舉世無雙的天才、戰略與智謀的鬼才等離譜的稱號也出現了，但既然這些都是宣傳的一環，還是值得我忍一忍。

總而言之，企劃這次活動的人們，似乎想把我定位為類似帝國智庫的角色。

其實我身上和戰略有關的功績，也就只有阻止凱斯拉克怪物群襲擊以及編制部隊，但既然共和國的五虎將也有類似的角色，我想帝國應該是為了和敵國抗衡才為我制定這樣的人設。

這樣也不賴啦。

即便摻雜一點謊言，我也沒有理由拒絕他們把我塑造成天才。

這就是我一開始想要的地位，就算實際上沒有那麼厲害，但看起來也夠崇高了。

「嗚哇啊啊啊——！」

眾人的高聲呼喊與揮手示意，彷彿撼動著整個帝國首都。

無論是站在皇帝、企劃者的立場，或是對身為參與者的我們而言，這都能稱得上是圓滿落幕的盛事。

唯一的問題，就是頒布儀式之後的各種聚會。

從高臺下來後，我們遊行了幾次，也和幾位人民代表進行握手會，還有參與貴族間接二連三的派對行程。

有必要做到這樣嗎……

雖然一開始的確很樂在其中，但隨著時間一點一點過去，體力也到了極限。

就在這時，年邁的皇帝巡視到我面前，猛然舉起我的手。

歡呼聲自然也隨之爆發，年老的皇帝則是刻意拍拍我的背。

看來這個老頭子真的很喜歡奸臣啊。

如此明擺著喜歡奸詐小人的皇帝，應該也不常見。

雖然不知道為什麼，但巴傑爾樞機主教看見這個畫面後嚇了一大跳，開始往我這個方向靠近。

我完全沒有預料到事態會發展到這種地步。

雖然受到各方寵愛是件好事，但這種情況也有很大的可能會樹立敵人。

結果也正如我所料，我感覺到夏洛特公主對我投來不友善的目光。

不過左邊站著皇帝，右邊站著巴傑爾樞機主教，這種感覺比想像中更可靠。

「小子！聽好！我跟他們！一起喝酒！一起吃飯！還一起去三溫暖！小子！這些拉近關係的事都做過了，聽到沒有！[19]」

忘記在哪裡聽過的臺詞不斷在我腦中響起。

——《重生使用說明書05》完

19 出自2012年的電影《與犯罪的戰爭》，劇中遊走於黑白兩道的風雲人物的經典臺詞。

CD011

重生使用說明書 05
회귀자 사용설명서

作　者　흙수저 (wooden spoon)
譯　者　何瑋庭、劉玉玲、M夫人
封面設計　C　C
封面繪者　阿蟬蟬
責任編輯　胡可葳
校　對　張庭瑄

發　行　深空出版
出 版 者　星巡文化有限公司
地　址　臺北市中正區重慶南路一段 57號 3樓之 5
電　話　(02)7709-6893
傳　真　(02)7736-2136
電子信箱　service@starwatcher.com.tw
官網網址　www.starwatcher.com.tw
初版日期　2025年 09月

總 經 銷　聯合發行股份有限公司
地　址　新北市新店區寶橋路 235巷 6弄 6號 2樓
電　話　(02)2917-8022

國家圖書館出版品預行編目 (CIP) 資料

重生使用說明書 / 흙수저 (wooden spoon)
著 . -- 初版 . -- 臺北市 :
星巡文化有限公司出版 : 深空出版發行 , 2025.09
冊 ;　公分
ISBN 978-626-74126-3-3(第 5 冊 : 平裝). --
862.57　114005829